suhrkamp taschenbuch 1829

Klaus Bädekerl, geb. 1947 in Augsburg. Soziologiestudium in München, danach freier Autor: Drehbücher, Hörspiele, »Alles über Geld und Liebe« (Erzählungen, 1979) und »Ein Kilo Schnee von gestern« (Roman, 1983). Klaus Bädekerl lebt in München und Berlin.

Staatsanwalt Thomas Zorski ist kein begabter Schriftsteller, im Gegenteil: Er kann nicht schreiben. Zorski erlebt aber eine ebenso phantastische wie grauenhafte Geschichte, die ihn seinen Seelenfrieden, seine Karriere und schließlich das Leben kostet. Aber bevor es soweit ist, muß er erzählen, was ihm widerfahren ist – als Warnung für andere.

Mit sechs jungen Männern fängt es an. Und mit dem Mond. Denn immer war Vollmond, wenn man einen der sechs fand – tot. Keine äußere Gewaltanwendung, gestorben an Herzversagen. Der gerichtsmedizinische Befund ist eindeutig. Aber warum wurden die sechs Leichen alle in einer so unnatürlichen Haltung aufgefunden? Was hatte es zu bedeuten, daß sie alle zuletzt auf Kreta Urlaub gemacht hatten? Und was hat es mit den Vollmondnächten auf sich?

Thomas Zorski erzählt die Irrfahrt eines literarisch ambitionierten Odysseus in einem exotischen Archipel, in dem die uralten weiblichen Mythen lebendige Realität sind, in dem der Mond noch die Ordnung symbolisiert und das Maß von Zeit und Geschichte ist.

# Klaus Bädekerl
# Die Frau der Träume

*Roman*

Phantastische Bibliothek
Band 273

Suhrkamp

Redaktion und Beratung: Franz Rottensteiner
Umschlagmotiv von Ute Osterwalder

suhrkamp taschenbuch 1829
Erste Auflage 1991

Suhrkamp Taschenbuch Verlag
Satz: Uhl + Massopust, Aalen
Druck: Nomos Verlagsgesellschaft, Baden-Baden
Printed in Germany
Umschlag nach Entwürfen von
Willy Fleckhaus und Rolf Staudt

1 2 3 4 5 6 – 96 95 94 93 92 91

*Für Traudl*

# I

Nenne mir, Muse, ein Wort, mit dem ich beginnen kann. Ich erinnere mich an die 17 goldenen Regeln. Die erste goldene Regel, gut zu schreiben, betrifft den Anfang. Sie fällt mir nicht mehr ein. Es lohnt sich nicht, sich ihretwegen den Kopf zu zerbrechen. Ich hege nicht mehr die Hoffnung, als Schriftsteller zu Ruhm und Ehre zu gelangen. Ich habe etwas mitzuteilen. Ja, ich halte es für ausgesprochen ungezogen, mich aus dem Staub zu machen, ohne meiner Mutter ein paar Zeilen zu hinterlassen. Sie hat mich unter Schmerzen zur Welt gebracht. Sie hat ein Recht, die Umstände meines Todes zu erfahren. Ihr Wille geschehe. Mir bleibt nicht viel Zeit. Ich muß dem Mann, der mir vorangegangen ist, folgen.

Wenn ich trotzdem so lange gezögert habe, den ersten Buchstaben auf das Papier zu setzen, dann nur, weil ich mir nicht sicher gewesen bin, ob ich mich der Schrift bedienen solle. Ich hätte meine Erlebnisse auch auf Tonband sprechen können. Ich besitze ein Kassettengerät. Was spricht dagegen, meine Botschaft zu diktieren? Ich könnte dabei auf dem Rücken liegen bleiben und die Augen schließen. So wäre es leichter, Rückschau zu halten. Aber nein, ich bin aufgestanden und habe mich an den Schreibtisch gesetzt. Ich habe einen Bogen in die Maschine gespannt, wie ich es von früher gewohnt bin. Ja, ich werde mich der Schrift bedienen. Warum sollte ich meine Vergangenheit leugnen?

Schon als kleiner Junge wollte ich Schriftsteller werden. Als Schüler habe ich mein Taschengeld für den Fernkurs eines Fortbildungsseminars für Nachwuchsschriftsteller geopfert. Darum weiß ich über die 17 goldenen Regeln Bescheid. Zum bestandenen Abitur habe ich mir von meinen Eltern eine elektrische Schreibmaschine gewünscht. Ich besitze sie immer noch. Ich schalte sie ein und höre der summenden Elektrik zu. Ich schaue auf die Tasten. QWERTZUIOPÜASDFGHJKLÖÄYXCVBNM. Ja, ich werde mich des Alphabets bedienen. Ich weiß, daß der nach Alpha und Beta benannten Reihenfolge von Schriftzeichen das Silbensystem und dem Silbensystem das Wortsilbensystem und dem Wortsilbensystem die Wortschrift vorangingen. Ich weiß, daß das erste System graphischer Zeichen zur menschlichen Kommunikation ein Mann erfunden hat. Ich schäme mich nicht. Ich trete in seine Fußstapfen und schreibe.

Ich muß dem Mann, der mir vorangegangen ist, folgen. Sein Name ist nicht Homer. Er heißt Thomas. Daß ich ihm folgen muß, wurde mir klar, als ich die Zeitung aus dem Briefkasten nahm. Sie war vom 22. November 1983. Auf der Titelseite war das Bild eines Mädchens zu sehen. Es saß auf einem Schimmel und blickte stolz zu dem Fotografen herunter. Die schulterlangen Haare waren blond oder brünett, das war auf dem groben Raster nicht so genau auszumachen. Aber unverkennbar hatte das Mädchen Babyspeck im Gesicht. Vielleicht war das Foto älteren Datums. Laut Bildunterschrift handelte es sich um das Mordopfer Karin P. (15). Die Fünfzehnjährige war von einem Diskothekbesuch nicht nach Hause gekommen. Ein Spaziergänger fand sie am Mittwochmorgen im Gebüsch einer Parkanlage. Der Mörder hatte Karin erstochen. Ihr Leib war aufgeschlitzt. Daß die Tat in der gleichen Nacht geschah, muß ein Zufall gewesen sein. Meine Stätte blieb unbefleckt. Nur an der Spitze meines Schwerts klebte ein Tropfen Blut.

Ich will nicht die Zukunft vorwegnehmen. Wenn auch keine der 17 goldenen Regeln dies ausdrücklich fordert, ich will der Reihe nach erzählen. Ich denke über einen Anfang nach. *Als Maria um zehn vor acht aus der Straßenbahn stieg, kam die Sonne hinter den Wolken hervor, so daß die Sechzehnjährige einen Schatten warf, während sie die Straße entlangging und an einer Gruppe Gymnasiasten vorbeikam, unter denen sich auch Bernhard befand.* So begann meine erste Novelle. Ich war damals 15 und hatte den Fernkurs für Belletristik des Fortbildungsseminars für Nachwuchsschriftsteller belegt. Nach der zehnten Lektion wurde von den Kursteilnehmern eine Novelle verlangt. Ich schrieb *Maria.* Maria hieß in Wirklichkeit Annegret. Sie war meine erste Liebe. Die Liebe hatte kein halbes Jahr gedauert. Dann wurde mein Vater nach Mindelheim versetzt. Auch wenn ich mir in meinen Träumen oft das Gegenteil ausmalte, es blieb mir nichts anderes übrig, als meinen Eltern zu folgen. In meiner Novelle habe ich mir ein paar künstlerische Freiheiten gestattet. Darum sind auch die Namen geändert. Aus Liebe zu Maria erschlägt Bernhard beinahe seinen Vater. Nur der Mutter zuliebe, die dem Wahnsinn zu verfallen droht, folgt er schließlich den Eltern nach Osnabrück. Und Maria stirbt an gebrochenem Herzen. Sie erhängt sich am letzten Schultag vor den Sommerferien in der großen Pause.

Mein Kursleiter, er hieß Dr. Hartwig, korrigierte die Geschichte mit sachgerechten Zeichen. Ich lernte, daß das ⌈ einen Absatz bedeutet. Dr. Hartwig setzte viele ⌈ zwischen meine Zeilen und erinnerte mich an die neunte goldene Regel, nach der kein Absatz länger als 15 Zeilen sein soll. Auch viele Sätze fand mein Kursleiter zu lang. Selbst der erste wurde von seinen Korrekturzeichen nicht verschont. Trotzdem schrieb Dr. Hartwig in seinem Begleitbrief, mit dem er mir die Novelle zurückschickte, ihm habe der Anfang gefallen. Um so mehr kritisierte er dafür den Schluß. Der Leser wisse nicht, ob er sich mit dem querschnittgelähmten Vater, der vom Wahnsinn bedrohten Mutter, der verlassenen Geliebten oder Bernhard identifizieren solle. Hier sei sich der Autor wohl selbst nicht ganz schlüssig gewesen. Dr. Hartwig schlug mir vor, die Geschichte noch einmal aus der Perspektive von Bernhard zu schreiben. Man spüre doch, daß der Autor autobiographische Elemente verarbeitet habe. Warum bekenne er sich nicht zur Ich-Form? Der Begleitbrief war fast zwei Seiten lang. Ich habe ihn damals mehrfach gelesen. Noch heute kann ich mich genau an den letzten Satz erinnern. Vor dem handgeschriebenen Namenszug von Dr. Hans P. Hartwig und den maschinengetippten freundlichen Grüßen stand: *Achten Sie in Zukunft immer darauf, dem Leser eine Identifikationsfigur zu bieten.*

Ich kann es meiner Mutter nicht zumuten, sich mit mir zu identifizieren. Ich will ihr zumindest den Einstieg erleichtern. Frau Kröninger fällt mir ein. Sie dürfte ungefähr so alt wie meine Mutter sein. Warum nicht sie an den Anfang setzen? Sie ist mir bekannt. Ich kann sie beschreiben. Nein, wenn ich ehrlich bin, ich kann es nicht. Nur ein wahrer Meister seines Fachs, hat es in einer Lektion des Fernkurses geheißen, ist imstande, ein menschliches Antlitz zu schildern. Ich habe diese Meisterschaft nicht erlangt. Frau Kröninger ist eine 64 Jahre alte Frau. Das muß genügen. Ich weiß, dir genügt das nicht, Mutter. Du möchtest von jedem Menschen auch seine Herkunft wissen. Dein Wille geschehe. Als ich Frau Kröninger besuchte, hat sie mir erzählt, daß sie als Tochter eines Gutsverwalters in der Nähe von Königsberg aufgewachsen ist. Mit 18 hat sie einen Oberleutnant geheiratet. 1943 geriet ihr Mann in britische Kriegsgefangenschaft. Ganz auf sich allein gestellt, mußte Frau Kröninger die Flucht organisieren. Und obwohl sie im siebten Monat schwanger war, gelang es ihr, 23 Koffer über die Elbe zu bringen. Nur vier gingen verloren.

Frau Kröninger hat mir ihr ganzes Leben erzählt. Aber ich fürchte, ihre Biographie tut hier nichts zur Sache. Ich will meine Geschichte mit dem 12. Mai 1983 beginnen. Das Datum ist in den Akten verzeichnet. Doch so sicher ich mir auch über das Jahr, den Monat und den Tag bin, die Stunde muß ich raten. Ich weiß nur, daß Frau Kröninger mit dem Zug angekommen ist. Ich lasse meiner Phantasie freien Lauf: Als Gertrude Kröninger um 14 Uhr 38 aus dem Schnellzug stieg, kam die Sonne hinter den Wolken hervor, so daß die 64 Jahre alte Frau einen Schatten warf, während sie den Bahnsteig entlangging und dabei an einer Gruppe Gepäckträger vorbeikam.

Ich weiß, daß ein solcher Satz vor Dr. Hartwigs Augen keine Gnade gefunden hätte. Wer das Bedürfnis verspürt, seine Korrekturzeichen anzubringen, mag dies tun. Mich drängt es fortzufahren. Ich komme auf Gertrude Kröninger zurück. Sie verließ den Bahnhof und stieg in ein Taxi. Sie nannte dem Fahrer die Adresse von Arno. Arno war ihr einziges Kind. Das erste, das Frau Kröninger in sich getragen hatte, als sie mit 23 Koffern die Elbe überquerte, wurde eine Fehlgeburt. Das Verhältnis des Sohnes zur Mutter war ungetrübt. Nie vergaß er, ihr zum Muttertag zu gratulieren. Als kleiner Junge überreichte er sein Geschenk eigenhändig. Als junger Mann beauftragte er *Fleurop*. Doch in diesem Jahr hatte Arno es versäumt, seiner Mutter zu ihrem Tag zu gratulieren. Frau Kröninger machte sich Sorgen. Nein, sie machte sich mehr als Sorgen. Sie hatte Angst. Sie hatte Angst um ihren Sohn. Sie hatte Angst um Arno.

Ich habe Arno Kröningers Adresse vergessen. Ich habe das Haus, zu dem die Mutter fährt, nie gesehen. Ich lasse meiner Phantasie freien Lauf und behaupte ganz einfach, es hat sieben Stockwerke und ein Dach aus roten Ziegeln. Frau Kröninger sucht auf dem Klingelschild den Namen ihres Sohnes. Er steht auf einem schmalen Stück Pappe, das mit einem Klebestreifen über dem Emailleschild des Vormieters befestigt ist. Frau Kröninger drückt den Klingelknopf. Das Summen des elektrischen Türöffners bleibt aus. Frau Kröninger klingelt ein zweites Mal. Ich könnte jetzt auch noch behaupten, daß Verzweiflung im Gesicht der Mutter geschrieben stand. Aber ich will nicht die Wahrheit an den Effekt verraten. Eine Frau, die im letzten Kriegswinter 23 Koffer über die Elbe schafft, weiß, was sie zu tun hat. Frau Kröninger klingelt beim Hausmeister.

Hausmeister wohnen meist im Erdgeschoß und haben ausländische Namen. In der Regel besitzen sie Nachschlüssel. Doch öffnen sie keine fremden Türen, auch wenn eine alte Dame sie noch so flehentlich bittet. In diesem Fall will ich annehmen, daß der Hausmeister freundlich war und Frau Kröninger erlaubte, sein Telefon zu benützen. Frau Kröninger rief das nächstgelegene Polizeirevier an. Es gelingt ihr, den Revierleiter davon zu überzeugen, daß Gefahr im Verzug sei. Eine halbe Stunde später schließt Herr Juric im Beisein zweier Polizisten und der Mutter des Mieters eine Appartementtür im fünften Stock auf. Die Polizisten lassen es sich nicht nehmen, die Wohnung als erste zu betreten, und bedeuten den Zivilisten, im Treppenhaus zu warten. Herr Juric, der in einem kleinen mazedonischen Dorf aufgewachsen ist, in dem man staatlicher Autorität nur wenig Beachtung schenkt, folgt den Hütern des Gesetzes auf dem Fuß. Daß Frau Kröninger gehorsam im Treppenhaus stehenbleibt, liegt nicht an ihrer Gesetzestreue. Zwischen Königsberg und Hamburg hat sie viele Paragraphen mißachtet. Frau Kröninger bleibt im Treppenhaus stehen, weil sie zum ersten Mal in ihrem Leben der Mut verläßt. Aus der Wohnung des Sohnes kommt der Mutter ein Geruch entgegen, den sie auf ihrer Flucht oft hatte riechen müssen.

Arno Kröninger war tot. Ich habe die Fotos gesehen, die später von ihm gemacht worden sind. Spuren äußerer Gewalteinwirkungen waren nicht zu erkennen. Der nackte Körper lag mit dem Rücken auf einer Matratze, die Beine leicht gespreizt, die Arme in spitzem Winkel vom Rumpf gestreckt, als würde Arno gerade tiefe Entspannung suchen. Keine Hand hatte sich im Tode zur Faust geballt. Es hätte ein Bild des Friedens sein können, wären die Lider geschlossen gewesen, wie es sich für einen sanft Entschlummerten gehört. Doch Arnos Augen waren offen. Auf den schwarzweißen Fotos wirken sie grau, aber ich weiß, daß sie grünbraun waren – wie alle toten Augen. Ob sich Schrecken in ihnen gespiegelt hat, kann ich beim besten Willen nicht sagen. In den trüben Schlieren waren die Pupillen nur mehr zu erahnen.

Das war der Anblick, der sich Frau Kröninger bot, als sie sich ein Herz gefaßt und sich an Herr Juric vorbei und zwischen den Polizisten hindurch in das Zimmer ihres Sohnes gedrängt hatte. Ich fürchte, Mutter, du wirst dich von ihr trennen müssen. Frau Kröninger war nur ein Mittel zum Zweck. Meine Geschichte hat eine Moral. Schreibe ich deshalb? Wahrscheinlich ist die gute

Erziehung nicht der einzige Grund, warum ich meine Erlebnisse zu Papier bringe. Ich gebe zu, ich habe nicht nur dir, ich habe der Nachwelt etwas zu sagen. Du, Mutter, kannst entscheiden, ob du ihr meine Botschaft zukommen lassen willst. Du hast mir das Leben geschenkt. Ich bin nur ein Mann, der sich der Schrift bedient. Ganz gleich, wie es ausfallen mag, ich beuge mich deinem Urteil, doch hoffe ich insgeheim, daß du meine Geschichte der Öffentlichkeit übergeben wirst. Wenn ich mir viele Leser wünsche, dann nicht, weil die alte Sehnsucht wieder erwacht ist, als Schriftsteller – und sei es nur posthum – zu Ruhm und Ehre zu gelangen. Ich schreibe, weil ich etwas mitzuteilen habe. Ich habe überlebt. Wer will, kann seine Lehren aus meinem Versagen ziehen.

Ist das der Grund? Bleibt mir Arno Kröninger nur deshalb so lange vor Augen, weil er zur Liebe fähig war? Ich habe ihn einen Tag später von Angesicht zu Angesicht gesehen. Sein Haar war lang und blond und hing ihm wie ein Vollbart vom Kinn herab. Man hatte Arno Kröninger die Kopfschwarte über das Gesicht gezogen, um den Schädel freizulegen. Ein Sektionsgehilfe sägte die Gehirnschale ab, während Dr. Wolff dem geöffneten Brustkorb das Herz entnahm und es Professor Rönneberg, Ordinarius für Rechtsmedizin und Direktor des Pathologischen Instituts, auf den Präpariertisch legte. Arno Kröninger hatte ein Herz wie viele. Es war so groß wie eine Faust und von gelblichem Fettgewebe überzogen. Nur an der rechten Kammer schimmerte ein wenig das braunrote Muskelfleisch durch. Von der oberen Wand des linken Vorhofs bis zur Herzspitze maß es genau 11,3 Zentimeter. Ich kenne die Daten. Der Obduktionsbericht liegt mir vor. Mit 327 Gramm lag das Gewicht nur geringfügig unter dem Durchschnitt.

Ich fürchte, ich schweife ab. Wenn auch das Herz des Sohnes mit dem Fortgang meiner Geschichte bedeutend mehr zu tun haben wird als der Lebenslauf der Mutter, so fürchte ich trotzdem, daß es mich nur deshalb so sehr drängt, auch noch den Aortenbogen zu beschreiben, weil ich dabei war, als Professor Rönneberg mit sechs exakten Schnitten den Hohlmuskel sachgerecht zerlegte. Ich fürchte, die Zeit ist gekommen, von mir zu sprechen. Ich fürchte, ich kann die Zeilen noch sosehr schinden, ich stehe nicht länger über den Dingen. *Ich* habe Arno Kröninger auf dem Sektionstisch 2 liegen sehen. Es tut mir leid, Mutter, die Schonzeit ist vorüber. Vergiß Frau Kröninger! Ich kann es dir nicht ersparen. Du wirst dich mit mir identifizieren müssen.

## 2

Beginnen wir mit mir. Beginnen wir mit dir. Du hast mich geboren. Deine Biographie ist für diese Geschichte sicher von größerer Bedeutung als die von Frau Kröninger. Du hast keine 23 Koffer über die Elbe gebracht. Du bist nie vertrieben worden. Du hast den Krieg und den Wiederaufbau im Allgäu erlebt und einen Flüchtling geheiratet. Du hast mir erzählt, wie ihr euch auf dem Rosenmontagsball kennengelernt habt. Du hast mir das Foto im Familienalbum oft gezeigt. Du bist als Haremsdame gegangen. Vater war ein Pirat. Ihr seid euch beim Rumba nähergekommen, und danach habt ihr in der Sektbar ein Glas Wein getrunken. Dort hat euch der Fotograf aufgestöbert und das Bild gemacht, das im Familienalbum auf der ersten Seite klebt. Vater hat seinen Arm um dich gelegt. Du hast die Schultern zusammengezogen und die nackten Arme über dem Dekolleté verschränkt, als wäre dir kalt, und ich weiß immer noch nicht, sosehr ich mir auch dieses Bild ins Gedächtnis rufe, ob es die Umarmung war, die dich frösteln machte, oder ob du schon vorher gezittert hattest. Vielleicht war es wirklich kalt in dem Ballsaal, vielleicht waren so kurz nach dem Krieg die Kohlen noch knapp. Und Vater wollte dich mit seinem Arm nur wärmen.

Ich weiß nicht, auf welches Datum der Rosenmontag im Jahr 1949 gefallen ist. Ich kenne nur den Tag, an dem ich geboren wurde. Es können nicht viele Wochen vergangen sein zwischen dem Montag, an dem du meinen Vater zum ersten Mal gesehen hast, und der Nacht, in der ihr mich gezeugt habt. Ich bin mir nicht einmal sicher, ob es nachts gewesen war. Du hast mir nicht viel von eurer Liebe erzählt. Ich weiß nur, daß deine Mutter die Heirat nicht billigte. Wenn es wenigstens ein Rittergut gewesen wäre, von dem man meinen Vater vertrieben hätte. Aber nein, Dieter Zorski war ein Vertriebener, der nicht einmal einen Antrag auf Lastenausgleich stellen konnte. Ich habe mich später oft gefragt, was du an ihm so geliebt hast, daß du Großmutter zu widersprechen gewagt hattest. Du hast es mir nie erzählt. Jetzt ist es zu spät. Ich werde nicht mehr erfahren, was mein Vater hatte, das andere Männer nicht hatten, und was dich dazu brachte, als Tochter aus gutem Hause einen dahergelaufenen Briefträger zu heiraten.

Hat die Sonne geschienen oder der Mond geleuchtet? Ich nehme an, du wirst dich selbst nicht mehr daran erinnern, ob es an einem

Tag oder in einer Nacht war. Trotzdem versuche ich mir vorzustellen, wie es hätte gewesen sein können. Habt ihr euch heimlich getroffen? Hat Vater dich gegen die Rückwand einer Wellblechbaracke gedrückt, oder hat er dich auf Moos gebettet? Hattest du Spaß in dem Augenblick, als du mich empfingst? Ich gebe zu, ich bin neugierig. Euer Liebesakt geht mich nichts an. Noch gibt es mich nicht. Wahrscheinlich hattet ihr euch längst voneinander verabschiedet und euch für den nächsten Tag oder die nächste Nacht hinter der Baracke oder im Wald verabredet, als es endlich soweit war und ein Spermium in dir das 85 000mal so große Ei erreichte.

Jetzt beginnt meine Geschichte. Als der männliche Zellkern mit dem weiblichen Zellkern verschmolzen war, trat ich ein in Raum und Zeit. Nach ein paar Tagen bestand ich schon aus ein paar hundert Zellen. Fünf Wochen lang war ich wie du. Erst danach machte sich das Y-Chromosom bemerkbar. Die männlichen Gene begannen männliche Hormone zu produzieren. So steht es jedenfalls in klugen Büchern. Ich kann mich nicht erinnern, wie es war, eine Frau gewesen zu sein. Aber ich bin mir sicher, nie wieder war ich so glücklich wie in dir. In meiner Fruchtblase wie ein Astronaut im Weltall schwebend, war das Jetzt für mich die Ewigkeit. Mein Ich und der Kosmos waren damals noch eins. Es muß das Paradies gewesen sein in deinem Mutterleib. Und ich habe es dir nicht leichtgemacht, mich daraus zu vertreiben.

Als du mich loswerden wolltest, habe ich mich quergelegt. Hätten wir ein paar Generationen früher gelebt, wäre die Geschichte hiermit bereits zu Ende. So erblickte ich mit Hilfe eines Kaiserschnitts die Welt. Am 11. Januar 1950 durchschnitt man mir die Nabelschnur zu dir. Es hätte des Klapses auf den Po nicht bedurft. Ich wußte, daß jetzt die Zeit für den ersten Atemzug gekommen war. Ich schrie. Ich entdeckte, daß es außer mir eine andere Welt gibt. Und wenn auch noch Jahre vergehen sollten, bis ich die Bedeutung eines Sekundenzeigers verstand, so ahnte ich doch schon damals, daß mit jedem Atemzug die Zeit verstreicht.

So wird es gewesen sein. Ich kann mich an meinen ersten Atemzug nicht erinnern. Er ist nicht in meinem Gedächtnis geblieben. Ich gehe zurück in die Vergangenheit. Was ist meine früheste Erinnerung? Ich glaube, es sind die Gitter des Laufstalls. Ich sehe mich in meinem Laufstall stehen mit einer Rassel in der Hand. Ich weiß nicht, ob es im Wohn-, Schlaf- oder Badezimmer gewesen war. Ich weiß nur, daß du durch eine Tür hereingekommen bist und einen geblümten Rock getragen hast. Du schlugst den Rock nach oben. Du hattest braune Wollstrümpfe an, die an einem rosa Strapsgürtel befestigt waren. Du zogst die Unterhose aus. Ich glaube nicht, daß ich dir viel Beachtung geschenkt habe. Das bonbonfarbene Blech meiner Rassel erregte mich mehr als dein nackter Leib. Er war mir vertraut. Erst als ich in deiner Unterhose eine zweite bemerkte, die mich an meine eigene, von der ich heute weiß, daß sie Windel genannt wird, erinnerte, war meine Neugier geweckt. Und als ich das Rot in ihr entdeckte, vergaß ich die Rassel in meiner Hand. Ich war damals nicht älter als zwei Jahre gewesen und doch alt genug, um zu wissen, daß Blut etwas mit Schmerz zu tun hat. Ich nehme an, deshalb ist mir deine Monatsbinde bis heute im Gedächtnis geblieben. Ich sehe mich in meinem Laufstall stehen und mich fragen, was der Schmerz zwischen deinen Beinen zu suchen hat.

Mit den Jahren mehren sich die Erinnerungen. Doch ich fürchte, auch in meinem Fall ist die Biographie für die Geschichte, die es mich zu erzählen drängt, ohne Belang. Soll ich dreißig Jahre überspringen und mit dem 13. Mai 1983 beginnen, dem Tag, an dem ich Arno Kröninger auf dem Sektionstisch 2 liegen sah? Eigentlich spricht nichts dagegen. Dir, Mutter, ist meine Vorgeschichte bekannt. Doch hege ich nun mal die Hoffnung, daß du diese Seiten der Öffentlichkeit übergeben wirst. Vielleicht finde ich eine Lesergemeinde. Verzeih mir, Mutter, ich möchte sie nicht vor den Kopf stoßen, auch auf die Gefahr hin, daß ich dich langweile. Du kannst ja den nächsten Absatz überspringen, du weißt Bescheid, ich will nur der Höflichkeit Genüge tun und mich meinen Lesern kurz vorstellen.

Thomas Zorski ist mein Name. Ich wurde als der Sohn eines Postbeamten und einer Gastwirtstochter am 11. Januar 1950 in Memmingen geboren. Dort besuchte ich die Volksschule und drei Jahre das Gymnasium. Dann wurde mein Vater nach Mindelheim versetzt, wo ich 1971 mein Abitur machte. Anschließend habe ich in München Jura studiert und – jetzt, fürchte ich, bin ich doch etwas zu voreilig gewesen. Es tut mir leid, ich komme nicht umhin, einen weiteren Absatz zu machen.

Ich habe den Absatz für dich gemacht, Mutter. Wir sind noch nicht am 13. Mai 1983 angelangt. Ich muß noch einmal auf dich zurückkommen. Ich habe viele Bilder von dir im Gedächtnis,

Mutter. Aber zwei werde ich wohl mein Leben lang nicht vergessen. Und da ich das eine so ausführlich beschrieben habe, will ich dir auch das andere nicht vorenthalten. Du hast, das Gesicht in den Händen vergraben, auf der Eckcouch gesessen und geweint. Erinnerst du dich? Es war nach den Spätnachrichten im Fernsehen gewesen. Vater hatte den Apparat ausgeschaltet. Man war wieder mal auf meine Zukunft zu sprechen gekommen. An diesem Abend rückte ich zum ersten Mal mit der Wahrheit heraus. Ich hatte ein Theaterstück geschrieben, das mein Deutschlehrer für gelungen hielt. Ich wollte Theaterwissenschaft studieren und das Stipendium dazu benützen, mich als Bühnenautor zu etablieren. Vater tobte. Du wurdest bleich. Vater schlug mit der Faust auf den Tisch und drohte, mir jede Unterstützung zu entziehen, falls ich mich nicht dazu durchringen sollte, einen ernsthaften Beruf zu ergreifen. Ich ließ mich nicht einschüchtern. Ich könnte notfalls meine Socken auch selbst stopfen. Und wenn ich es erst mal als Schriftsteller zu Ruhm und Ehre gebracht hätte, würde Vater mir Abbitte leisten und die Theaterkarten für die Uraufführung dankbar in Empfang nehmen. Beide würdet ihr in der ersten Reihe sitzen und mir zujubeln, wenn nach Schluß der Vorstellung der Dichter auf der Bühne sich vor dem applaudierenden Publikum verneigt. Kein Zweifel, gegenüber Vater hätte ich mich durchgesetzt. Doch als ich dich zum ersten Mal in meinem Leben weinen sah, zweifelte ich an meinem Talent.

So kam es, daß ich Jura studierte. Es tröstete mich, daß Theodor Storm und Gottfried Keller, Novalis und Matthias Claudius, Kotzebue, Grillparzer und nicht zuletzt Goethe mir mit namhaftem Beispiel vorangegangen waren. Nicht umsonst nennt man den Advokaten im Volksmund einen Wortklauber. Was anderes macht – wenn ich fragen darf – der Dichter? Beide wissen sie, wie sehr ein falsch gesetztes Komma den Sinn entstellen kann. Während ich tagsüber das Zivilrecht und das Strafrecht studierte, mich mit Zwangsvollstreckungen und Kartellen vertraut machte, schrieb ich in den Abendstunden, oft bis spät in die Nacht, meinen ersten Roman. Ich war vom Theater abgekommen und widmete mich wieder mehr der Prosa. Mein Roman war in Ich-Form geschrieben. Er hieß »Der letzte Mensch«. Ein Atomkrieg hatte die Erde verwüstet. Nur ich überlebte in einem Talkessel im Himalajamassiv. Ich hatte mich schon damit abgefunden, den Rest meines Lebens alleine zu sein, als ich zwei Bergsteigerinnen traf. Ich liebte die eine, die andere liebte mich. Aus Liebeskummer kletterte sie auf den Mount Everest und stürzte sich in den Abgrund. Die andere Frau starb kurz darauf an einer Fleischvergiftung. So kam es, wie es kommen mußte. Mit mir starb die Menschheit aus.

Ich schickte den Roman an die mir bekannten Verlage. Alle schickten sie ihn mir zurück. Die meisten hatten einen vorgedruckten Ablehnungsbescheid beigelegt. Aber es gab Lektoren, die eine Briefseite lang detailliert auf mein Manuskript eingingen. Ein paar machten mir sogar Mut. Leider feiere der Verlag gerade Jubiläum und deshalb sei das Programm so überfüllt, bedauerte einer. Mit der Juristerei hatte ich mehr Glück. Zwar brauchte ich für das Studium zwölf Semester, dafür machte ich das zweite Staatsexamen mit einer Note, die es mir erlaubte, in den öffentlichen Dienst zu treten. Ich wurde Staatsanwalt. Ich war zuständig für Entmündigungen und ungeklärte Todesfälle. Wenn der Arzt, der den Totenschein ausstellte, keine Todesursache angeben konnte, ordnete ich die gerichtliche Obduktion an. Nach § 87 der Strafprozeßordnung hat die Leichenöffnung im Beisein der Staatsanwaltschaft vorgenommen zu werden. In der Regel ließ ich mich von einem Bediensteten in grüner Uniform vertreten. Nur wenn ein hinreichender Verdacht bestand, daß die pathologisch-anatomische Diagnose eine unnatürliche Todesursache ergeben könnte, war ich dabei. Als Professor Rönneberg mit sechs exakten Schnitten Arno Kröningers Herz zerlegte, stand ich daneben.

Nun sind wir also endgültig am 13. Mai 1983 angelangt. Die Obduktion fand vormittags um elf statt. Die Ärzte teilten sich ihre Arbeit gerne so ein, daß sie nach dem Sezieren zum Mittagessen gehen konnten. Arno Kröninger kam als letzter an die Reihe. Auf seiner rechten Fußsohle war mit Fettstift die Leichenbuchnummer geschrieben. Ich kann mich an sie nicht mehr erinnern. Ich glaube, es war eine fünfstellige Zahl. Ich würde es gerne dabei belassen. Ich möchte nicht beschreiben, wie das Skalpell die Schädeldecke Arno Kröningers durchtrennte. Es tut nichts zur Sache, daß Dr. Wolff das Knorpelmesser in der linken Hand hielt, als er von Schlüsselbein zu Schlüsselbein und dann von der Mitte dieses Bogens abwärts bis zum Schambein hinunter Arno Kröninger die Haut aufschnitt. Auch die Entnahme der Lungen und die Abpräparation des Darms ist für den weiteren Verlauf der Geschichte bedeutungslos. Allenfalls das Herz könnte für uns von Interesse sein. Doch so dicht ich auch danebenstand, als Dr. Wolff es

Professor Rönneberg auf den Präpariertisch legte, ich muß gestehen, ich habe es nicht gesehen. Wenn ich es trotzdem ein paar Seiten zuvor so genau beschrieben habe, dann nur, um den Leser nicht für mein Versäumnis büßen zu lassen. Ich glaube auch nicht, daß ich gelogen habe. Alle Herzen, die mir bislang unter die Augen gekommen sind, waren so groß wie eine Faust und von gelblichem Fettgewebe überzogen gewesen. Immer schimmerte auf der Vorderseite der rechten Kammer das braunrote Muskelfleisch ein wenig durch. Ansonsten habe ich mich auf den schon erwähnten Obduktionsbericht verlassen. Als Professor Rönneberg den Hohlmuskel sezierte, hat er mir mit seinem Rücken die Sicht versperrt.

Natürlich hätte ich einen Schritt vortreten und über seine Schulter blicken können. Anfangs habe ich das auch immer getan. Darum weiß ich, daß es sechs Schnitte sind, die ein Herz zerlegen. Anfangs habe ich mitgezählt. Ich wollte beweisen, daß ich in der Lage war, dem Tod ins Auge zu sehen, und daß ich somit nicht nur einen rechtmäßigen, sondern auch moralischen Anspruch auf die Sondervergütung von 50 Mark hatte, die der Staat mir für jede Leichenöffnung, bei der ich ihn vertrat, bewilligte. Doch sowenig wie einem Installateur oder Kraftfahrzeugmechaniker wollte ich auf Dauer Professor Rönneberg bei einer Arbeit zusehen, von der ich nichts verstand. Ich maßte mir nicht an, aus dem Blutgerinnsel der Organe mehr herauszulesen als ein Ordinarius. Ich sah den Rücken an, der mir die Sicht versperrte, und begnügte mich damit, dem medizinischen Befund zu lauschen, den Professor Rönneberg seinem Diktiergerät diktierte. Ich könnte jetzt wörtlich zitieren. Der Obduktionsbericht liegt neben mir. Ich will mich mit dem Schlußsatz begnügen. »Arno Kröninger starb an einem Rechtsherzversagen in Verbindung mit einem Infekt der Luftwege auf natürliche Weise.«

Ich hatte mich geirrt. Mein hinreichender Verdacht war nicht begründet gewesen. Ich würde mir wieder von schief grinsenden Kollegen vorhalten lassen müssen, auf die Schnelle einen Fünfziger verdient haben zu wollen. Ich bedankte mich bei Professor Rönneberg und Dr. Wolff und verabschiedete mich von ihnen. Dann ging ich in die Kantine der Universitätsklinik zum Mittagessen.

## 3

Ich erinnere mich, daß der 13. Mai 1983 ein Freitag war. Ich weiß das deshalb so genau, weil in der Kantine gebackener Fisch und Dampfnudeln zur Auswahl standen. Ich wählte den Fisch. Zu jedem Menü gehörten drei Beilagen. Ich nahm einmal Kartoffelsalat und zweimal Birnenkompott. Ich aß gerne hier. Nicht, daß das Essen besser gewesen wäre als in der Kantine des Justizzentrums. Ich genoß es aber, daß mich hier niemand kannte. Ich konnte alleine an einem Tisch sitzen, ohne gleich als Eigenbrötler zu gelten. Ich mußte mich nicht zwischen Kollegen zwängen und über Witze lachen, die ich nicht verstand. Immer wenn Herr Borsig das Aktenzeichen 112 Js 4272/82 erwähnte, brach die versammelte Runde in wieherndes Gelächter aus. Am lautesten lachte meist Herr Mayer, oft verschluckte er sich dabei und konnte nur mit kräftigen Schlägen auf den Rücken beruhigt werden. Und Frau Bühler gab nicht auf, bevor sie mich nicht gefragt hatte, ob ich nicht zufällig den § 164 Abs. 2 des Bürgerlichen Gesetzbuches im Kopf habe. Schließlich sei ich hier der Experte fürs BGB.

Das stimmte natürlich nicht. Zwei Jahre lang war ich im ersten Stock mit Straßenverkehrsrecht beschäftigt gewesen und hatte gegen mutmaßliche Straftäter, deren Familiennamen mit den Buchstaben *Kra* bis *Mal* begannen, Anklage erhoben. Da ich mir von mißachteten Vorfahrten und Alkohol am Steuer wenig Inspiration für mein literarisches Schaffen versprach, gab ich mir alle Mühe, so viele Akten wie möglich so schnell wie möglich und so gewissenhaft wie möglich zu erledigen. Die Statistik, die über mich geführt wurde, stach meinem Vorgesetzten ins Auge. Als ich um Versetzung in eine andere Abteilung bat, wurde über mein Gesuch wohlwollend entschieden. Und wenn sich auch an Gehaltsklasse und Dienstgrad nichts änderte, hatte ich doch den Weg nach oben gemacht. Ich wurde zur ersten Abteilung in den siebten Stock befördert.

Die erste Abteilung war für Kapitalverbrechen zuständig. Hier saßen die Staatsanwälte, von denen man in der Zeitung las. Hier, hoffte ich, müßte der Stoff abfallen für so manchen Roman. Ich selbst war nur für ungeklärte Todesfälle zuständig. Da sie mich nicht ausfüllten, teilte man mir noch die Entmündigungen zu. Entmündigungen haben nichts mit Kapitalverbrechen zu tun. Die Entmündigungsgründe sind im Bürgerlichen Gesetzbuch verzeichnet. Ich war der einzige in der Abteilung, der außer dem Strafrecht auch ein BGB auf seinem Schreibtisch liegen hatte. Und es verging kein Mittagessen, ohne daß Frau Bühler mich nicht entweder fragte, wieviel Mark ich heute wieder mit meinen Leichen verdient hätte oder ob ich nicht zufällig als der Experte diesen oder jenen Paragraph aus dem BGB wüßte.

Immer wenn ich im Pathologischen Institut war, nutzte ich die Gelegenheit und aß in der Kantine der Universitätsklinik zu Mittag. War es möglich, daß ich nur deshalb so häufig den Verdacht hegte, die Obduktion könnte eine unnatürliche Todesursache ergeben, weil ich dann in der Mittagspause ungestört war? Witzelten die Kollegen zu Recht, wenn sie mich wieder mal fragten, ob ich auf die Schnelle einen Fünfziger gemacht hätte? Ich war erst seit zwei Monaten in der ersten Abteilung. Ich wußte noch nicht, welchen Stellenwert die Leichenschauen für die Statistik haben. Wohnte ich ihnen zu häufig bei, konnte das heißen, ich sei womöglich wirklich nur auf die Sondervergütung scharf. Aber andererseits, wenn ich ihnen zu selten beiwohnte, konnte man vielleicht meinen, ich sei unfähig zu erkennen, wann ein hinreichender Verdacht vorliegt, oder gar so zimperlich, daß ich den Anblick einer aufgeschnittenen Leiche trotz Sondervergütung nicht zu ertragen vermag. Es war nicht einfach für mich, immer die richtige Entscheidung zu treffen.

Bei Arno Kröninger fiel sie mir leicht. Zwar ging aus dem Einsatzbericht der beiden Polizeibeamten, die den Toten entdeckt hatten, hervor, daß man auch nach gründlicher Untersuchung des Appartements weder eine benützte Einwegspritze noch ein leeres Tablettenröhrchen noch irgendeinen anderen Hinweis auf ein Gift gefunden hatte, doch wollte es mir nicht in den Kopf, daß ein Mann, der sechs Jahre jünger war als ich, so mir nichts dir nichts sein Leben aushaucht. Hinter diesem Tod schien mir ein Geheimnis zu sein. Man stirbt nicht mit 27 Jahren an Herzschlag. Ich hatte mich geirrt. Man stirbt mit 27 Jahren an Herzschlag. Ich erinnerte mich, vor ein paar Tagen in der Zeitung gelesen zu haben, daß in Massachusetts ein einjähriges Kind an Krebs gestorben war.

Ich hatte den gebackenen Fisch aufgegessen und wendete gerade das Tablett auf dem Tisch, so daß sich jetzt die beiden Schalen mit dem Birnenkompott vor mir befanden, als ein Mann sich grußlos und ohne zu fragen, ob es gestattet sei, auf den Stuhl mir gegenüber setzte. Ringsum waren viele Tische frei. Unwillig zog ich mein

Tablett zu mir, um dem Fremden Platz für das seine zu machen. Erst auf den zweiten Blick erkannte ich Dr. Wolff. Ich hatte ihn bislang immer nur im grellen Neonlicht im Sektionsraum gesehen. Mir fiel seine gesunde Gesichtsfarbe auf. Dr. Wolff war sonnengebräunt, als hätte er die Nachsaison in Kitzbühel oder die Vorsaison an der Riviera verbracht. Statt der schwarzen Gummischürze über dem weißen Kittel trug er jetzt eine rotbraune Wildlederjacke über einem fliederfarben gestreiften Hemd aus Baumwollseide. Die obersten drei Knöpfe standen offen. Dichtes schwarzes Brusthaar kräuselte sich im Ausschnitt. Ein goldenes Kettchen zierte den Hals. Über dem linken Mittelfinger steckte ein goldener Ring mit einem Lapislazuli.

An diesem Freitag, dem 13. Mai, hatte Dr. Wolff sich für die Dampfnudel und Birnenkompott entschieden. Er nahm zwei Gabeln aus der für das Besteck vorgesehenen Vertiefung des Tabletts und begann, mit ihnen die mit einem Schlag Vanillesoße übergossene Dampfnudel in mundgerechte Teile zu zerreißen. Dann legte er die rechte Gabel beiseite, spießte mit der linken Hand, mit der er im Sektionsraum das Skalpell zu führen pflegte, ein Stück Hefeteig auf, tauchte es in die schon etwas zähflüssig gewordene Vanillesoße und führte den Bissen zum Mund. Er kaute langsam und gewissenhaft und sah mich dabei an. Ich löffelte mein Birnenkompott. Als er endlich heruntergeschluckt hatte, meinte er, bevor er den zweiten Bissen aufspießte: »Merkwürdig – nicht?«

»Was ist merkwürdig?« fragte ich.

»27 Jahre ist ein bißchen jung für ein Rechtsherzversagen – finden Sie nicht?«

»Es gibt Kinder, die sterben an Krebs.«

Dr. Wolff kaute erneut gewissenhaft und sprach mit noch vollem Mund: »Dann steht's in der Zeitung.« Und als er heruntergeschluckt hatte, führte er aus: »Wenn in den USA ein Säugling an Krebs stirbt, steht's sogar bei uns in der Zeitung.«

Ich löffelte die Soße meines ersten Birnenkompotts. Als es mir mit dem Löffel zu mühsam wurde, nahm ich die Schale in die Hand und trank den Rest. Bevor ich die Birnenhälfte des zweiten Kompotts zu essen begann, fragte ich: »War es kein Herzversagen?«

»Jeder Tod ist mehr oder weniger ein Herzversagen«, antwortete Dr. Wolff kauend. »Immer hört das Herz zu schlagen auf.«

»War es kein natürlicher Tod?«

»Sie haben's doch gehört. Arno Kröninger starb an einem

Rechtsherzversagen in Verbindung mit einem Infekt der Luftwege auf natürliche Weise. Der Infekt der Luftwege war eine Erkältung. Die meisten Leute bekommen sie mindestens einmal im Jahr. Und was das Rechtsherzversagen betrifft, mit acht Millimeter ist die rechte Herzkammerwand von Arno Kröninger wirklich ungewöhnlich dick. Aber es gibt Sechzigjährige, deren rechte Herzkammerwand ist noch dicker – und die leben immer noch.«

»Also eine unnatürliche Todesursache?«

»Wir haben keine Anhaltspunkte dafür gefunden. Und wenn keine unnatürliche Todesursache nachzuweisen ist, muß sie natürlich sein. Oder erwarten Sie allen Ernstes, daß Professor Rönneberg eine übernatürliche Todesursache diagnostiziert?«

»War es eine übernatürliche Todesursache?« fragte ich spöttelnd.

»Ich bin Mediziner. Ich bin Naturwissenschaftler. Ich glaube nicht an übernatürliche Todesursachen. Aber ich glaube auch nicht an ein Rechtsherzversagen in Verbindung mit einem Infekt der Luftwege.«

»Warum erzählen Sie mir das alles? Warum erzählen Sie es nicht Professor Rönneberg?«

»Ich habe ihm meine Zweifel angedeutet. Professor Rönneberg war über meine Mitarbeit sehr erfreut und trug mir auf, den Obduktionsbericht in eigener Verantwortung abzufassen. Die histologischen Untersuchungen stehen zwar noch aus. Aber ich bin mir sicher, sie werden an dem Befund nichts ändern. Ich bin Gerichtsmediziner. Ich schreibe an meiner Habilitation. Wie stellen Sie sich das vor? Ich kann nicht diagnostizieren: Todesursache unbekannt. Der Obduktionsbericht, den Sie am Montag auf Ihren Schreibtisch bekommen, wird mit dem Satz schließen: ›Arno Kröninger starb an einem Rechtsherzversagen in Verbindung mit einem Infekt der Luftwege auf natürliche Weise.‹«

Ich trank die Soße des zweiten Birnenkompotts aus.

»Ich geb's zu, es ist ein bißchen unfair, wie ich mich aus der Verantwortung stehle. Aber ich kann mir keinen Ärger leisten. Ich schreibe, wie gesagt, an meiner Habilitation. Übrigens, falls es Ihnen einfallen sollte, zu Professor Rönneberg oder Ihrem Oberstaatsanwalt oder sonstwem zu gehen und von unserem Gespräch zu berichten, dann werde ich alles bestreiten, was ich Ihnen gesagt habe. Dann steht Aussage gegen Aussage. Dann bekommen wir beide Ärger. Damit ist keinem gedient.«

»Ich verstehe immer noch nicht, warum Sie mir das alles erzählen.« Ich wischte mir den Mund mit der Papierserviette ab, knüllte sie zusammen und legte sie zu dem Rest Kartoffelsalat. »Warum gehen Sie das Risiko ein, Ärger zu bekommen? Warum sagen Sie nicht einfach: Natürliche Todesursache! Schluß! Aus! Basta! Amen!«

Dr. Wolff spießte den letzten Bissen Hefeteig auf, wischte mit ihm sorgfältig den Rest klebriger Vanillesoße aus der Tellermulde und sagte, während er die Gabel mit der linken Hand zum Mund führte: »Weil Sie jetzt an der Reihe sind!«

»Warum ich?«

Dr. Wolff kaute an seinem letzten Bissen. »Weil die Medizin mit ihrem Latein am Ende ist. Wenn einer die Todesursache von Arno Kröninger ermitteln kann, dann sind Sie's!«

Ich mußte lachen: »Was denken Sie, wer ich bin? Sherlock Holmes? Kommissar Maigret? Nick Knatterton?«

»Es ist mir egal, wer Sie sind!« Dr. Wolff löffelte sein Birnenkompott. »Ich will's Ihnen nur gesagt haben. Ich will mein Gewissen erleichtern. Von mir aus können Sie es auch eine Beichte nennen. Ich will die Verantwortung los sein. Ich bürde Sie Ihnen auf. Ich werde Ihnen die Namen mitteilen. Sie können damit machen, was Sie wollen!«

»Was für Namen?« fragte ich.

»Die Namen der fünf anderen.«

»Was für fünf andere?«

»Ich habe sie schon Ihrem Vorgänger gesagt. Er hatte die Ernennung zum Richter in der Tasche gehabt und wollte sich nicht mehr mit obskuren Fällen belasten. Er hat mir gesagt, wenn zu den fünf Namen noch ein sechster hinzukommt, soll ich mich an Sie wenden. Der sechste ist Arno Kröninger.« Dr. Wolff legte seinen Löffel weg und zog aus der Brusttasche seiner Wildlederjacke ein in Schlangenhaut gebundenes Notizbuch hervor. »Ich nenne Ihnen jetzt die fünf anderen Namen.« Er klappte das Notizbuch auf und warf mir einen Blick zu. »Haben Sie was zu schreiben?«

Auch ich besaß ein Notizbuch. Genaugenommen war es ein Taschenkalender des Jahres 1983. Und er war auch nicht in Schlangenhaut gebunden, sondern hatte einen grünen Plastikumschlag. Du wirst ihn kennen, Mutter. Du hast ihn mir zum Geburtstag geschenkt. Hinter dem Kalenderteil und dem Verzeichnis der Postleitzahlen und der Autonummern gab es viele leere Seiten, die für Notizen vorgesehen waren. Ich benützte sie, wenn mir ein gelungener Satz eingefallen war, den ich nicht vergessen und bei Gelegenheit verwenden wollte. Auf einer dieser Seiten schrieb ich die fünf Namen, die Dr. Wolff mir diktierte:

Karl Roßmann
Joachim Mahlke
Martin Krüger
Werner Strapinski
Detlev Spinell

## 4

Als ich nach der Mittagspause mein Büro betrat und mich hinter meinen Schreibtisch setzte, fiel mein Blick sofort auf die Akte Arno Kröninger. Sie war die oberste auf dem linken Beistelltisch und grau wie alle Akten, wenn sich ein Fall im Ermittlungsstadium befindet und noch kein Strafverfahren eröffnet worden ist. Ich nahm sie zur Hand, obwohl ich ihren Inhalt kannte. Den Anfang machte der Totenschein. Er war von Dr. Sperber, dem Polizeiarzt, ausgestellt worden. Dr. Sperber vermutete, der Tod müsse vor rund zwei Wochen eingetreten sein, eine Todesursache anzugeben sah er sich außerstande. Dem Totenschein folgten der Einsatzbericht der beiden Polizeibeamten und ein Vernehmungsprotokoll der Mutter des Toten, aus dem hervorging, daß der Sohn es versäumt hatte, ihr zum Muttertag zu gratulieren. Die Akte schloß mit der Fotokopie von vier Fotos, die die Leiche von allen Seiten zeigten. Ich mache mir nichts aus Leichen. Ich weiß nicht, warum ich Arno Kröninger so lange in die toten Augen sah.

Ich hatte Wichtigeres zu tun. Auf dem rechten Beistelltisch stapelten sich die Entmündigungen. Ich hätte allen Grund gehabt, die Akte Kröninger zu schließen. Der Fall war so gut wie erledigt. Am Montag würde der Obduktionsbefund auf meinem Schreibtisch liegen. Er würde diesmal nicht von Professor Rönneberg, sondern von Dr. Wolff unterzeichnet sein. Und der letzte Satz würde lauten: »Arno Kröninger starb an einem Rechtsherzversagen in Verbindung mit einem Infekt der Luftwege auf natürliche Weise.« Damit wäre das Verfahren eingestellt. Ich würde den Obduktionsbefund der Akte beiheften und sie an das Justizarchiv weiterleiten, wo sie zu den Akten gelegt werden würde. Ich wußte genau, so mußte es sein, wenn ich mir keinen Ärger einhandeln wollte.

Nach zwei Jahren und drei Monaten im öffentlich-rechtlichen Dienst konnte ich mir keinen Ärger leisten. Ich war Beamter auf Probe und nach dem Beamtenrechtsrahmengesetz § 23 (2) Abs. 1 zu entlassen, sollte ich eine Handlung begehen, die bei einem Beamten auf Lebenszeit ein Disziplinarverfahren zur Folge gehabt hätte. Drei Jahre lang dauert die Probezeit. Du weißt es, Mutter, und der mit meinem Schicksal weniger vertraute Leser wird es ahnen: Ich habe sie nicht bestanden. Ich habe mir Ärger eingehandelt. Ich habe die Akte Kröninger nicht geschlossen. Ich habe statt dessen den grünen Taschenkalender, den du mir zum Geburtstag geschenkt hast, aufgeschlagen und mir die für Notizen bestimmte Seite mit den fünf Namen angesehen.

Karl Roßmann
Joachim Mahlke
Martin Krüger
Werner Strapinski
Detlev Spinell

Ich schrieb einen sechsten Namen darunter.

Arno Kröninger

Ich weiß nicht mehr, warum ich das getan habe. Ich weiß nur noch, daß damit die Seite fast vollgeschrieben war. Es hätte nur noch ein weiterer Name auf ihr Platz gehabt. Und ich weiß, daß ich mich einen Augenblick lang fragte, wie mir wohl zumute wäre, wenn ich noch einen siebten Namen notieren müßte. Dr. Wolff hatte recht behalten. Die Bürde der Verantwortung lastete jetzt auf mir. Glaub mir, Mutter, ich habe aus ehrenhaften Motiven gehandelt. Wenn ich mich auch jetzt bemühe, die 17 goldenen Regeln zu befolgen, und mit den Seiten, die ich schreibe, immer mehr zu der Überzeugung komme, daß dieses letzte Buch auch mein bestes werden wird, hatte ich doch, als ich am 13. Mai zum Telefon griff und die Nummer der Datenzentrale wählte, keine Inspiration für eine kriminalistische Novelle, sondern nur eines im Sinn: der Wahrheit auf die Spur zu kommen.

Ich nannte der Datenzentrale die fünf Namen. Eine halbe Stunde später brachte mir ein Bote der Justizverwaltung die Computerausdrucke mit den zu den Namen gehörenden Aktenzeichen. Bei zwei Namen waren mehrere Zeichen vermerkt. Für mich waren nur die letzten Akten, die über diese fünf Männer angelegt worden waren, von Interesse. Ich bestellte sie beim Justizarchiv. Sie waren dünn wie alle Akten, wenn die Ermittlungen nicht in Gang gekommen sind. Die jüngste war am 3. Februar 1983 geschlossen worden, die älteste am 12. Juli 1982. Und alle waren sie durch die Hände von Anton Göschl gegangen. Auf dem Deckblatt, auf dem verzeichnet war, wer die Akte zuletzt bearbeitet hatte, stand sein Name. Ich kannte das Gekrakel mit dem übergroßen G. Anton Göschl war mein Vorgänger gewesen. Ich habe ihn mehr als einmal verflucht. Er hat mir nicht nur einen Stapel heikler Entmündigungsverfahren hinterlassen, sondern auch fünf Namen, zu denen jetzt ein sechster hinzugekommen war.

Ich begann mit Detlev Spinell. Er war laut dem von Dr. Sperber ausgestellten Totenschein höchstwahrscheinlich am 27. Januar 1983 und laut dem von Professor Rönneberg unterzeichneten Obduktionsbefund mit an Sicherheit grenzender Wahrscheinlichkeit am 28. Januar 1983 gestorben. Am 1. Februar war er von einer Helga Faber, die nach einem Skiurlaub in die gemeinsam mit Detlev Spinell gemietete Dreizimmerwohnung zurückgekehrt war, tot aufgefunden worden. Martin Krüger hatte man erst nach Monaten in seinem Appartement entdeckt, und was seinen Tod betraf, vermutete man, daß er zwischen dem 30. August und dem 5. September 1982 eingetreten sein mußte. Dafür war der Todestag von Werner Strapinski um so exakter zu bestimmen. Werner Strapinski war am 31. 12. 1982 kurz nach Mitternacht in einem Zimmer mit der Nummer 417 im vierten Stock des Sheraton-Hotels von einem Zimmermädchen gefunden worden. Seine Akte war bei weitem die dickste. Das Zimmermädchen, zwei Etagenkellner, ein Choreograph, der im Nachbarzimmer übernachtet hatte, der Empfangschef und nicht zuletzt der Geschäftsführer des Hotels hatten ihre Aussagen zu Protokoll gegeben. Bei der Frage, ob Werner Strapinski in der Nacht seines Todes einen Besuch empfangen hatte, kam es zu Widersprüchen. Ich will nicht auf sie eingehen und den Leser mit Kausalketten langweilen, die im Augenblick nichts zur Sache tun. Auch wie man Karl Roßmann und Joachim Mahlke aufgefunden hat, ist, genaugenommen, hier ohne

Belang. Ich brauche die Aktenlage nicht zu referieren. Es liegt mir fern, gegen irgend jemanden Anklage zu erheben. Ich fasse mich kurz. Ich begnüge mich mit dem, was die Namen miteinander verband: Alle waren sie an Herzversagen gestorben.

Der jüngste, Joachim Mahlke, war gerade 19 geworden. Werner Strapinski, der älteste, war 34 Jahre alt. Alle waren sie allein gewesen, als der Tod eintrat. Nie hat ein Angehöriger dem Sterbenden Trost gespendet. Nie hat ein des Weges kommender Passant dem Besinnungslosen Erste Hilfe geleistet. Immer wurde die Leiche erst gefunden, wenn es für Wiederbelebungsversuche viel zu spät war. Bis auf Werner Strapinski und Joachim Mahlke, den Pilzsucher in einer Waldlichtung auf einem Flecken Moos entdeckten, hatte man alle in der Wohnung, in der sie bei der Meldebehörde gemeldet waren, aufgefunden. Und alle waren sie nackt gewesen. Jeder Akte lag eine Seite mit den Fotos bei. Immer lag die Leiche auf dem Rücken. Immer waren die Beine leicht gespreizt und die Arme im spitzen Winkel vom Rumpf gestreckt, als würde der Tote gerade tiefe Entspannung suchen.

Ich war in der Schule keine Leuchte in Mathematik gewesen. Ich weiß über Statistik nicht mehr als ein gebildeter Laie. Trotzdem kenne ich mich in der Wahrscheinlichkeitsrechnung so gut aus, daß ich nie in die Versuchung geraten bin, Lotto zu spielen. Ja, ich spiele nicht einmal Roulette, weil ich weiß, daß dank eines Feldes namens *zéro* immer die Bank gewinnt. Ich bin Rationalist. Es war kein Gefühl, es war mein Verstand, der mir sagte, daß der sich gleichende Tod dieser sechs jungen Männer kein Zufall sein konnte. Es mußte ein Geheimnis in ihrem Leben geben, das die sechs miteinander verband. Wäre ich der Held eines Romans gewesen, hätte ich gewußt, was ich zu tun gehabt hätte. In dem Fernkurs für Belletristik des Fortbildungsseminars für Nachwuchsschriftsteller stand auch die Kriminalgeschichte auf dem Lehrplan. Ich weiß, wie sie beginnen muß. Am Anfang steht immer ein Geheimnis. Und der Detektiv hat dann die Aufgabe, Licht in das Dunkel zu bringen. Sechs ungeklärte Todesfälle waren zu klären. Sechs Gleichungen mit, sagen wir, 36 Unbekannten: Ich hätte sie spielend gelöst, wenn das Leben ein Roman wäre.

Doch dies ist ein Tatsachenbericht. Allein die Angehörigen der Toten zu befragen, hätte mehr Zeit gekostet, als mir zur Verfügung stand. Und was hätten sie schon zu berichten gehabt? In der Regel doch nur den Text der Karte, die der Verstorbene dem Vater oder

der Mutter zum letzten Geburtstag geschickt hatte. Wer vertrauteren Umgang mit dem Toten pflegte, war der Akte nicht zu entnehmen. Wer die Leiche gefunden hatte, war nie der beste Freund gewesen, sondern das Zimmermädchen, ein Gerichtsvollzieher, eine Nachbarin, die Mutter und zwei Pilzsucher. Und selbst wenn man wie im Fall Detlev Spinell das Glück hatte, daß der Tote von der Lebensgefährtin entdeckt worden war, was sollte man sie fragen? Vielleicht wohnte sie inzwischen in einer anderen Stadt. Welche Instruktionen sollte ich den Kollegen von der Staatsanwaltschaft Osnabrück oder Buxtehude oder sonstwo geben, wenn ich sie bitten würde, eine Zeugin namens Helga Faber an meiner Stelle zu vernehmen? Was sollten sie fragen? Na schön, sie war die Freundin eines 23jährigen Mannes gewesen, der an einem Herzversagen gestorben ist. Was weiter? Was dann?

Anton Göschl hatte recht gehabt. Ganz gleich, ob man die Ernennung zum Richter in der Tasche hat oder nicht, man belastet sich nicht mit obskuren Fällen. Ich hatte zwei Möglichkeiten. Ich hätte Schippke aufsuchen können. Oberstaatsanwalt Schippke ist ein Mann, der mit sich reden läßt. Er ist Rationalist wie ich. Ich bin mir sicher, daß er weder Roulette noch Lotto spielt, und trotzdem glaube ich nicht, daß ich ihn von meinem Verdacht hätte überzeugen können. Schippke hätte nur gefragt, ob auf dem Obduktionsbericht »natürliche Todesursache« oder »unnatürliche Todesursache« steht. Und selbst wenn ich die Warnung von Dr. Wolff in den Wind schlagen und ihn in die Sache hineinziehen, seine Bedenken gegen die eigene Diagnose dem Oberstaatsanwalt referieren würde, Schippke wäre nur ungeduldig geworden und hätte mich noch einmal gefragt, was auf dem vom zuständigen Gerichtsarzt unterzeichneten Obduktionsbefund steht. Und wenn Dr. Wolff in Vertretung von Professor Rönneberg eine natürliche Todesursache diagnostiziert, dann ist der Fall erledigt, das ist klar, so sonnenklar, daß Oberstaatsanwalt Schippke sich zu fragen begonnen hätte, warum Staatsanwalt Zorski, der doch bislang einen so vernünftigen Eindruck gemacht hatte, auf die Idee kommen konnte, ihm wegen so einer Lappalie die Zeit zu stehlen.

Und wenn auch dieser »Diebstahl« bei weitem nicht ausgereicht hätte, gegen einen Beamten auf Lebenszeit ein Disziplinarverfahren einzuleiten, so ahnte ich doch, daß solch ein Vorfall meiner Laufbahn nicht gerade förderlich sein würde. Die andere Möglichkeit wäre gewesen, meinem Vorgesetzten keine Meldung zu erstatten und trotzdem mit den Ermittlungen zu beginnen. Ich hätte von sechs Männern, von denen ich kaum mehr als den Totenschein und den Obduktionsbefund in der Hand hielt, die Vergangenheit ausfindig machen müssen. Ich hätte ihnen meine ganze Zeit widmen müssen. Ich wäre mit meiner übrigen Arbeit nicht mehr vorangekommen. Der Stapel der Entmündigungen auf dem rechten Beistelltisch wäre immer höher geworden. Irgendwann hätte Oberstaatsanwalt Schippke mich zur Rede gestellt. Und sicher wäre er mir dann nicht so wohlgesonnen, wenn ich ihn davon zu überzeugen versuchte, daß es bei dem Tod der sechs Männer nicht mit rechten Dingen zugegangen sein konnte. Ein Vermerk in der Personalakte wäre mir gewiß gewesen. Und wenn ich auch in diesem Fall, wäre ich Beamter auf Lebenszeit gewesen, nicht mit einem Disziplinarverfahren zu rechnen gehabt hätte, so wäre es doch gut möglich gewesen, daß das Justizministerium sich nach Ablauf meiner Probezeit auf BRRG § 23 (2) Abs. 2 berufen und meine Übernahme ins Beamtenverhältnis mit der Begründung abgelehnt hätte, ich hätte mich in meiner Probezeit nicht bewährt.

Ich entschied mich für eine dritte Möglichkeit. Ich schloß die sechs Akten und legte sie auf den linken Beistelltisch. Am Montag würde Arno Kröningers Obduktionsbefund eintreffen. Ich würde den Befund der Akte beiheften und sie mit den fünf anderen an das Justizarchiv weiterleiten, wo sie zu den übrigen gelegt werden würden. Ich nahm vom rechten Beistelltisch eine Entmündigung und machte mich an die Arbeit. Und da ich glaubte, zu viel Zeit mit unnützen Grübeleien verloren zu haben, blieb ich an diesem Freitag, dem 13. Mai, länger als sonst im Büro.

Es war acht vorbei, als ich nach Hause kam. Nachdem ich zu Abend gegessen hatte, setzte ich mich an den Schreibtisch, an dem ich auch jetzt sitze, während ich diese Sätze tippe. Ich las, wie es meine Gewohnheit war, zuerst die Seiten durch, die ich am Abend zuvor geschrieben hatte. Ich fügte mit dem Kugelschreiber ein paar Korrekturen hinzu. Ich arbeitete gerade an dem Kapitel, in dem Ecko den Findling verhört. Der Dialog war an manchen Stellen noch etwas umständlich. Ich strich den einen oder anderen Satz. Ich schrieb meinen zweiten Roman. Ich hatte diesmal einen historischen Stoff gewählt. Ich hatte mich wieder für die Ich-Form entschieden. Der Arbeitstitel lautete: »Der erste Mensch«.

Der Roman spielte am Anfang der Menschheit. Ich war mit meiner Urhorde gerade aus den Wäldern gekommen und hatte den aufrechten Gang gelernt, um besser über das Gras der Steppe nach Beute und Feinden Ausschau halten zu können. Die ersten Werkzeuge waren erfunden worden, dem Steppengetier den Schädel zu spalten. Von so einer Keule erschlagen fand eines Tages die Horde ihren Vater im Gras liegen. Die Aufregung kann man sich vorstellen. Jeder hatte jeden in Verdacht. Die Horde drohte zu zerfallen. Ganz auf sich allein gestellt, wäre jeder von uns dem Untergang geweiht gewesen. Wer nachts ruhig schlafen wollte, mußte darauf vertrauen, daß einer Wache stand. Nur in einer Gesellschaft, die sich die Arbeit teilte, hatte der erste Mensch mit seinem ungelenken Gang eine Chance, in der Wildnis zu überleben. Wenn er die Chance nicht verlieren wollte, mußte der Vatermörder gefunden werden. Ich machte mich an die Arbeit. Die Zukunft der Menschheit lag in meiner Hand.

Oberflächlich gesehen, war *Der erste Mensch* ein Kriminalroman. Doch ein aufmerksamer Leser hätte bald herausgefunden, daß ich das Genre nur benutzte. Mir ging es nicht um einen spannenden Thriller in ungewohner Umgebung. Mir ging es vielmehr darum, den Schritt zu beschreiben, der das archaische Denken von der ersten Deduktion trennt. Ecko, so nannte ich meinen Helden, leistete wahre Detektivarbeit. Er wußte die Splitter der Keule zu einem Ganzen zusammenzusetzen. Er wußte auch, daß in der fraglichen Nacht Neumond war und deshalb die Aussage des Findlings nicht wahr sein konnte, er habe nur zehn Antilopensprünge hoch einen Schakal auf einem Adler vorbeifliegen sehen. Für die Schwärze dieser Nacht war mir vor ein paar Tagen ein Vergleich eingefallen. Ich hatte ihn notiert. *Die Nacht war so schwarz gewesen wie das Schwarz im Auge eines Tigers, bevor er zum Sprung auf sein Opfer ansetzt,* hatte der Satz, glaube ich, geheißen. Um ganz sicherzugehen, schlug ich meinen grünen Taschenkalender auf. Ich blätterte die Seiten durch, die für Notizen vorgesehen waren. An einer blieb ich hängen.

Karl Roßmann 6. 7. 82
Joachim Mahlke 3. 10. 82
Martin Krüger 30. 8.–5. 9. 82
Werner Strapinski 30. 12. 82
Detlev Spinell 28. 1. 83
Arno Kröninger vor ca. 2 Wochen

Ich hatte mir im Büro die Sterbedaten hinter den Namen notiert. Erst jetzt fiel mir auf, daß alle entweder am Anfang oder am Ende eines Monats gestorben sind. Ja, mehr noch, zwischen den Todesdaten von Werner Strapinski und Detlev Spinell waren ziemlich genau vier Wochen vergangen. Und Martin Krüger war rund acht Wochen nach Karl Roßmann gestorben. Werner Strapinski starb genau zwölf Wochen und fünf Tage nach Joachim Mahlke und Arno Kröninger, dessen exaktes Todesdatum ich erst am Montag mit dem Obduktionsbefund zu Gesicht bekommen würde, ungefähr zwölf Wochen nach Detlev Spinell. Vier Wochen, acht Wochen, zwölf Wochen. Ein Monat, zwei Monate, drei Monate. Lag in den Tagen des Todes der Schlüssel zu dem Geheimnis, das die sechs Männer miteinander verband? Ich schlug in meinem Taschenkalender den 28. Januar auf. Es war ein Freitag gewesen, an dem Detlev Spinell starb. Vor dem Wochentag war ein kleiner weißer Kreis mit einem Punkt-Punkt-Komma-Strich-Gesicht abgebildet. Detlev Spinell war bei Vollmond gestorben.

Ich suchte den Kalender des letzten Jahres hervor. Er hatte einen gelben Plastikeinband. Du wirst dich an ihn nicht mehr erinnern, Mutter. Du hast ihn mir am 11. Januar 1982 zum Geburtstag geschenkt. Ich schlug den 6. Juli, den 3. Oktober und den 30. Dezember auf. Immer war neben dem zu diesem Datum gehörenden Wochentag ein weißer Kreis mit einem Mondgesicht zu sehen. Auch zwischen dem 30. August und dem 5. September hatte am 3. September Vollmond geherrscht. Ich bin, wie gesagt, Rationalist. Mein Vertrauen in Zufälle ist nicht grenzenlos. Und deshalb war ich mir plötzlich sicher, daß Arno Kröninger, der am 12. Mai 1983 von seiner Mutter, einem Hausmeister und zwei Polizisten in seinem Appartement gefunden worden war und nach Schätzung des Polizeiarztes rund zwei Wochen tot auf der Matratze gelegen haben mußte, am 27. April gestorben war. Auch an diesem Tag, einem Mittwoch, hatte die Sonne jene Hälfte des Mondes beleuchtet, die wir von der Erde sehen können. Je länger ich das Mondgesicht in meinem Kalender betrachtete, um so mehr schien es mir zu grinsen.

## 5

Das grinsende Mondgesicht hat den Ausschlag gegeben. Hier, an diesem Schreibtisch sitzend, habe ich den Entschluß gefaßt. Ich gebe zu, die Tatsache, daß ich mit meinem Roman gerade in eine Sackgasse geraten war, hat mir die Entscheidung erleichtert. Mit dem Kapitel, in dem Ecko den Findling verhört, war ich auch nach umfangreichen Korrekturen nicht zufrieden. Es mußte noch einmal geschrieben werden. Und wenn auch nur dieses Kapitel ganz und gar mißlungen war, so fürchtete ich doch, daß sich schon viele Seiten vorher ein falscher Ton in meine Sprache geschlichen hatte. Genaugenommen ließ bereits das dritte Kapitel, in dem Ecko zum letzten Mal den Hordenvater trifft, zu wünschen übrig. War es die wörtliche Rede, der ich nicht gewachsen war? Oder lag der Fehler schon im ersten Satz begraben? Vielleicht hatte ich mich mit der Ich-Form übernommen. Der erste Mensch besaß nun mal nur ein begrenztes Vokabular. Vielleicht hätte ich mich doch für die dritte Person entscheiden sollen. Ich ahnte, daß ich noch einmal von vorne würde beginnen müssen. Ich beschloß, das Manuskript in eine Schublade zu legen und es dort eine Zeitlang ruhen zu lassen. Daß ich die Arbeit an meinem Roman unterbrechen wollte, hat mir, wie gesagt, meine Entscheidung erleichtert. Es war das Mondgesicht in meinem Taschenkalender gewesen, das den Ausschlag gegeben hatte. Sein Grinsen forderte mich heraus.

Ich glaubte, einen Ausweg aus meinem Dilemma gefunden zu haben. Ich wollte, ohne Oberstaatsanwalt Schippke von meinem Vorhaben in Kenntnis zu setzen, die Ermittlungen aufnehmen. Dennoch hoffte ich, ungeschoren davonzukommen. Ich nahm mir vor, meiner Arbeit wie gewohnt nachzugehen. Der Stapel der Entmündigungen auf dem rechten Beistelltisch durfte nicht höher werden. Nur in meiner freien Zeit, die ich sonst mit dem Schreiben von Belletristik verbracht hatte, wollte ich dem Geheimnis nachgehen, das sich hinter den sechs Männern, die bei Vollmond einem Herzschlag erlegen sind, verbarg. Ich räumte meinen Schreibtisch auf. Ich legte das Manuskript meines zweiten Romans in die Schublade. Ich machte Platz für die Ermittlungen.

Als ich am Montag, dem 16. Mai, mein Büro betrat, lag ein an mich adressiertes Kuvert auf dem Schreibtisch. Es enthielt den von Dr. Wolff unterzeichneten Obduktionsbefund. Der letzte Satz lautete: »Arno Kröninger starb an einem Rechtsherzversagen in Verbindung mit einem Infekt der Luftwege auf natürliche Weise.« Der Tod sei mit größter Wahrscheinlichkeit am 26. April eingetreten. Ich wußte, daß Arno Kröninger am 27. April gestorben sein mußte. Ich heftete den Obduktionsbefund seiner Akte bei und verstaute sie zusammen mit den fünf anderen in meiner Aktentasche. Dann nahm ich eine Entmündigung vom rechten Beistelltisch und machte mich an die Arbeit. Um halb sechs fuhr ich nach Hause. Nach dem Abendessen habe ich die sechs grauen Schnellhefter aus meiner Tasche genommen, mich in das Wohnzimmer an meinen für die Ermittlungen geräumten Schreibtisch gesetzt und noch einmal die Akten studiert. Ich könnte sie wörtlich zitieren. Ich besitze sie immer noch. Ich bräuchte nur einen Doppelpunkt zu machen, könnte die Blätter den Schnellheftern entnehmen und sie dem Manuskript beilegen. Doch ich fürchte, ich würde damit sogar dich, Mutter, langweilen. Ich will es mir nicht so einfach machen. Ich bin auch dem Leser verpflichtet, dem mein Schicksal nicht so nahegeht. Ich komme nicht umhin, die Aktenlage zu referieren. Ich fasse mich kurz.

Karl Roßmann. *Alter:* 24. *Familienstand:* ledig. *Konfession:* römisch-katholisch. *Beruf:* Arbeiter. *Nächste Angehörige:* die Eltern Franz und Ilona Roßmann. *Entdecker der Leiche:* die Nachbarin Isolde Brod.

Martin Krüger. *Alter:* 34. *Familienstand:* ledig. *Konfession:* römisch-katholisch. *Beruf:* Museumswärter. *Nächster Angehöriger:* die Mutter Martha Krüger. *Entdecker der Leiche:* zwei Polizeibeamte und ein Gerichtsvollzieher.

Joachim Mahlke. *Alter:* 19. *Familienstand:* ledig. *Konfession:* ohne. *Beruf:* Schüler. *Nächste Angehörige:* die Eltern Günther und Ilse Mahlke. *Entdecker der Leiche:* zwei Pilzsucher.

Werner Strapinski. *Alter:* 26. *Familienstand:* verheiratet. *Konfession:* protestantisch. *Beruf:* Modedesigner. *Nächster Angehöriger:* die Ehefrau Frieda Strapinski. *Entdecker der Leiche:* ein Zimmermädchen.

Detlev Spinell. *Alter:* 23. *Familienstand:* ledig. *Konfession:* römisch-katholisch. *Beruf:* Student. *Nächster Angehöriger:* der Vater Thomas Spinell. *Entdecker der Leiche:* die Lebensgefährtin Helga Faber.

Arno Kröninger. *Alter:* 27. *Familienstand:* ledig. *Konfession:* ohne. *Beruf:* ohne. *Nächster Angehöriger:* die Mutter Gertrud

Kröninger. *Entdecker der Leiche:* zwei Polizeibeamte, ein Hausmeister und die Mutter.

Das waren die Informationen, die ich am 16. Mai hatte. Im Grunde genommen bestand zwischen den sechs Verstorbenen nur eine einzige Gemeinsamkeit. Alle waren sie Männer gewesen. Und alle waren sie jung, sofern man nicht der Meinung ist, mit 34 Jahren gehöre man schon zur älteren Generation. Daß fünf von ihnen ledig waren, hatte nicht viel zu besagen. Heutzutage heiratet man nicht überstürzt. Auch der Tatsache, daß unter den Konfessionen die römisch-katholische überrepräsentiert war, maß ich keine Bedeutung bei. Wichtiger waren die Adressen der nächsten Angehörigen. Die meisten wohnten in der Stadt. Vielleicht wußten sie doch mehr als den Text der Karte, die der Verstorbene dem Vater oder der Mutter zum letzten Geburtstag geschickt hatte. Und mehr noch als die Eltern, da war ich mir sicher, würde Frieda Strapinski wissen, die mit dem am 30. 12. 1982 in einem Hotelzimmer einem Herzschlag erlegenen Werner Strapinski in ehelicher Gemeinschaft gelebt hatte. Oder Helga Faber, die die Leiche ihres Lebensgefährten Detlev Spinell in der gemeinsam gemieteten Dreizimmerwohnung entdeckt hatte. Frieda Strapinski rief ich am nächsten Tag vergebens an. So kam es, daß ich meine Ermittlungen mit Helga Faber begann.

Am Donnerstag, dem 19. Mai, war ich um sieben Uhr abends mit Helga Faber im *Diva,* einer Eisdiele in der Innenstadt verabredet. Ich wußte von ihr nicht mehr, als daß sie 22 Jahre alt war, einsneunundsechzig groß sein sollte, blondes Haar hatte und entweder gelbe Hosen und eine grüne Jacke oder, falls der Donnerstag ein warmer Tag zu werden versprach, ein rotes Kleid tragen würde. In der Regel hat der Zeuge zum Staatsanwalt zu kommen. Wer nicht erscheinen will, muß damit rechnen, von Polizeibeamten vorgeführt zu werden. Daß ich es Helga Faber freigestellt hatte, sowohl Zeit als auch Ort unserer Unterredung zu bestimmen, war kein höfliches Entgegenkommen gewesen. Sollten meine Ermittlungen privat bleiben, mußte ich es vermeiden, die Zeugen im Justizzentrum zu vernehmen. Falls ein Kollege eine blonde Frau im roten Kleid mein Büro betreten sehen würde, hätte er etwas zu tuscheln gehabt. Obwohl ich noch keine zwei Monate in der ersten Abteilung war, hatte ich doch längst mitbekommen, wie schnell sich im siebten Stock der Klatsch verbreitet. Früher oder später würde Oberstaatsanwalt Schippke von den Gerüchten erfahren. Und nach zwei Jahren und drei Monaten im öffentlichen Dienst wußte ich, daß Gerüchte, auch wenn sie jeder Grundlage entbehren, einer Beförderung nicht gerade dienlich sind.

Der 19. Mai 1983 war ein warmer Tag. Der Sommer begann früh in diesem Jahr. Die Leute hatten fast alle sonnengebräunte Gesichter, nicht die gesunde und tiefe Bräune von Dr. Wolff, sondern sie waren röter und greller, so braun, wie man eben wird, wenn man nur ein Wochenende Zeit gehabt und jeden Sonnenstrahl ausgenützt hatte. Die Mädchen trugen kurze Röcke und durchsichtige Blusen. Und Männer, die sonst, ohne nach rechts und links zu blicken, schnurstracks ihren Weg von der Arbeit nach Hause gehen, verfielen an diesem Abend in einen fast südländisch schlendernden Gang und ließen ihre Blicke schweifen. Die Strassencafés waren überfüllt. Auch vor dem *Diva* war kein Tisch mehr frei. Die Kellner hatten alle Hände voll zu tun. Ich betrat die Eisdiele. Soviel Trubel draußen auch herrschte, innen war es menschenleer. Ich setzte mich in eine Ecke und sah auf die Uhr. Ich war pünktlich auf die Minute.

Um zehn nach sieben fand ein Kellner Zeit, meine Bestellung aufzunehmen. Um Viertel nach sieben servierte er mir den Cappuccino. Ich trank ihn in kleinen Schlucken und dachte darüber nach, mit welchen Worten ich das Gespräch beginnen könnte. Das Dumme war, daß ich nicht wußte, was ich Helga Faber fragen sollte. Mir war nun klar, daß die sechs bei Vollmond verstorbenen Männer etwas gemein haben mußten. Aber wie konnte Fräulein Faber mir helfen, das herauszufinden? Wie sollte sie wissen, hinter welchem Detail sich das Geheimnis verbarg, das Detlev Spinell mit den fünf anderen verband? Es gab nichts, was mich nicht interessierte. Helga würde mir alles über ihren Lebensgefährten erzählen müssen. Auch vor der Sphäre, die als intim gilt, durfte sie nicht haltmachen. Ich mußte alles daransetzen, ihr Vertrauen zu gewinnen. Ich würde mich von meiner besten Seite zeigen müssen. Aber was ist meine beste Seite?

Jede Frau hat einen anderen Geschmack. Was für die eine lustig ist, findet die andere albern. Was die eine männlich findet, schickt sich für die andere nicht. Wo liegt der Unterschied zwischen einem kultivierten Schöngeist und einem verknöcherten Intellektuellen? Na schön, Helga Faber war 22 Jahre alt. Sollte ich ihr mit dem vertrauten Du kommen und ihr von Anfang an klarmachen, daß auch ich im Grunde meines Herzens jung geblieben sei? Sollte ich meine Rede mit Wörtern wie *ätzend, tierisch* und *affentittengeil* würzen, die ich erst kürzlich in einem Artikel über die Sprache der Jugend im Feuilleton gelesen hatte? Ich fürchtete, mich damit nur lächerlich zu machen. War es vielleicht doch besser, auf dem distanzierten Sie und, bei aller Eloquenz, auf der Würde des Staates zu bestehen, den ich schließlich vertrat? Wer weiß, vielleicht hatte Helga Faber einen Vaterkomplex und etwas übrig für Autorität. Das alles waren nur Spekulationen. Ich würde mich auf den ersten Eindruck verlassen und mich ganz spontan entscheiden müssen. Vielleicht zerbrach ich mir auch ganz umsonst den Kopf. Vielleicht hatte Helga Faber mich versetzt. Inzwischen war es halb acht geworden. Ich trank den Cappuccino aus und bestellte einen neuen.

Was sollte ich tun, wenn die Zeugin nicht zur Vernehmung erschiene? Ich konnte ihr unmöglich mit einem Haftbefehl drohen. Ich hatte mir für meine privaten Ermittlungen einen reibungsloseren Beginn erhofft. Ich begann zu schwitzen. War es die sommerliche Frühlingsluft, die mein Herz schneller schlagen ließ? Falls es hier im Raum eine Klimaanlage gab, war sie überlastet. Der Ventilator an der Decke sorgte nur für lauen Wind. Ich zog mein Flanellsakko aus und hängte es über die Stuhllehne. Unter den Achseln hatten sich auf dem Hemd feuchte Flecken gebildet. Ich roch den Schweiß meines Körpers. War er es, der mich an Annegret denken ließ? Mit ihr hatte ich mein erstes Rendezvous gehabt. Statt hier vor einem Cappuccino war ich in einer Eisdiele in Memmingen schwitzend vor einem Vanilleeis gesessen und hatte mich gefragt, was ich ihr wohl als erstes sagen würde, wenn sie hereinkommen und sich zu mir an den Tisch setzen sollte, während ich vor Angst zerging, daß sie mich versetzt haben könnte.

Fünf nach halb acht betrat eine blonde Frau, die 22 Jahre alt sein mochte, in einem roten Minikleid mit weißen Tupfen das Lokal. Sie blieb am Eingang stehen und sah sich um. Außer einem Pärchen, das händchenhaltend die Stille genoß, war ich der einzige Gast. Es hätte des Fingerzeiges von mir nicht bedurft. Als die Frau, von der ich hoffte, daß sie Helga Faber war, auf mich zukam, war auf den ersten Blick nicht ersichtlich, ob sie an einem Vaterkomplex litt. Sie näherte sich mit einer gestelzten Selbstsicherheit, die es mir schwermachte, ein spontanes Wort zu finden. Ich sah ihr gelassen entgegen. Eine Verspätung von mehr als einer halben

Stunde hätte Unmut verdient gehabt. Trotzdem erhob ich mich, kurz bevor die Frau meinen Tisch erreichte, und fragte mit charmantem Lächeln: »Helga Faber?«

Helga Faber nickte. »Es tut mir leid, daß ich mich verspätet habe.«

Ich machte eine großzügige Geste, mit der ich zu verstehen gab, daß ich ihr vergeben hatte, und wies auf einen der beiden Stühle am Tisch. Wir setzten uns. Wir musterten uns über die Tischplatte hinweg. Ich begegnete ihrem Blick und glaubte, ihre Gedanken lesen zu können. »Aha, so sieht also ein Staatsanwalt aus.« Ich bemerkte, wie sie meine Schweißflecken unter den Achseln bemerkte, und sah ein flüchtiges Lächeln über ihre karmesinroten, zu einem Kußmund geschminkten Lippen huschen. Ihr Gesicht war weiß, es hatte letztes Wochenende von der Sonne nicht viel abbekommen, es war ausgesprochen bleich, ohne daß man es ungesund nennen konnte, sosehr auch violette Augenschatten das Gegenteil nahezulegen versuchten. Die knalligen Farben auf der blassen Haut konnten dem Gesicht seine Schönheit nicht nehmen. Ich erinnerte mich, was ich vor mehr als 15 Jahren in einer Eisdiele in Memmingen meiner ersten großen Liebe gesagt hatte, und wiederholte ganz spontan: »Je schöner die Frau, um so länger läßt sie auf sich warten.«

Helga Faber verzog ihren Kußmund zu einem schiefen Lächeln und fragte: »Haben Sie das gelernt?«

»Was?« fragte ich zurück.

»Wie man Komplimente macht. Sie haben doch sicher einen Lehrgang absolviert.«

»Was für einen Lehrgang?«

»Halten Sie mich für dumm?« Helga Faber öffnete ihre Handtasche und holte eine Packung Mentholzigaretten und ein Feuerzeug heraus. »Halten Sie mich für so dumm, daß ich nicht weiß, was gespielt wird? Glauben Sie allen Ernstes, ich krieche Ihnen auf Ihren süßen Leim? ›Je schöner die Frau, um so länger läßt sie auf sich warten.‹ Sie kennen alle Tricks und Kniffe. Sie wissen, wie man ein Verhör durchführt. Wann Härte angesagt ist und wann man besser mit einem Kompliment beginnt.« Helga Faber zündete sich eine Zigarette an und blies mir den Rauch ins Gesicht. »Warum kommen Sie mir mit der sanften Tour?«

»Ist es Ihnen lieber, wenn ich mit der harten komme?«

»Das ist mir egal. Bei mir verfängt keine. Was wollen Sie?«

»Das habe ich Ihnen doch schon am Telefon gesagt. Ich will mich mit Ihnen über Detlev Spinell unterhalten.«

»Und ich habe Sie schon am Telefon gefragt: warum?«

»Weil er tot ist.«

»Eben. Ganz gleich, was er in seinem Leben ausgefressen haben mag, er ist tot. Warum interessieren Sie sich für ihn?«

»Finden Sie nicht, daß man mit 23 Jahren ein bißchen zu jung ist für einen Herzschlag?«

»Woher soll ich das wissen?« Helga Faber schnippte die Asche ihrer Zigarette in den Aschenbecher. »Erst kürzlich hab' ich in der Zeitung von einem Kind gelesen, das an Krebs gestorben ist.«

»Stand auch was über Detlev Spinell in der Zeitung?« fragte ich und sah Helga Faber in die Augen.

Sie hielt meinem Blick stand und fragte zurück: »War es denn kein Herzschlag?«

»Jeder Tod ist mehr oder weniger ein Herzschlag«, zitierte ich Dr. Wolff. »Immer hört das Herz zu schlagen auf.«

»Wenn es kein Herzschlag war, woran ist Detlev dann gestorben?«

Ich schwieg. Der Kellner trat an den Tisch und fragte Helga Faber nach ihren Wünschen. Sie bestellte einen Campari mit Soda. Nachdem der Kellner gegangen war, wiederholte sie ihre Frage: »Woran ist Detlev gestorben?«

»Ich weiß es nicht«, antwortete ich. »Aber Sie können mir helfen, es herauszufinden.«

»Wie?«

»Indem Sie mir alles über Detlev Spinell erzählen.«

»Für wie dumm halten Sie mich eigentlich?« Helga Faber drückte die erst halb gerauchte Zigarette in dem Aschenbecher aus. »Methode eins hat nicht geklappt. Probieren wir es mit Methode zwei. Statt Komplimenten geheimnisvolle Andeutungen. Sie halten mich wohl für saudumm. Warum in aller Welt sollte ich Ihnen irgend etwas über Detlev Spinell erzählen?«

»Ganz einfach. Weil Sie müssen. Ich habe das Recht, Ihnen Fragen zu stellen.«

»Und ich habe das Recht, die Aussage zu verweigern.«

Ich wollte mich nicht in juristischen Spitzfindigkeiten verlieren. Verweigert ein Zeuge ohne Grund die Aussage, kann der Richter im Vorverfahren ein Ordnungsgeld festsetzen. Er ist es auch, der zur Erzwingung eines Zeugnisses die Beugehaft anordnen kann.

Ich wußte, daß ich es so weit nicht kommen lassen durfte. Es gab nur eine Möglichkeit, Helga Faber zur Aussage zu bewegen. Ich mußte sie in den Sachverhalt einweihen. Ich erzählte ihr unter dem Siegel der Verschwiegenheit, daß Detlev Spinell nicht der einzige Mann war, der unter merkwürdigen Umständen einem Tod erlegen sei, dessen Ursache der Gerichtsmedizin Rätsel aufgebe. Ich mutmaßte, daß vielleicht ein neues, den Ärzten noch nicht bekanntes Rauschgift im Spiel sein könnte. Und jeden Augenblick könnte dieses geheimnisvolle Gift ein neues Opfer finden! Ich ließ mich weder von den wohlgeformten Oberschenkeln noch von der grazilen Linie ihrer Schultern ablenken. Ich sah Helga Faber nicht in den Ausschnitt, sosehr er sich auch meinen Blicken anbot, nein, ich hielt meine Augen fest auf ihre Augen gerichtet, während ich mit leiser und doch bestimmter Stimme die Schuld ausmalte, die sie auf sich laden würde, falls sie nicht ihrer menschlichen Pflicht nachkommen und meine Nachforschungen nach besten Kräften unterstützen sollte. Ich hatte meine Lektion von Dr. Wolff gut gelernt. Ich bürdete Helga Faber die Last der Verantwortung auf.

Und Helga Faber nahm die Last auf sich. Sie fürchtete nicht mehr, daß ich statt der Methode zwei jetzt die Methode drei oder irgendeine andere, die ich in einem Lehrgang über die Strategie des Verhörs gelernt haben könnte, zur Anwendung bringen würde. Helga Faber erzählte mir alles über ihren Lebensgefährten Detlev Spinell. Sie waren sich in einem Proseminar über die immanente Poetik der Lyrik Stefan Georges begegnet. Sie hatten aneinander mehr Gefallen gefunden als nur für eine Nacht. Sie waren in eine Dreizimmerwohnung gezogen, für die sie nicht mehr zu bezahlen hatten als für die beiden Einzimmerappartements, die sie zuvor bewohnt hatten. Jeder besaß sein eigenes Arbeitszimmer, in dem er seinen Studien nachgehen konnte, das Schlafzimmer hatten sie sich geteilt. Es war eine harmonische Beziehung gewesen. Helga und Detlev hatten sich schon bald aneinander gewöhnt. Mit der Alltäglichkeit kam die Langeweile. Erst ging der eine fremd, dann der andere. Erst machte man's heimlich, dann gab man's offen zu. Detlev Spinell war mit einer Freundin nach Kreta geflogen. Und Helga Faber hatte sich mit einem Freund in Obertauern beim Skifahren vergnügt. Als sie am 1. Februar nach Hause kam, lag Detlev tot im Bett.

Natürlich hakte ich mit Fragen nach. Es gab nichts, was mich nicht interessierte. Hinter jeder Kleinigkeit konnte schließlich das

Geheimnis verborgen sein, das Detlev Spinell mit den fünf anderen bei Vollmond verstorbenen Männern verband. Helga Faber bestellte einen zweiten Campari mit Soda und ich einen dritten Cappuccino. Unser Gespräch dauerte mehr als zwei Stunden. Und wenn ich es auch nicht Wort für Wort wiedergeben kann, so kann ich es doch in den Hauptzügen rekonstruieren. Ich habe mir Notizen gemacht, nicht in den grünen Kalender, den du mir zum Geburtstag geschenkt hast, Mutter, sondern auf einen Block, den ich mir eigens für diese privaten Ermittlungen zugelegt hatte. Ich könnte jetzt mit einer Menge Details auftrumpfen, die mit dem weiteren Verlauf der Geschichte nichts zu tun hätten. Ich will hier nur erwähnen, daß ich Helga Faber gegen Ende unserer Unterredung eindringlich gefragt habe, ob sie in den letzten Wochen des Lebens ihres Lebensgefährten irgendwelche Veränderungen an ihm festgestellt hätte. Helga Faber konnte sich an keine erinnern, außer an solche, die sich immer einstellen, wenn man einen Partner, den man bislang nur mit verliebten Augen gesehen hat, aufhört zu lieben.

»Hat er dem Mond Beachtung geschenkt?« fragte ich zum Schluß.

»Was für einem Mond?« fragte Helga Faber zurück.

»Wir haben nur den einen. Hat Detlev Spinell darauf geachtet, wann er abnimmt und wann er zunimmt? Wann Neumond ist und wann Vollmond?«

Helga Faber schüttelte den Kopf.

»Es ist Ihnen also nichts Sonderbares an ihm in den letzten Tagen aufgefallen?«

»Doch. Jetzt, wo Sie mich danach fragen, fällt es mir wieder ein. Er hat seine Gedichte verbrannt.«

»Was für Gedichte?«

»Hab' ich das nicht erzählt? Detlev hat Lyrik geschrieben. Sein Vorbild ist Trakl gewesen. Als wir uns kennenlernten, hat er mir einen ganzen Zyklus gewidmet. Und Ende letzten Jahres, ich glaube, es war ein Tag vor Silvester, hat er mir erzählt, daß er soeben alle seine Werke verbrannt hat. Und als ich ihn fragte, warum, hat er gesagt: ›Ich schäme mich für jede Zeile.‹«

# 6

Ich schäme mich nicht. Ich schreibe weiter. Ich lebe. Detlev Spinell ist tot. Doch ich will nicht dich, Mutter, und auch die Leser nicht, die dir hoffentlich folgen, auf eine falsche Fährte locken. Detlev Spinell war der einzige der in einer Vollmondnacht einem Herzschlag erlegenen sechs Männer, der wie ich in seiner freien Zeit und zu seinem eigenen Vergnügen Worte zu Papier brachte. Ich weiß nicht, wie gut die Gedichte waren, die Detlev geschrieben und einen Tag vor Silvester verbrannt hatte, am selben Tag, an dem Werner Strapinski im Zimmer 417 des Sheraton-Hotels starb. Aber ich bin mir sicher, daß Detlev nicht an seinem Talent gezweifelt hatte, als er sein Werk in Flammen setzte. Es war nicht das Versmaß gewesen, dessen er sich geschämt hatte. Es waren die Buchstaben. Es war die von ihm verschuldete Schrift gewesen, deren Anblick er, eine Vollmondnacht vor seinem Tod, nicht ertragen konnte. Ich schaue auf die Tasten meiner Schreibmaschine. Q. W. E. R. T. Z. U. I. O. P. Ü. Ich ertrage den Anblick der Buchstaben des Alphabets. Ich tippe weiter meine Sätze. Wenn ich mich schäme, dann nur, weil ich am Leben bin.

Doch ich nehme die Zukunft vorweg. Ich habe mir vorgenommen, die Wahrheit chronologisch zu berichten. Und die Wahrheit ist, soviel darf ich vorwegnehmen, daß das Schreiben von Gedichten oder von Prosa nichts mit dem Geheimnis der sechs toten Männer zu tun hat. Es gab nichts, was sie auf den ersten Blick verband. Karl Roßmann war Arbeiter in einem Heizkraftwerk und züchtete in seiner Freizeit Rosen. Joachim Mahlke trommelte in einer Schülerband und wollte nach dem Abitur Veterinärmedizin studieren. Martin Krüger arbeitete als Museumswärter in der Städtischen Galerie, ohne sich für die bildende oder eine andere Kunst sonderlich zu interessieren. Werner Strapinski war ein Schneidermeister, der sich Modedesigner genannt hatte. Ich habe lange mit seiner Witwe gesprochen. Sie hatte mit ihrem Mann eine offene Ehe vereinbart. Sie nannte mir die Namen seiner Geliebten. Ich habe sie alle befragt.

Ich will jetzt nicht jeden Zeugen aufführen, den ich zwischen dem 19. Mai und dem 13. Juni vernommen habe. Ich will es bei der Behauptung belassen, daß es nicht einfach war, die Väter und Mütter, Brüder und Schwestern, Freunde und Feinde, Arbeitskollegen und Schulkameraden, Rosenzüchter und Hobbymusikanten nicht nur zum Reden, sondern auch dazu zu bringen, vor der Sphäre, die gemeinhin als intim gilt, nicht haltzumachen. Wenn ich wollte, könnte ich jedes Verhör so ausführlich schildern wie das mit Helga Faber. Ich habe von den Gesprächen Gedächtnisprotokolle angefertigt. Ich habe sie hier auf meiner Maschine getippt. Und obwohl sie durch keine Unterschrift beglaubigt und somit vor Gericht nicht verwertbar sind, habe ich sie den Akten beigeheftet. Ich weiß, es würde jetzt zu weit führen, alle Gespräche wiederzugeben. Und doch widerstrebt es mir, über so viele Stunden mühsamer Arbeit mit einem Satz hinwegzugehen. Wer weiß, vielleicht interessiert es den einen oder anderen Leser, daß Karl Roßmann gerne Röstkartoffeln aß und Joachim Mahlke in den naturwissenschaftlichen Fächern besser als in Fremdsprachen war. Martin Krüger ging sonntags immer in die Kirche. Werner Strapinski spielte zweimal in der Woche Squash. Und Detlev Spinell meditierte jeden Tag nach dem Aufstehen zwanzig Minuten lang. Ich kenne sogar sein Mantra. Ich habe es vergessen. Es ist in den Akten verzeichnet.

Obwohl das Mantra von Detlev Spinell für diese Geschichte ganz sicher nicht von Bedeutung ist, verspüre ich plötzlich den Wunsch, noch einmal einen Blick in die Akten zu werfen. Sie liegen in der Schreibtischschublade unter meinen Manuskripten. Ich öffne die Lade und nehme die sechs grauen Schnellhefter heraus. Sie sind jetzt so dick wie die meisten Akten, wenn die Ermittlungen in Gang gekommen sind und zu keinem Ergebnis geführt haben. Nein, ich muß mich korrigieren, es sind nur fünf Schnellhefter, deren Umfang deutlich zugenommen hat. Die Akte Arno Kröninger ist so dünn geblieben wie am 16. Mai, dem Tag, an dem ich sie zusammen mit den fünf anderen vom Büro mit nach Hause gebracht habe. Kein einziges Protokoll ist seitdem hinzugekommen. Ich habe zwar Herrn Juric, den Hausmeister, und eine Nachbarin befragt, doch da beide übereinstimmend nicht mehr zu berichten hatten, als daß Arno Kröninger immer höflich gegrüßt habe und sonst nicht aufgefallen sei, hielt ich es nicht für nötig, die Aussagen der beiden Zeugen aufzuschreiben. Und Gertrude Kröninger wohnte in Düsseldorf. Wenn ich Oberstaatsanwalt Schippke von meinen Ermittlungen nicht in Kenntnis setzen wollte, durfte ich weder eine Vernehmung durch die dortige Staatsanwaltschaft noch eine Dienstreise beantragen. Ich würde einen Tag Urlaub nehmen oder ein Wochenende opfern müssen. So geschah es dann auch. Am 12. Juni 1983 bin ich Arnos Mutter begegnet. Daß es auch von diesem Gespräch kein Protokoll gibt, liegt daran, daß Gertrude Kröninger die letzte Zeugin war, die ich vernommen hatte. Am 13. Juni wurden die sechs Akten geschlossen.

Ich nehme schon wieder die Zukunft vorweg. Dabei habe ich mir doch so sehr vorgenommen, die Wahrheit chronologisch zu berichten. Wo war ich vor meiner Abschweifung stehengeblieben? Ach ja, die Akte Arno Kröninger ist so dünn geblieben wie an jenem Tag, an dem ich sie vom Büro mit nach Hause gebracht habe. Nein, ich muß mich korrigieren. Um eine Seite ist sie dicker geworden. Frau Kröningers Brief ist hinzugekommen. Er ist, nach dem von ihr geschriebenen Datum, am 4. Juni abgefaßt worden und laut Eingangsstempel am 6. Juni bei der Staatsanwaltschaft eingetroffen. Am 10. Juni lag er auf meinem Schreibtisch. Es hat vier Tage gedauert, bis er den Weg zu mir gefunden hat. Der Brief ist nicht lang. Ich kann ihn zitieren.

Gertrude Kröninger
Winterfeldweg 30
4000 Düsseldorf
Tel. 0211/368157

4. 6. 1983

Sehr geehrter Herr Staatsanwalt!
Ich habe Grund zu der Annahme, daß mein Sohn Arno Kröninger nicht eines natürlichen Todes gestorben ist. Ich weiß, daß Arno Feinde hatte. Ich bin mir sicher, daß er ermordet worden ist. Ich bin jederzeit bereit, für diese Behauptung den Beweis anzutreten. Ich erwarte Ihren Besuch.

Hochachtungsvoll!
Gertrude Kröninger

Ich hatte mir schon seit Tagen vorgenommen, mit Frau Kröninger in Verbindung zu treten. Die Reise nach Düsseldorf, die mir bevorstand, war nicht der einzige Grund gewesen, warum ich so lange gezögert hatte. Schwerer wog, daß Gertrude Kröninger Arnos Mutter war. Ich hatte im Verlauf meiner Ermittlungen lernen müssen, daß es am schwierigsten war, den Müttern zu begegnen. Sie wollten immer ganz genau wissen, warum sich die Staatsanwaltschaft für ihren Sohn interessiert. Und wenn ich andeuten mußte, daß er vielleicht nicht eines natürlichen Todes gestorben war, brach für die Mütter zum zweiten Mal die Welt zusammen. Hatten sie sich doch soeben erst damit abgefunden, daß Gottes Wille unergründlich ist, wurde ihnen von mir eine weitaus schwerere Last aufgebürdet. War ein Tod nicht der Natur zuzuschreiben, mußte es außer Gott noch einen anderen Schuldigen geben. Ich hatte mit Ilse Mahlke und Martha Krüger gesprochen und mich beide Male geschämt, eine Mutter mit der Ahnung alleine lassen zu müssen, daß irgendwo auf der Welt der Mörder ihres Sohnes lebt.

Frau Kröninger habe ich umsonst geschont. Vielleicht kannte sie sogar den Mörder ihres Sohnes. Am 12. Juni, einem Sonntag, habe ich sie besucht. Du wirst dich an diesen Tag erinnern, Mutter. Es ist dein Geburtstag gewesen. Du hast mir später am Telefon erzählt, wie ihr ihn gefeiert habt. Das Spanferkel, das ihr gegessen hattet, war nicht so zart gewesen wie das vom letzten Jahr. Mein Bruder hatte wie immer zuviel getrunken. Meine Schwägerin Sabine hatte ein blaues Abendkleid getragen, in dem sie aussah wie ein Mannequin, obwohl sie es für nur 150 Mark im Schlußverkauf erstanden hatte. Und meine Nichte Monika hatte dir ein selbstverfaßtes Glückwunschgedicht vorgetragen. Das war dir dein liebstes Geburtstagsgeschenk gewesen. Meines kam erst zwei Tage später mit der Bundespost. Natürlich habt ihr alle sehr bedauert, daß ich diesen festlichen Tag diesmal nicht in eurer Mitte verbringen konnte. Monika soll mehrmals nach mir gefragt haben. Es war wirklich ein dummer Zufall gewesen, daß der meiner Laufbahn so förderliche Fortbildungslehrgang ausgerechnet auf dieses Wochenende gefallen war.

Jetzt kennst du die Wahrheit. Und da in diesem Buch noch viel offenere Worte fallen werden, will ich dir auch nicht verschweigen, daß mir die Wahl zwischen dir und Gertrude Kröninger nicht schwergefallen ist. Ich hätte die Zeugin auch samstags vernehmen können, aber Frau Kröninger hatte den Sonntag vorgeschlagen. Ich war einverstanden gewesen. Ich war froh, vor mir selbst eine Ausrede gefunden zu haben. Denn wenn ich auch jedes Jahr treu meine Pflicht erfüllt habe, es hat mich nie gedrängt, deinem Geburtstag beizuwohnen. Monika war für mich schon das verzogene Gör gewesen, als sie weder sprechen noch laufen konnte. Ganz gleich, wie Sabine gewandet war, nie habe ich begreifen können, warum mein Bruder so einen Narren an dieser Frau gefressen hatte. Und im Gegensatz zu dir verstand ich mich mit Dieter erst dann, wenn er betrunken war. Vater hat mich immer um juristischen Rat gebeten. Und du, Mutter, hast nur selten ein Wort verloren. Du hast schweigend am Kopfende des Tisches gesessen und dich gefreut am Anblick der Lieben, die sich dir zu Ehren versammelt hatten.

Und sowenig du auch geredet hast, immer hast du beim Abendessen nach dem ersten Bissen um dich geschaut und uns alle gefragt, ob wir nicht auch meinten, daß das Fleisch des Spanferkels vom letzten Jahr eine Spur zarter gewesen sei. Und ich habe mit allen anderen am Tisch genickt, obwohl ich mich nicht habe erinnern können, wie zart das Fleisch im letzten Jahr gewesen war. Doch ich fürchte, mit diesen Fragen des Geschmacks verliere ich mein Thema aus den Augen. Ich muß auch an das Wohl der Leser denken, die nach dir diese Seiten in den Händen halten. Ich darf sie nicht mit Familienangelegenheiten langweilen. Kommen wir auf Gertrude Kröninger zurück. Sie hatte mir am Telefon den Weg von der Autobahnausfahrt Düsseldorf-Süd zum Winterfeldweg beschrieben. Die Nummer 30 war ein Einfamilienhaus. Es sah aus wie alle Häuser dieser Straße. Man hatte den Eindruck, der ganze Vorort sei von *einem* Architekten gebaut worden. Nur die Zäune unterschieden sich. Rustikalem Lattenlook folgte schlichter Maschendraht oder ein gemauerter Sims mit verstreuten Glasscherben darauf. Das Haus Nummer 30 war von keinem Zaun umgeben. Es wurde von einer Hecke begrenzt, die so hoch gewachsen war, daß sie den Einblick auf das Grundstück verwehrte. Das Tor war aus Schmiedeeisen. Durch die Gitterstäbe konnte man die kiesbedeckte Auffahrt zur Garage sehen. Links von der Garage befand sich die Haustür. Drei Stufen führten zu ihr empor. Auf der obersten lag ein Fußabstreifer.

Ich klingelte. Hinter einem Fenster im Erdgeschoß bewegte sich der Vorhang. Auf dem Nachbargrundstück bellte ein Hund. Ich wartete auf das Summen des Öffners und betrachtete dabei den kurzen Schatten, den ich warf. Die Sonne hatte ihren höchsten Stand erreicht. Trotzdem schwitzte ich nicht. Während meiner privaten Ermittlungen hatte ich mich vor keiner Vernehmung so sicher gefühlt. Diesmal mußte ich meine Neugier nicht mit obskuren Theorien legitimieren. Ich hatte mich nicht aufgedrängt. Mein Erscheinen war erwünscht. Ich mußte keine Fragen stellen. Man hatte mir etwas zu sagen. Wenn trotzdem mein Herz schneller schlug, dann nur aus Neugier, was Frau Kröninger mir wohl zu berichten hätte. Vielleicht wurde in ein paar Minuten schon das Geheimnis der sechs bei Vollmond verstorbenen Männer gelüftet.

Die Haustür öffnete sich. Eine Frau erschien. Ihr Gesicht war von einer ledernen Bräune, wie man sie meist bei Bauern oder Arbeitern vorfindet, die den größten Teil des Tages im Freien sind. Zu dieser wettergegerbten Haut wollte das lindgrüne Plisseekleid mit den Rüschen an den kurzen Ärmeln nicht passen. Der Faltenrock umspielte die Waden, als die Frau die drei Stufen herabstieg und mir mit fast beschwingten Schritten entgegenkam. Frau Kröninger lächelte, als sie mir das Tor aufmachte und mich fragte: »Hatten Sie eine gute Fahrt?«

Ich nickte und trat ein. Frau Kröninger schloß das Tor hinter mir und ging über einen schmalen Fußweg aus Betonplatten, die auf dem Kies der Auffahrt verlegt waren, zur Haustür voran. Ich stieg die drei Stufen empor und betrat hinter Frau Kröninger das Haus. Sie schloß die Tür und ging über einen Berberläufer zum Wohnzimmer voran. Sie öffnete die Wohnzimmertür und ließ mir diesmal den Vortritt. Ich trat ein. Links befand sich der Eßtisch mit vier Stühlen, rechts eine um einen niedrigen Couchtisch gruppierte Sitzgarnitur. Frau Kröninger schritt durch das Zimmer zur Terrassentür. Auf der Terrasse war unter der Sonnenmarkise ein Gartentisch gedeckt. Gertrude Kröninger deutete auf einen Klappstuhl, der mit der Lehne zur Hauswand stand, und sagte: »Setzen Sie sich.«

Ich setzte mich. Frau Kröninger ging ins Wohnzimmer zurück. Ich betrachtete den Garten. Die Stiefmütterchen waren verwelkt. Dafür stand der Rittersporn in voller Blüte. An den Ästen des Kirschbaums hingen schmale Streifen aus Stanniolpapier, die in der Sonne reflektierten. Die Amseln ließen sich davon nicht stören und pickten nach den grünen Früchten. Auf dem Nachbargrundstück bellte noch immer der Hund. Frau Kröninger kam zurück, in der einen Hand eine Kaffeekanne, in der anderen ein Tablett mit einem großen Teller, auf dem mehrere Stücke Streuselkuchen lagen, und einer kleinen Schüssel Schlagsahne. Frau Kröninger stellte sowohl Kanne als auch Tablett ab und setzte sich mir gegenüber. Dann schenkte sie mir eine Tasse Kaffee ein und legte ein Stück Kuchen auf meinen Teller. »Ich hoffe, Sie mögen Streuselkuchen.«

»Gerne.«

»Mögen Sie auch Sahne dazu?«

Ich verneinte und wartete, bis sich Frau Kröninger bedient hatte. Dann trank ich einen Schluck und nahm einen Bissen und nickte, als Frau Kröninger mir fragend in die Augen sah: »Das ist der beste Streuselkuchen, den ich seit Jahren gegessen habe.«

»Sie müssen ihn nicht zu sehr loben.« Frau Kröninger lächelte. »Ich habe ihn nicht selbst gebacken. Ich habe ihn beim Bäcker gekauft.«

»Dann haben Sie einen guten Bäcker.« Ich trennte mit der Gabel ein neues Stück Kuchen ab. Ich aß es und trank einen Schluck Kaffee hinterher. Ich stellte die Tasse ab und sagte: »In Ihrem Brief haben Sie geschrieben...«

»Nicht jetzt!« unterbrach mich Frau Kröninger.

»Was nicht jetzt?«

»Ich will jetzt nicht darüber reden.«

»Wann dann?« fragte ich.

»Nach dem Essen.« Frau Kröninger verteilte mit dem Gabelrükken einen Schlag Sahne auf ihrem Kuchenstück. »Ich will nicht so streng wie mein Vater sein. In seiner Gegenwart durfte während des Essens überhaupt nicht gesprochen werden. Aber ich verstehe den Sinn, der in dieser Regel liegt. Ich weiß, heutzutage gibt es Arbeitsessen. Kein Wunder, daß die Manager krank werden. Ich finde, die Mahlzeiten sollten allein der Muße und nicht Geschäftigkeiten gewidmet sein. Verstehen Sie mich?«

Ich nickte. Frau Kröninger kam auf ihren Garten zu sprechen. Die Stiefmütterchen seien bereits verblüht, obwohl es noch nicht einmal Mitte Juni sei. Überhaupt meine es der Sommer in diesem Jahr viel zu gut. Seit Anfang Mai sei hier kein einziger Tropfen Regen gefallen, so daß sie auch heute abend wieder gießen müsse. Sie fülle die Kanne immer nur zur Hälfte, weil sie mehr Gewicht nicht tragen könne. 37 halbe Kannen habe sie gestern abend vergossen. Kein Grund, sie zu bemitleiden. Frau Kröninger sagte, daß sie die Arbeit in ihrem Garten nicht missen möchte. Sie helfe ihr über ihren Kummer hinweg. Das sei auch so vor mehr als zehn Jahren gewesen, als ihr Mann tödlich verunglückt sei. Sie erzählte, daß sie das Gärtnern schon immer geliebt hatte. Nach dem Krieg in Hamburg hatte sie keine Ruhe gegeben, bis Hermann ihr eine Parzelle in einem Schrebergarten ergatterte. Und als Kind, vor ihrer Flucht von Ost nach West, bevor sie, ganz auf sich allein gestellt, 23 Koffer über die Elbe gebracht hatte, hatte sie in dem Gut bei Königsberg, auf dem ihr Vater als Verwalter angestellt war, ein eigenes Beet besessen. Der sonst so strenge Herr Papa, in dessen Gegenwart während des Essens nicht gesprochen werden durfte, hatte es ihr zum fünften Geburtstag geschenkt. Gertrude Kröninger erinnerte sich noch genau, welchen Samen sie als ersten in die Erde gepflanzt hatte. Es war Vergißmeinnicht gewesen.

Ich hatte zwei Tassen Kaffee getrunken und zwei Stück Kuchen gegessen, als Frau Kröninger, die sich mit einer Tasse und einem Stück begnügt hatte, mit der Erzählung ihres Lebens zum Anfang kam. Ihre Mutter war bei der Geburt gestorben. Ich nahm den Faden auf und berichtete, daß ich mit Hilfe eines Kaiserschnitts die Welt erblickt hatte. Und obwohl wir beide unsere Mahlzeit längst beendet hatten, widmeten wir uns weiter der Muße und erörterten den Fortschritt der Medizin. Sosehr es mir auch unter den Nägeln brannte, aus Frau Kröningers Mund den Grund für die Annahme, ihr Sohn Arno sei nicht eines natürlichen Todes gestorben, zu hören, folgte ich geduldig ihren Abschweifungen von den Retortenbabys zu den immer resistenter werdenden Grippeviren. Noch nie hatte ich bei einer Vernehmung eine so private Atmosphäre erlebt. Ich wollte ihr mit offiziösem Drängeln keinen Abbruch tun. Darum pflichtete ich ihr auch bereitwillig bei, als Frau Kröninger ihrem Herzen Luft machte und sagte: »Zum Mond können sie fliegen, aber ein wirksames Mittel gegen einen simplen Schnupfen haben sie noch nicht entdeckt. Ich frage Sie: Ist das der Fortschritt der Menschheit?«

Ich schüttelte entschieden den Kopf.

Gertrude Kröninger lächelte. »Ich danke Ihnen, Herr Zorski, ich danke Ihnen für Ihren Zuspruch. Sie bringen viel Geduld auf für eine alte Dame wie mich. Aber ich will Sie jetzt nicht weiter mit meinen Philosophien langweilen. Deswegen haben Sie die lange Reise zu mir nicht gemacht. Gestatten Sie mir bitte nur noch, die Sahne in den Kühlschrank zu stellen. Dann können wir uns in Ruhe über meinen Sohn unterhalten.«

Frau Kröninger erhob sich, nahm die Schüssel mit der Schlagsahne und trug sie in das Haus zurück. Ein Windhauch brachte die Streifen Stanniolpapier im Kirschbaum zum Erzittern. Die Amseln ließen sich davon nicht stören. Der Hund des Nachbarn bellte. Frau Kröninger kam zurück, setzte sich wieder, legte das rechte Bein über das linke und sagte, während sie mit einer beiläufigen

Bewegung den Plisseerock über das Knie zog und mir dabei in die Augen sah: »Hier bin ich.«

»Sie haben mir geschrieben, Sie hätten Grund zu der Annahme, daß Ihr Sohn Arno nicht eines natürlichen Todes gestorben ist«, begann ich.

»Das habe ich.«

»Sie vermuten, daß er Feinde gehabt hatte?«

»Dessen bin ich mir sicher«, antwortete Frau Kröninger.

»Sie glauben, daß er ermordet worden ist?«

»Ja!«

»Sie können das beweisen?«

Frau Kröninger nickte.

»Dann erzählen Sie mal«, sagte ich.

»Womit soll ich beginnen?«

»Warum nicht mit dem Anfang?«

Frau Kröninger begann mit Arnos Geburt. Es war eine unkomplizierte Entbindung gewesen. Sie hatte den Säugling über ein Jahr lang gestillt. Arno war ein verschmustes Kind. In der Schule galt er als Muttersöhnchen. Das änderte sich von einem Tag zum anderen, als Arno in die Pubertät kam. Wenn ihn Gertrude Kröninger noch aus alter Gewohnheit beherzt in die Arme nahm oder ihm zärtlich über das Haar strich, entzog er sich mit einem männlichen Ruck und fauchte über die erlittene Intimität. Arno ließ sich von seiner Mutter nichts mehr sagen, er gehorchte nur noch der Strenge des Vaters. Nachdem Hermann Kröninger 1972 bei einem Flugzeugabsturz in Vancouver ums Leben gekommen war, wurden Arnos schulische Leistungen immer ungenügender, so daß er das Gymnasium nach der elften Klasse verlassen mußte. Arno machte sich nichts draus. Er ging auf Reisen.

Er war in Marokko und im Libanon gewesen, in der Türkei, in Persien und in Indien. Anfangs berichtete er seiner Mutter noch regelmäßig über Länder und Leute, später kam er seltener zu Besuch, und wenn, dann redete er fast nie von sich. Als Frau Kröninger ihn fragte, womit er seine ausgedehnten Reisen finanziere, antwortete er, daß er fotografiere. Die Fotos würden von Illustrierten gedruckt. Ja, er sei so etwas wie ein Reporter. Doch sosehr ihn Frau Kröninger auch drängte, nie brachte er eine Illustrierte mit, die ein von ihm geschossenes Bild enthielt. Und auch in den Illustrierten, die sie beim Friseur oder in dem Wartezimmer ihres Hausarztes durchblätterte, entdeckte sie nie den Namen ihres Sohnes. Sie hatte es sich mit der Zeit angewöhnt, bei jedem Foto nach dem Namen des Fotografen zu suchen. Meist war er so klein gedruckt, daß Frau Kröninger ihn trotz Brille nur mühsam entziffern konnte. Und da sie nur einmal im Monat zum Friseur ging und auch nicht viel öfter ihren Hausarzt aufsuchte, begann sie immer häufiger, die eine oder andere Illustrierte am Kiosk zu kaufen. Doch so sorgfältig sie auch die Blätter studierte, nie stieß sie auf den Namen Arno Kröninger.

Eine Frau, die im letzten Kriegswinter 23 Koffer über die Elbe gebracht hat, ist nicht auf den Kopf gefallen. Frau Kröninger ahnte, daß ihr Sohn auf die schiefe Bahn geraten war. Wenn er sie einmal im Jahr besuchte, war ihr, als sei er um Jahre älter geworden. Es lag nicht allein an den Ringen unter seinen Augen. Es waren die Augen selbst. Ihr Feuer erlosch. Sie hatten einmal himmelblau gestrahlt und waren mit den Jahren trüb wie schmutziges Eis geworden. Beim Abendessen, selbst wenn es sein Leibgericht, Wiener Schnitzel, gab, überfiel Arno immer häufiger ein Würgen. Und wenn er das Glas zum Mund führte, zitterte es meist. Frau Kröninger war nicht auf den Kopf gefallen. Sie ahnte die Wahrheit. Es hätte des Hinweises von Dr. Pfitzinger, ihrem Hausarzt, nicht bedurft. Ihn hatte Arno einmal aufgesucht. Und Dr. Pfitzinger erzählte Frau Kröninger unter Verletzung der ärztlichen Schweigepflicht, ihr Sohn habe ihn um ein Rezept für ein Medikament gebeten, das zu verschreiben er mit seinem Gewissen nicht hatte vereinbaren können.

Warum so lange um den heißen Brei reden? Arno hatte ihr schließlich die Wahrheit gestanden. Das war Anfang März gewesen, als Frau Kröninger ihren Sohn zum letzten Mal lebend gesehen hatte. Er kam ihr verändert vor. Seine Augen strahlten so himmelblau wie damals, als Arno noch das Muttersöhnchen war. Beim Abendessen hatte es ihn kein einziges Mal gewürgt, und das Glas in seinen Händen hatte nie gezittert. Nach der Mahlzeit erzählte Arno, daß er ein neues Leben beginnen wolle. Dabei kam er nicht umhin, das alte zu schildern, das er bis vor kurzem geführt hatte. Ja, er war süchtig nach Rauschgift gewesen. Und er hatte auch mit diesem Stoff gehandelt. Aber Mama müsse sich jetzt keine Sorgen mehr machen, er habe mit seiner Vergangenheit gebrochen. Ja, er wolle ein neues Leben beginnen. Das Neue in seinem Leben war eine Frau. Arno hatte sich unsterblich verliebt.

Das war im Grund genommen alles, was Frau Kröninger mir zu erzählen hatte. Sie war bei der Lektüre ihrer Illustrierten auf Reportagen über Rauschgiftringe gestoßen. Sie hatte gelesen, wie die Gangster mit Verrätern umzuspringen pflegen. Für sie stand fest, daß ihr Sohn ermordet worden war, weil er zu viel wußte. Ich war mir dessen nicht so sicher. Auch ich hatte mich vor einem halben Jahr mit dem internationalen Drogenhandel beschäftigt. Die einschlägige Literatur war mir vertraut. Ich gebe zu, nicht nur berufliches Interesse hatte mich zu ihrem Studium veranlaßt. Eine Zeitlang hatte ich daran gedacht, es mit der trivialeren Literatur zu versuchen und einen Kriminalroman zu schreiben, der im Dealermilieu spielt. Darum wußte ich auch, daß es mitunter vorkommt, daß ein Verräter liquidiert wird. Nur in den seltensten Fällen wird er in Beton gegossen und auf dem Meeresgrund versenkt. Meist drückt man ihm eine Spritze mit einer Überdosis Heroin in die Vene, in der Hoffnung, für Polizei und Öffentlichkeit handle es sich bei dem Toten nur um einen weiteren armseligen Fixer, der sich mit einem goldenen Schuß aus dem Staub gemacht habe. Doch die Obduktion von Arno Kröninger hatte nicht die Spur eines Gifts ergeben. Und wenn er auch sein Geld mit dem Handel von Drogen verdient hatte, woran zu zweifeln für mich kein Anlaß bestand, so gab es immer noch die fünf unter gleichen Umständen ums Leben gekommenen Männer, in deren Vergangenheit ich keinen Hinweis auf solche illegalen Geschäfte hatte aufspüren können. Selbst wenn in allen fünf Fällen mir diese dunkle Seite ihres Lebens erfolgreich verschwiegen worden war, blieb es für mich ein Rätsel, warum ein Rauschgiftring seine Verräter ausgerechnet in einer Vollmondnacht liquidieren sollte.

»Sie haben mir geschrieben, Sie können Ihre Behauptung beweisen.« Ich sah Frau Kröninger in die Augen und fragte: »Wo ist der Beweis?«

»Dr. Pfitzinger ist der Beweis.«

»Wer ist Dr. Pfitzinger?«

»Das habe ich Ihnen doch erzählt.« Frau Kröningers kleiner Mund zog sich voller Mißmut über meine Unaufmerksamkeit zusammen. »Dr. Pfitzinger ist mein Hausarzt. Er hat meinen Sohn, als er das letzte Mal hier war, generaluntersucht. Dabei wurde auch ein EKG gemacht. Arno hatte ein gesundes Herz. Dr. Pfitzinger hält es für ausgeschlossen, daß Arno an einem Herzschlag gestorben ist. Wenn Sie wollen, können wir ihn besuchen. Ich habe ihm erzählt, daß Sie heute kommen. Er hält sich den Nachmittag frei. Wollen Sie mit ihm reden?«

Ich schüttelte den Kopf. Was Dr. Pfitzinger wissen konnte, war mir längst bekannt. Natürlich war Arno nicht an einem schlichten Rechtsherzversagen gestorben. Doch über die wirkliche Todesursache würde mir auch Dr. Pfitzinger keine Auskunft geben können. Hier war die Medizin laut Dr. Wolff mit ihrem Latein am Ende. Ich hatte mir die Last der Verantwortung von ihm aufbürden lassen. Meine Ermittlungen kamen nicht voran. So verheissungsvoll der Brief von Frau Kröninger auch geklungen hatte, ich fürchtete, nach meinem Besuch bei ihr nicht klüger als zuvor zu sein. Zu den fünf von mir erfragten Lebensläufen war jetzt ein sechster hinzugekommen. Zu dem Arbeiter, dem Schüler, dem Museumswärter, dem Studenten und dem Schneidermeister hatte sich ein Dealer gesellt. Es hätte auch ein Zirkusdompteur oder ein Staatssekretär sein können. Noch nie hatte ich mich während meiner Nachforschungen so weit von einer Lösung entfernt gefühlt.

»Hat Arno dem Mond Beachtung geschenkt?« fragte ich.

»Wie kommen Sie auf den Mond?«

»Ihr Sohn ist bei Vollmond gestorben.«

»Hat das was zu besagen?«

»Ich weiß es nicht. Ich möchte nichts ausschließen. Hat Arno darauf geachtet, wann der Mond abnimmt und wann er zunimmt? Wann Neumond ist und wann Vollmond?«

Frau Kröninger schüttelte den Kopf. »Nicht daß ich mich entsinnen könnte. Das heißt, jetzt, wo Sie danach fragen, er hat einen Mond im Zimmer gehabt.«

»Was?« Ich sah Frau Kröninger verständnislos an. »Einen Mond im Zimmer?«

»Ja. Mein Sohn hatte ein möbliertes Appartement gemietet. Der einzige Einrichtungsgegenstand, der ihm gehörte, war ein Bild. Es hing über dem Kopfende seines Bettes. Ich wußte nicht, daß es seines war. Der Vermieter hat es mir zukommen lassen. Das Bild stellt den Mond dar. Wollen Sie es sehen?«

»Gerne.«

Frau Kröninger erhob sich. »Kommen Sie mit!«

Ich folgte Frau Kröninger durch das Wohnzimmer. Wir gingen durch die Diele und stiegen die Treppe hinauf zum ersten Stock. Dort öffnete Frau Kröninger die Tür zu einem Zimmer. Es war dunkel, die Fensterläden waren geschlossen. Frau Kröninger schaltete das Deckenlicht ein, einen dreiteiligen Leuchter mit Kugellampen aus Kristallglas. Der Teppich war von dezentem Muster und sicher einmal die Zierde eines Wohnzimmers gewesen, bis man es sich hatte leisten können, ihn durch einen Perser zu ersetzen. Und da seine Kunstfaser gewiß von so guter Qualität war, daß man sie ein ganzes Leben lang nicht abtreten konnte, hatte man ihn nicht einfach weggeworfen oder zu einem Schleuderpreis verhökert, sondern ihn in das Kinderzimmer gelegt. Auch die Schrankkommode und das Bücherregal sahen aus, als hätten sie den größten Teil ihrer Jahre in anderen Räumen verbracht. Nur der Schreibtisch schien eigens für dieses Zimmer angeschafft worden zu sein. Er war klein und niedrig und für einen Schüler gedacht, damit der einen Platz für seine Hausaufgaben hatte. Auf der Tischplatte stand dekorativ, als handle es sich um eine bibliophile Kostbarkeit, ein zweibändiges Jugendlexikon. »Das ist Arnos Zimmer«, sagte Frau Kröninger, die unter dem dreiteiligen Leuchter stehengeblieben war. »Und das ist das Bild.«

Das Bild hing über dem Kopfende des Bettes und war etwa so groß wie eine aufgeschlagene Zeitung. Es stellte den Vollmond dar. Ich erinnerte mich an die Nacht, in der ich ihn zum ersten Mal gesehen hatte. Meine Eltern und ich waren von einer langen Reise zurückgekehrt. Vielleicht kam sie mir auch nur lange vor. Vielleicht hatten wir nur die Großeltern besucht. Vielleicht erinnerst du dich, Mutter, noch an diese Nacht. Ich weiß, daß ich auf dem Rücksitz eingeschlafen war. Vater hatte mich vom Auto zum Haus getragen. Dabei war ich aufgewacht. Vater hielt mich auf dem Arm, während du die Haustür aufsperrtest. Ich hatte die kleinen Fäuste um seinen Mantelkragen geklammert und blickte über seine Schulter zum vollen Mond hinauf. Dir entgingen meine staunenden Augen nicht. Erinnerst du dich? Du hast mir damals erzählt, daß ich, wenn ich den Mond ganz genau ansähe, einen Mann in ihm entdecken würde. Und obwohl ihr nach der langen Reise sicher müde gewesen seid, habt ihr mir Zeit gelassen, den Mann im Mond zu suchen. Du hattest recht, Mutter. Der Mond hatte ein Antlitz. Doch je länger ich zu ihm emporblickte, um so klarer stand mir vor Augen: Es gab keinen Mann im Mond. Es war eine Frau.

Ich hatte meine Entdeckung für mich behalten. Wenn alle Welt behauptet, daß es einen Mann im Mond gibt, stand es mir nicht an, mit schläfrigen Augen über Vaters Schulter blickend, das Gegenteil zu behaupten. Ich hatte bereits gelernt, daß es Geheimnisse gibt, die man besser hütet, wenn man es mit den Erwachsenen nicht verderben will. Wann immer ich auch in den Jahren danach den Vollmond betrachtete, immer glaubte ich in ihm das Antlitz einer Frau zu sehen. Es war eine alte Frau. Sie sah aus wie eine Hexe. Später wußte ich natürlich, daß es auf dem Mond weder Mann noch Frau geben kann. In der Schule wurde mir beigebracht, daß der Trabant, der in einer mittleren Entfernung von 384 400 Kilometern die Erde umkreist, eine so dünne Atmosphäre besitzt, daß auf ihm kein Leben möglich ist. Später habe ich dem Mond kaum noch Beachtung geschenkt. Darum konnte ich auch nicht mit Bestimmtheit sagen, ob das Bild, das in dem Zimmer, das einmal Arnos Zimmer gewesen war, hing, mit dem wirklichen Mond übereinstimmte. Doch ich vermutete es. Ja, ich war mir dessen sogar sicher. Denn während ich den gemalten Himmelskörper betrachtete, glaubte ich in ihm, wie in einem Vexierbild, wieder eine Frau zu erkennen. Sie war jünger als die, die ich vor fast 30 Jahren, meinem Vater über die Schulter blickend, zum ersten Mal gesehen hatte. Es bestand kein Anlaß mehr, sich vor ihr zu fürchten. Ganz im Gegenteil. Sie war so schön, daß man aufpassen mußte, sich nicht in sie zu verlieben.

## 7

Ich hätte mit Frau Kröninger nicht mehr zu Abend essen sollen. Nachdem sie mir die wenigen Habseligkeiten gezeigt hatte, die Arno zuletzt besessen hatte und die sie jetzt in dem Zimmer, das sie immer noch Arnos Zimmer nannte, aufbewahrte, hätte ich mich verabschieden sollen. Doch Frau Kröninger hatte mich so flehentlich gebeten, ihr Gast zu sein, daß ich nicht nein sagen konnte. Ich setzte mich an den gedeckten Tisch. Es gab Wiener Schnitzel mit Kartoffelsalat. Während des Essens plauderte Frau Kröninger über Gott und die Welt und kam schließlich auf den Tod zu sprechen. Sie erläuterte, warum sie keine Trauer trage. Für sie sei der Tod nicht das Ende. Das Leben gehe weiter. Es dauere ewig. Obwohl sie getaufte Christin war und mindestens einmal im Monat sonntags in die Kirche ging, glaubte sie weder an Himmel noch Hölle. Und über das Fegefeuer und das Jüngste Gericht konnte sie nur müde lächeln. Gertrude Kröninger glaubte an das ewige Leben, weil sie jedes Frühjahr ihren Garten blühen sah.

Ich wagte nicht, sie darauf hinzuweisen, daß Themen von so existentieller Art das Gebot ihres Vaters vielleicht verletzen könnten, die Mahlzeiten allein der Muße zu widmen. Ihre Stimme wurde immer mehr von einer Erregung getragen, die kaum mit dem Ton einer beiläufig geführten Konversation vereinbar war. Hatte Frau Kröninger anfangs zwischen ihren Sätzen noch vereinzelt Pausen gemacht und mir so Zeit für mögliche Einwände, und sei es auch nur für ein zustimmendes Ja, gelassen, wartete sie, selbst nach rhetorischen Fragen, bald nicht mal mehr mein Nicken ab. Frau Kröninger berichtete gerade, wie ihr der Komposthaufen Jahr für Jahr vor Augen führe, daß aus Verwesendem neues Leben entstehe, als ich den Bissen Fleisch, den ich mir bis zuletzt aufgespart hatte, mit der Gabel aufspießte und zum Mund führte. Frau Kröninger starrte mich an und hörte mitten im Satz zu sprechen auf. Mehrmals schluckte sie. Zwei Tränen rannen über ihre Wangen. Dann schlug sie mit dem Kopf auf der Tischplatte auf, und ihr Körper begann so stark zu zittern, daß der Tisch ins Wackeln geriet und ihr Teller mitsamt dem Rest des Schnitzels und dem Kartoffelsalat zu Boden fiel und zerbrach.

Was sollte ich tun? Ich hatte zwar mal einen Kurs in Erster Hilfe besucht, ich wußte, wie man ein gebrochenes Bein schient und wie der Kuß gespendet wird, der ein Leben retten kann, aber was man für einen Menschen tut, der einen Nervenzusammenbruch erleidet, das hatte ich in diesem Kursus nicht gelernt. Ich ging um den Tisch herum und legte Frau Kröninger beruhigend die Hand auf die Schulter. Als das nichts half, nahm ich sie in den Arm. Ich kniete neben ihr und hielt mit der einen Hand ihren Körper an mich gedrückt, während ich mit der anderen ihr sanft über den Kopf streichelte. Dabei sprach ich tröstende Worte, die so unbeholfen waren, daß ich sie hier nicht zitieren möchte, aber die doch ihre Wirkung nicht verfehlten. Frau Kröninger bekam ihren Körper wieder in Gewalt. Auch weinte sie nicht mehr. Bald war sie erneut die mir vertraute resolute alte Dame, daß ich es für angezeigt hielt, meinen Platz am Tisch wieder einzunehmen. Frau Kröninger entschuldigte sich für den Zwischenfall, den mein letzter Bissen ausgelöst hätte. Wie Arno hätte ich mir ein ganz besonders zartes Stück des Schnitzels bis zuletzt aufgespart. Als ich es zum Mund führte, hatte Frau Kröninger einen Augenblick lang geglaubt, ihren Sohn vor sich sitzen zu sehen. Ich bräuchte mir keine Sorgen zu machen. Jetzt sei alles wieder in bester Ordnung.

Zwar hatte ich mir vorgenommen, sofort nach dem Essen aufzubrechen, aber unter diesen Umständen wollte ich die alte Dame nicht gleich alleine lassen. Nach zehn trat ich endlich die Rückreise an. Auf der Autobahn herrschte zähflüssiger Verkehr. In irgendeinem Bundesland mußten an diesem Wochenende die Sommerferien begonnen haben. Zwanzig Kilometer hinter Frankfurt geriet ich in einen Stau. Ich nutzte die Zeit mit Grübeleien. Warum hatte Arno Kröninger den Mond über seinem Bett hängen? Warum hatte ihn seine letzte Reise nach Kreta geführt? Frau Kröninger hatte mir seinen Paß gezeigt. Die Seiten mit den Sichtvermerken waren voller Visastempel vieler ferner Länder. Die letzte Eintragung war ein Ausreisevermerk des Flughafens Heraklion.

Das hätte nichts zu besagen gehabt, wenn nicht Detlev Spinell ebenfalls auf Kreta gewesen wäre. Joachim Mahlke hatte seine Herbstferien auf dieser Insel verbracht. Und auch Karl Roßmann hatte sich im letzten Jahr vier Wochen lang auf Kreta aufgehalten. Sein Vater hatte mir erzählt, daß er sich selbst darüber gewundert hatte. Die Jahre zuvor war sein Sohn immer vierzehn Tage im Winter zum Skifahren und vierzehn Tage im Sommer zum Bergsteigen nach Bellamonte in die Dolomiten gefahren. Hatte es was zu bedeuten, daß Karl Roßmann es sich im letzten Jahr seines Lebens anders überlegt hatte? War es Zufall, daß unter den paar Büchern, die Arno Kröninger zuletzt besessen hatte und die seine Mutter jetzt in seinem ehemaligen Zimmer neben Karl-May-Bänden und anderen Abenteuerromanen seiner Jugend aufbewahrte, sich auch ein schmales Taschenbuch mit dem Titel *Meditationstechniken* befand? Detlev Spinell hatte jeden Morgen nach dem Aufstehen zwanzig Minuten lang meditiert. Joachim Mahlke soll seine Prüfungsangst mit autogenem Training bekämpft haben. Und Werner Strapinski und Karl Roßmann hatten, wenn auch zu verschiedenen Zeiten, den gleichen Kurs der Volkshochschule mit dem Titel *Meditation für jedermann* besucht.

Und dann gab es noch das *Nonplusultra*. So hieß eine Diskothek in der Innenstadt, in der sowohl Werner Strapinski als auch Detlev Spinell und Joachim Mahlke Stammgäste waren. Letzteres hatte wohl am wenigsten zu bedeuten. Vielleicht war das *Nonplusultra*, wie man zu sagen pflegt, gerade *in*. Doch daß von sechs Männern, die – sieht man von der Tatsache ab, daß sie allesamt bei Vollmond an einem Herzversagen gestorben waren – der Zufall zusammengewürfelt zu haben schien, sich mindestens drei, wenn nicht vier mit Meditation beschäftigt hatten und wenigstens vier mehr oder weniger kurz vor ihrem Tod auf Kreta gewesen waren, schien mir nach den Gesetzen der Wahrscheinlichkeitsrechnung mehr als unwahrscheinlich. Aber was hatte die Meditation mit Kreta zu tun? Welcher Zusammenhang bestand zwischen dem Mond und dem Tod? Ich würde meine Aufmerksamkeit auf Martin Krüger richten müssen. Von ihm wußte ich nicht, ob er meditiert hatte oder auf Kreta gewesen war. Seine Arbeitskollegen in der Städtischen Galerie hatten nicht viel über ihn zu berichten gehabt. Seine Mutter hatte sich nicht sehr gesprächig gezeigt. Ich würde sie noch einmal aufsuchen müssen. Vielleicht befand sich unter den letzten Habseligkeiten ihres Sohnes ein Buch über Meditation. Vielleicht war auch in seinem Reisepaß ein Sichtvermerk mit der Inschrift ΑΕΡΟΛΙΜΗΝ ΗΡΑΚΛΕΙΟΥ.

Ich wußte, was zu tun war. Ich faßte Mut. Wenn auch die Reise nach Düsseldorf meine Erwartungen nicht erfüllt hatte, so war mein Besuch bei Frau Kröninger doch nicht ganz so ergebnislos gewesen, wie ich einen Augenblick lang befürchtet hatte. Als ich nach Hause kam, ging die Sonne auf. Ich setzte mich im Wohnzimmer an meinen Schreibtisch und spannte ein Blatt Papier in die Maschine. Ich hatte es mir zur Gewohnheit gemacht, so bald wie möglich nach einer Vernehmung, solange der Wortlaut der Aussage noch frisch im Gedächtnis ist, das Protokoll anzufertigen. Doch an diesem frühen Montagmorgen war ich so müde, daß ich mich schon beim Datum vertippte. Entgegen meinem Vorsatz, meine Nachforschungen nur in meiner freien Zeit zu betreiben, beschloß ich, das Gespräch mit Frau Kröninger während der Dienststunden morgen im Büro zu protokollieren, und ging schlafen.

Normalerweise stehe ich um sieben auf. Doch da ich fürchtete, nach knapp drei Stunden Schlaf meiner Arbeit nicht mit der nötigen Konzentration nachgehen zu können, und es mir freigestellt war, wie ich meine Zeit einteilte, stellte ich den Wecker auf neun. Es war zehn vorbei, als ich mein Büro betrat und mich hinter den Schreibtisch setzte. Ich hatte gerade mit dem Protokoll des Gesprächs mit Frau Kröninger begonnen, als das Telefon klingelte. Oberstaatsanwalt Schippke war am Apparat. Er sagte, daß er mich schon mehrmals vergeblich zu erreichen versucht hatte. Ob ich eine Minute Zeit für ihn hätte? Ich betonte, jederzeit dem Oberstaatsanwalt zur Verfügung zu stehen. Dann solle ich gleich mal rüberkommen, meinte Schippke und legte auf.

Ich hatte mir nichts vorzuwerfen. Die ungeklärten Todesfälle waren mit Ausnahme einer Wasserleiche, die letzten Freitag an einem Stauwehr hängengeblieben war, alle geklärt. Der Stapel der Entmündigungen auf dem rechten Beistelltisch war bei weitem nicht so hoch wie der, den mir Anton Göschl hinterlassen hatte. Trotzdem machte ich mich mit einem flauen Gefühl im Magen auf den Weg, wie ich es früher immer hatte, wenn ich zum Klassenlehrer oder Schuldirektor kommen sollte oder du mich, Mutter, zu dir riefst.

Schippke war Mitte 50 und sah aus wie Ende 40. Er trug einen gepflegten Vollbart, der so kurz geschnitten war, daß er das forsche Kinn eher betonte als verbarg. Das Haar war nicht viel länger und streng nach hinten gekämmt, und obwohl es nicht nur an den Schläfen zu ergrauen begann, waren keine Anzeichen von Geheimratsecken zu erkennen. Neben der etwas zu großen Nase schienen die Augen ein bißchen klein geraten zu sein, doch dieser Eindruck wurde ausgeglichen durch einen um so wacheren Blick, der, falls es darauf ankam, durchaus in der Lage war, sein Gegenüber festzunageln. Der Mund war sanft geschwungen und überraschte in dem markanten Gesicht durch seine Sinnlichkeit. Wenn er lächelte, war immer eine Spur von Anzüglichkeit dabei. Schippke lächelte, als er sich hinter seinem Schreibtisch erhob und das Sakko seines graublauen Anzuges zuknöpfte. Er gab mir mit einem kurzen, kräftigen Druck die Hand und fragte: »Wie geht's, Herr Zorski?«

»Danke, gut.« Ich nickte gehorsam. »Und Ihnen, Herr Oberstaatsanwalt?«

»Ich kann nicht klagen.« Schippke kam um den Schreibtisch herum, berührte mich leicht am Ellenbogen und deutete auf die Besucherecke. »Setzen wir uns.«

Wir gingen nebeneinander zu dem niedrigen Tisch mit der Couch und den zwei Sesseln. Der gleiche Tisch und die gleichen Polstermöbel standen auch am Ende des Korridors im Vernehmungszimmer, auf das die Staatsanwälte der ersten Abteilung immer dann zurückgriffen, wenn sie ein Verhör nicht über ihren Schreibtisch hinweg führen wollten, sondern hofften, in privaterer Atmosphäre auf mehr Gesprächsbereitschaft zu stoßen. Ich wartete, bis Oberstaatsanwalt Schippke in einem Sessel Platz genommen hatte, und setzte mich dann in den anderen. »Es gibt Morgenmenschen und Abendmenschen«, sagte Schippke, legte die beiden Arme auf die Armlehnen und lehnte sich wie zu einem Plausch bequem zurück. »Sie gehören wohl eher zu den Abendmenschen.«

»Warum?« fragte ich.

Schippke lächelte. »Sie schlafen gern aus.«

»Meine Mutter hatte gestern Geburtstag. Es ist spät geworden. Sonst komme ich immer um acht.«

»Es interessiert mich nicht, wann Sie kommen. Es interessiert mich nicht, wann Sie gehen. Mich interessiert nur, was Sie leisten. Ja, ich geb's zu. Ich schäme mich nicht. Ich bin ein Verfechter des Leistungsprinzips. Und mit Ihrer Leistung bin ich zufrieden. Das wollte ich Ihnen gesagt haben. Deshalb habe ich Sie zu mir gebeten. Denn ich bin der Meinung, man soll seine Mitarbeiter nicht nur tadeln, wenn was schiefläuft, sondern auch loben, wenn es was zu loben gibt. Wie lange sind Sie schon in der ersten Abteilung?«

»Zwei Monate.«

»Und ich dachte, es wären schon drei. Gefällt es Ihnen bei uns? Sind Sie zufrieden?«

Ich nickte. »Sehr!«

»Ich kann mir vorstellen, daß es nicht leicht für Sie ist. Sie sind der Benjamin. Und dann noch Entmündigungen und ungeklärte Todesfälle. Sie sind der Lückenbüßer. Ich kann mir vorstellen, daß die Kollegen Sie nicht ganz für voll nehmen. Vor allem Frau Bühler. Sie hat ein loses Mundwerk. Stimmt's?«

»Zu einem guten Betriebsklima gehört, daß man einen Kollegen auch mal auf den Arm nehmen darf.« Ich mühte mir ein Lächeln ab und sagte: »Ich habe Humor.«

»Schön.« Schippke lächelte flüchtig. »Haben Sie schon gehört? Herr Borsig will uns zum ersten Oktober verlassen.«

Ich schüttelte den Kopf.

»Das überrascht mich. Vor Ihren Kollegen bleibt doch sonst nichts geheim. Herr Borsig wurde zum Richter ernannt. Seine Planstelle wird frei. Kapitalverbrechen. Buchstaben *Sto* bis *Web*. Trauen Sie sich das zu?« fragte Oberstaatsanwalt Schippke und sah mir unvermutet in die Augen.

Ich erwiderte den Blick und antwortete: »Ja, ich traue es mir zu.«

»Ich Ihnen auch. Ich werde Sie als Nachfolger von Herrn Borsig vorschlagen. Ich wollte mich nur vergewissern, ob dies auch in Ihrem Sinne ist. Es liegt mir fern, Personalentscheidungen über die

Köpfe meiner Mitarbeiter zu treffen. Das wär's eigentlich schon«, meinte Schippke und fügte, nachdem ich mich erhoben hatte, hinzu: »Nur eine Frage noch: Wer ist Joachim Mahlke?«

Ich setzte mich wieder und stammelte: »Wie kommen Sie auf Joachim Mahlke?«

»Würden Sie vielleicht so freundlich sein, zuerst meine Frage zu beantworten?«

»Joachim Mahlke ist ein neunzehnjähriger Schüler, der an einem Herzversagen gestorben ist.«

»Also natürliche Todesursache.«

»Ja und nein«, meinte ich zögernd.

»Was steht auf dem Obduktionsbefund?«

»Natürliche Todesursache.«

»Warum ermitteln Sie dann in Sachen Joachim Mahlke?«

Jetzt war es soweit. Wenn ich mir keinen Ärger einhandeln wollte, mußte ich Oberstaatsanwalt Schippke von meinem Verdacht überzeugen, daß es bei dem Tod der sechs Männer nicht mit rechten Dingen zugegangen sein konnte. Ich berichtete ihm von dem Gespräch, das ich am Tag der Obduktion von Arno Kröninger in der Kantine der Universitätsklinik mit Dr. Wolff geführt hatte. Ich wiederholte die Bedenken, die der Assistent von Professor Rönneberg gegen die von ihm mitverantwortete Diagnose geäußert hatte. Auch die Todesursache von fünf anderen Männern, unter ihnen besagter Joachim Mahlke, gab laut Dr. Wolff der Gerichtsmedizin Rätsel auf. Und obwohl mir von Anfang an klar war, daß es der Justiz nicht zusteht, die Rätsel der Medizin zu lösen, hatte ich mir die Akten der fünf kommen lassen. Alle fünf, zählt man Arno Kröninger hinzu, waren es sechs, waren bei Vollmond an Herzversagen gestorben. Der sich gleichende Tod der sechs Männer konnte kein Zufall sein. Trotzdem hatte ich es nicht gewagt, den Herrn Oberstaatsanwalt mit so obskuren Fällen zu belästigen. Bevor ich ihm die Zeit stahl, wollte ich mir erst selbst einmal Klarheit verschaffen. Es mußte ein Geheimnis geben, das das Leben der sechs miteinander verband. Das war der Grund, warum ich in Sachen Joachim Mahlke und der fünf anderen ermittelt hatte. Ich betonte, meine Nachforschungen nur in meiner freien Zeit durchgeführt zu haben. Meine übrigen Dienstpflichten seien durch mein vielleicht etwas zu eigenmächtiges Handeln nie in Mitleidenschaft gezogen worden.

Nachdem ich zum Ende gekommen war, nahm Schippke die

rechte Hand von der Sessellehne, zupfte mit Daumen und Zeigefinger die Manschette des cremefarbenen Hemdes unter dem linken Anzugärmel hervor, legte die Hand auf die Lehne zurück und fragte: »Haben Sie es?«

»Was?« fragte ich zurück.

»Das Geheimnis gelüftet.«

Ich schüttelte den Kopf.

»Und was hat es mit der neuen Droge auf sich?«

»Was für einer Droge?«

»Das geheimnisvolle Rauschgift, das den Ärzten noch nicht bekannt ist und jeden Augenblick ein neues Opfer fordern kann.«

»Ich habe es erfunden. Wenn ein Zeuge mich fragte, warum ich mich für einen Mann interessiere, der an einem ganz normalen Herzschlag gestorben ist, habe ich angedeutet, daß vielleicht ein neues Rauschgift mit im Spiel sein könnte.«

»Heute morgen hat mich ein Herr Hild angerufen. Ich weiß nicht, ob Ihnen der Name was sagt. Herr Hild ist Journalist. Er ist der Leiter der hiesigen Lokalredaktion. Und wie es der Zufall so will, ist er der Schwager eines Nachbarn von Herrn und Frau Mahlke. Dieser Hill will von mir wissen, was es mit der geheimnisvollen neuen Droge auf sich hat. Er wittert natürlich eine Sensation. Was soll ich ihm sagen?«

Ich schwieg.

Schippke sah mich fragend an und schwieg ebenfalls.

»Ich weiß nicht«, antwortete ich schließlich. »Es tut mir leid, wenn ich Sie in Schwierigkeiten gebracht habe.«

»Machen Sie sich deswegen keine Sorgen.« Schippke lächelte ein Lächeln, das sowohl ermutigend als auch spöttisch sein konnte. »Ich habe schon größere Schwierigkeiten gemeistert. Ich werde Herrn Hild einfach sagen, daß einem meiner Staatsanwälte die Phantasie durchgegangen ist. Er hat zwar nicht seine Kompetenzen überschritten, aber doch so sehr das Augenmaß verloren, daß er den simpelsten Tatsachen keine Beachtung geschenkt hat. Und Tatsache ist nun mal, daß Joachim Mahlke laut offiziellem Obduktionsbefund an einer natürlichen Todesursache gestorben ist. Mit Herrn Hild werde ich schon fertig. Die Frage ist nur: Wie soll's jetzt weitergehen?«

Ich schwieg erneut.

Schippke nahm die linke Hand von der Lehne, stützte das Kinn auf den ausgestreckten Daumen und sah mir in die Augen.

»Ich weiß es nicht.«

»Aber ich!« Schippke hob das Kinn und machte mit der Hand eine entschlossene Geste, bevor er sie wieder auf die Lehne zurücklegte. »Es wird überhaupt nicht weitergehen. Sie haben es selbst gesagt, die Justiz ist nicht dazu berufen, die Rätsel der Medizin zu lösen. Solange Professor Rönneberg eine natürliche Todesursache diagnostiziert, besteht für uns kein Anlaß für Ermittlungen. Haben wir uns verstanden?«

Ich nickte.

»Dann ist ja alles in bester Ordnung.« Schippke legte den Kopf ein wenig zur Seite und lächelte mir zu. »Und was die Nachfolge von Herrn Borsig betrifft, bin ich mehr denn je davon überzeugt, daß Sie der geeignetste Mann dafür sind. Sie nehmen Ihren Beruf ernst. Sie sind bereit, ihm notfalls auch Ihre freie Zeit zu opfern. Sie entwickeln Initiative. Das alles findet man heute nur mehr selten. Ihr Pech ist nur, daß Sie bislang nicht Ihren Fähigkeiten entsprechend gefordert worden sind. Entmündigungen und ungeklärte Todesfälle, da muß ja ein Mann wie Sie auf dumme Gedanken kommen. Aber ab ersten Oktober können Sie uns allen zeigen, was in Ihnen steckt.« Schippke erhob sich. »Die paar Wochen werden Sie doch noch aushalten, oder?«

Ich nickte und stand ebenfalls auf.

»Schön, daß wir uns so gut verstehen.« Schippke reichte mir die Hand. »Auf Wiedersehen, Herr Zorski.«

»Auf Wiedersehen, Herr Oberstaatsanwalt.« Ich ging in mein Büro zurück und setzte mich hinter den Schreibtisch. Vor mir lag das angefangene Protokoll. Sein letzter Satz lautete: »A. galt in der Schule als Muttersöhnchen.« Ich zerknüllte das Blatt und warf es in den Papierkorb.

## 8

Es blieb mir nichts anderes übrig. Ich hatte dem Befehl meines Vorgesetzten zu gehorchen. Nur ein Richter darf sich unabhängig nennen. Ein Staatsanwalt ist weisungsgebunden. Wer sich der Weisung widersetzt, muß damit rechnen, daß ein Disziplinarverfahren gegen ihn eingeleitet wird. Ich war Beamter auf Probe. Wenn ich in den öffentlichen Dienst übernommen werden wollte, mußte ich mich folgsam zeigen. Als ich nach Hause kam, räumte ich den Schreibtisch auf. Ich legte die sechs grauen Schnellhefter in die Schublade und nahm das Manuskript meines zweiten Romans wieder hervor. Es hatte lang genug geruht. Ich schlug den *Ersten Menschen* auf und las das erste Kapitel. Ecko trat mit seiner Urhorde aus dem Wald und sah die Steppe vor sich liegen. Ihre Beschreibung füllte einen Absatz von 47 Zeilen. Auch die Sätze waren fast alle viel zu lang. Es war nicht nur die wörtliche Rede, der ich nicht gewachsen war. Schon nach dem ersten Kapitel, das ich als das gelungenste in Erinnerung hatte, wurde mir klar, daß ich, ganz gleich für welche Form ich mich entscheiden sollte, die Ich-Form oder die dritte Person, noch einmal würde von vorne beginnen müssen.

Doch dafür war es heute zu spät. Ich hatte eine kurze Nacht und einen ereignisreichen Tag hinter mir. Ich ging ins Bett. Vor dem Einschlafen blätterte ich noch die Zeitung durch, zu deren Lektüre ich heute morgen beim Frühstück nicht gekommen war. In El Salvador hatte die Armee 33 Rebellen getötet. Vierzehn Staaten, unter ihnen die Bundesrepublik Deutschland, standen kurz vor einer Einigung, wie sie die Antarktis unter sich aufteilen wollten. In der Winzererstraße war bei einem Wohnungsbrand die siebenjährige Schäferhündin Asta einer Rauchvergiftung erlegen. Die Volkshochschule kündigte ein Sonderferienprogramm an. Da immer mehr Menschen, sei es aus wirtschaftlichen Zwängen, weil sie arbeitslos geworden sind, sei es aus freien Stücken, ihren Urlaub zu Hause verbrachten, veranstaltete die Städtische Volkshochschule dieses Jahr in den Sommermonaten Sonderkurse. Wer Zeit und Lust hatte, konnte so in der Ferienzeit unter anderem Töpfern und Ikebana lernen, in Englisch, Französisch, Italienisch und Spanisch die Lehrgangsstufen I, II, III und IV absolvieren, sich in die Astronomie oder Astrologie einführen lassen oder in dem Kurs *Meditation für jedermann* sich mit östlichen Entspannungstechniken vertraut machen.

Sowohl Werner Strapinski als auch Karl Roßmann hatten diesen Kurs besucht. Das hatte nicht viel zu besagen. Sicher hatten Hunderte, wenn nicht Tausende bereits von dem Angebot der Städtischen Volkshochschule Gebrauch gemacht und sich in östliche Entspannungstechniken einweihen lassen, ohne deswegen in einer Vollmondnacht einem Herzschlag erlegen zu sein. Ich verstrickte mich schon wieder in Grübeleien, die nicht nur nichts einbrachten, sondern mir auch, genaugenommen, nicht gestattet waren. Zwar konnte mir das Denken keiner verbieten, aber was nützten mir die abenteuerlichen Hypothesen, wenn ich keinen Zeugen mehr befragen durfte, um meine Annahmen verifizieren oder falsifizieren zu können. Das beste war, Werner Strapinski und die fünf anderen so schnell wie möglich zu vergessen. Ich nahm mir vor, die Vernehmungsprotokolle, die ich eigenmächtig den grauen Schnellheftern beigefügt hatte, wieder zu entfernen und die sechs Akten in meiner Aktentasche in mein Büro zurückzutragen. Ich würde sie an das Justizarchiv weiterleiten, wo sie zu den Akten gelegt werden würden. Froh darüber, zu so später Stunde einen so klaren Entschluß gefaßt zu haben, löschte ich das Licht.

Ich war fast eingeschlafen, als mir der Wecker einfiel. Er war auf neun gestellt. Doch ich hatte vor, morgen wie gewohnt um sieben aufzustehen. Es blieb mir nichts anderes übrig, als die Nachttischlampe anzuknipsen und den Wecker um zwei Stunden zurückzustellen. Nachdem ich das Licht wieder gelöscht hatte, war der Schlaf, in dem ich eine Minute zuvor beinahe eingetaucht gewesen war, in weite Ferne gerückt. Ich erinnerte mich an den Rat, den du, Mutter, mir als Kind immer gegeben hast, wenn ich nicht einschlafen konnte, und zählte die Schäfchen auf der Weide. Es war ein guter Rat. Natürlich wußte ich, daß sein Geheimnis nicht in den Schäfchen lag. Es ist die Monotonie des Zählens grauer Wolle, die letzten Endes zum Erfolg führt. Meditation soll ja ähnlich funktionieren. Man brabbelt das immergleiche Wort vor sich hin. Erst kürzlich hatte ich in einer Illustrierten von einem Spitzenmanager der Industrie, Mitglied von 27 Aufsichtsräten und Vorsitzender eines gemeinnützigen Vereins, gelesen, er beginne jeden Tag mit einer Meditation. Nur so sei er den Anforderungen gewachsen. Sicher litt dieser Industrielle nicht an Schlaflosigkeit. Vielleicht war ich den an mich gestellten Anforderungen nicht gewachsen. Vielleicht täte es auch mir ganz gut, mich mit östlichen Entspannungstechniken vertraut zu machen. Zumal ich den Andeutungen von Oberstaatsanwalt Schippke entnehmen konnte, daß ich ab ersten Oktober erst richtig gefordert werden würde. Wer wollte es mir da verbieten, einen Kurs, der laut Ankündigung jedermann offenstand, zu belegen, nur weil der gleiche Kurs mal von zwei Männern besucht worden war, die nichts gemein hatten, außer daß sie bei Vollmond an Herzschlag gestorben waren.

Am nächsten Tag kaufte ich mir an einem Zeitungskiosk für eine

Schutzgebühr von einer Mark die Broschüre mit dem Sonderprogramm der Städtischen Volkshochschule. Neben *Fremdsprachen, Allgemeines Wissen* und *Praktische Fertigkeiten für Haushalt und Familie,* wie Kochen, Schneidern und Kosmetik, waren unter der Rubrik *Gesundheit,* nach Gymnastik-, Yoga- und Jiu-Jitsu-Kursen, auch zwei Kurse mit dem Titel *Meditation für jedermann* verzeichnet. Sie trugen die Nummern 411 und 412, dauerten zwölfmal 45 Minuten und wurden von einem Jürgen Hönig in der Turnhalle des Albert-Einstein-Gymnasiums abgehalten. Kurs 411 begann am 27. Juni und fand jeden Montag, Mittwoch und Freitag um 19 Uhr 30 statt. Kurs 412 begann am 28. Juni und fand dienstags, donnerstags und freitags um zehn Uhr morgens statt. Noch am selben Tag füllte ich in der Einschreibestelle der Städtischen Volkshochschule das Anmeldeformular aus. Ich bezahlte an der Kasse 60 Mark und erhielt dafür die Hörerkarte für den Kurs 411. Mit ihr in der Tasche betrat ich am 27. Juni kurz vor 19 Uhr 30 das Albert-Einstein-Gymnasium und ließ mir von einer Frau, die im Treppenhaus die Stiegen wischte, den Weg zur Turnhalle zeigen.

Ein gutes Dutzend Kursteilnehmer hatte sich in der Halle bereits eingefunden. Ein junger Mann mit schulterlangem Haar ging mit bedächtigen Schritten, als balancierte er auf einem Seil, den weißen Strich auf und ab, der den versiegelten Parkettboden in zwei Spielhälften teilte. Ein Mann mittleren Alters hing mit ausgestreckten Armen an der Sprossenwand und hob die Beine, bis sie mit dem Rumpf einen rechten Winkel bildeten. Er wiederholte die Übung mehrmals und mit einer Leichtigkeit, als sei sie für ihn nur ein Zeitvertreib, doch keiner der Anwesenden schenkte seiner durchtrainierten Bauchmuskulatur Beachtung. Eine junge Frau mit Sommersprossen hockte im Schneidersitz unter dem Erste-Hilfe-Kasten und aß einen Apfel mitsamt Butzen. Zwei schnurrbärtige Männer im Partnerlook, ausgebleichte Jeans, verwaschenes T-Shirt und weiße Tennisschuhe, hatten sich gegen die Kletterstangen gelehnt und unterhielten sich leise. Außer den beiden gab es nur noch ein Paar unter den Teilnehmern des Kurses 411. Sie war Ende 20 und trug zu Schuhen mit hohen Absätzen einen knielangen roten Rock und eine schwarze Seidenbluse, durch die ein weißer Büstenhalter schimmerte. Er war eher jünger als sie und in einen weißen Anzug gekleidet, der einem Kautschukbaron gut zu Gesicht gestanden hätte. Der Herr und die Dame gingen nebeneinander im Kreis herum, als seien sie auf einer Kurpromenade. Die übrigen Anwesenden hatten sich gleichmäßig in der Halle verteilt. Selten standen sie lange auf einer Stelle, mal gingen sie ein paar Schritte in die eine Richtung, mal ganz spontan in die andere, um dann wieder für ein paar Augenblicke zu verharren, während sie durch die Milchglasscheiben in den trüben Himmel sahen oder die Ringe an den Decken bestaunten, als hätte es dieses Turngerät zu ihrer Schulzeit noch nicht gegeben.

Es ging auf Viertel vor acht zu, als die ersten Stimmen laut wurden. Auf ihrer Uhr sei es 19 Uhr 39, sagte eine Frau in einem Sommerkostüm und stellte die Frage in den Raum, ob es denn möglich sei, daß ihre Uhr falsch gehe. Gleich beteuerten zwei, daß die Zeit korrekt sei, und ein dritter wandte ein, daß es auf seiner Uhr bereits 19 Uhr 41 sei. Und da heute der 27. Juni und dies hier die Turnhalle des Albert-Einstein-Gymnasiums und somit jeder Irrtum ausgeschlossen war, kam man überein, daß die Schuld an dem nicht pünktlich eingehaltenen Unterrichtsbeginn entweder bei der Organisation der Städtischen Volkshochschule oder bei der für Kurs 411 eingeteilten Lehrkraft, Herrn Jürgen Hönig, zu suchen war. Die versetzten Kursteilnehmer gruppierten sich und machten ihrem Ärger Luft. Von Skandal war die Rede. Der Mann mittleren Alters, der eben noch seine Bauchmuskeln trainiert hatte, rief von der Gruppe, die sich bei der Sprossenwand gebildet hatte, der Gruppe an den Kletterstangen zu, daß man sich so etwas nicht bieten lassen dürfe. Und der junge Mann, der den weißen Strich entlangbalancierte, blieb, als wolle er den Anstoß zu einem Spiel ausführen, am Mittelkreis stehen und regte an, Unterschriften zu sammeln.

Nur einer ließ sich von der allgemeinen Erregung nicht anstekken. Er war ziemlich klein und hatte ein glattes Gesicht, von dem man nicht sicher sein konnte, ob es jung war oder sich nur jung gehalten hatte. Ich erinnerte mich, daß er mir schon vorher aufgefallen war. Es war nicht nur die Kleidung, durch die er sich von den anderen Kursteilnehmern unterschied. Der Mann mit dem alterslosen Gesicht hatte sich als einziger in der Garderobe umgezogen. Er trug Turnhosen, die ihm zu weit waren, eine dunkelblaue Trainingsjacke aus Baumwolle und einfache Turnschuhe aus Segeltuch. Sein sportlicher Dreß wurde von den Anwesenden so wenig beachtet wie die Leibesübungen des Herrn an der Sprossenwand. Der Mann, der erst Anfang 30 oder schon Ende 40 sein konnte, mischte sich unter die Kursteilnehmer und ging ziellos wie die meisten von ihnen, während sie auf das Eintreffen des Kursleiters warteten, in der Turnhalle hin und her. Und doch glich sein Zick-Zack-Kurs, und das war es, was mir an ihm aufgefallen war, nicht dem der anderen. Während die sich aus dem Wege gingen und, sollte der Zufall doch mal zwei bis auf ein paar Meter zusammengeführt haben, abrupt einen Haken schlugen, um die Kreise des anderen nicht zu stören, schien der Mann im sportlichen Dreß es auf Begegnungen geradezu abgesehen zu haben. Er näherte sich dem einen oder anderen bis auf so knappe Distanz, die sich allenfalls in einer belebten Einkaufsstraße einem Fremden gegenüber geziemt. Auch mir kam er einmal in die Quere und sah mich dabei an. Ich erwiderte eine Sekunde lang den Blick. Seine Augen waren so alterslos wie sein Gesicht. Sie waren so neugierig wie die eines Kindes, das noch an seine Unsterblichkeit glaubt, und so allwissend wie die eines Greises, der ahnt, daß seine Zeit gekommen ist.

Keiner von uns hatte gesehen, wie er sich beiseite geschlichen hatte, während die Gruppe bei der Sprossenwand und die Gruppe an den Kletterstangen sich zusammentaten und, nachdem sie sich geeinigt hatten, daß keiner von ihnen seine Zeit gestohlen habe, gemeinsam diskutierten, welcher Schritt nun gegen die Städtische Volkshochschule, beziehungsweise Herrn Hönig, unternommen werden sollte. Auch mir fiel der Mann mit den allwissenden Kinderaugen erst wieder auf, als er durch die geöffnete Schiebetür eines Nebenraums, in dem Pferde und Böcke und anderes Turngerät abgestellt waren, einen Wagen mit einem guten Dutzend Kunststoffmatten quer durch die Halle schob. Die Diskussion über die zu ergreifenden Maßnahmen verstummte. Neben der Markierung, von der aus man bei einem Basketballspiel den Freiwurf ausführt, hielt der Mann den Wagen an. Er lehnte sich mit dem Rücken gegen den Mattenstapel, stützte sich mit beiden Händen auf der obersten Matte ab, ging nur unmerklich in die Knie und setzte sich dann mit einem Sprung auf den Stapel. Und obwohl er uns damit an Größe nicht überragte, schien es mir, als würde er auf uns herabsehen. Er ließ entspannt die Beine baumeln und sagte: »Mein Name ist Jürgen Hönig. Als erstes muß ich Sie bitten, nächstes Mal die Straßenschuhe draußen zu lassen. Der Boden hier darf laut Schulordnung nur in Turnschuhen oder barfuß betreten werden. Sie werden sich sicher alle schon gefragt haben, warum unser Kurs ausgerechnet in einer Turnhalle stattfindet. Wir haben uns schließlich nicht getroffen, Gymnastik oder Yoga zu machen. Meditation hat nichts mit Leibesübungen zu tun. Warum gehen wir nicht in ein Klassenzimmer und machen es uns auf Stühlen hinter Tischen bequem? Was meinen Sie? Warum?«

Die Empörung über den Skandal, daß ein Kursleiter einen Kurs, für den man schließlich sein sauerverdientes Geld bezahlt hat, mutwillig mit fünfzehnminütiger Verspätung begann, hatte sich überraschend schnell gelegt. Nur der junge Mann mit dem schulterlangen Haar, der sich mit seinem Vorschlag, Unterschriften zu sammeln, nicht hatte durchsetzen können, ließ noch einmal vernehmen, daß er seine Zeit nicht gestohlen habe. Die übrigen Kursteilnehmer schienen ernsthaft über die Frage nachzudenken, warum eine Turnhalle der für die Meditation angemessene Platz sein solle.

»Weiß keiner die Antwort?« fragte Jürgen Hönig auf dem Stapel Kunststoffmatten und wartete keine Antwort ab. »Ganz einfach. Die Meditation, die wir hier erlernen wollen, ist älter als Tische und Stühle. Vor dem Schreinerhandwerk oder dem eines Steinmetzen hat der Mensch schon die Technik der Meditation beherrscht. Sie war ihm eingegeben mit dem ersten Atemzug. Mit dem Erblühen der Kultur geriet sie dann in Vergessenheit. Die Erfindung der Zivilisation hat ihr den Rest gegeben. Tische und Stühle sind ein Geschenk dieser Zivilisation. Der Bauer brauchte sie nicht. Der Schmied konnte sie nicht gebrauchen. Auch der Krieger hatte keine Verwendung für sie. Tische und Stühle wurden für die Schriftgelehrten gemacht. Sie waren der Arbeitsplatz von Kaufleuten, die ihre ersten Bilanzen erstellten, und von Geistlichen, die die Schriften ihrer Heiligen kopierten. Der Tisch und der Stuhl sind, genaugenommen, der Geburtsort jener Zivilisation, die uns inzwischen so sehr zu schaffen macht, daß wir uns nicht mehr anders zu helfen wissen, als unser Heil in östlichen Entspannungstechniken zu suchen. Doch die Meditation ist, auch wenn es im Programm der Städtischen Volkshochschule anders verzeichnet ist, ich habe mich stets gegen diese Eintragung gewehrt, keine Erfindung des Fernen Ostens. Zu oft begehen wir den Irrtum, die Geschichte der Menschheit mit der Geschichte ihrer Schrift zu verwechseln. Die Jünger Shivas und Buddhas waren nur die ersten gewesen, die eine Technik, die auch sie sich erst wieder mühsam aneignen mußten, dem Nebel der mündlichen Überlieferung entrissen und in Jahrtausende überdauernde Schriften gefaßt hatten. Doch Meditation ist viel älter. Der erste Mensch hat sie schon beherrscht. Und der besaß nun mal weder Tisch noch Stuhl.« Jürgen Hönig stützte sich mit den Händen auf der obersten Kunststoffmatte ab und sprang mit einem eleganten Sprung zu uns auf den Boden zurück. Er deutete auf das versiegelte Parkett mit den bunten Linien, die die verschiedenen Spielfelder der verschiedenen Ballspiele umgrenzten, und sagte: »Der erste Mensch saß auf der Ebene. Wenn er sich um ein Feuer versammelte, konnte er nicht jedesmal die Bäume ringsum fällen, damit jeder einen Stumpf hatte, auf ihm Platz zu nehmen. Und er war auch nicht so dumm, immer einen Steinquader oder einen Holzblock mit sich zu schleppen, für den Fall, daß er mal ausspannen und es sich bequem machen wollte. Nein, er saß auf dem ebenen Boden. Das ist der Grund, warum wir uns hier in der Turnhalle getroffen haben. Wir hätten uns auch im Freien auf einer Wiese versammeln können. Doch was wäre gewesen, wenn es heute geregnet hätte? In den fünf Millionen Jahren, die es uns gibt, sind wir wetterfühlig geworden. Wir werden mit dieser Turnhalle hier vorliebnehmen müssen. Und doch wollen wir es uns nicht schwerer als die ersten Menschen machen. Die hatten nämlich noch keinen Parkettfußboden. Sie saßen auf der Erde. Und die Erde ist bekanntlich weich, man nennt sie mütterlich, was man von dem Boden hier ganz bestimmt nicht sagen kann. Sie ist fast so weich wie diese Matten.« Jürgen Hönig schlug mit der flachen Hand auf die oberste Matte des Stapels. »Auf sie wollen wir uns jetzt setzen und so tun, als seien wir die ersten Menschen.«

Endlich ist das Anführungszeichen getippt. Dieser Absatz war mehr als überfällig. Doch wo hätte ich ihn früher machen sollen? Ich habe mich bemüht, wortwörtlich die Rede wiederzugeben, die Jürgen Hönig, zuerst auf dem Mattenstapel sitzend, dann neben ihm stehend, uns gehalten hatte. Ich weiß noch genau, wie sie begann. *Mein Name ist Jürgen Hönig. Als erstes muß ich Sie bitten...* Doch bei den letzten Sätzen, ich gebe es zu, bin ich mir nicht sicher, ob die Wortwahl der von Jürgen Hönig exakt entspricht. Mir ist, als habe er länger geredet. Ich fürchte, daß ich bei dem Bemühen, endlich zu einem Absatz zu kommen, detailliert dargelegte Gedankenketten in Sätzen zusammengefaßt habe, deren Formulierung einzig und allein ich zu verantworten habe. Und wenn auch Jürgen Hönig, sollte er diese Zeilen einmal lesen, aufstöhnen und beteuern mag, das eine oder andere so nie gesagt zu haben, so hoffe ich doch, er wird mir in diesem Fall und auch für die nächsten Seiten, auf denen ich seine Gedanken noch verkürzter werde wiedergeben müssen, zugestehen, nie den Sinn seiner Rede entstellt zu haben.

Ganz gleich, wie seine letzten Worte auch gelautet haben mögen, Tatsache ist jedenfalls, daß wir alle, nachdem Jürgen Hönig die erste Matte vom Stapel gezerrt hatte, selbst mit Hand anlegten und die übrigen Matten vom Wagen zogen. Bald waren alle Matten bis auf eine in einem Halbkreis um den Wagen ausgebreitet. Jürgen Hönig rollte ihn ein paar Meter zurück und zog eigenhändig die letzte Matte herab. Er schob sie mit dem Fuß ein paar Zentimeter in unsere Richtung, um wohl nicht einen zu großen Graben zwischen sich und uns entstehen zu lassen, und setzte sich dann auf ihre Mitte. Zuerst beugte er das rechte Knie und zog den rechten Fuß so dicht an sich heran, daß die Sohle den linken Oberschenkel berührte. Anschließend beugte er das linke Knie, bis der linke Fuß auf dem rechten Oberschenkel zu liegen kam. Zum Schluß nahm er den rechten Fuß in beide Hände und zog ihn auf den linken Oberschenkel hinauf. In diesem Sitz, von dem ich inzwischen weiß, daß er Lotussitz heißt, verharrte Jürgen Hönig und sah zu uns auf. »Setzen Sie sich.«

Es war der Mann mittleren Alters, der an der Sprossenwand mit Leibesübungen geglänzt hatte, der sich als erster niederließ. Die beiden schnurrbärtigen Männer im Partnerlook folgten ihm und nahmen nebeneinander Platz. Auch das andere Paar teilte sich eine Matte. Er zupfte an den Hosenbeinen und gab sich alle Mühe, den Schaden, den die Bügelfalten nehmen konnten, so gering wie nur möglich zu halten, während sie ganz damit beschäftigt war, ihre wohlgeformten Waden zu einem gefälligen Anblick zu arrangieren. Da die Zahl der Kursteilnehmer die Zahl der Matten überstieg, mußten der junge Mann mit den schulterlangen Haaren und eine ältere Frau, die bislang nicht besonders aufgefallen war, mit einer Matte vorliebnehmen. Alle anderen thronten alleine auf ihren zweieinhalb Quadratmetern Kunststoff. Die meisten hatten sich für den Schneidersitz entschieden. Ein paar gingen in ihrem Eifer so weit, es dem Kursleiter gleichmachen zu wollen, doch schon bald gaben sie den Versuch, beide Füße auf die Oberschenkel zu zerren, mit gequälten Gesichtern auf. Die junge Frau mit den Sommersprossen, die unter dem Erste-Hilfe-Kasten den Apfel verspeist hatte, war von keiner Sitzposition angetan und legte sich auf den Bauch. Ich hockte mehr auf der Matratze, als daß ich auf ihr saß. Beide Beine angezogen, so daß die Oberschenkel die Brust berührten, beide Arme um die Unterschenkel gelegt, das Kinn auf die Knie gestützt, sah ich Jürgen Hönig zu, wie er langsam von einem Kursteilnehmer zum anderen blickte und wartete, bis es sich auch der letzte von uns bequem gemacht hatte.

»Ich weiß nicht, ob Sie gerne Gangsterfilme sehen«, begann Jürgen Hönig erneut seine Rede. »Ich für meinen Teil tue es. Wenn da ein paar Ganoven einen großen Coup aushecken, kommt meistens immer eine Szene vor. Bevor der große Boß, der alles ausgetüftelt hat, seinen Plan enthüllt, sieht er von einem Bandenmitglied zum anderen und sagt: ›Noch ist es Zeit!‹ Noch könne jeder aussteigen, den der Mut verlasse, danach sei es zu spät.« Und als sei er der große Gangsterboß, sah Jürgen Hönig langsam von einem zum anderen. »Noch ist es Zeit! Noch können Sie gehen! Ich fühle mich zu dieser Warnung verpflichtet. Wenn Sie bleiben, werden Sie sich auf ein Abenteuer einlassen, von dem weder Sie noch ich noch sonst jemand auf der Welt weiß, wie es ausgehen wird. Nur eines kann ich Ihnen versprechen. Sie werden nicht mehr derselbe sein, der Sie jetzt sind. Wer gehen will, soll gehen. Noch ist es Zeit!«

Natürlich ging keiner. Auch als Jürgen Hönig versicherte, daß die Städtische Volkshochschule in diesem Fall bereit sei, die Kursgebühr von 60 Mark zurückzuerstatten, und nicht mehr wie ein Obergangster, sondern wie ein besorgter Vater von einem zum anderen sah, wurde keiner von uns abtrünnig. Jürgen Hönig verharrte ein paar Sekunden schweigend – und ich will diese Kunstpause dazu nützen, mich endgültig von seiner direkten Rede zu verabschieden, denn es widerspricht mir, in Gänsefüßchen zu setzen, was Jürgen Hönig so wortwörtlich nicht gesagt hat. Ich habe mir vorgenommen, die Wahrheit und nichts als die Wahrheit zu berichten. Darum, und auch weil ich den Leser meiner Geschichte nicht mit unnötigen Ausschweifungen langweilen will, fasse ich von nun an Herrn Hönigs direkte Rede in der indirekten zusammen. Ihm sei aufgefallen, fuhr Jürgen Hönig fort, wie der eine oder andere von uns irritiert aufgesehen habe, als er die Meditation eine Technik genannt habe. Doch das sei die korrekte Bezeichnung. Wer sich mehr von ihr erwartet habe, den müsse er leider enttäuschen. Wer auf der Suche nach einem neuen Glauben sei, der sei hier fehl am Platz. Meditation sei nun mal kein Religionsersatz. Und er, Jürgen Hönig, sei auch kein Hoherpriester, der sich auf Gott und die Welt einen Reim machen könne, sondern ein simpler Instrukteur. Man könne ihn mit einem Fahrlehrer vergleichen. Er werde uns zeigen, wie man ein Auto bedient. Aber wohin wir führen, ob wir sonntags im Ausflugsverkehr steckenblieben oder die Erde umrundeten, das bliebe ganz alleine uns überlassen.

Mein rechter Fuß schlief ein. Ich streckte meine Beine aus, und während ich mich ein wenig zur Seite drehte, so daß ich mich auf dem linken Ellenbogen abstützen konnte, streifte mich Jürgen Hönigs Blick. Obwohl kein Tadel in seinen Augen lag, war mir doch klar, daß allein meine Bewegung seine Aufmerksamkeit auf mich gelenkt hatte. Gleich darauf blickte er zu einem Mann, dem der Schneidersitz unbequem geworden war und der jetzt nicht recht wußte, wohin mit seinen Beinen. Auch die Dame mit dem weißen Büstenhalter unter der schwarzen Bluse hatte ihre schönen Waden zu einem neuen Arrangement geordnet, das zwar keinen so wohlgefälligen Anblick mehr bot, dafür aber für sie bequemer war. Keiner schien es lange in der Stellung auszuhalten, die ihm anfangs als die angenehmste vorgekommen war. Der eine winkelte seine Beine an, der andere streckte sie aus, einer wechselte sein Gewicht von der rechten Gesäßhälfte auf die linke, der andere von der linken auf die rechte, einer stützte sich mit den Händen auf der Matte ab, und ein anderer umfaßte die eigenen Zehen, um Halt zu finden. Doch ganz gleich, wie beiläufig die Bewegung war, von der man sich eine Spur mehr Bequemlichkeit versprach, immer erregte sie Jürgen Hönigs Aufmerksamkeit, während er wie eine Statue in seinem Lotussitz verharrte und uns vor falschen Hoffnungen warnte.

Wer glaube, in zwölfmal 45 Minuten die Technik der Meditation zu erlernen, der solle sich die Sache gleich aus dem Kopf schlagen. Wer es wirklich ernst meine, der müsse das Kostbarste opfern, was er besitze, nämlich seine Zeit. Eine Stunde am Tag habe jeder von uns von heute an weniger zur Verfügung. Und der Tag bestehe nur aus 24 Stunden. Ein Drittel davon schlafe man, und ein weiteres Drittel arbeite man in der Regel. Eine Stunde am Tag sei eine Kostbarkeit, mit der man wuchern solle. Jürgen Hönig hatte keine Sicherheiten zu bieten, außer dem Versprechen, daß wir für diese tägliche Stunde einen Gegenwert erhielten, den man weder mit Gold noch mit Zeit aufwiegen könne. Doch wer der Meinung sei, die 60 Minuten am Tag nicht aufbringen zu können, dem stehe es noch immer frei, zu gehen. Das Angebot der Städtischen Volkshochschule, die Kursgebühren zurückzuerstatten, werde noch immer aufrechterhalten. Noch sei es Zeit, zu gehen.

Natürlich ging keiner. Und wenn wir auch auf der Stelle rutschten und nicht wußten, wohin mit Armen und Beinen, so lauschten wir doch aufmerksam. Jürgen Hönig erläuterte uns, daß die Meditation, soweit man ihr mit weltlichen Worten überhaupt gerecht werden könne, vor allem Ruhe bedeute. Und Ruhe könne der Geist nur finden, wenn der Körper Ruhe gefunden habe. Und der Körper habe erst dann Ruhe gefunden, wenn kein Nerv mehr seine Existenz unserem Gehirn signalisiere. Ja, so weit müßten wir kommen. Wir müßten vergessen, daß es einen Körper gibt. Doch davon seien wir alle noch ein weites Stück entfernt. Jürgen Hönig sah von einem zum anderen. Keiner von uns halte es lange auf einem Fleck aus. Dabei sei dies doch so einfach. Man müsse es sich nur bequem machen und dem Körper die Haltung gönnen, in der er sich am behaglichsten fühlt. Der Lotussitz zum Beispiel sei so eine Haltung. Jedes Kind könne ihn. Nur wir Erwachsenen, deren Gelenke ungelenk geworden sind, hätten ihn verlernt. Um ihn wieder zu erlernen, müßten wir jeden Tag ein paar Minuten länger bis an die Grenze des Schmerzes gehen. Am Ende dieses Kurses, in vier Wochen, versprach Jürgen Hönig, seien wir vielleicht um einiges gelenkiger geworden, aber von Meditation hätten wir dann noch immer keinen blassen Schimmer. Unser Glück sei, daß der Lotussitz nicht die einzige Haltung sei, die Meditation ermögliche. Es gebe noch eine andere. Jeder von uns beherrsche sie spielend. Jürgen Hönig befahl, uns auf den Rücken zu legen.

Ich legte mich mit den anderen Kursteilnehmern rückwärts auf die Matte. Jürgen Hönig korrigierte, was wir falsch machten. Die Hände dürften auf keinen Fall zu Fäusten geballt sein. Die Beine halte man am besten leicht gegrätscht. Und die Arme sollten weder am Körper anliegen noch ganz ausgebreitet sein, sondern mit dem Rumpf einen Winkel von 45 Grad bilden. Keiner rutschte mehr, keiner zappelte mehr. Jürgen Hönig war mit unserem Anblick zufrieden. Nun böten wir wirklich ein Bild der Ruhe. Doch müßten wir lernen, nicht nur unseren Körper zu vergessen, sondern auch unseren Kopf. Und das sei die bedeutend schwierigere Aufgabe. Unser Gehirn bestehe aus über zehn Milliarden Zellen. Und die seien die reinste Bürokratie. Einmal errungene Kompetenzen gäben die nicht freiwillig ab. Kein Bürokrat rationalisiere seine Planstelle weg. Ganz im Gegenteil, er erfinde Unterabteilungen und Unterunterabteilungen hinzu, deren Sinn allein darin bestehe, einen Oberabteilungsleiter zu legitimieren. Und diesem Monster müßten wir Einhalt gebieten. Wir müßten die Gedanken so weit bringen, daß sie sich selbst eliminieren würden. Jürgen Hönig machte eine Pause. Jetzt wolle er uns das Geheimnis der Meditation verraten. Es verberge sich in einem Satz. Es waren dann doch zwei. Ich habe ihren Wortlaut behalten. Ich kann sie in direkter Rede zitieren. »Versuchen Sie, an nichts zu denken«, sagte Jürgen Hönig und fügte hinzu: »Denken Sie an nichts!«

Das also war das Geheimnis der Meditation. Jürgen Hönig schlug uns vor, es gleich einmal auszuprobieren. Auf dem Rücken liegend bemühten wir uns, an nichts zu denken. Nur ich gab mir keine Mühe. Ich dachte. Ich dachte, daß mich dies alles nichts anging. Schließlich war ich nicht hier, um in Entspannungstechniken, ganz gleich ob östlich oder nicht, eingeweiht zu werden. Ich folgte nur einer Spur. Mein Wunsch, dem Beispiel des Spitzenmanagers zu folgen, um in Zukunft allen Anforderungen gewachsen zu sein, war eine Ausrede, die ich mir selbst kaum abnahm und der Oberstaatsanwalt Schippke erst recht keinen Glauben schenken würde. Es gab nichts daran zu deuteln, ich hatte den Kurs 411 allein aus kriminalistischen Motiven belegt. Die Meditation konnte mir im Grunde genommen gestohlen bleiben. Warum sollte ich mich also mühen, an nichts zu denken? Ich sah zu den Ringen an der Decke empor und erinnerte mich an mein Turnabitur. Irgendwann kam mir der Gedanke, daß meine Nachforschungen über die sechs bei Vollmond gestorbenen Männer nur dann einen Sinn ergaben, wenn ich dem Kurs die gleiche Ernsthaftigkeit widmete, mit der höchstwahrscheinlich auch Werner Strapinski und Karl Roßmann an ihm teilgenommen hatten. Wenn ich der Spur, sofern sie eine war, gewissenhaft folgen wollte, blieb mir nichts anderes übrig, als den Anweisungen des Kursleiters zu gehorchen. So kam es, daß auch ich mir Mühe gab. Während ich versuchte, an nichts zu denken, mußte ich an die schwarzweißen Fotos denken, die den sechs grauen Schnellheftern beigelegt waren. Sie zeigten die Leichen von allen Seiten. Alle sechs waren auf dem Rücken gelegen. Keiner hatte im Augenblick des Todes die Hand zur Faust geballt. Alle hatten sie die Beine leicht gegrätscht.

Und immer waren die Arme im spitzen Winkel vom Körper ausgestreckt. Ich rief mir die Bilder genau in Erinnerung. Ja, immer hatte der Winkel 45 Grad betragen. Das konnte kein Zufall sein. Doch die einzige Chance, dem Geheimnis auf die Spur zu kommen, war im Augenblick, jeden Gedanken daran zu vertreiben. Ich bemühte mich, an nichts zu denken, und sah den Ringen unter der Decke zu, die sanft an ihren Seilen pendelten, obwohl kein Windhauch in der Turnhalle zu spüren war.

## 9

Als ich am nächsten Mittwoch die Turnhalle des Albert-Einstein-Gymnasiums betrat, rollte der Mann mittleren Alters, der zwei Tage zuvor an der Sprossenwand seine Bauchmuskeln trainiert hatte, den Wagen mit dem Stapel Kunststoffmatten aus dem Geräteraum in die Halle. Neben der Markierung, von der aus man bei einem Basketballspiel den Freiwurf ausführt, hielt er den Wagen an und zerrte die erste Matte vom Stapel. Der junge Mann mit den schulterlangen Haaren, der so ausdauernd auf dem weißen Strich balanciert hatte, und die beiden schnurrbärtigen Männer kamen zu Hilfe und beförderten die darunterliegenden Matten zu Boden. Weitere Kursteilnehmer eilten zur Unterstützung herbei. Viele kamen zu spät. Nur dem einen oder anderen gelang es noch, selbst mit Hand anzulegen und eine Matte, die sich quergelegt hatte, so zu verrutschten, daß sie sich mit den anderen zu einem Halbkreis fügte. Eine lag ein paar Meter entfernt. Sie war für Jürgen Hönig bestimmt. Der Kursleiter ließ diesmal wirklich lange auf sich warten. Es war fünf nach halb acht.

Doch keiner sah auf seine Armbanduhr und fragte, ob es denn möglich sei, daß sie vorgehe. Niemand glaubte erwähnen zu müssen, seine Zeit nicht gestohlen zu haben. Die meisten hatten sich auf eine Matte gesetzt. Ein paar lagen auf dem Rücken. Die junge Frau mit den Sommersprossen, die den Apfel mitsamt Butzen gegessen hatte, hielt ihre Augen geschlossen. Vielleicht hatte sie ihre Hausaufgaben nicht gemacht. Zweimal 30 Minuten am Tag, am besten vor dem Frühstück und vor dem Abendessen, da ein voller Magen der Meditation nicht bekömmlich sei, sollten wir es uns mit geschlossenen Augen in einer ruhigen Ecke der Wohnung auf dem Boden bequem machen und versuchen, an nichts zu denken. Ich hatte nicht an nichts gedacht. Und da ich überzeugt war, daß sowohl Werner Strapinski als auch Karl Roßmann ihre Hausaufgaben gemacht hatten, bekam ich ein schlechtes Gewissen. Aber der Tag hat nun mal wirklich nur 24 Stunden. Und ich hatte Besseres zu tun, als mich auf den Boden zu legen und meine Gedanken zu eliminieren. Ich bevorzugte den Stuhl. Ich war ein Mann der Schrift. Ich hatte mich nun doch für die dritte Person entschieden. Ich hatte damit begonnen, den *Ersten Menschen* umzuschreiben.

Da drei Kursteilnehmer fehlten, brauchte sich keiner mehr mit einem anderen eine Matte zu teilen. Der Herr und die Dame hatten trotzdem wieder nebeneinander Platz genommen. Statt des weißen Anzuges, der ihm die Würde eines Kolonialherren verliehen hatte, trug er diesmal ein Fußballtrikot von Inter Mailand. Sie war mit einem türkisfarbenen Overall bekleidet, der, so sportlich er auch geschnitten war, mehr für die verruchte Luft einer glitzernden Disco gedacht war als für den schweißigen Mief dieser Turnhalle. Die meisten Kursteilnehmer waren dem Beispiel von Jürgen Hönig gefolgt und in einem sportlichen Dreß erschienen. Von den beiden schnurrbärtigen Männern war nur einer den Jeans und dem T-Shirt treu geblieben, der andere trug jetzt einen Jogginganzug aus unscheinbarer grauer Baumwolle. Nur die Tennisschuhe erinnerten noch an den Partnerlook. Die beiden hatten sie anbehalten, obwohl sie die Schuhe ganz offensichtlich auch auf der Straße benutzten. Alle anderen hatten sich an die Bitte des Kursleiters gehalten und ihre Straßenschuhe draußen gelassen. Die Mehrzahl trug Turnschuhe. Nur eine Minderheit ging barfuß. Ich zählte zu ihr. Ich muß gestehen, daß ich mich an die Schulordnung erst wieder erinnerte, als ich in der Garderobe das aufgereihte Schuhwerk sah.

Es war zehn nach halb acht, als Jürgen Hönig die Halle betrat, einen guten Abend wünschte und sich für die Verspätung entschuldigte. Er setzte sich auf die ihm zugedachte Matte und verschränkte die Beine zum Lotussitz. Wer auf dem Rücken gelegen war, richtete sich auf. Die junge Frau drehte sich auf den Bauch. Ob wir auch alle unsere Hausaufgaben gemacht hätten, fragte Jürgen Hönig und sah von einem Kursteilnehmer zum anderen. Wir nickten. Ob es uns schwergefallen sei, an nichts zu denken? Der Mann mittleren Alters gab zu, es sei ihm verflucht schwergefallen. Jürgen Hönig bestätigte, dies sei die Regel. Aller Anfang sei schwer. Es sei noch kein Meister vom Himmel gefallen. Eine Minute lang an nichts zu denken, sei schon ein Meisterstück. Ob einer von uns eine Minute geschafft habe? Jürgen Hönig sah sich fragend um. Ein paar nickten. Der junge Mann mit den schulterlangen Haaren meinte, er hätte es fast geschafft, aber dann sei ihm doch ein Gedanke gekommen. Auch fast eine Minute sei beachtlich, lobte Jürgen Hönig. Wie es uns anderen ergangen sei? Ob wir es wenigstens ein paar Sekunden lang geschafft hätten? Die meisten nickten. Ja, auf ein paar Sekunden habe er es schon gebracht, murmelte der Mann mittleren Alters. Ob denn einer unter uns sei, der nicht mal eine Sekunde lang an nichts zu denken vermocht habe? Der schnurrbärtige Mann im grauen Jogginganzug, der rechts von mir saß, räumte ein, daß es ihm immerhin für den Bruchteil einer Sekunde gelungen sei, seine Gedanken zu eliminieren. Jürgen Hönig sah zu mir. »Und was ist mit Ihnen?«

Ich erwiderte den Blick.

»Sie haben sich bis jetzt noch nicht geäußert. Wie ist es Ihnen ergangen? Sie haben doch Ihre Hausaufgaben gemacht, oder?«

Ich nickte ein wenig zu vorschnell. Ich war schon in der Schule ein schlechter Lügner gewesen. Wenn ich bei einer Frage, die ich nicht wußte, schnalzend den Finger hob, weil der Lehrer die Gewohnheit hatte, nur die aufzurufen, die sich nicht meldeten, kam ich trotzdem dran. Und wenn die halbe Klasse die Hausaufgaben nicht gemacht hatte, es war immer ich gewesen, der überführt wurde. Während ich hastig nickte, wurde mir klar, daß ich ebensowenig wie meinen Lehrern diesem Jürgen Hönig etwas vormachen konnte. Es ärgerte mich, daß ich überhaupt versuchte, ihm etwas vorzumachen. Ich war nicht mehr der Primaner, der zu Kreuze kriechen mußte, weil seine Versetzung gefährdet war. Ich war kein Schüler mehr, ich war ein Kunde. Ich nahm eine gegen Entgelt mir angebotene Dienstleistung in Anspruch. Und der Kunde ist bekanntlich König. Warum gab ich nicht einfach zu, die Hausaufgaben nicht gemacht zu haben? Warum hörte ich nicht zu nicken auf?

»Und? Haben Sie es geschafft?« Jürgen Hönig sah mir in die Augen. »Haben Sie an nichts gedacht? Und sei's nur eine Sekunde lang?«

Der Kursleiter machte es mir leicht. Seine Stimme schmeichelte. Seine Fragen suggerierten die Antwort. Ich hätte nur noch einmal nicken müssen, und er hätte sich der älteren Frau zugewandt, die links von mir saß und sich ebenfalls noch nicht geäußert hatte. Aber nein, ich nickte nicht. Ich weiß nicht, warum in mir auf einmal dieser Trotz erwachte. Wollte ich mir mehr als zehn Jahre zu spät beweisen, daß ich Manns genug sei, der Autorität des Lehrers die Stirn des Schülers zu bieten? Oder wollte ich mich nicht noch einmal mit einer Lüge, die ohnehin durchschaut werden würde, demütigen? Lag es daran, daß ich Jürgen Hönig nicht mochte? Daß sein Gesicht, das aus seinem Alter ein Geheimnis machte, mir unsympathisch war? Oder war es meine Liebe zur Wahrheit? Sei es, wie es wolle, Tatsache ist jedenfalls, ich schüttelte den Kopf.

»Was?« fragte der Kursleiter mit unerwartet strenger Stimme. »Es ist Ihnen nicht gelungen, an nichts zu denken?«

»So ist es.«

»Nicht mal den Bruchteil einer Sekunde?«

»Nicht mal den Bruchteil einer Sekunde!«

»Sie haben es alle gehört!« Jürgen Hönig wandte sich den übrigen Kursteilnehmern zu. »Dieser Herr hier ist nicht fähig, den Bruchteil einer Sekunde lang an nichts zu denken. Was sagen Sie dazu? Ist es einem von Ihnen ähnlich ergangen?«

Die meisten schüttelten den Kopf. Der Rest schwieg nur. Die ältere Frau warf mir einen verstohlenen Blick zu, der voller Mitleid war.

»Sie sind offensichtlich der einzige.« Jürgen Hönig wandte sich wieder an mich. »Wie ist Ihr Name?«

»Thomas Zorski.«

»Ich danke Ihnen, Thomas. Sie sind der einzige, der hier die Wahrheit sagt. Ich bezweifle nicht, daß alle anderen ebenfalls ihre Hausaufgaben gemacht haben, aber nur Thomas hat sie gelöst. Alle anderen sind einem Selbstbetrug erlegen. Keiner von Ihnen hat auch nur den Bruchteil einer Sekunde lang an nichts gedacht. An nichts zu denken sei nämlich ein Ding der Unmöglichkeit.«

Das Anführungszeichen hätte natürlich einen Satz früher gemacht werden müssen. Doch ich habe für Korrekturen keine Zeit. Ich lasse die indirekte Rede unbehelligt in der direkten stehen. Mich drängt es fortzufahren. Am liebsten würde ich diese zweite Lektion und die zehn, die ihr noch folgten, ganz einfach überspringen und gleich zum 25. Juli kommen. Als ich mit meinen Aufzeichnungen begann, habe ich nur an ein paar Zeilen gedacht, die ich dir, Mutter, hinterlassen wollte, da ich es für ungezogen hielt, mich ohne ein Wort des Abschieds aus dem Staub zu machen. Inzwischen sind es 78 Seiten geworden, und ich habe das Gefühl, noch immer nicht zum Kern meiner Geschichte vorgedrungen zu sein. Liegt es daran, daß ich zu viele Wenn und Aber gebrauche? Verstricke ich mich in unnötige Details? Ich gebe zu, bevor ich lange grüble, ob ein Nebensatz eine notwendige Erklärung gibt oder nur schmückendes Beiwerk ist, tippe ich ihn lieber gleich in die Maschine. Ich will auch jetzt nicht groß nachdenken und gleich zur Sache kommen. Am 25. Juli 1983 war ich in mir. Nein, ich kann diesen Satz so nicht stehenlassen. Es tut mir leid, ich werde dem weiteren Verlauf des Kurses noch ein paar Seiten widmen müssen. Ja, ich weiß, der Tag hat nur 24 Stunden, und jede einzelne von ihnen ist eine Kostbarkeit, mit der man wuchern soll. Lesen Sie trotzdem weiter. Auch wenn die einzige Sicherheit, die ich Ihnen bieten kann, nur mein Versprechen ist, daß, wenn Sie sich die Zeit zur Lektüre nehmen, Sie Ihre Lehren aus meinem Leben ziehen können.

Ich versuche, mich kurz zu fassen. Jürgen Hönig gestand, uns nur das Ziel der Meditation verraten zu haben. Was er uns verschwiegen hatte, war die Technik, mit der man das Ziel erreicht. Und diese Technik läßt sich nicht in einen Satz fassen. Es gibt nicht nur eine. Zur Meditation führen weit mehr Wege als nach Rom. Einen Weg beschritten unsere Großmütter. Sie beteten den Rosenkranz. Hinduisten wiederholen immerzu die gleichen Silben. Taoisten betrachten unentwegt ein an Ornamenten reiches Diagramm. Zen-Buddhisten geben sich gerne Rätsel auf. Wie bekomme ich eine Gans aus einer Flasche, ohne das Tier zu verletzen oder das Glas zu zerbrechen? Über so ein *Koân* kann ein Weiser ein Leben lang nachdenken, und wenn er auch nie eine Lösung findet, so ist er am Ende doch klüger als zuvor. So verschieden auch die Wege sein mögen, eines haben sie gemein. In der Sprache der modernen Psychologie würde man sagen, es handle sich um Beschäftigungstherapie. Ob christliche oder hinduistische Silbenfolgen, ob gezeichnete Labyrinthe oder unlösbare Rätsel, es sind alles nur Brokken, die man dem Verstand zum Fraß vorwirft, damit er endlich Ruhe gibt. Ein gewitzter Einbrecher füttert zuerst die bissigen Hunde, um dann, von ihnen unbehelligt, zur Villa zu gelangen. Und die Villa, in die wir eindringen wollen, ist das Nichts. Und um den Gedanken, die das Nichts bewachen, einen Happen zuwerfen zu können, trug Jürgen Hönig uns auf, an die Sonne zu denken.

Nur an die Sonne und an sonst nichts. Warum ausgerechnet an die Sonne, fragte der Kursleiter, der es wissen mußte. Er wartete auch keine Antwort ab, sondern forderte uns auf, uns in den ersten Menschen hineinzuversetzen, der vor rund fünf Millionen Jahren zur Welt gekommen ist. Was war wohl sein erster Eindruck von ihr gewesen? Das Blau des Himmels? Das grüne Gras, das sich im Wind wiegen mochte? Die schwarzen Vögel, die über ihm ihre Kreise zogen? Oder ein anderes Tier, das zufällig des Weges kam? Nichts von alledem! Den größten Eindruck machte die Sonne, deren Licht uns blendet und deren Wärme uns am Leben erhält. Darum sollten wir an die Sonne denken. Von allen Wegen, die es gibt, ist dieser der leichteste.

Als ich nach Hause kam, aß ich zu Abend und setzte mich dann an meinen Schreibtisch. Ich nahm mir den *Ersten Menschen* wieder vor. Es war nicht damit getan, die Personalpronomen auszutauschen. Korrekturen größeren Umfangs waren unumgänglich. Kurz vor Mitternacht wurde ich müde und ging schlafen. Nachdem ich das Licht gelöscht hatte, machte ich mir Vorwürfe. Ich hatte mich schon wieder um die Hausaufgabe gedrückt. Wenn ich meiner Spur wirklich folgen wollte, mußte ich mehr Disziplin aufbringen. Ich nahm mir vor, mich in Zukunft zu bessern und gleich morgen, noch vor dem Frühstück, an die Sonne zu denken. Doch wenn ich meinen guten Vorsatz wirklich ernst meinte, müßte ich die Nachttischlampe noch einmal anknipsen und den Wecker um eine halbe Stunde verstellen. Aber da ich glaubte, dazu schon zu müde zu sein, ließ ich es bleiben. Je mehr ich mir den Schlaf einreden wollte, um so weniger fand ich ihn. Ich erinnerte mich an die Schäfchen auf der Weide und wollte sie schon zu zählen beginnen, als mir die Sonne wieder einfiel. Warum nicht an sie statt an graue Wolle denken? Der einzige Grund, der dagegen sprach, war das Wort von Jürgen Hönig, der gesagt hatte, daß Meditation eine Arbeit sei, die höchste Konzentration erfordere und deshalb nur im ausgeruhten Zustand getan werden solle. Trotzdem glaubte ich, es könne nicht schaden, wenn ich mich statt mit der Monotonie grauer Schafe mit der Monotonie der Sonne in den Schlaf gaukelte. So kam es, daß ich an die Sonne dachte.

Ich mußte an Werner Strapinski und Karl Roßmann denken, denen nicht die Sonne, sondern der Mond zum Verhängnis geworden war. Meine Gedanken schweiften ab. Jürgen Hönig hatte gesagt, daß man deswegen kein schlechtes Gewissen haben müsse.

Es ließe sich anfangs nicht vermeiden, daß einem auch andere Dinge durch den Kopf gingen. Wichtig sei allein, daß man die Gedanken wieder an ihren Ausgangspunkt zurücklenke. Und der Ausgangspunkt sei die Sonne. Es bliebe uns überlassen, ob wir an das Wort Sonne denken oder uns lieber ihr Bild vor Augen führen wollten. Ich entschied mich für das Bild. Was ist die Sonne? Ein glühender Gasball aus Wasserstoff und Helium. Sollte ich ihn auf- oder untergehen lassen? Oder wollte ich ihn lieber auf der Höhe des Zenits betrachten? War er auch mein erster Eindruck von der Welt gewesen? Irgendwann werden seine Strahlen durch das offene Fenster ins Kinderzimmer gefallen sein. Nein, daß das Fenster offen gewesen war, glaube ich nicht. Du hast noch viele Jahre später, als ich längst in der Pubertät war, darauf geachtet, daß ich nicht in den Zug geriet. Und immer hingen Stores vor den Scheiben, so daß von außen keiner hineinsehen und auch die Sonne durch die winzigen Gittermaschen aus Polyester nur diffuses Licht werfen konnte. Sicher waren auch tagsüber die Vorhänge bis auf einen kleinen Spalt geschlossen gewesen, während ich in meiner Wiege schlief, so daß ich in sanftem Dämmerlicht erwachte und nach dir schrie, bis du endlich herbeieiltest, um mir die Brust zu reichen. Mit diesen Gedanken war ich irgendwann eingeschlafen.

Als am Freitag, dem 1. Juli, Jürgen Hönig um 19 Uhr 30 in der Turnhalle des Albert-Einstein-Gymnasiums auf der ihm zugedachten Matte den Lotussitz eingenommen hatte und von einem zum anderen sah, wobei er fragte, ob es uns schwergefallen sei, an die Sonne zu denken und an sonst nichts, wollten die meisten Kursteilnehmer, aus Erfahrung klug geworden, sich nicht eindeutig festlegen. Sie wogen nur bedächtig den Kopf.

Der Kursleiter wandte sich an mich. »Wie ist es Ihnen ergangen, Thomas?« Zum ersten Mal huschte ein Lächeln über seine Lippen, so daß das sonst so alterslose Gesicht plötzlich jungenhaft erschien. »Sie haben doch Ihre Hausaufgaben gemacht, oder?«

Ich nickte weniger vorschnell. Ich hatte sie nur das eine Mal vor dem Einschlafen gemacht. Jürgen Hönig sah mir schweigend in die Augen wie ein Lehrer, der sich nicht mit Halbheiten zufriedengeben will, sondern von seinem Schüler einen grammatikalisch einwandfrei formulierten Satz zur Antwort erwartet, bis ich gehorsam ausführte: »Ja, ich habe meine Hausaufgaben gemacht.«

»Ist es Ihnen gelungen, an die Sonne zu denken?«

»Ja.«

»Wie lange?«

»Nicht lange. Meine Gedanken schweiften ab.«

Jürgen Hönig hatte nichts anderes erwartet. Natürlich schweifen die Gedanken ab. Es sind nun mal blutrünstige Köter, die das Nichts bewachen. Wer in die Villa eindringen will, braucht mehr als einen Wurstzipfel, um die Hunde zu überlisten. Jürgen Hönig gestand, daß die Sonne nur ein Vehikel sei, das uns helfen solle, die eigentliche Technik der Meditation zu erlernen. Sie bestehe aus einem Satz. Wer ihn begriffen habe, der könne nach Hause gehen und brauche nicht wiederzukommen. Mehr an Wissen habe auch Jürgen Hönig nicht zu bieten. Der Satz sei über zweieinhalbtausend Jahre alt. Er stamme von einem Fürstensohn namens Siddharta, der beschlossen hatte, Bettler zu werden. Wenn man hierzulande die Meditation eine *östliche* Entspannungstechnik nenne, habe man das in erster Linie ihm zu verdanken. Doch das Wissen, das dieser Satz beinhaltet, sei viel älter. Siddharta habe selbst gesagt, daß er im Dschungel nur einen alten Weg gefunden habe, ihm gefolgt sei und eine alte Stadt entdeckt habe, die früher von Menschen bewohnt gewesen sei. Die Stadt nannte er *Nirvâna*. Wer sie mit Nichts umschreiben wolle, liege nur zur Hälfte richtig. Sie sei Nichts und Alles zugleich. Der Weg, der zu ihr führe, sei die Meditation. Und der Satz, den Siddharta, später auch Buddha genannt, ein paar Jahrhunderte vor Christi Geburt verkündet habe, laute: »Achte auf deinen Atem.«

Das also war das Geheimnis der Meditation. Jürgen Hönig schlug uns vor, es gleich mal auszuprobieren. Wir legten uns mit dem Rücken auf die Matte und achteten auf unseren Atem. Der Kursleiter korrigierte, was wir falsch machten. Alle hatten wir noch zu sehr das Wort unserer Eltern im Ohr: Brust heraus! Bauch hinein! Genau das Gegenteil sei richtig. Wir müßten wieder lernen, mit dem Zwerchfell zu atmen. Nur mit seiner Hilfe gelange der lebenswichtige Sauerstoff in die entferntesten Spitzen der Lungen. Doch wie den Lotussitz hätten wir Erwachsenen auch das Atmen verlernt. Wie ein Fisch auf Land schnappten wir kurz und hastig nach Luft. Nur die Kinder beherrschten noch die richtige Technik, zumindest so lange, bis die Erziehung Erfolg habe und sie mit eingezogenem Bauch und herausgestreckter Brust vor uns ihre Achtung bezeugten. Wir mühten uns, es den Kindern gleichzutun. Jürgen Hönig gab uns den Rat, weniger auf das Atmen als auf den Atem zu achten. Was wir einatmen, sei Leben. Oder, besser gesagt, das Leben atme uns. Wir könnten jahrelang im Koma liegen und würden verhungern, würden wir nicht intravenös ernährt, und doch atmeten wir. Es gebe viele Möglichkeiten, Selbstmord zu begehen, doch die einfachste, einfach den Atem anzuhalten, habe noch nie zum Erfolg geführt. Denn Atem sei Leben. Und das Leben sei stärker als wir. Das dürften wir nie vergessen. Es sind nicht wir, die atmen. Es atmet uns.

Als ich nach Hause kam, aß ich zu Abend und nahm mir den *Ersten Menschen* wieder vor. Kurz nach Mitternacht wurde ich müde und ging schlafen. Bevor ich das Licht löschte, stellte ich den Wecker eine halbe Stunde vor. Als er am nächsten Morgen klingelte, wälzte ich mich auf die andere Seite und genoß den Gedanken, mich noch 30 Minuten lang vor dem Tag unter der Decke verkriechen zu können. Um mein Gewissen zu beruhigen, konnte ich dabei ja auch auf meinen Atem achten. Doch da ich nicht einer vergessenen Stadt namens Nirvâna, sondern sechs ungeklärten Todesfällen auf die Spur kommen wollte, brachte ich die Disziplin auf und duschte mich kalt. Danach legte ich mich nicht ins Bett zurück, sondern auf den Vorleger daneben. Ich grätschte die Beine leicht, streckte die Arme aus, so daß sie mit dem Rumpf einen Winkel von 45 Grad bildeten, und stellte mir, auf meinen Atem achtend, die Sonne vor. Ich mußte an Werner Strapinski und Karl Roßmann denken, die genauso splitternackt auf dem Rücken gelegen waren, als man ihre Leichen fand. Doch die sechs Männer waren, mit Ausnahme von Joachim Mahlke, alle im Bett gestorben. Warum lag ich daneben? Meine Gedanken schweiften ab. Ich lenkte sie zu ihrem Ausgangspunkt zurück. Ich stellte mir die Sonne vor. Während ich den Bauch hob und senkte, ging sie an einem fernen Herbstmorgen auf. Obwohl ich die Erde nicht sah, wußte ich doch, daß es ein Tag ist, an dem Rauhreif auf dem Boden liegt. In der Luft funkelt Nebel. Die Sonne ist blutrot und so weit entfernt, daß es Lichtjahre dauert, bis ihre ersten Strahlen durch das körnige Grau zu mir vorgedrungen sind. Ich empfange ihre Wärme mit ausgebreiteten Armen. Ich atmete die Sonne ein. Sie atmete mich.

Als am nächsten Montag um 19 Uhr 30 Jürgen Hönig auf der ihm zugedachten Matte seinen Lotussitz einnahm, ließ er nicht mehr seinen Blick über die Kursteilnehmer schweifen, deren Reihen sich gelichtet hatten. Von den schnurrbärtigen Männern war nur mehr der im grauen Jogginganzug erschienen. Jürgen Hönig fragte auch nicht, wie es uns ergangen sei. So sehr ich seinen Blick suchte, der Kursleiter wollte nicht mehr wissen, ob ich meine Hausaufgaben gemacht hatte. Ohne ein Wort der Einführung forderte er uns auf, die Haltung einzunehmen, in der sich unser Körper am behaglichsten fühle, und auf unseren Atem zu achten. Wir legten uns gehorsam mit dem Rücken auf die Matte und paßten auf unser Zwerchfell auf. Die meisten von uns seien noch viel zu verkrampft, tadelte Jürgen Hönig von oben herab. Wir sollten nicht auf den Vorgang des Atmens, sondern auf den Atem selbst achten. Der Atem sei bekanntlich Leben. Um das nicht zu vergessen, gebe es einen kleinen Trick. So eine Art Mantra. Es ist aber keines, denn ein Mantra hat, so austauschbar auch die Sanskritsilben für europäische Ohren sein mögen, eine tiefe Bedeutung. Die Laute, die ich Ihnen vorschlagen will, sind bedeutungslos. Und doch sind sie nicht austauschbar wie all die leeren Formeln, von denen geschulte Psychologen hierzulande glauben, daß sie das gleiche wie ein Mantra bewirken, wenn man sie nur lange genug wiederholt. Die Laute, die ich Ihnen vorschlagen will, sind uns allen vertraut. Es sind Urlaute. Was meinen Sie, war der erste Laut, der über Ihre Lippen gekommen ist? Ganz bestimmt war es nicht *B* oder *G* oder *Z*. Ganz bestimmt war es kein Konsonant, sondern ein Vokal. Und sicher war es auch nicht das *E*, obwohl dieser Vokal in der deutschen Sprache am häufigsten vorkommt. Was haben Sie als Kind unter dem Weihnachtsbaum gesagt, wenn Ihnen das Geschenk überreicht wurde? Richtig. *Aaaaa!* Und was ist das Leben anderes als ein Geschenk? Nicht zu vergleichen mit den Bilderbüchern oder den Bauklötzen oder der elektrischen Eisenbahn. Mit jedem Atemzug wird Ihnen das Leben geschenkt. Warum sagen Sie nicht jedesmal *Aaaaa!*?

Während wir mit tiefem *Aaaaa!* die Lungen füllten, erzählte uns Jürgen Hönig, daß *A!* nur der eine Urlaut sei. Es gebe noch einen anderen. *O! Ooooo!* haben wir als Kind gesagt, wenn die Eisenbahn kaputtgegangen ist oder uns das Bilderbuch weggenommen wurde. Und das kostbarste Geschenk, das uns genommen wird, ist das Leben. *O!* ist der Tod. Warum erschrecken Sie vor diesem Wort? Wenn auch Ihr Gesicht keine Regung zeigt, mir entgeht trotzdem nicht Ihre Angst. Ich sehe sie Ihrem Atem an. Warum fürchten Sie sich vor dem einzigen, was Ihnen im Leben gewiß ist? Die Zeit bleibt nicht stehen. Sie kann nicht wie eine Uhr angehalten werden. Sie kann nicht wie ein Tonband zurückgespult werden. Die Zeit kennt nur eine Richtung. Sie schreitet voran. Die Zeit ist nichts anderes als der allgegenwärtige Tod. Jeder Atemzug ist unwiderruflich gelebtes Leben. Darum sterben wir auch jedesmal ein bißchen, wenn wir ausatmen. Mit jedem Atemzug kommen wir unserem Ziel ein kleines Stück näher. Und das Ziel, das auf uns wartet und das wir nie aus den Augen verlieren dürfen, ist der Tod. Der Fürstensohn Siddharta ließ seine Jünger zwischen Scheiterhaufen, auf denen Leichen verbrannt wurden, meditieren. Denn nur wer keine Angst mehr vor dem Tod hat, der hat auch keine Angst vor der Meditation. Ich sehe es Ihnen an, Sie wollen Einspruch erheben. Sie sagen, Sie haben keine Angst vor der Meditation. Warum sollten Sie sich auch vor einer simplen Entspannungstechnik, die nur aus einem Satz besteht, fürchten? Und doch behaupte ich, daß Sie sich wie ein Sterbender, der ahnt, daß sein letzter Atemzug gekommen ist, vor dem fürchten, was Sie erwartet. Sie klammern sich an Ihren Namen und Ihre Vergangenheit, an Ihre Sinne und Ihren Verstand, Sie halten sich verzweifelt fest an der Oberfläche Ihrer Identität und wollen sich nicht in die Tiefe fallen lassen. Wenn Sie wenigstens wissen würden, was Sie dort unten erwartet. Ich kann es Ihnen auch nicht sagen. Keiner kann es Ihnen sagen. Auch Buddha hat auf die Fragen seiner neugierigen Jünger immer wieder geantwortet, daß nicht Nirvâna, sondern nur der Weg dorthin mit Worten zu beschreiben ist. Wer die Stadt im Urwald mit eigenen Augen sehen will, muß sich schon selbst auf den Weg machen. Genug der Worte. Machen wir uns auf den Weg. Achten wir auf unseren Atem. Freuen wir uns über das Geschenk des Lebens, das in unsere Lungen strömt, *Aaaaa!*, atmen wir das gelebte Leben aus, *Ooooo!* Sterben Sie nicht nur ein bißchen. Leeren Sie Ihre Lungen, als ob jeder Atemzug Ihr letzter wäre. *Ooooo!* Meditation ist nichts anderes als ein freiwilliger Tod.

Soweit Jürgen Hönig. Wenn ich mich auch um das Anführungszeichen herumgemogelt habe, bin ich doch meinem Vorsatz, seine direkte Rede zu einer indirekten zusammenzufassen, untreu geworden. Überhaupt glaube ich, daß auf den letzten Seiten vieles nicht seine grammatikalische Richtigkeit hat. Doch mehr als der Indikativ, der sich mit dem Konjunktiv vermischt, und mehr noch als die Sprünge der Zeit, denn ganz nach Belieben hüpfe ich einmal vom Imperfekt ins Präsens und wieder zurück, gibt mir zu denken, daß ich den Ausführungen von Jürgen Hönig schon mehr als 20 Seiten gewidmet habe. Wie soll das enden? Jürgen Hönig ist nur ein Dozent der Volkshochschule und für den weiteren Verlauf dieser Geschichte ganz ohne Belang. Es werden Personen auftreten, die in meinem Leben eine bedeutendere Rolle gespielt haben. Soll ich jeder von ihnen 200 Seiten widmen? Will dieses Buch denn gar kein Ende nehmen? Ich nehme an, ich habe Jürgen Hönig nur deshalb so ausführlich zitiert, damit Sie sich selbst ein Bild von seiner Technik machen können. Warum probieren Sie sie nicht einmal bei Gelegenheit aus? Sicher haben Sie irgendwann einmal das Bedürfnis, sich zu entspannen. Warum entspannen Sie sich dann nicht gleich richtig? Legen Sie sich mit dem Rücken auf den Boden. Wenn der Teppich nicht weich genug ist, nehmen Sie eine Decke als Unterlage. Grätschen Sie die Beine leicht, strecken Sie die Arme aus, so daß sie mit dem Rumpf einen Winkel von 45 Grad bilden. Schließen Sie die Augen, und stellen Sie sich die Sonne vor. Bemühen Sie sich, wie ein Kind zu atmen. Wenn Sie den Bauch heben und die Lungen sich füllen, sagen Sie *Aaaaa!* Wenn sich der Bauch senkt und die Lungen sich leeren, sagen Sie *Ooooo!* Fürchten Sie sich nicht vor dem *O!* Es ist kein Geheimnis hinter ihm verborgen, nur eine Binsenweisheit. Jeder stirbt einmal.

Ich kann diese Technik nur empfehlen. Mir tat sie gut. Obwohl ich morgens eine halbe Stunde früher aufstehen mußte, fiel es mir leicht, aus den Federn zu kommen. Im Büro bearbeitete ich die Akten so zügig, daß der Stapel auf dem rechten Beistelltisch immer kleiner wurde. Und wenn ich mich nach dem Abendessen im Wohnzimmer an meinen Schreibtisch setzte, schrieb ich eine zweite Version meines zweiten Romans, die alles in den Schatten stellte, was ich bislang zu Papier gebracht hatte. Der Spitzenmanager, der allen Anforderungen gewachsen war, hatte schon gewußt, warum er den Tag mit einer Meditation beginnt. Ich machte meine Hausaufgaben. Vor dem Frühstück und vor dem Abendessen schlich ich mich an die Stadt Nirvâna heran. Mitunter raste eine Meute kläffender Hunde aus dem Gemäuer und jagte mich in den Urwald zurück. Mitunter tauchten Gedanken auf. Dann lenkte ich sie zu ihrem Ausgangspunkt zurück. *Aaaaa!* Ich stellte mir vor, wie sich meine Lungen mit dem Licht der Sonne füllten, doch schon beim *Ooooo!* des Ausatmens mußte ich statt an die Sonne an die schwarzweißen Fotos denken, die den sechs grauen Schnellheftern beigelegt waren. Arno Kröninger. Detlev Spinell. Werner Strapinski. Martin Krüger. Joachim

Mahlke. Karl Roßmann. Ich sah die Leichen vor mir liegen. Waren sie alle einen freiwilligen Tod gestorben?

Die Zeit bis zum 22. Juli kann ich getrost überspringen. Jürgen Hönig wiederholte sich. Nicht auf den Vorgang des Atmens achten, sondern auf den Atem selbst. Und der sei bekanntlich Leben. Jürgen Hönig gab bereitwillig zu, daß er mehr an Wissen nicht zu bieten habe. Wer den Satz, den der Fürstensohn Siddharta vor zweieinhalbtausend Jahren sprach, verstanden habe, der könne getrost zu Hause bleiben und brauche nicht wiederzukommen. Die Reihen der Kursteilnehmer lichteten sich von Lektion zu Lektion. Die ältere Frau, die links von mir gesessen war, fehlte bereits das zweite Mal. Und der junge Mann mit den schulterlangen Haaren, der anfangs die Mitte mit ihr hatte teilen müssen, war seit einer Woche nicht mehr erschienen. Auch der Mann mittleren Alters, der an der Sprossenwand seine Bauchmuskulatur trainiert hatte, kam nicht mehr. Blieben sie zu Hause, weil sie die Lehre Buddhas verstanden hatten? Starben sie den freiwilligen Tod? Oder hatten sie nur nicht die Disziplin aufgebracht, täglich zweimal 30 Minuten lang ihre Hausaufgaben zu machen, und sich deshalb vorgenommen, beim nächsten Mal aus dem Angebot der Städtischen Volkshochschule lieber den Töpferkurs oder den für Ikebana auszuwählen, andere Techniken der Entspannung, deren Ausübung unsere, wie wir alle wissen, kostbare Zeit nicht so sehr in Anspruch nimmt?

Am 22. Juli, einem Freitag, fand die 12. und letzte Lektion des Kurses *Meditation für jedermann* statt. Pünktlich um 19 Uhr 30 betrat Jürgen Hönig die Turnhalle des Albert-Einstein-Gymnasiums. Er nahm auf der ihm zugedachten Matte den Lotussitz ein und sah von einem Kursteilnehmer zum anderen. Außer mir waren nur vier andere anwesend. Der schnurrbärtige Mann im grauen Jogginganzug, die junge Frau mit den Sommersprossen und das Paar. Er trug noch immer das schwarz-blaue Fußballtrikot, sie den türkisfarbenen Overall, und obwohl es inzwischen genug Matten gab, teilten sich die beiden eine. Jürgen Hönig begann wie immer mit der Rekapitulation des vorangegangenen Stoffes. Seit der vierten Lektion, die mit der Erkenntnis geendet hatte, daß Meditation im Grunde genommen nichts anderes als ein freiwilliger Tod sei, war er unverändert geblieben. Wir legten uns auf den Rücken und achteten auf unseren Atem. Jürgen Hönig wurde nicht müde zu erklären, daß es weniger auf das Atmen als auf den Atem ankomme. Der sei bekanntlich Leben. Es hatte sich so eingebürgert, daß wir 30 der 45 Minuten meditierten. Das hatte den Vorteil, daß wir danach gleich zu Abend essen konnten. Wer es vorzog, seine Hausaufgaben zu Hause zu erledigen, tat besser daran, zu Hause zu bleiben. Vielleicht war das der Grund, warum das Häuflein der Kursteilnehmer in der riesigen Turnhalle immer verlorener wirkte. Denn die restlichen 15 Minuten füllte Jürgen Hönig mit Nichtigkeiten. Mal beschrieb er ein Experiment, das ein Guru namens Swami Rama in einem biomedizinischen Labor in Topeka, Kansas, über sich hatte ergehen lassen, mal las er uns aus dem Exerzitienbuch des Ignatius von Loyola vor. Doch an diesem 22. Juli langweilte uns Jürgen Hönig weder mit positivistischen Daten noch mit christlicher Mystik, nein, in dieser letzten Lektion gestand der Kursleiter den Kursteilnehmern zur Belohnung dafür, daß sie so lange ausgeharrt hatten, ihnen keinen reinen Wein eingeschenkt zu haben. Nirvâna war nur ein Etappenziel. Außer der Technik, die uns der Fürstensohn Siddharta überliefert hatte, gebe es noch eine andere. Der Legende nach stamme sie von Shiva. Vor mehr als 5000 Jahren habe er sie von seiner Gemahlin Devi verraten bekommen. Auch diese Technik sei einfach. Auch sie lasse sich in einen Satz fassen. Es seien nur drei Worte, die die Göttin ihrem Gemahl gesagt hatte: »Gehe in dich.«

Warum ich Ihnen von dieser Technik nicht schon früher berichtet habe? Der Grund ist ganz einfach. Der Kurs, den Sie belegt haben, heißt *Meditation für jedermann*. Jeder, der sich die Mühe macht, auf seinen Atem zu achten, kann sie erlernen. Doch die Technik Shivas ist nicht jedermanns Sache. Soviel Mühe ich mir auch tagtäglich gebe, ich zum Beispiel beherrsche sie noch immer nicht. Doch ich habe sagen hören, daß einer schon bei seinem ersten Versuch, in sich zu gehen, ans Ziel gekommen sein soll. Wer glaubt, Nirvâna erreicht zu haben, soll in der Stadt nach einem Brunnen Ausschau halten. Er soll sich über seine Mauer beugen und in die Tiefe schauen. Es wird kein Wasser in ihm sein. Er wird nichts als einen dunklen Schlund erblicken. In diesen Abgrund muß er springen. Wem es gelingt, darf sich erleuchtet nennen. Mir ist es bislang versagt geblieben. Doch lassen Sie sich von meinem Beispiel nicht entmutigen. Vergessen Sie die Oberfläche Ihrer Identität. Lassen Sie sich fallen! Ich gebe zu, das ist leichter gesagt als getan. Ich gestehe, der Brunnen ist eine Erfindung von mir. Eine Metapher, die nur deutlich machen soll, daß Sie zuerst in der Stadt im Urwald angekommen sein müssen. Und da ich weiß, daß es in Nirvâna weder Häuser noch Straßen und ganz bestimmt keinen Brunnen gibt, nach dem Sie Ausschau halten können, will ich Ihnen zum Abschied noch einen praktischen Hinweis geben. Er stammt nicht von mir. Shiva gibt uns diesen Rat. »Wenn der einströmende Atem mit dem ausströmenden Atem zusammenfließt, in diesem Augenblick erkenne!«

Der Kurs war zu Ende. Trotzdem machte ich weiter meine Hausaufgaben. Zweimal 30 Minuten am Tag atmete ich das Geschenk des Lebens ein und trennte mich wieder von ihm, starb und wurde wiedergeboren, und zwischen Leben und Tod, zwischen den Atemzügen, wenn die Luft nicht mehr in die Lungen hineinströmt und noch nicht herausströmt, bemühte ich mich, zu erkennen. Ja, ich gebe zu, ich war so vermessen. Ich wollte mir allen Ernstes mir nichts dir nichts eine Technik aneignen, die ein Mann wie Jürgen Hönig trotz tagtäglicher Mühe noch immer nicht beherrschte. Es war nicht der Wunsch, erleuchtet zu werden, der mich trieb. Ich glaube, daß ich nur deshalb nicht aufgab, weil ich mir nicht eingestehen wollte, daß mit dem Ende des Kurses 411 auch der Zeitpunkt gekommen war, meine Ermittlungen endgültig einzustellen. Es gab nur noch eine Spur, der ich nachgehen konnte. Und die führte in mich. Natürlich folgte ich ihr vergebens. Zu viele Gedanken kreuzten meinen Weg. Wer sagte mir überhaupt, daß ich bereits Nirvâna erreicht hatte, von wo aus es erst einen Sinn macht, in sich zu gehen? Oft genug gelang es mir nicht einmal, mich an dem Geschenk des Lebens zu erfreuen. Und beim Ausatmen hatte ich nicht meinen freiwilligen Tod vor Augen, sondern den der sechs Männer, deren Herz versagte und die laut Dr. Wolff an keinem Herzversagen gestorben waren. Sind auch sie in sich gegangen? War das die Todesursache, die der Medizin solche Rätsel aufgab? Folgte ich ihnen auf ihrem Weg? Sollte das Ziel, das ich nicht aus den Augen verlieren durfte, der Sektionstisch sein? Ich sah Professor Rönneberg, wie er mir das Herz entnahm. Und Dr. Wolff saß in der Kantine der Universitätsklinik und las meinem Nachfolger eine Namensliste vor, an deren Ende der meine stand. Es brauchte viele Gedanken, bis ich mich wieder auf dem Boden der Tatsachen gefunden hatte. Daß die sechs Männer, mit Ausnahme von Joachim Mahlke, im Bett verstorben waren und ich daneben lag, war ein Detail, dem man nicht allzuviel Bedeutung beimessen sollte, schwerer wog allerdings, daß alle sechs bei Vollmond ihr Leben gelassen hatten. Vollmond kommt nur alle 28 Tage vor. Die restlichen 27 konnte ich ganz ohne Gefahr der Spur folgen. Ich atmete die Sonne ein. Ich atmete das Leben aus. Zwischen den Atemzügen ging ich in mich. Noch nahm der Mond zu.

Es war der 25. Juli, ein Montag, an dem in meinem Taschenkalender der kleine weiße Kreis mit dem Punkt-Punkt-Komma-Strich-Gesicht abgebildet war. Als der Wecker klingelte, genoß ich es, mich noch 30 Minuten vor dem Tag unter der Decke verkriechen zu können. Im Justizzentrum lief mir Frau Bühler über den Weg, die mich fragte, ob es denn stimme, daß ich ab ersten Oktober die Nachfolge von Herrn Borsig antreten würde. Als ich nach Hause kam, aß ich zu Abend. Danach setzte ich mich an meinen Schreibtisch und schrieb an meinem zweiten Roman. An diesem Montag kam ich nur mühsam voran. Auf der Suche nach einer Formulierung, die mir schon auf der Zunge lag, ging ich im Wohnzimmer auf und ab. Da der Lärm unten auf der Straße nachgelassen hatte, öffnete ich das Fenster. Ich atmete die laue Nachtluft ein und sah zum Himmel. Der Mond stand über dem Dach des Nachbarhauses. Sosehr ich ihm auch ins Antlitz starrte, ich konnte weder einen Mann noch eine Frau entdecken. Was ist schon der Mond? Ein Satellit, der um die Erde kreist. Ich erinnerte mich, in der Schule gelernt zu haben, daß es zwei Theorien zu seiner Entstehung gibt. Die erste lautet, daß sich die Sonne und ihre Planeten und deren Monde aus einer einzigen riesigen Gaswolke gebildet hatten. Nach der anderen war die Erde einmal eine Masse geschmolzener Materie gewesen, die so schnell rotierte, daß ihre Fliehkraft den Mond herausgeschleudert hatte. Ganz gleich, wie er entstanden sein mag, unter all den Himmelskörpern ist er nur ein winziges Bürschchen. Im Gegensatz zu den Trillionen Sternen schenkt er uns nicht mal Licht. Alles, was er tut, ist, für die Gezeiten zu sorgen. Doch geht die Welt unter ohne Ebbe und Flut? Was ist der Mond anderes als ein Klumpen Masse, dessen Schwerkraft die Meere bewegt? Wovor hatte ich also Angst? Davor, daß zufällig heute die der Erde zugewandte Seite des Trabanten von der Sonne beschienen wurde? Ich wollte mich nicht von einem Mond ins Bockshorn jagen lassen. Ich machte meine Hausaufgaben.

Ich ging ins Schlafzimmer und legte mich mit dem Rücken auf den Bettvorleger. Ich grätschte die Beine leicht und streckte die Arme aus, so daß sie mit dem Rumpf einen Winkel von 45 Grad bildeten. Ich stellte mir die Sonne vor und achtete auf meinen Atem. Ich atmete mit *Aaaaa!* das Geschenk des Lebens ein und trennte mich mit *Ooooo!* von ihm. Und zwischen den Atemzügen bemühte ich mich, zu erkennen. Ich erkannte, daß, wenn man Jürgen Hönigs Worten glaubte, ich zu einer völlig ungeeigneten Zeit meditierte. Es war kurz vor Mitternacht. Ich wurde langsam müde. Und Meditation ist bekanntlich eine Tätigkeit, die höchste Konzentration erfordert. Wenn ich versuchte, meine Lungen mit dem Licht der Sonne zu füllen, kam mir der Schein des Mondes in die Quere. Und wenn ich die Lungen leerte, mit tiefem *Ooooo!*, als ob dieser Atemzug mein letzter wäre, krampfte sich mein Herz aus Furcht vor einem freiwilligen Tod zusammen. Nur zwischen den Atemzügen gelang es mir, dem Wirbel der Gedanken zu entkommen. In einem Augenblick, in dem die Luft stillstand, fand ich zu mir. Zwischen Leben und Tod entdeckte ich den Brunnen. Ich hatte ihn nicht gesucht. Ich war viel zu müde, mich heute noch in unergründliche Tiefen zu stürzen. Glaub mir, Mutter, ich habe mein Bestes getan, den Brunnen zu übersehen. Ich wollte ihn links liegenlassen. Ich wollte zurück. Doch eine Kraft, um vieles stärker als die Schwerkraft des Mondes, die die Fluten schafft, ließ mich vorangehen. Nein, ich ging nicht, ich wurde von ihr getragen. Zwischen zwei Atemzügen wurde ich aufgesaugt von der Unendlichkeit.

Ich fürchte, ich habe mir mit dem letzten Satz ein wenig zu viel an dichterischer Freiheit gestattet. Warum soll es mir besser gehen als dem Fürstensohn Siddharta? Es gibt Dinge, was heißt hier Dinge, sprechen wir lieber von Erlebnissen, doch auch dieser Ausdruck scheint mir nicht zu treffen, denn Erfahrungen macht jeder, je konkreter ich zu werden versuche, um so mehr gerate ich in die Irre, am besten, ich verbleibe ganz allgemein, es gibt etwas, das sich der Beschreibung durch Worte entzieht. Muß ich mich damit abfinden? Soll ich mich mit dem Satz begnügen, daß ich am 25. Juli in mir war, und ein neues Kapitel beginnen? Dies wäre die ehrlichste Lösung, und wenn ich sie trotzdem nicht wähle, dann nur dir zuliebe, Mutter. Ich kenne die Romane, die du liest. Ich weiß, daß du einen Dichter nur dann lobst, wenn er dir so eindringlich schildert, wie die Heldin der Schwindsucht erliegt, daß du glaubst, neben dem Sterbebett gewesen zu sein. Ich weiß nicht, ob meine Sätze deinen Ansprüchen genügen. Du hast meine Schriftstellerei nie sehr ernst genommen. Ich fürchte, du hättest dieses Buch längst beiseite gelegt, wäre es eine von einem anderen Autor verfaßte fiktive Geschichte. Ich mache mir nichts vor. Du liest diese Zeilen nur, weil du dir von ihrer Lektüre die Wahrheit über das Leben und den Tod deines Sohnes erhoffst. Nicht weil ich dir plötzlich als Schriftsteller gefallen will, an solcher Ehre liegt mir nichts mehr, sondern weil ich zu guter Letzt mich wenigstens von meiner Mutter verstanden wissen möchte, versuche ich zu beschreiben, was nicht zu beschreiben ist.

Beginnen wir mit einer Stadt im Urwald. Ich weiß nicht, warum ich mir statt Pagoden weißgekalkte Hütten vorstelle. Die Sonne steht jedenfalls hoch am Himmel. Kein Hauch liegt in der Luft. Nichts bewegt sich. Nicht einmal ein räudiger Köter lahmt von der einen Seite des Bildes zur anderen. Genug der Beschreibung der Szene. Der Held tritt auf. Ich will mit seiner Charakteristik nicht noch mehr Zeilen schinden. Da dieser Absatz dir gewidmet ist, Mutter, stelle ich es dir auch frei, mich so zu sehen, wie du dich am liebsten meiner erinnerst. Ich lasse den Urwald hinter mir und betrete die Lichtung. Mein Weg führt zum Zentrum der Stadt. Ich erreiche den Platz, in dessen Mitte der Brunnen steht. Ich beuge mich über die Mauer und lasse mich fallen. Genug der Plänkeleien. Zuerst beschwere ich mich, daß dieses Buch kein Ende nehmen will, und jetzt schreibe ich einen halben Abenteuerroman über eine Metapher. Es bleibt mir nichts anderes übrig. Ich muß den Helden für dich finden, der am tiefsten gefallen ist. Ich muß nicht lange überlegen. Stell dir vor, ein Raumfahrer irrt mutterseelenallein durch das All. Ich könnte jetzt viele Seiten füllen, wie er ein Nichts durchreist, für das schwarze Schwärze noch das anschaulichste Bild abgibt. Nein, ich will den Mund nicht zu voll nehmen, ich könnte es nicht, dazu fehlt es mir trotz der Kenntnis der 17 goldenen Regeln an handwerklicher Fertigkeit. Darum will ich mich kurz fassen und gleich bekunden, der Mann landet auf einem fremden Planeten. Als er sein Raumschiff verlassen will, klemmt die Luke. Als er es endlich geschafft hat, sich durch den Ausstieg zu zwängen, klettert er die Leiter der Landefähre herab. Auf der letzten Sprosse bleibt er stehen und macht sich Mut. Wird der fremde Boden ihn auch tragen? Der Mann wagt den Schritt. Der Staub hält seinem Gewicht stand. Wenn er ihn mit seiner Stiefelspitze aufrührt, schweben die Körnchen sanft wie Federn zurück. Doch so locker sich auch der Boden unter seinen Füßen angefühlt hat, als der Mann sich daranmacht, seine Flagge zu setzen, stößt er mit der Stange auf ein Gestein hart wie Granit. Kannst du mir folgen? Identifizierst du dich mit mir? Natürlich bin ich es, der seinen Pfahl in die Fremde zu rammen versucht. Wenn dich mein Raumanzug stört, laß ihn weg. Stell dir mich so vor, wie du dich am liebsten meiner erinnerst. Ich bin ein Held. Und wenn ich auch meine Flaggenstange krumm schlagen muß, es gelingt mir, sie in den Stein zu treiben. Dann wische ich mir den Schweiß vom Angesicht und blicke zum Himmel. Über mir geht die Erde auf.

## 10

Heute ist der dritte Dezember 1983. Heute ist Samstag. Die Zeitung ist dicker als sonst und enthält die Wochenendbeilage. Ich nehme sie aus dem Briefkasten und lege sie ungelesen zu dem Stapel Altpapier. Warum leere ich überhaupt noch den Briefkasten? Soll er doch überquellen. Die Briefe, die mich erreichen, werde ich nicht mehr beantworten. Die Rechnungen, die ich zugestellt bekomme, werde ich nicht mehr bezahlen. Die Mahnungen nehme ich nicht zur Kenntnis. Ich lasse die Kuverts ungeöffnet. Auch deinen letzten Brief, Mutter, habe ich nicht gelesen. Du wirst ihn in meinem Papierkorb neben dem Schreibtisch finden. Dein Brief kam gestern an. Es interessiert mich nicht, was du mir zu sagen hast. Ich kann es mir denken. Du machst dir Sorgen um deinen Sohn. Du hast mich vergeblich zu erreichen versucht. Das Telefon hat oft geläutet. Meist nach 18 Uhr, wenn der Billigtarif gilt. Ich habe es läuten lassen. Manchmal vergingen Minuten, bis du aufgegeben und wieder eingehängt hast. Ich weiß, du wünschst ein Lebenszeichen von mir. Und ich weiß auch, daß du, wenn ich es dir gebe, nach einem Augenblick der Erleichterung eine Erklärung von mir erwartest. Du sollst sie haben. Gedulde dich noch ein paar Tage. Ich kann nichts dafür, daß aus den paar Zeilen, die ich beabsichtigt habe, ein paar hundert Seiten geworden sind. Ich bemühe mich eben um Ausführlichkeit. Ich nehme an, daß ich in deinem Sinn handle. Denn wenn du dieses letzte Zeichen meines Lebens in den Händen halten wirst, stehe ich nicht mehr zur Verfügung, deine Fragen zu beantworten.

Ich weiß nicht, warum ich den Briefkasten leere. Ich tue so vieles, was keinen rechten Sinn ergibt. Beim Einkaufen im Supermarkt achte ich zum Beispiel auf das Verfalldatum der Lebensmittel. Dabei ist die Butter noch haltbar, wenn ich längst nicht mehr bin. Und dreimal am Tag putze ich mir noch immer die Zähne, obwohl mir es doch nichts mehr ausmachen dürfte, ob jetzt noch Karies den Zahnschmelz befällt oder nicht. Erst gestern habe ich mir die Finger- und Fußnägel geschnitten. Sie waren nicht sehr lang. Die paar Tage hätten sie ruhig noch wachsen können. Sosehr du, Mutter, auch auf eine gepflegte Maniküre und Pediküre Wert legst, der Anblick meiner Nägel hätte dich sicher nicht gestört. Ich glaube nicht, daß du meinen zerschmetterten Körper so lange betrachten wirst, bis du in dem Blutgemansch meine Finger und meine Zehen identifiziert hast. Wahrscheinlich mutet man dir meinen Anblick gar nicht zu. Ich werde nun mal keine schöne Leiche abgeben. Mir ist es nicht vergönnt, im Bett zu sterben. Ich werde nicht auf dem Rücken liegen, die Beine leicht gespreizt und die Arme im spitzen Winkel vom Rumpf gestreckt, als würde ich gerade in diesem Augenblick eine tiefe Entspannung suchen. Professor Rönneberg und Dr. Wolff werden an mir keine Freude haben, wenn sie den Knochenbrei auf dem Sektionstisch sehen. Dafür mache ich ihnen mit meiner Todesursache keine Schwierigkeiten. Ich bin gestorben, woran man eben stirbt, wenn man dreißig Meter tief auf den Asphalt gefallen ist.

Ich nehme schon wieder die Zukunft vorweg. Was soll das Geschreibsel über Fuß- und Fingernägel? Was tut es zur Sache, ob ich meinen Briefkasten leere oder nicht? Habe ich es nicht eilig? Will ich denn nicht zu einem Ende kommen? Am 25. Juli bin ich in mich gegangen, ohne Schaden genommen zu haben. Was hindert mich, in der Chronik der Ereignisse fortzufahren? Warum halte ich den Gang der Handlung mit immer neuen Fragen auf? Ich will eine Antwort wagen. Ich fürchte, Mutter, die Schuld liegt bei dir. In diesem Kapitel werde ich Dinge zur Sprache bringen müssen, von denen zwischen uns nie die Rede war. Warum hast du mir auch nie von deiner Geilheit erzählt? Warum hast du mir nie gesagt, wie du es am liebsten treibst? Warum habe ich mich meines ersten Samens geschämt? Ich erinnere mich noch an die Nacht, in der ich nach einem erregenden Traum, der mir entfallen ist, vor Lust erwachte und dann das klebrige Weiß auf dem Stoff meiner Schlafanzughose bestaunte. Nachdem ich es befingert und beleckt hatte, ging ich auf Zehenspitzen ins Bad und wusch, so leise wie ich konnte, den Fleck aus der Hose. Es muß Winter gewesen sein. Der Heizkörper war warm. An ihm hing ich die Hose zum Trocknen auf und schlief mit nacktem Unterleib wieder ein. Ich erinnere mich an den Stein, der mir vom Herzen fiel, als am nächsten Morgen nichts auf dem Hosenstoff mehr darauf hindeutete, daß er nur wenige Stunden zuvor von meinem ersten Samen befleckt worden war.

Nach dieser Nacht wurden wir uns fremd. Ich hatte bald herausgefunden, daß man dem geheimnisvollen Vergnügen mit den Händen nachhelfen konnte. Warum machte ich ein Geheimnis daraus? Warum verschwieg ich dir meine ersten Liebesversuche? Warum bereitete mir das emsige Aufundab meiner Finger ein so schlechtes Gewissen? Die Papiertaschentücher, in denen ich Befriedigung fand, warf ich nicht in den Papierkorb zu dem übrigen Papier. Nein, ich nahm sie mit zur Schule und ließ sie immer dann, wenn ich mich unbeobachtet wähnte, in Abfalltonnen verschwinden, die so weit von unserem Haus entfernt standen, daß keiner mehr auf die Idee kommen konnte, mich der Urheberschaft an der klebrigen Kruste zu bezichtigen. Es war nicht nur die Scham, mich selbst zu lieben, die mich auf meinem Weg zur Schule solche Umwege einschlagen ließ. Es war nicht nur die Ausdünstung des Samens, die ich vor dir verbarg. Ich erinnere mich an ein Rendezvous mit Annegret. Wir hatten in der Eisdiele ein Eis gegessen und waren dann zusammen ins Kino gegangen. Ich weiß nicht mehr, welcher Film gespielt wurde. Ich weiß nur noch, daß mir Annegret an diesem Abend zum ersten Mal erlaubte, eine Hand in ihre Hose zu schieben und einen Finger zwischen ihre Beine zu legen. Auf dem Heimweg habe ich meinen Finger beschnüffelt. Ich konnte nicht genug bekommen von dem Duft der Frau. Nur allzugern hätte ich mich von ihm in den Schlaf wiegen lassen. Ich weiß nicht, warum ich mir die Hände wusch, bevor ich dir eine gute Nacht wünschte. Warum habe ich mich in dieser Nacht mit dem Geruch von Seife begnügt?

Ich stelle schon wieder Fragen. Dabei bin ich es doch, der dir Antworten geben sollte. Interessiert es dich wirklich, bei welcher Frau ich zum Mann geworden bin? Es war nicht Annegret gewesen. Ich habe ihren Namen vergessen. Es hieß von ihr, daß sie es mit jedem treibt. Ich war stolz auf mich, als sie es auch mit mir getrieben hatte. Ich bezweifle, daß du meinen Stolz geteilt hättest. Ich glaube auch nicht, daß du einen großen Wert auf die Aufzählung meiner Liebschaften legst. Das ist gut so. Ich könnte dir nämlich nicht damit dienen. Nur in den ersten Jahren habe ich über meine Eroberungen Buch geführt. Und da ich Angst davor hatte, daß dir meine Aufzeichnungen in die Hände fallen könnten, habe ich sie verschlüsselt. Kfttjdb stand zum Beispiel für Jessica. Ich gebe zu, ich habe mir mit dem Code nicht viel Mühe gemacht. Man mußte nur im Alphabet einen Buchstaben zurückgehen, und schon ergab das konsonantenreiche Wortgetüm einen wohlklingenden Frauennamen. Npob und Fmlf und wie sie alle hießen. Hinter den Namen waren die technischen Details vermerkt. *Olvh* bedeutete zum Beispiel, daß ich mich oben liegend und von hinten in besagte Npob ergossen hatte. Den Schluß jeder Eintragung bildete die Zensur, die ich der Frau erteilte. Ich habe mich in meiner Notengebung von der Schulordnung inspirieren lassen. *Sehr gut* bis *ungenügend* standen zur Auswahl. Wie ein Lehrer, der es sich mit seinen Schülern nicht verderben will, bevorzugte ich das Mittelmaß. Ich erinnere mich, daß ich sowohl Npob als auch Fmlf wie die meisten anderen mit *befriedigend* bewertet hatte.

Diese Kindereien währten nicht lange. Bald wußte ich nicht mehr, wenn ich mit einer Frau ins Bett ging, die wievielte es nun war. Über den Daumen gepeilt dürften es um die 150 gewesen sein. Ich nehme an, daß ich in meinem kurzen Leben mehr Frauen besaß, als du Männer gehabt hattest. Es gibt keinen Grund, sich darauf etwas einzubilden. Oder doch? Warum protze ich mit meinen Eroberungen? Was erwarte ich von dir? Daß du mir über die Haare streichst und mich lobst wie einen Jagdhund, der das Wild zur Strecke gebracht hat? Oder erhoffe ich insgeheim deinen Groll, daß ich dich nicht nur mit der Liebe meines Lebens, sondern mit jedem dahergelaufenen Flittchen betrogen habe? Ich weiß es nicht. Doch ich bin mir sicher, daß du in dem Augenblick, während du diese Sätze liest, deine Brauen vor Unmut zusammenziehst, so daß auf deiner Stirn über der Nasenwurzel jene hohe Falte thront, die mich schon vor mehr als zwanzig Jahren, als sie noch von zarterem Verlauf war, eingeschüchtert hatte. Zu spät. Du kannst mir nicht mehr drohen. Und doch frage ich mich, ob ich den Mut aufbringen würde, weiterzuschreiben, wenn ich nicht genau wüßte, daß ich dir nie mehr in die Augen sehen werde. Ich weiß, es gibt Dinge, über die du nicht gern große Worte machst. Doch so leid es mir tut, ich muß dich enttäuschen, ich kann diesen Exkurs noch nicht zu einem Ende bringen. Das Geständnis, das ich abzulegen habe, steht noch aus.

Ich will versuchen, es so schnell wie möglich hinter mich zu bringen. Darum werde ich auch die Zeit mit Ursula überspringen. Du kennst Ursula. Erinnerst du dich? Ich habe sie euch einmal vorgestellt. Ihr habt euch darüber unterhalten, ob es morgen regnen würde. Wenn ich mich vor einem halben Jahr hätte entscheiden müssen, welche Frau mir in meinem Leben am meisten bedeutet hat, dann wäre Ursula deine größte Konkurrentin gewesen. Wir hatten schon ins Auge gefaßt, eine Familie zu gründen. Ursula setzte mit der Pille aus. Während ihrer fruchtbaren Tage frönten wir unserer Lust. Doch noch bevor unsere Bemühungen von Erfolg gekrönt waren, trennten sich unsere Wege. Ich will die nächsten Seiten jetzt nicht damit füllen, Schuld zu verteilen. Doch ich will auch nicht feige sein, ich gebe zu, es war Ursula, die mich verlassen hat. Ein Grund dürfte gewesen sein, daß ich die Abende alleine hinter meinem Schreibtisch verbracht habe. Genau betrachtet, ähnelte Ursula dir. Auch sie glaubte nicht an mein Talent. Ich schrieb an meinem ersten Roman, als Ursula mir den Laufpaß gab.

Die Frauen, die ich nach ihr hatte, sind nicht der Rede wert. In der Regel riß ich sie in Kneipen auf. Als mir die nächtlichen Umzüge, an deren Ende ich immer häufiger leer ausging, zu mühsam wurden, kaufte ich mir Huren. Für hundert Mark waren sie willig. Für zweihundert Mark verzichteten sie auf die Gummihaut. Für dreihundert Mark erlaubten sie einen Zungenkuß. Je mehr ich ihnen bezahlte, um so beflissener taten sie ihre Pflicht. Trotzdem verzichtete ich schon bald auf ihre Dienste. Es lag nicht am Geld. Inzwischen war ich Staatsanwalt. Ich hätte mir durchaus alle 14 Tage einen Zungenkuß leisten können. Es lag daran, daß sie meinen Ansprüchen nicht länger genügten. Ich erinnerte mich meiner Jugendliebe. Warum sollte ich jemandem lang und breit meine Wünsche erklären, wenn es eine gab, die sie befriedigen konnte, noch bevor ich sie zu Ende gedacht hatte? Warum sollte ich mich mit freundlichem Service begnügen, wenn es eine gab, die mir hörig war? Ich kannte sie schon von klein auf. Im Grunde genommen war sie meine erste Frau gewesen. Die ihr folgen sollten, waren zwar aus echtem Fleisch und Blut, trotzdem blieben sie nur ein fades Abbild meiner ersten Vision. Sie erregte mich mehr als jede greifbare Schönheitskönigin. Wenn ich die Augen schloß, führte sie mir noch immer die Hand. Keine Frau liebte ich leidenschaftlicher als die Frau meiner Träume.

Ich komme nicht umhin, sie dir zu beschreiben. Es wird nicht leicht sein. Die Frau meiner Träume hat viele Gesichter. Mal ist ihre Haut von alabasterner Blässe, mal ist sie schwarz wie eine Neumondnacht. Mal trägt sie das rote Haar wie eine Löwenmähne, mal ist es strohblond und zu züchtigen Zöpfen gebunden. Mal sind ihre Brüste prall, mal sind sie mädchenhaft zart. Und ganz gleich, ob es sich bei ihr um ein sonnengebräuntes Strandgirl handelt, das sich in der Brandung bückt, um nach Muscheln zu suchen, oder um eine Lady im Negligé, die sich vor dem Kaminfeuer ihres Gemachs auf dem Teppich räkelt, immer bietet sie sich mir dar. Ein Grübchen am Kinn verspricht das Paradies auf Erden. Das Zucken einer Wimper zeigt, wo es lang geht. Die Lippen sind gerötet und voller Erwartung gespitzt. Nie sind die Schenkel geschlossen. Und während ich mich im Anblick ihrer Beine verliere, den Linien der Haut bis zu jenem Punkt hinauf folge, an dem sie sich berühren, vergesse ich das Grübchen, mit dem alles seinen Anfang genommen hat. Das Gesicht wird mir einerlei. Ob Löwenmähne oder Zopfgeflecht, die Frisur spielt keine Rolle mehr. Die Brust kann jetzt geformt sein, wie sie will. Selbst die Farbe der Haut ist ohne Bedeutung. Ob Eskimoweib oder Südseemädchen, eine ist wie die andere. Das ist auch der Grund, warum ich von den Frauen meiner Träume im Singular spreche. Im Grunde genommen sind sie alle gleich. Jede hat ein Loch zwischen den Beinen. Alle zeigen sie mir ihr offenes Ding.

Ich sehe, ich gebe mir Mühe, die Wahrheit zu umschreiben. Ich entsinne mich, daß in dem Buch, das du mir zu meinem dreizehnten Geburtstag geschenkt hast, von einer Scheide die Rede war. Dieses Bild leuchtete mir ein. Ich hatte in Abenteuerromanen von Rittern gelesen, die ihr Schwert in die Scheide stecken. Ich hatte mich damals oft gefragt, warum der Verfasser, der mich über die Geheimnisse des Lebens aufklären sollte, das primäre Merkmal meines Geschlechts als männliches Glied oder Penis bezeichnet hatte. Ich jedenfalls nannte es lange Zeit mein Schwert. Später lernte ich andere Worte. Du wirst sie kennen. Ich vermute das, obwohl ich sie nie aus deinem Mund gehört habe. Doch da die siebte der 17 goldenen Regeln fordert, daß man sich vor Umständlichkeiten hüten und die Dinge beim Namen nennen soll, will auch ich dein Ding beim Namen nennen. Ich ahne die Bezeichnung, die du mir gerne vorschlagen würdest. Sie gefällt mir nicht. Wenn du mich als Kind in die Arme genommen hast, hast du nie *Du bist mein Bulbus* zu mir gesagt. Und nie würde es dir einfallen, vom

Lobulus statt vom Ohrläppchen zu reden. Warum bestehst du ausgerechnet in diesem einen Fall auf dem lateinischen Wort? Nein, mir gefällt Vagina so wenig wie Scheide und Möse. Und es ist auch kein Loch, das ihr zwischen euren Beinen habt. Ich will es dir und mir nicht so einfach machen. Löcher gibt es viele auf der Welt. Aber es gibt nur eines, das alle Frauen meiner Träume zu einer einzigen Vision vereint. Es hat einen besonderen Namen verdient. Ich will es die Votze nennen.

Sie ist es, die den Druck meines Blutes erhöht. Sie ist es, die meinen Puls schneller schlagen läßt. Sie ist es, die mich rasend macht. Was ist nur so erregend an ihr? Es ist nicht das Schamhaar, das sie ziert. Die Farbe des Gekräusels ist mir so einerlei wie die der Frisur. Ist es das Bild der zwei Hautfalten mit dem bißchen Fettgewebe, das mich zwingt, mein eigenes Geschlecht in die Hand zu nehmen? Oder ist es der Abgrund, der sich hinter den Lippen der Scham auftut? Ist es der Wunsch, mich ein paar Zentimeter in die Tiefe zu stürzen? Es muß wohl so sein. Denn wenn auch meine Finger nicht untätig bleiben, sie sind es nicht, die mein Geschlecht, das ich früher mein Schwert genannt hatte, wachsen lassen. Es ist die Vision der Frau meiner Träume, die das Blut in die Schwellkörper treibt. Es ist die Votze, der ich ausgeliefert bin. Ich kann nicht anders. Ihr gebe ich mich hin.

Und ich hasse sie deswegen. Ich hasse das bißchen behaarte Schleimhaut, das mir die Sinne raubt. Was bildet sie sich ein? Warum soll ich ihr zu Diensten sein? Warum soll ich meinen Mann stehen, wann immer es ihr beliebt? Und das alles nur für die eine Sekunde schaudernden Glücks? Jetzt ist der Augenblick gekommen, ab dem die Finger ein wenig mehr Druck ausüben müssen. Jetzt hängt alles von ihrer Hilfe ab. Noch zügle ich meinen Haß. Noch trete ich meiner Vision in Demut gegenüber. Doch meine Finger bemühen sich schon flink, die Oberhand zu gewinnen. Und wenn er endlich erreicht ist, der Punkt, von dem aus es kein Zurück mehr gibt, wenn es nicht mehr in eurer Macht steht, mir mein Vergnügen zu rauben, wenn ich nicht mehr nach eurer Pfeife tanzen muß, dann zahle ich es euch heim. Dann spucke ich euch ins Gesicht. Ich drücke dem Tahitimädchen den Kopf in die Brandung, bis der unter mir begrabene Körper vor Wollust erbebt. Und wenn die Flammen des Kaminfeuers die Knöchel der Lady umzüngeln, genieße ich das pulsierende Becken. Doch es sind nicht die Elemente, nicht Wasser, nicht Feuer, die euch bezwingen, ich bin es, der euch den Rest gibt. Ich nehme euch mir vor. Ich spieße euch auf. Ja, ich habe mein Schwert gezogen. Doch du bist nicht die Scheide, in die ich es stecken werde. Du bist der Feind, in den ich es bohre.

Sei beruhigt, Mutter, du persönlich bist nicht gemeint. Ich gebe zu, mir sind im letzten Absatz die Personen ein wenig durcheinandergeraten. Von der dritten Person Einzahl bin ich zur zweiten Person Mehrzahl gesprungen und zum Schluß bei der zweiten Person Einzahl gelandet. Fühle dich bitte nicht betroffen, Mutter. Du bist nicht der Feind, den ich zerfleischen will. Und doch bist du ein Teil meiner Vision. Auch du hast ein Ding zwischen den Beinen, das ich, wenn ich von deinem rede, noch immer nicht beim Namen zu nennen vermag. Es ist auch nicht mehr nötig. Ich habe mein Geständnis abgelegt. Nichts hindert mich mehr, in der Chronik der Ereignisse fortzufahren. Am 25. Juli bin ich in einer Vollmondnacht in mich gegangen, ohne Schaden genommen zu haben. Ich will die Handlung mit mutigen Schritten vorantreiben und gleich zum 8. August kommen, um mich nicht dem Verdacht auszusetzen, der vorangegangene Exkurs sei nur ein Dummerjungenstreich gewesen. Es ging mir nicht darum, dir mit ein paar schmutzigen Worten zu trotzen. Es liegt mir auch fern, mit Hilfe sogenannter Stellen um einen großen Leserkreis zu werben. Glaube mir, Mutter, ich hätte dies Geständnis nie gemacht, wenn es nicht für den Gang der Handlung so zwingend erforderlich gewesen wäre.

Auch am 8. August war ich an meinem Schreibtisch gesessen. Ich arbeitete an der zweiten Version meines zweiten Romans. Ich war wieder bei dem Kapitel angelangt, in dem Ecko in einer Neumondnacht den Findling verhört. *Die Nacht war so schwarz gewesen wie das Schwarz im Auge eines Tigers, bevor er zum Sprung auf sein Opfer ansetzt,* hatte ich damals geschrieben. Ich erinnerte mich, wie ich vor mehr als zwei Monaten, an diesem Schreibtisch sitzend, meinen grünen Taschenkalender aufgeschlagen hatte, um den Vergleich, auf den ich so stolz war, wortwörtlich zu zitieren. Dabei war mein Blick auf die Seite mit den sechs Namen gefallen. Karl Roßmann. Joachim Mahlke. Martin Krüger. Werner Strapinski. Detlev Spinell. Arno Kröninger. Hinter jedem Namen hatte ich das mutmaßliche Todesdatum notiert. An diesem Maiabend hatte ich herausgefunden, daß sie alle bei Vollmond gestorben waren. Ich habe mir nichts vorzuwerfen. Ich bin jeder Spur nachgegangen. Auch der letzten bin ich bis zu ihrem Ende gefolgt. Ich bin in mich gegangen. Nicht nur einmal. Jeden Tag machte ich vor dem Frühstück und vor dem Abendessen meine Hausaufgaben. Und immer erreichte ich mein Zentrum, ohne an Leib oder Seele Schaden zu nehmen. Oder etwa nicht? Warum zögere ich? Ich erinnere mich an Jürgen Hönig, wie er uns vor dem Abenteuer warnte, auf das wir uns einzulassen gedachten. Wer gehen will, soll gehen, hatte der Kursleiter den Kursteilnehmern geraten, noch sei es Zeit. »Sie werden nicht mehr derselbe sein, der Sie jetzt sind«, hatte Jürgen Hönig uns damals prophezeit. Und er hatte sein Versprechen gehalten. Wenn ich auch mit Bestimmtheit von mir sagen kann, keinen Schaden genommen zu haben, so muß ich doch gestehen: Ich bin nicht mehr der, der ich war.

Mir gefällt nicht mehr, was ich schreibe. *Die Nacht war so schwarz gewesen wie das Schwarz im Auge eines Tigers, bevor er zum Sprung auf sein Opfer ansetzt.* Dr. Hartwig hätte diesen Satz sicher nicht unkorrigiert gelassen. Wer sagt denn, daß der Tiger schwarze Augen hat? Aber es war nicht nur dieser Vergleich, der mich an der zweiten Version meines zweiten Romans zweifeln ließ. Auch wo sich meine Sprache einfacherer Bilder bediente, vernahm ich jetzt einen falschen Ton. Der Fehler lag weder an der ersten noch an der dritten Person. Ganz gleich, aus welcher Perspektive ich die Handlung schilderte, ich hatte mich mit dem Stoff übernommen. Mein Wortschatz reichte nicht aus, den ersten Menschen in den Griff zu bekommen. Da hatte es auch keinen Zweck, das Manuskript eine Zeitlang in der Schublade ruhen zu lassen. Davon würde es auch nicht besser werden. Das beste war, es in den Papierkorb zu werfen. Ich vermute, daß die Tatsache, daß ich zweimal täglich in mich ging, nicht ohne Folgen geblieben war. Ich sah meine Prosa jetzt mit kritischeren Augen. Am 8. August beendete ich unwiderruflich die Arbeit an meinem zweiten Roman.

Gegen 23 Uhr ging ich wie gewohnt ins Bett. Vor dem Einschlafen las ich den Teil der Zeitung, zu dem ich beim Frühstück nicht gekommen war. Auf der Seite mit den vermischten Nachrichten war eine Miss Universum abgebildet. Das grobe Raster ließ die Schönheit der Schönheitskönigin nur erahnen. Trotzdem fühlte ich, wie mein Herz schneller schlug. Ich legte die Zeitung beiseite und erinnerte mich der Frau meiner Träume. Wann hatte ich sie das letzte Mal geliebt? Es mußte mindestens fünf Tage her sein. Es war wieder an der Zeit. Wenn ich nicht riskieren wollte, eines

Nachts mit einem feuchten Traum aufzuwachen, mußte ich die Sache selbst in die Hand nehmen. Meine Liebe zu der Frau meiner Träume hatte auch einen hygienischen Grund. Heute frage ich mich, ob es mir damals wirklich so sehr darauf ankam, das Taschentuch stets griffbereit zu haben, wenn es soweit war. Was ist so schlimm daran, das Bettlaken mal außer der Reihe zu wechseln? Heute mache ich mir nicht so leicht etwas vor. Inzwischen weiß ich, daß mein Bestreben nach Körperhygiene nur eine mir willkommene Ausrede war, mich dir hinzugeben, wann immer es dir nach mir verlangte.

Schon wieder ein *du,* das dir nicht gilt, Mutter. Es tut mir leid, wenn ich mich so oft im Ton vergreife. Ich will es wieder gutmachen, indem ich dir eine ausführliche Beschreibung der folgenden Handlung erspare. Du kannst sie dir denken. Und doch muß ich erwähnen, daß meiner Vision diesmal der Glanz fehlte. Je begieriger ich ihrer gedachte, um so ferner rückte sie mir. Je emsiger die Finger drängten, um so kleiner wurde mein Geschlecht. Die Handlung, die ich sonst mit so viel Würde zelebrierte, erschien mir mit einem Mal lächerlich. Ich verwünschte dich und deinesgleichen für die nutzlose Zappelei, zu der ihr mich verurteilt habt. Die blutigen Metzeleien, in die ich mich hineingesteigert hatte, um es euch heimzuzahlen, wurden am Ende Wirklichkeit. Doch es war nicht die Frau meiner Träume gewesen, die ich verwundete. Ich war es, dem meine Ausschweifungen Leid brachten. Ich hatte mir die Vorhaut wundgescheuert. Blut klebte an meinem Schwert.

An diesem 8. August hatte mich die Frau meiner Träume verlassen. Ich ahnte, daß es ein Abschied für immer war. Wenn ich mir auch über die Ursache dessen, daß ich die Arbeit an meinem zweiten Roman plötzlich beendet hatte, nicht ganz so sicher war, in diesem Fall war ich mir gewiß. Jürgen Hönig hatte mit seiner Warnung recht behalten. Ich war nicht mehr der, der ich gewesen war. Ich genügte mir nicht mehr. Ich sehnte mich nach einer Frau aus echtem Fleisch und Blut. Ich wälzte mich im Bett und schämte mich meiner Einsamkeit. Es schlug Mitternacht. Selbst wenn ich meiner lächerlichen Melancholie nachgeben wollte, es war viel zu spät, noch auf Freiersfüßen zu gehen. Ich steckte den Kopf unter die Decke und zählte die Schäfchen. Als ein Uhr vorbei war, beruhigte ich mich mit dem Gedanken, daß ich jetzt ohnehin nicht mehr wüßte, wohin man noch gehen könnte. Jetzt hatten nur noch die Diskotheken auf. Das *Nonplusultra* fiel mir ein. Ich stand auf und kleidete mich an.

## II

Es waren fast nur Frauen auf der Tanzfläche, als ich das *Nonplusultra* betrat. Manche tippelten leichtfüßig wie Tempeltänzerinnen, andere stampften so entschieden auf, als wären sie das Rumpelstilzchen. Eine junge Frau in einem wie ein Tigerfell gemusterten Kleid hüpfte, ein imaginäres Kriegsbeil über sich schwingend, im Kreis herum, und wenn auch ihre Lippen verschlossen blieben, so glaubte man doch ein Triumphgeheul zu hören. Die Männer umsäumten die Tanzfläche, alle mit einem Glas in der Hand. Ich fand einen Platz an der Bar. Ein blondes Mädchen fragte mich nach meinen Wünschen. Ich bestellte ein Bier und sah mich um. Das also war das Lokal, in dem sowohl Werner Strapinski als auch Detlev Spinell und Joachim Mahlke Stammgäste waren. Was mag ihnen hier so gefallen haben? Ob sie getanzt haben? Haben Sie zu der Minderheit gehört, die es wagt, vor den kritischen Augen ihrer Geschlechtsgenossen es den wilden Weibern gleichzutun? Oder haben sie wie ich zu den Voyeuren gezählt? Ist es möglich, daß die drei aus dem gleichen Grund wie ich gekommen sind? Wer weiß, vielleicht hatte sich auch Joachim Mahlke seiner Einsamkeit geschämt. Vielleicht war auch Detlev Spinell auf der Suche nach einer Frau aus echtem Fleisch und Blut gewesen. Und warum sollte Werner Strapinski nicht von der Liebe seines Lebens geträumt haben?

War das wirklich der Grund, warum ich hier war? Oder folgte ich nicht doch einer allerletzten Spur, auf der Suche nach dem Geheimnis, das das Leben der sechs bei Vollmond gestorbenen Männer miteinander verband? Ich hatte nicht bemerkt, daß der Gast, der links von mir auf dem Hocker gesessen war, seine Zeche beglich und ging. Mir war auch entgangen, wer an seiner Stelle den freigewordenen Platz eingenommen hatte. Ich sah den Tänzerinnen beim Tanzen zu und dachte mir, ganz gleich, aus welchen Gründen ich auch gekommen sein mochte, es sei jetzt an der Zeit, zu gehen. Es war vermessen gewesen zu glauben, an diesem Ort die Wahrheit oder die Liebe entdecken zu können. Ich trank mein Bier aus und drehte mich um, das Glas auf der Theke abzustellen, als ich die Frau neben mir wahrnahm. Sie trug ein Tigerkleid. Gerade noch war sie, ein unsichtbares Kriegsbeil über sich schwingend, auf der Tanzfläche um ihr Opfer gehüpft. Jetzt saß sie friedlich an der Bar, nippte an einem himbeerfarbenen Drink und sah mich an, während ich das Glas abstellte. Die Frau lächelte mir zu und sagte: »Hallo!«

Ich nickte nur und sah ihr in die dunklen Augen. Das Haar war rot und zu einem Schopf gebunden, der senkrecht in die Höhe stand und über ihrem Haupt wie die Krone einer Kannibalenprinzessin ragte. Das Gesicht darunter war von sanfter Blässe. Ich konnte mich nicht erinnern, es schon einmal gesehen zu haben.

»Wie geht's dir, Thomas?« fragte die Frau.

»Gut.« Ich nickte erneut und rätselte, wo ich dieser Frau, die mich beim Vornamen nannte, schon einmal begegnet sein konnte. Für eine ehemalige Kommilitonin war sie zu jung. Arbeitete sie als Schreibkraft im Justizzentrum? Oder war sie vor langer Zeit einmal vor Gericht gestanden, als ich in Verkehrsstrafsachen die Anklage vertreten hatte? Begann ihr Familienname mit einer Buchstabenfolge zwischen *Kra* und *Mal*? Ich wußte es nicht. Und da ich die Konversation aufrechterhalten wollte, sagte ich: »Tut mir leid, ich habe deinen Namen vergessen.«

»Du hast ihn nicht vergessen«, sagte die Frau.

»Doch!« beharrte ich. »Ich weiß ihn wirklich nicht mehr.«

»Du hast ihn nie gewußt.« Die Frau nippte erneut an ihrem Drink und lächelte mir zu. »Ich heiße Barbara.«

»Woher weißt du, wie ich heiße?«

»Du bist der einzige gewesen, den er beim Namen genannt hat.«

»Wer?« fragte ich.

»Na, wer wohl?« Die Frau, die sich Barbara nannte, sah mich an, als müßte ich die Antwort wissen. Ich wußte sie nicht. Die Frau lächelte, in ihren Mundwinkeln lag Spott. »Jürgen Hönig natürlich.«

Noch bevor sie die drei Worte zu Ende gesprochen hatte, erkannte ich sie. Ich erinnerte mich an die junge Frau, die vor der ersten Lektion im Schneidersitz unter dem Erste-Hilfe-Kasten gesessen war und den Apfel mitsamt Butzen verspeist hatte. Was ich von ihr am meisten im Gedächtnis behalten hatte, waren die Sommersprossen gewesen. Doch auf dem Gesicht der Frau mir gegenüber war kein einziger Pigmentfleck zu entdecken. »Wo sind sie geblieben?« fragte ich. »Was hast du mit deinen Sommersprossen gemacht?«

»Ich habe sie versteckt«, antwortete Barbara und lachte jetzt wieder ganz ohne Spott. »Ich habe sie unter der Schminke versteckt.«

»Mir haben sie gefallen«, meinte ich.

»Mir gefallen sie nicht.«

Das Barmädchen kam herbei und fragte mich, ob ich noch ein Bier wünschte. Ich nickte. Barbara nippte an ihrem Drink und winkte einem Mann zu, der sich gerade mit dem Discjockey unterhielt. Obwohl ich in der Turnhalle des Albert-Einstein-Gymnasiums zwölf Lektionen lang die Frau mit den Sommersprossen kaum wahrgenommen hatte, fürchtete ich plötzlich, Barbara könnte mich verlassen. Ich durfte sie nicht langweilen. Ich durfte die Konversation nicht zum Erliegen kommen lassen. Sosehr ich auch über ein Thema nachdachte, auf das ich unser Gespräch hätte bringen können, mir fiel keines ein. »Warum?« fragte ich schließlich. »Warum gefallen dir deine Sommersprossen nicht?«

Barbara überlegte lange. »Vielleicht weil ich den Sommer nicht mag.«

»Warum gefällt dir der Sommer nicht?«

»Vielleicht weil ich die Sonne nicht mag.«

»Was hast du gegen die Sonne?«

»Nichts«, antwortete Barbara. »Ich habe nichts gegen die Sonne. Ich hab nur den Mond lieber.«

»Warum den Mond?« fragte ich mit offenem Mund.

»Warum nicht den Mond?« fragte Barbara spitzbübisch zurück.

Das Barmädchen brachte mein Bier. Ich trank einen Schluck. Als ich das Glas abstellte, sah Barbara mich noch immer fragend an. »Wenn ich mich zwischen Sonne und Mond entscheiden müßte«, meinte ich, »dann würde ich die Sonne wählen. Sie versorgt uns mit Energie. Ohne Sonne gibt es kein Leben auf der Erde.«

»Und ohne Mond wäre dieses Leben nie entstanden.«

Ich schüttelte den Kopf. »Was hat der Mond mit dem Leben zu tun? Wenn man ihn sich wegdenkt, bleibt alles beim alten. Die Erde wird wie immer ihre Bahn um die Sonne ziehen. Alles was uns fehlt, sind Ebbe und Flut. Was haben die Gezeiten mit dem Leben zu tun?«

»Sie haben es erschaffen.«

»Wer sagt das?« fragte ich verblüfft.

»Francis Crick zum Beispiel. Molekularbiologe. Nobelpreisträger. Aber auch jeder andere, der an die Logik der Deduktion glaubt und zwei und zwei zusammenzählen kann.« Barbara lächelte mir zu. »Kannst du?«

»Wenn ich mir Mühe gebe.«

»Willst du hören, wie das Leben auf die Erde gekommen ist?«

Ich nickte. Barbara erzählte mir von der Ursuppe, wie ein Wissenschaftler in Erinnerung an eine fade Hühnersuppe jene gewaltige Wassermasse genannt hatte, die vor vier Milliarden Jahren den größten Teil der Erdoberfläche bedeckte. Zwischen den Wasserstoff- und den Sauerstoffatomen schwammen auch ein paar organische Moleküle herum, in der Hauptsache Nucleinsäuren und Proteine. Ein paar dieser Molekülketten fanden zusammen, und schon war die erste lebende Zelle geboren. Wenn man nicht glaubt, daß ein alter weiser Mann dabei seine Hände im Spiel gehabt hat, muß es Zufall gewesen sein. Barbara sah mich an und fragte: »Glaubst du an Gott?«

Ich schüttelte den Kopf. »Ich glaub an den Zufall.«

»Ich auch. Weißt du, wie groß die Wahrscheinlichkeit ist, daß unter all den möglichen Kombinationen ausgerechnet die eine Kombination zustande kommt, die Leben ermöglicht?«

»Nicht sehr groß, nehme ich an.«

»Die Wissenschaftler haben sie ausgerechnet. Die Wahrscheinlichkeit beträgt eins zu $10^{130}$. Eins zu einer 1 und 130 Nullen. Jetzt stell dir mal ein Meer vor, das sich nicht bewegt. Wie sollen die Moleküle da zueinanderfinden? Du kannst dich noch sosehr nach deiner Geliebten sehnen, du wirst sie nie erreichen, wenn keiner von euch sich von der Stelle rührt. Hätte es nicht die Gezeiten gegeben, die die Wassermassen umwälzten, unsere Erde wäre noch immer von der Ursuppe bedeckt und sähe genauso aus, wie vor vier Milliarden Jahren. Es war der Mond gewesen, der die Dinge in Gang gebracht hat. Ihm verdanken wir alle unser Leben.«

Sechs Männer hatten bei Vollmond ihr Leben gelassen. Drei davon waren Stammgäste einer Diskothek gewesen, in der mich eine Frau ansprach, die den Mond verehrte. War das ein Zufall? Oder war ich ein Paranoiker, der Zusammenhänge konstruiert, wo es keine gibt? Wo liegt die Grenze zwischen Leichtsinn und Verfolgungswahn? Man trifft an einem Ort einen Menschen, den man von einem anderen Ort her kennt. So etwas kommt alle Tage vor. Barbara hatte einen Meditationskurs der Volkshochschule besucht und war heute abend ins *Nonplusultra* gegangen. Was war schon Besonderes daran? Sie mochte den Mond lieber als die Sonne. Na und? Wenn es ein Zufall war, mit dem das Leben begann, war unser Zusammentreffen auch nur ein Zufall. Und so plauderte ich weiter mit der Frau, die ihre Sommersprossen unter Schminke versteckte, was man mit einer zufälligen Bekanntschaft eben so plaudert, wenn man sich noch nichts zu sagen und schon Gefallen aneinander gefunden hat. Als Barbara erwähnte, daß sie male, sagte ich, daß ich gerne einmal ein Bild von ihr sehen würde. Doch Barbara ging auf meine Bitte nicht ein, sondern fragte mich, was ich denn so tue. Ich berichtete, Jurist zu sein, doch im Grunde meines Herzens sei auch ich ein Künstler, wenn auch nicht der bildenden, sondern der dichtenden Zunft. Ich sei Schriftsteller. Barbara lächelte einen flüchtigen Augenblick lang. Damals hatte ich befürchtet, daß sie mich mit meinen literarischen Ambitionen nicht ernst nahm. Heute weiß ich, daß sie nicht mich, sondern die Schrift belächelt hat. Sie wechselte auch schnell das Thema. »Bist du oft im *Nonplusultra*?« fragte sie mich.

»Ich bin zum ersten Mal hier.«

»Warum bist du gekommen?«

Ich zuckte die Achseln. Warum war ich gekommen? Ich verfolgte in einem mysteriösen Fall eine allerletzte Spur. Ich schämte mich meiner Einsamkeit und war auf der Suche nach einer Frau. Waren das nicht Gründe genug? Warum geht man in eine Diskothek? Ich antwortete, als hätte es für mich nie den geringsten Zweifel gegeben: »Ich bin zum Tanzen gekommen.«

»Warum tanzt du dann nicht?«

Bevor ich antworten konnte, hatte Barbara mich bei der Hand genommen. »Komm!« Ich folgte ihr auf die Tanzfläche. Barbara erstürmte sie mit wilden Indianerschritten. Ich trabte ihr gehorsam hinterher. Ich machte mir nicht viel aus Tanzen. Zwar beherrschte ich sowohl Rumba als auch Foxtrott. Ich hatte einen Kursus absolviert und die Tänze der Gesellschaft gelernt. Npob war auf dem Abschlußball meine Partnerin gewesen. In unseren Partykellern tanzten wir lieber Rock 'n' Roll und Beat. Zu vorgerückter Stunde war es immer zum Blues gekommen, dem einzigen Tanz, den ich gemocht hatte. Man hielt die Partnerin eng umschlungen und wippte nur von einem Bein zum anderen. Zu sanften Bässen ließ man Wange an Wange den Blick in die Ferne schweifen, schaute den Klassenkameraden zu, wie sie in dunklen Ecken knutschten, und blickte herausfordernd denen in die Augen, die leer ausgegangen waren und jetzt neidvoll zusehen mußten, wie man sich an den fremden Schenkeln rieb und mit der Größe seines – dir zuliebe will ich ihn lateinisch benennen – Penis protzte. Und da der Stoff dazwischen und die neugierigen Augen der Öffentlichkeit die Tänzerin in Sicherheit wogen, genoß sie das von ihr zum Leben erweckte Ding, das sich schmeichelnd gegen ihre Schenkel drückte.

Wie gerne hätte ich mit Barbara den Blues getanzt. Doch die Tanzfläche im *Nonplusultra* war nicht der geeignete Ort für Schmusereien. Barbara umkreiste mich mit großen Sprüngen, als wäre ich ein Marterpfahl, und schwang ihr unsichtbares Kriegsbeil über sich. Ich trabte auf der Stelle, mal mehr die Beine, mal mehr die Arme schüttelnd, wie ein Sportler, der seine Muskulatur erwärmt, bevor er den Rekord erzielt. Barbara zog engere Kreise um mich. Und mit einem Mal trat sie mir auf den rechten Fuß. Es war ein kräftiger Tritt gewesen, der den Zehen wehtat. Und noch während ich die Frau mit dem roten Schopf entgeistert anstarrte, trat sie mir auf den anderen Fuß und lachte herausfordernd. Sollte ich es ihr doch heimzahlen, wenn ich dazu in der Lage war! Ich kannte das Spiel. Wir hatten es in den Schulhöfen oft gespielt. Eine Regel besagte, daß die Kämpfenden sich an den Händen zu halten hatten, während sie sich gegenseitig auf die Füße zu treten versuchten, damit keiner von ihnen sich mit einem weiten Sprung in Sicherheit bringen konnte. Ich nahm den Kampf auf. Ich ergriff Barbara bei den Händen. Wie bei einem Ringelreihen drehten wir uns langsam im Kreis, während wir schnellfüßig versuchten, mehr Tritte auszuteilen, als wir einstecken mußten. So verbissen der Kampf auch geführt wurde, beide lachten wir dabei schallend. Ich weiß nicht mehr, wer von uns beiden gewonnen hatte, als die Musik abbrach. In den Schulhöfen hatten wir immer Punktrichter gehabt, die die Treffer zählten und am Schluß den Sieger bestimmten. Ich möchte den Kampf im *Nonplusultra* unentschieden werten. Als das Licht anging und wir die Tanzfläche verließen, fühlten wir uns beide als Sieger.

Es war Sperrstunde. Das Barmädchen rechnete die Getränke ab. Der Discjockey sortierte seine Platten. Die Gäste verließen das Lokal. Wir waren die letzten. Auf dem Bürgersteig standen wir uns gegenüber. Ich fragte Barbara, in welche Richtung sie gehe. Sie deutete in die eine. Ich mußte in die andere. Dort hatte ich mein Auto geparkt. Ich fragte Barbara, ob sie ebenfalls mit dem Auto gekommen sei. Und als sie verneinte, bot ich ihr an, sie nach Hause zu fahren. Doch sie schüttelte den Kopf. Es seien nur ein paar Minuten zu Fuß, die Fahrt lohne sich nicht. Hier mußten sich unsere Wege trennen. Ich sah Barbara in die dunklen Augen und sagte: »Ich würde dich gerne wiedersehen.«

»Wann?«

»So bald wie möglich.«

»Wenn du mich so gerne siehst«, sagte Barbara und lächelte mir zu, »warum begleitest du mich dann nicht nach Hause?«

So kam es, daß ich Barbara nach Hause begleitete. Wo sie wohnt, tut nichts zur Sache. Auch ihren Nachnamen werde ich nicht verraten. Ich möchte Barbara nicht dem Licht der Öffentlichkeit aussetzen. Doch vor allem will ich ihr deinen Besuch, Mutter, ersparen. Ich bin mir sicher, daß du sie gerne zur Rede stellen würdest. Ich überlege, was sie dir zu sagen hätte. Eigentlich müßtet ihr euch gut verstehen. Schließlich seid ihr vom gleichen Geschlecht. Trotzdem will ich dir ihre Adresse verschweigen. Es tut mir leid, wenn ich in diesem Fall nicht auf deiner Seite bin. Du wirst dich mit der Angabe begnügen müssen, daß wir nicht länger als fünf Minuten unterwegs waren. Du siehst, ich mache es dir leicht. Du kannst dir jetzt einen Stadtplan besorgen, das *Nonplusultra* eintragen und um diesen Punkt herum mit dem Zirkel einen Kreis zeichnen, dessen Radius einem Weg von fünf Minuten entspricht. Es werden nicht mehr als hundert Barbaras auf der eingezeichneten Fläche leben. Wenn du dir Mühe gibst, findest du die richtige heraus. Versuch es! Denk daran, daß es dazu, daß die Moleküle zu einer lebenden Zelle zusammengefunden haben, trotz aller Gezeiten mehr Glück brauchte.

»Willst du es wirklich?« fragte mich Barbara, als wir vor dem Haus, das ich nicht beschreiben mag, angekommen waren.

»Was?« fragte ich zurück und sah zu, wie sie die Haustür aufschloß.

»Willst du wirklich ein Bild von mir sehen?«

»Ja!«

»Warum nicht jetzt?« Barbara hielt mir lächelnd die Tür auf. »Wenn du schon mal da bist.«

Ich will es dir, Mutter, noch leichter machen und dir verraten, daß Barbara im vierten Stock wohnte. Es gab keinen Aufzug. Wir gingen die Treppe hoch. Ich weiß, der Herr geht der Dame voran. Wir hielten uns nicht an die Etikette. Ich folgte Barbara und ließ ihr Gesäß, das sich unter der künstlichen Tigerhaut wölbte, nicht aus den Augen. Als ich spürte, wie mein Herz zu schlagen begann, richtete ich meinen Blick auf das Treppengeländer. Warum wich ich den Reizen aus? Waren sie nicht der Grund gewesen, warum ich noch mit nach oben kam? Die Bilder, wie kunstvoll sie auch sein sollten, konnten mir gestohlen bleiben. Warum sah ich dem Arsch nicht ins Gesicht? Warum klopfte mein Herz? Es war nicht die Erregung meiner Sinne, auch nicht die Mühsal des Treppensteigens, es war die Angst, die mein Herz schneller schlagen ließ.

Es war dein erstes Gebot, dessen Übertretung so viel Furcht in mir auslöste. »Laß dich nicht mit Fremden ein!« hast du mir immer wieder gesagt und stets betont, daß von allen Befehlen, denen ich zu gehorchen hätte, dies der wichtigste sei. Denn eine Mißachtung dieses Gebots hätte für mich die schlimmsten Folgen. War nicht die schlimmste Folge, die du mir angedroht hast, der Tod gewesen? Wie hast du mich ausgeschimpft, wenn ich als Kind mit einer Person gesprochen habe, die du nicht kanntest. Und wehe mir, ich hätte es gewagt, von ihr ein Geschenk anzunehmen. Gar ein Bonbon. Wie oft hast du mir die Schrecknisse angedeutet, die früher oder später unweigerlich eintreffen würden, wenn man sich mit einem Fremden einließe. Ich besaß genug Phantasie, sie mir auszumalen. Und wenn du auch das Gebot mit den Jahren, die ich älter wurde, immer seltener ausgesprochen hast, sei unbesorgt, Mutter, ich habe es nicht vergessen. Als Barbara die Tür, auf deren Schild ein Name stand, den ich hier verschweigen will, aufgeschlossen hatte und ich über die fremde Schwelle stieg, klopfte mir das Herz bis zum Hals.

Barbara machte in der Diele Licht und ging voran. Ich schloß die Wohnungstür hinter mir und folgte. Ein Besen war umgefallen, so daß wir beide über ihn steigen mußten. Barbara öffnete eine Zimmertür und betrat den dunklen Raum. Diesmal blieb ich vor der Schwelle stehen und wartete, bis die Frau mit dem roten Schopf eine Stehlampe angeknipst hatte. Über dem Lampenschirm hing ein violettes Seidentuch, das sein Spinnwebenmuster im ganzen Raum verteilte. Neben dem Bett stand eine Staffelei. Das auf dem Gestell befestigte Bild war so groß wie eine aufgeschlagene Zeitung. Ich kannte es. Ich hatte es über dem Kopfende von Arno

Kröningers Bett gesehen. Ich weiß nicht, ob es mir gelang, die Überraschung zu verbergen. Ich habe mir jedenfalls alle Mühe gegeben, keine Miene zu verziehen. Sicher beobachtete mich Barbara in diesem Augenblick so gespannt wie jeder Künstler, der wissen will, welchen ersten Eindruck sein Werk hinterläßt. Um ihren Blicken zu entkommen, ging ich zur Staffelei. Ich begutachtete das Bild von einem Standpunkt aus, der für das DIN-A 1-Format viel zu nahe war, dafür aber den Vorteil bot, daß ich Barbara den Rücken zukehren konnte. Das schummrige Licht in dem Raum entschuldigte mein unfachmännisches Gebaren. Jetzt erst entdeckte ich, daß sich das Bild von dem, das Arno Kröninger besaß, als er am 27. 4. 1983 einem Herzschlag erlag, in einem Punkt unterschied. Der Mond wies keine Flecken auf. Man konnte kein Antlitz in ihm entdecken. Er war nackt, so nackt wie unbemalte Leinwand, umkreist von ultramarinschwarzem Blau.

»Gefällt es dir?« fragte Barbara hinter meinem Rücken.

Ich wartete ein paar Sekunden lang, als müßte ich mir erst noch ein endgültiges Urteil bilden, dann drehte ich mich gefaßt um und meinte: »Es ist noch nicht fertig.«

»Stimmt!« sagte Barbara und kam lächelnd näher. »Es fehlt noch der Mond. Solange er abnimmt, male ich die Nacht, die ihn umgibt. Und wenn er zunimmt, male ich ihn. Jede Nacht das kleine Stückchen, um das er größer wird. Heute ist meine freie Nacht. Heute ist Neumond.«

»Warum zeigst du mir kein fertiges Bild?«

»Ich habe keines. Wenn ein Bild fertig ist, verkaufe ich es.«

»An wen?«

»An den, der es haben will.«

»Was verlangst du dafür?«

»Ich habe einen Monat lang daran gearbeitet. Also verlange ich von dem, der es haben will, ein Monatsgehalt.« Barbara sah mich an. »Was verdienst du im Monat?«

»2786 Mark«, antwortete ich.

»Willst du ein Bild von mir haben?« fragte Barbara und lächelte.

Ich lächelte zurück und antwortete: »Dazu muß ich es erst mal fertig sehen.«

»Du wirst es erleben«, sagte Barbara. Dann nahm sie mich in ihre Arme und küßte mich.

## 12

Warum beginne ich ausgerechnet jetzt ein neues Kapitel? Keine der goldenen Regeln fordert, daß man nach 15 Seiten ein Kapitel beenden muß. Warum höre ich dann, wie man so sagt, mitten im Satz auf? Ich sehe mich schon dem Verdacht der Effekthascherei ausgesetzt. Mir käme es nur darauf an, die Spannung zu steigern. Dem muß ich widersprechen. Ich hasche nicht nach Effekten, ganz im Gegenteil, ich versuche, sie zu meiden. Der Grund, warum ich auf der Zäsur bestehe, ist der, daß ich das, was dem Kuß folgte, nicht mit der gleichen Ausführlichkeit beschreiben will wie das, was ihm vorausging. Dieses Buch soll nicht um seiner Stellen willen gelesen werden. Wenn ich mit einem neuen Kapitel beginne, dann nur deshalb, weil ich den Leser, der Details erwartet, enttäuschen muß. Ich werde die Vorgänge der Nacht vom achten zum neunten August in einem Satz zusammenfassen. Du kannst ganz beruhigt sein, Mutter. Obszönitäten bleiben dir erspart. Nicht einmal eine Schlüpfrigkeit wirst du mir vorwerfen können. Den Satz versteht jeder, auch wenn er, strenggenommen, etwas ganz anderes besagt: Barbara und ich haben miteinander geschlafen.

In dieser Nacht bin ich der Frau meiner Träume untreu geworden. Am nächsten Morgen ... Nein, ich will nicht feige sein. Ich fürchte, es ist keine Geste edler Diskretion, auch kein freundliches Entgegenkommen dir gegenüber, daß ich diese Nacht in so harmlose Worte kleide. Ist es denn nicht möglich, daß der Kavalier einen Grund hat, zu schweigen? Habe ich nicht versprochen, mich um Authentizität zu bemühen? Ich fürchte, Mutter, du hast dich zu früh gefreut. Ich kann dir die Details nicht ersparen. Es war ein mieser Fick gewesen. Die Schuld lag nicht bei Barbara. Sie tat, was sie konnte. Sie gab sich mir hin. Lag es daran, daß ich zum ersten Mal seit über einem Jahr wieder mit einer Frau aus Fleisch und Blut zusammen war? War es die plötzlich greifbare Haut, die mich befangen machte? War es der Duft der Frau? Lange rieb ich mein Geschlecht an ihrem Schambein, und als dies nichts nutzte, half ich der Erregung mit den Händen nach. Ich mußte sie auch zur Hilfe nehmen, um mein müdes Schwert in die Scheide zu stopfen. Als ich es endlich geschafft hatte, spuckte das überreizte Glied trotzig seinen Samen aus. Barbara streichelte mir tröstend das Haupt. Ich genoß ihr zärtliches Fingerspiel. Als ich sie fragte, ob ich etwas für sie tun könne, antwortete sie, daß sie ganz zufrieden sei. Und obwohl ich einen der miesesten Ficks, an den ich mich erinnern konnte, hinter mir hatte, war ich es auch. Ich schlief in ihren Armen ein.

Als ich am nächsten Morgen erwachte, lag Barbara neben mir im Bett und machte ihre Hausaufgaben. Ich tat es ihr gleich und streckte meine Arme aus. Der Winkel, den sie mit dem Rumpf bildete, war diesmal geringer als 45 Grad, was daran lag, daß das Bett nicht sehr breit war und Barbara neben mir in vorschriftsmäßiger Haltung meditierte. Ich wollte ihr mit meinen Armen nicht in die Quere kommen. Ich stellte mir die Sonne vor. Ich atmete das Licht des Lebens ein und bemühte mich, mit jedem Ausatmen ein bißchen zu sterben. Zwischen dem Leben und dem Tod spürte ich, wie sich Barbaras Hand auf die meine legte. Diese Berührung warf mich in meinen Bemühungen zurück. Wie konnte ich vergessen, daß es einen Körper gibt, wenn er von so erregender Haut berührt wird? Sollte ich meine Hand zurückziehen? Ich tat es nicht. Ich gab mich von der Hand, die auf der meinen lag, geschlagen. Einmal am Morgen die Hausaufgaben nicht gemacht, ist nicht die Welt. Ich ließ meinen Gedanken freien Lauf. Ich mußte an Barbara denken. Sie hatte einen Mond gemalt, der über dem Bett eines Mannes hing, der bei Vollmond gestorben war. Ob sie Arno Kröninger gekannt hatte? Und Werner Strapinski und Detlev Spinell und die anderen? Hattest du recht mit deinem ersten Gebot? Wer sich mit Fremden einläßt, begibt sich in Gefahr. Und wer sich in Gefahr begibt, kommt in ihr um. Doch es gab keinen Grund für mich, in Panik zu verfallen. Schließlich war Neumond. Bis zum nächsten Vollmond waren es noch zwei Wochen.

Ich weiß nicht, wieviel Zeit vergangen war, als Barbara ihre Hand von der meinen nahm. Die Matratze bebte unter meinem Rücken. Barbara war aufgestanden. Ich hörte den sich entfernenden Schritten zu. Irgendwo plätscherte ein Wasserhahn. Ich öffnete die Augen und sah auf meine Armbanduhr. Es war neun vorbei. Ich mußte ins Büro. Trotzdem schloß ich noch einmal die Augen. Barbara brauchte nicht zu wissen, daß ich diesen Morgen meine Hausaufgaben nicht machte. Wer weiß, vielleicht bestand zwischen den Entspannungsübungen, an deren Anfang die Sonne stand, und dem Mond, der mitunter tödlich war, ein Zusammenhang. Wenn ich ihn herausfinden wollte, mußte ich mich an Barbara halten. Ich durfte für sie nicht der Mann bleiben, der sich eine Nacht lang ungeschickt an ihr zu schaffen gemacht hatte. Ich mußte ihr gefallen. Ich mußte sie wiedersehen. Und da ich ahnte, daß es wenig gute Gründe gab, warum Barbara mich hätte wiedersehen wollen, versuchte ich, sie wenigstens mit ausdauernder Meditation zu beeindrucken. Ja, auch ich mache täglich meine Hausaufgaben. Auch ich gehe in mich. Auch ich bin nicht mehr der, der ich einmal war. Auch ich bin bereit, den freiwilligen Tod zu sterben.

Barbara hatte unterdessen das Frühstück gemacht. Es war halb zehn vorbei, als ich mich an den gedeckten Küchentisch setzte. Barbara sah mir fröhlich entgegen. Sie hatte sich abgeschminkt. Die Sommersprossen blühten wieder in ihrem Gesicht. Die Haare waren nicht mehr zu einem Schopf gebunden, sondern hingen in sanften Wellen über die Schultern herab. Und anstelle des Tigerkleids trug Barbara an diesem Morgen Pluderhosen aus schwarzem Samt und eine Bluse aus lila Seide. Nachdem ich auf dem Korbstuhl Platz genommen hatte, schenkte sie mir eine Tasse Tee ein und fragte mich lächelnd, ob ich gut geschlafen hätte. Ich lächelte zurück und nickte. Barbara wies auf die Butter und das Brot und was sie sonst noch alles aufgetischt hatte und bat mich, immer noch lächelnd, zuzugreifen. Ich griff zu. Barbara, die mit ihrem Frühstück bereits fertig war, lehnte sich auf ihrem Stuhl zurück und beobachtete mich, nun nicht mehr lächelnd, wie ich eine Scheibe Brot mit Butter bestrich.

»Warum hast du angefangen?« fragte sie plötzlich.

Ich hob ratlos den Kopf. »Womit?«

»Warum hast du zu meditieren angefangen?« Barbara sah mir in die Augen. »Warum hast du den Kurs 411 der Städtischen Volkshochschule besucht?«

Weil Werner Strapinski und Detlev Spinell ebenfalls so einen Kurs besucht hatten. Doch das war nicht die Antwort, die ich Barbara geben durfte. Und sie würde mir sicher auch nicht abnehmen, daß es schon immer mein sehnlichster Wunsch gewesen war, in mich zu gehen. Der Spitzenmanager fiel mir wieder ein. Was er gesagt hatte, war nicht so dumm gewesen. Hatte ich mir seine Argumentation nicht schon einmal geborgt? Hatte ich nicht eine Zeitlang selbst geglaubt, ich würde den Kurs nur besuchen, um den Alltagsstreß besser bewältigen zu können? »Es werden wohl die Anforderungen gewesen sein«, meinte ich nachdenklich und schmierte Honig auf mein Butterbrot. »Ich habe gehört, daß die

Meditation einem hilft, den Anforderungen, die an einen gestellt werden, besser gewachsen zu sein.«

»Und? Bist du ihnen nun besser gewachsen?«

Ich zuckte mit den Achseln und biß in das Honigbrot.

»Dann hat es sich für dich also nicht gelohnt.«

Ich schüttelte den Kopf. »Es hat sich gelohnt. Ich bin nicht mehr der, der ich einmal war.«

»Wer warst du?«

»Ein Mann der Vernunft.«

»Und wer bist du jetzt?«

»Einer, der Dummheiten macht.«

»Was für Dummheiten?« fragte Barbara.

»Ich sage zum Beispiel dumme Sachen.«

»Was für dumme Sachen?« Barbara trank einen Schluck Tee.

Ich sah ihr dabei zu und antwortete, nachdem sie die Tasse abgestellt hatte: »Daß ich dich wiedersehen will.«

»Was ist so dumm daran?«

»Ich weiß keinen vernünftigen Grund dafür«, sagte ich und kaute langsam den süßen Sauerteig. »Kennst du einen?«

»Vielleicht magst du mich«, antwortete Barbara und grinste.

Ich grinste zurück. »Ja, vielleicht mag ich die Sommersprossen, die du nicht magst. So wird es sein. Hast du morgen Zeit?«

»Warum morgen?« fragte Barbara. »Warum nicht heute?«

Es war elf vorbei, als ich das Justizzentrum betrat. Auf dem Weg zu meinem Büro begegnete ich Oberstaatsanwalt Schippke. Er lächelte, wie einer lächelt, der es schon immer gewußt haben will. Ja, ich bin eben doch ein Abendmensch. Ich komme auch dann zu spät ins Büro, wenn meine Mutter nicht Geburtstag hat. Da Schippke ein Verfechter des Leistungsprinzips war, wußte ich, daß ich mit seiner Nachsicht rechnen konnte. Der Stapel der Entmündigungen auf dem rechten Beistelltisch war niederer denn je. Ich nahm eine Akte zur Hand und studierte sie. Doch an diesem Freitag, dem 9. August, kam ich mit meiner Arbeit nicht voran. Es fiel mir schwer, mich auf einen Schriftsatz zu konzentrieren. Meine Gedanken schweiften ab. Ich mußte an Barbara denken, wie ich vor mehr als zwanzig Jahren, hinter einer Schulbank sitzend, an Annegret hatte denken müssen. Wir waren in der Wiese hinter dem Haus gelegen und hatten uns geküßt. Es war mein erster Kuß gewesen. In meinen Gedanken wiederholte ich ihn tausendmal. Bis der Lehrer mich mit schneidender Stimme aufrief und ich stotternd keine Antwort wußte.

Ich begann das sanfte Gesicht unter dem wilden Schopf zu lieben. Ich liebte die Sommersprossen, die sich so gern hinter Schminke versteckten. Ich liebte die fast schwarzen Augen. Ich liebte Barbara, als wäre sie die Frau meiner Träume. Es geschah nicht aus kriminalistischen Motiven, es war Liebe, die mich so neugierig machte, alles über Barbara wissen zu wollen. Ich rief die Datenzentrale an und nannte ihr den Namen. Ein paar Minuten später brachte mir ein Bote der Justizverwaltung einen Computerausdruck, dem zu entnehmen war, daß über Barbara keine Akte geführt wurde. Ich rief das Polizeipräsidium an. Auch hier war ihr Name in keiner Datensammlung vermerkt. Ich begnügte mich schließlich mit einem Auszug aus dem Melderegister. *Familienname:* X. *Vorname:* Barbara. *Geburtsdatum:* 12. 11. 1956. *Geburtsort:* Wuppertal. *Staatsangehörigkeit:* deutsch. *Beruf:* Kunstmalerin. *Wohnsitz:* Weder Straße noch Nummer tun hier was zur Sache. Auch den vorangegangenen Wohnsitz will ich lieber verschweigen. Das war alles, was ich über Barbara in Erfahrung brachte. Mich interessierte im Augenblick mehr, ob sie eine gute Köchin war. Barbara hatte mich zum Abendessen eingeladen.

Ich wollte nicht mit leeren Händen kommen. Den Rest des Nachmittags verbrachte ich grübelnd hinter dem Schreibtisch. Was für ein Geschenk konnte ich Barbara mitbringen? Ich kannte ihren Geschmack nicht. Es wäre unklug von mir gewesen, sie aufs Geratewohl mit einer Flasche *79er Edelstaler Auslese* oder mit dem *Grünen Heinrich* zu beglücken. Wenn ich nicht gewußt hatte, was ich dir, Mutter, schenken sollte, und das kam in jedem Jahr zweimal vor, war ich immer in einen Geschenkeshop gegangen. Dort gab es Aschenbecher mit den Portraits von Filmschauspielern und Toilettenpapier mit einem Witz pro Blatt, Krimskrams von so origineller Nutzlosigkeit, daß man leicht das ideale Präsent für jede Gelegenheit fand. Auch mein letztes Geburtstagsgeschenk für dich hatte ich dort besorgt. Es waren die Serviettenringe aus Elfenbein. Erinnerst du dich? Doch was mir all die Jahre für dich passend erschien, war mir für Barbara nicht gut genug.

Wenn ich ihr überhaupt etwas mitbringen wollte, mußte ich mich beeilen. In ein paar Minuten war Ladenschluß. Ich entschied mich für Blumen. Hatte ich nicht auch Annegret auf einer Wiese einen Strauß Gänseblümchen gepflückt? Ich erreichte das Blumengeschäft, als die Verkäuferin gerade schließen wollte. Sie zeigte ein

Herz und ließ mich noch ein. Die Exemplare, die zur Auswahl standen, beeindruckten durch langstielige Grazie. So erlesen ragten die Rosen und Narzissen aus ihren Vasen, als seien sie in ihrem Pflanzenleben nie auch nur mit einer Krume Erde in Berührung gekommen. Die Verkäuferin fragte mich geduldig ein zweites Mal nach meinen Wünschen, da ich mich noch immer nicht entscheiden konnte. Ich murmelte etwas von Gänseblümchen. Die Verkäuferin verwies mich auf Margeriten. Da ich jedoch auf Gänseblümchen bestand, mußte ich sie im Stadtpark pflücken.

Mit dem Strauß in der Hand klingelte ich Punkt halb acht an der Wohnungstür. Barbara öffnete. Sie trug noch immer die lila Bluse über den schwarzen Piratenhosen. Doch die Sommersprossen waren jetzt blasser als am Morgen. Und auf den Lippen lag ein leichter Hauch von Rouge. Ich küßte sie und überreichte mein Gastgeschenk. Barbara bedankte sich artig, wie man sich bedankt, wenn einem eine kleine Aufmerksamkeit erwiesen wird. Sie ging mir mit den Gänseblümchen in der Hand durch die Diele voran. Der Besen lag noch immer umgefallen da, so daß wir beide über ihn steigen mußten. In der Küche war der Tisch zum Abendessen gedeckt. Barbara bat mich, Platz zu nehmen, und stellte die Blumen in ein Glas Wasser. Ich setzte mich auf den Korbstuhl, auf dem sie beim Frühstück gesessen war. Über dem Kühlschrank mischte sie mit beiden Händen den Salat. Am Herd leuchtete eine Lampe, die Backröhre war in Betrieb. Es lag ein Duft in der Küche, der mich hungrig machte. Barbara fischte einen Tomatenschnitz aus dem Salat und kostete ihn.

»Es riecht gut«, sagte ich.

»Willst du wissen, was es gibt?« fragte Barbara und stellte die Salatschüssel auf den Tisch.

»Was gibt es?«

»Moussakás!«

»Was ist Moussakás?«

»Kennst du nicht?« Barbara ging zum Spülbecken, um sich die Hände zu waschen.

»Nein, kenne ich nicht.«

»Bist du noch nie in Griechenland gewesen?«

»Noch nie.«

»Kein Wunder, daß du Moussakás nicht kennst«, meinte Barbara und trocknete sich die Hände ab. »Es ist ein griechisches Nationalgericht.«

»Magst du Griechenland?« fragte ich.

»Griechenland kenne ich kaum. Ich kenne nur Kreta.« Barbara hängte das Handtuch an den Haken und wischte sich die trockenen Hände noch einmal an den Piratenhosen ab. »Ich habe mit ein paar Freundinnen ein Haus auf Kreta.«

Wir aßen einen Auflauf, der in der Hauptsache aus Auberginen, Hackfleisch und Kartoffeln bestand. Er dampfte auf unseren Tellern. Ich zerteilte ihn mit der Gabel, damit er schneller abkühlen konnte. Dann spießte ich einen ersten Bissen auf und blies ihn lange an, bevor ich ihn in den Mund steckte. Der Auflauf war immer noch so heiß, daß ich mir die Zunge verbrannte. Barbara sah mir zu, wie ich hechelnd kaute, und fragte, nachdem ich ihn endlich heruntergeschluckt hatte: »Wie schmeckt es dir?«

»Gut!« Ich nickte bekräftigend. »Es schmeckt mir wirklich sehr gut!«

»Das freut mich.« Barbara nahm jetzt ebenfalls eine Gabel in den Mund. Ich trank einen Schluck herben Weißwein, den es zum Moussakás gab, um meine Zunge zu kühlen. Wir aßen schweigend. Bis Barbara mir unvermittelt in die Augen sah und fragte: »Bist du in dich gegangen?«

Im gleichen Tonfall hast du, Mutter, mich oft gefragt, ob ich mir vor dem Essen auch die Hände gewaschen hatte. Manchmal konnte ich dich hinters Licht führen, wenn ich nur selbstbewußt genug das Gegenteil behauptete und dir die Hände entgegenstreckte, damit du den Duft der Seife riechen konntest, der nicht zu riechen war. Doch Barbara sah mich an mit Augen, denen man nichts vormachen konnte. Und ich wollte ihr auch nichts vormachen! »Ich habe es vergessen.« Ich lächelte ihr zu. »Ich habe wohl zu viel an dich gedacht.«

»Ich bin auch nicht in mich gegangen. Ich habe auch an dich gedacht. Aber das ist nicht der Grund. Ich meditiere nie vor dem Abendessen. Ich bin nämlich ganz anderer Meinung als Jürgen Hönig. Die beste Zeit ist nach dem Abendessen und vor dem Einschlafen und die zweitbeste nach dem Aufwachen und vor dem Frühstück. Jürgen Hönig hat noch mehr Unsinn verzapft.«

»Was denn noch?« fragte ich.

»Er hat gesagt, daß die Sonne unser erster Eindruck von der Welt gewesen ist.«

»Mir hat das eingeleuchtet.«

»Unser erster Eindruck war der Mond«, sagte Barbara und

trank einen Schluck Wein. »Willst du wissen, warum?«

Ich nickte. »Warum?«

»Weil wir uns vor der Nacht fürchten. Wenn es dunkel wird, fürchten wir uns, es könnte für immer sein. Die Dunkelheit, die über uns kommt, ist, genaugenommen, unser erster Eindruck von der Welt. Und es ist der Mond, der sie erleuchtet und uns Hoffnung gibt.«

»Was soll's?« meinte ich und pickte mit der Gabel eine Gurkenscheibe aus der Salatschüssel, die zwischen uns stand, heraus. »Ob Sonne, ob Mond, das bleibt sich doch gleich. Beide sind sie nur Eselsbrücken, Knochen, die man den Gedanken zum Fraß vorwirft, damit sie endlich Ruhe geben. Ganz gleich, welchen Himmelskörper wir uns vorstellen, die Hauptsache ist doch, wir denken nur an das Eine und denken letztendlich an Nichts.«

»Du machst es dir einfach.« Barbara aß jetzt ebenfalls vom gemischten Salat. »Es ist nicht einerlei, ob wir an den Mond oder an die Sonne denken. Der Mond und die Sonne sind nicht dasselbe.«

»Natürlich sind sie es nicht. Und doch haben sie den gleichen Ursprung.«

»Wer sagt das?«

Ich erzählte Barbara, was ich in der Schule gelernt hatte. Es gibt zwei Theorien zur Entstehung des Mondes. Ganz gleich, ob er vor fast fünf Milliarden Jahren mit der Erde entstanden war oder ein paar Milliarden Jahre später aus ihr herausgeschleudert wurde, in jedem Fall war er ein Teil derselben Gaswolke gewesen, aus dem sich unser Sonnensystem herauskristallisiert hatte.

Barbara hörte mir geduldig zu und fragte schließlich: »Wie alt bist du eigentlich?«

»Dreiunddreißig«, antwortete ich. »Warum?«

»Es ist lange her, daß du zur Schule gegangen bist. Die Welt ist seitdem nicht stehengeblieben. Weißt du, was am 20. Juli 1969 passiert ist?«

Ich schüttelte den Kopf. »Muß ich?«

»Du solltest. Am 20. Juli 1969 hat der erste Mensch den Mond betreten. Und weißt du, was er dort unter anderem gemacht hat?« Barbara wartete keine Antwort ab. »Unter anderem hat er Gesteinsproben gesammelt. Und die hat er mit zurück zur Erde gebracht. 22 Kilogramm Mondgestein. Die sind natürlich sofort analysiert worden. Und weißt du, was das Ergebnis war? Es konnte keine Übereinstimmung mit auf der Erde vorkommenden Steinen festgestellt werden. Deine Theorien sind veraltet. Der Mond und wir sind nicht vom selben Ursprung.«

»Wie ist er dann entstanden?«

»Ich weiß es nicht. Er wird zu uns von einem anderen Sonnensystem gekommen sein. Vielleicht sogar von einem anderen Universum. Was hältst du davon?«

»Du kannst das nicht beweisen.«

»Du hast recht. Ich kann es nicht beweisen. Und du kannst es auch nicht widerlegen. Alles, was man kann, ist, daran glauben.«

»Ich glaube nicht daran«, sagte ich lächelnd.

»Das verlangt ja auch keiner von dir«, meinte Barbara und lächelte zurück.

Schon wieder bin ich in Versuchung, ein neues Kapitel zu beginnen. Mich verlangt nach einer Zäsur. Doch ich habe mir vorgenommen, diesen 9. August in einem Stück zu einem Ende zu bringen. Ich will mich beeilen. Was sonst noch bei Tisch gesagt wurde, lohnt nicht, in Gänsefüßchen gesetzt zu werden. Und es lohnt sich auch nicht, die direkte Rede zu einer indirekten zusammenzufassen. Ich will die Zeilen nicht mit Smalltalk schinden. Für den weiteren Verlauf der Handlung ist allein von Bedeutung, daß wir eine Stunde später gemeinsam im Bett lagen. Es tut nichts zur Sache, wer wen wann und wo gestreichelt hat. Ich kann dir die Details unseres Vorspiels ersparen. Ich will mich mit der Feststellung begnügen, daß mein Schwert irgendwann in der Scheide steckte. Ich fürchte, ich muß doch ein wenig ausführlicher werden und noch erwähnen, daß ich auf dem Rücken lag und Barbara auf mir hockte. Ich fühlte mein Verlangen wachsen. Der Punkt, von dem aus es kein Zurück mehr gibt, war nicht mehr fern. Ich bäumte mich auf. Doch je tiefer ich in den fremden Schlund einzudringen versuchte, um so weniger kam ich von der Stelle. Barbara drückte mich mit ihrem ganzen Gewicht nieder. Ich wurde atemlos vor Gier. Ich streckte meine Hände den Brüsten entgegen, bis Barbara sich meiner erbarmte und sich ein wenig vorbeugte. Sie sah zu mir herab und fragte: »Wovor hast du Angst?«

Ich brachte keinen Ton hervor.

»Du brauchst keine Angst zu haben«, sprach Barbara beruhigend über mir. »Bin ich es, vor dem du dich fürchtest?«

Ich schüttelte den Kopf.

»Fürchtest du dich vor dir? Fürchtest du dich vor dem, was in dir ist?«

»Ich fürchte mich nicht«, antwortete ich, nachdem ich endlich meine Sprache wiedergefunden hatte.

»Warum atmest du dann wie einer, der glaubt, daß sein letztes Stündlein geschlagen hat? Warum begnügst du dich mit so kurzen Zügen? In diesem einen Punkt hatte Jürgen Hönig recht. Atem ist Leben. Ich will es dir nicht streitig machen.« Barbara nahm meine Hände von ihrer Brust und legte sie neben mir auf das Laken. Meine ausgestreckten Arme bildeten mit dem Rumpf einen Winkel von 45 Grad. »Warum atmest du nicht so, wie du es gelernt hast?«

Während ich mich bemühte, mit dem Zwerchfell zu atmen, sah ich von den Brüsten, die mir genommen worden waren, hoch zu dem Gesicht mit den blassen Sommersprossen. Um den Mund lag ein strenger Zug, den auch ein sanftes Lächeln nicht vertreiben konnte. Dunkle Augen starrten auf mich herab. Es waren die eines Adlers, der weit oben seine Kreise zieht und tief unten seine Beute erspäht. Und während ich mich dem Blick hingab, hörte ich eine Stimme, die so schmeichelnd war, daß ich sie, ohne dir zu nahe treten zu wollen, mütterlich nennen möchte. »Warum schließt du nicht die Augen?«

Ich schloß gehorsam die Augen.

»Und jetzt stell dir den Mond vor!« befahl Barbara.

Warum sollte ich mir nicht den Mond vorstellen? Hatte ich nicht vor einer guten Stunde erst behauptet, ob Mond, ob Sonne, es sei einerlei, beide seien sie nichts anderes als Knochen, die man den Gedanken zum Fraß vorwirft, damit sie endlich Ruhe geben? Warum sollte ich nicht mal zur Abwechslung an den Mond denken? Ich versuchte es. Doch die Gedanken hatten Blut geleckt und ließen sich von einem harmlosen Erdtrabanten nicht beruhigen. Ich folgte der Meute. Sechs Männer hatten bei Vollmond ihr Leben lassen müssen. Ich war ihrem Geheimnis näher denn je. Um es endgültig zu lüften, mußte ich nur den Anweisungen einer Frau gehorchen, die auf mir hockte und in ihrer Scheide ein Ding stecken hatte, das ich nicht mehr mein Schwert nennen will. Inzwischen erscheint mir der Name passender, den du, Mutter, wenn du mich in der Wanne badetest, meinem primären Geschlechtsmerkmal gegeben hattest. Es war das Zipfelchen, das Barbara mit den

Muskeln ihrer, hier will ich bei deiner Terminologie verbleiben, Vagina umklammert hielt, während ich an Arno Kröninger denken mußte und daran, wie er, die Schädelhaut über das Gesicht gestülpt, auf dem Sektionstisch 2 gelegen war.

»Atme das Leben ein!« sprach Barbara über mir und machte mich gleich auf einen neuen Irrtum von Jürgen Hönig aufmerksam. Keiner stirbt ein bißchen, wenn er seine Lungen leert. Es gibt keinen freiwilligen Tod. Es gibt keinen Tod. Aus Kohlensäure wird wieder Sauerstoff. Es gibt nur Leben. Und zwischen Leben und Leben, zwischen den Atemzügen, wenn die Luft in die Lungen nicht mehr hineinströmt und noch nicht herausströmt, liegt die Pforte der Erkenntnis. Doch, und das sei der schlimmste Irrtum, der Jürgen Hönig unterlaufen sei, der wahre Weg führt nicht in dich. Denn du alleine bist nichts. Mit dir stirbt die Menschheit aus. Erst wenn Mann und Frau sich zusammentun, bilden sie eine Einheit, die unsterblich ist. »Darum geh nicht in dich!« sprach Barbara auf mir hockend. »Ich weiß, daß es nicht einfach ist. Versuch es trotzdem. Geh in mich.«

Soviel Mühe ich mir auch gab, es war vergebens. Ich drang zur Pforte der Erkenntnis nicht vor. Es gelang mir nicht einmal, mir den Mond vorzustellen. Die Meute folgte noch immer der blutigen Spur. Die Gedanken ließen nicht locker, bis sie mich auf dem Sektionstisch 2 liegen hatten. Professor Rönneberg zertrennt mein Herz mit sechs sachgerechten Schnitten. Dr. Wolff überreicht meinem Nachfolger eine Namensliste, an deren Ende der meine steht. Wenn mein Nachfolger klug ist, wird auch er herausfinden, daß alle sieben Männer bei Vollmond gestorben sind. Der Mond! Soll ich nicht an ihn denken? Ich reiße mich erneut zusammen. Ich stelle mir den Mond vor. Soll ich ihn zu- oder abnehmen lassen? Nein, ich will nicht feige sein und es mit einem vollen Mond versuchen. Wie sieht er gleich wieder aus? Das letzte Bild, das ich von ihm gesehen habe, war unvollendet gewesen. Keine faulen Ausreden, jedes Kind weiß, der Mond ist rund und hat Flecken. Ich versuche, mir sein Antlitz vorzustellen. Ich versuche, mich zu erinnern, wie er über mir war, als ich nach einer langen Reise in der Nacht vom Vater aus dem Auto gehoben wurde und schläfrig über seine Schulter blickte, während meine Mutter die Haustür aufsperrte und mir vom Mann im Mond erzählte. Warum habe ich damals eine Frau in ihm gesehen? Dies war die erste einer ganzen Reihe von Fragen. Und am Ende stand die, ob mein Nachfolger schlau genug sein würde, das Geheimnis hinter den Todesdaten der sieben Männer zu enträtseln.

Doch da ich das Geheimnis kannte, brauchte ich mir keine Sorgen zu machen. Bis zum nächsten Vollmond war noch zwei Wochen Zeit. Nichts hinderte mich daran, ihn mir vorzustellen. Ich gab mir wirklich Mühe. Sie blieb vergebens. Ich weiß nicht, wieviel Zeit verging, bis sich die fremden Muskeln lösten und mein Zipfelchen freigaben. Ich blieb in vorschriftsmäßiger Haltung auf dem Rücken liegen. Barbara legte sich auf mich. Sie behauchte mein Gesicht und küßte meine Lider, bis ich sie öffnete. Dann sah sie mich wissend an und fragte trotzdem: »Wie ist es dir ergangen?«

»Ich habe es nicht einmal geschafft, mir den Mond vorzustellen.«

»Aller Anfang ist schwer«, tröstete mich Barbara und streichelte mir über das Haar.

»Das hat schon Jürgen Hönig gesagt. In diesem Punkt hat er wohl wieder recht. Es ist noch kein Meister vom Himmel gefallen.«

»Heute warst du noch auf dich allein gestellt«, sagte Barbara und strich mir mit einer Fingerspitze die Stirn hinab zur Nasenwurzel. »Morgen bekommst du Hilfe.«

»Wer hilft mir?«

»Der Mond.«

»Wie soll der Mond mir helfen?«

»Indem er zunimmt.« Barbara streichelte meinen Nasenrücken und gab der Nasenspitze mit dem Finger einen leichten Stüber. »Warte es ab.«

»Woher weißt du das alles?«

»Was?« fragte Barbara und ließ ihre Finger sanft über meine Wange wandern. »Daß der Mond dir helfen wird?«

»Das auch. Woher weißt du, daß Mann und Frau sich vereinen müssen, um zur Unsterblichkeit zu gelangen? Wer hat dir gesagt, daß Jürgen Hönig Unsinn verzapft? Woher weißt du, daß wir uns den Mond statt die Sonne vorstellen müssen? Von wem hast du die Technik?«

»Das ist keine Technik.«

»Meditation ist eine Technik, hat Jürgen Hönig gesagt.«

»Jürgen Hönig hat viel gesagt«, sprach Barbara und erkundete mit einer Fingerspitze meine Ohrmuschel.

»Wenn es keine Technik ist, was ist es dann?«

»Ein Ritual.«

»Na schön, dann ist es eben ein Ritual. Wer hat dir von ihm erzählt?«

»Meine Freundin.« Barbara spielte mit meinem Ohrläppchen. »Meine Freundin hat mir davon erzählt.«

»Woher weiß sie davon?«

»Von ihrer Freundin. Und die wird es wiederum von ihrer Freundin haben. Ich weiß es nicht. Ich nehme es an. Was soll das Ganze?« Barbara zwickte mich leicht ins Ohr. »Warum fragst du mich aus wie ein Detektiv?«

»Weil ich alles über dich wissen will!« Ich legte meine Arme um Barbara und streichelte ihr mit beiden Händen den Rücken. »Ich fürchte, es sind nicht nur die Sommersprossen, die ich an dir mag. Darum will ich alles über dich wissen. Bin ich dir zu neugierig?«

»Du kannst mich fragen, was du willst«, sagte Barbara. »Unter einer Bedingung.«

»Und die wäre?«

»Du darfst nicht aufhören, mich zu streicheln.«

»Seit wann kennst du das Ritual?« fragte ich streichelnd.

»Schon lange.«

»Warum hast du dann den Kurs der Volkshochschule besucht? Warum hast du dir den Unsinn von Jürgen Hönig angehört, wenn du alles besser wußtest?«

»Um dich zu treffen«, flüsterte Barbara in mein Ohr.

»Warum ausgerechnet mich? Du kannst nicht gewußt haben, daß ich ebenfalls den Kurs 411 belegt hatte.«

»Du hast recht. Ich kann es nicht gewußt haben.« Barbara knabberte an meinem Ohrläppchen. »Und trotzdem liegst du jetzt in meinem Bett.«

»Wenn du den Kurs 411 nur besucht hast, um mich zu treffen, warum hast du mich dann nicht angesprochen? Ich kann mich nicht erinnern, daß du auch nur ein einziges Mal während der zwölf Lektionen eine Spur Interesse an mir gezeigt hättest. Warum nicht?«

»Weil ich dich nicht habe ausstehen können«, antwortete Barbara. »Nur dich hat Jürgen Hönig beim Namen genannt. Du warst noch schlimmer als er. Du warst sein Lieblingsschüler gewesen. Noch weiter unten.«

»Wieso noch weiter unten?«

»Du sollst mich noch weiter unten streicheln. Ich habe dich gehaßt.«

»Und jetzt haßt du mich nicht mehr?« fragte ich, weiter unten streichelnd.

»Du hast dich verändert. Als ich dich im *Nonplusultra* gesehen habe, hätte ich dich beinahe nicht wiedererkannt.«

»Ich bin nicht mehr der, der ich einmal war. Das hab ich dir schon beim Frühstück gesagt.«

»Ich erinnere mich.« Barbara richtete ihren Kopf auf und lächelte mich an. »Du hast mir erzählt, daß du kein Mann der Vernunft mehr bist. Du machst gern dumme Sachen. Stimmt's?«

»Es stimmt.«

Barbara näherte sich meinem Gesicht, bis sich unsere Nasen beinahe berührten. »Dann mach doch mit!«

»Was?« fragte ich und hörte mit dem Streicheln auf.

»Mach mit mir das Ritual!«

»Was muß ich dabei tun?«

»Nicht mehr, als du bereits getan hast.«

»Habe ich Bedenkzeit?«

»Nur einen Augenblick.«

Ich sah ihr in die Augen. Barbara erwiderte meinen Blick. Ich hielt ihm nicht lange stand und schloß die Lider.

»Wofür hast du dich entschieden?« hörte ich Barbara aus der Ferne sagen.

»Ich mach mit!«

»Gib mir einen Kuß darauf«, sprach sie ganz nah.

Wir küßten uns.

## 13

Schon wieder endet ein Kapitel mit einem Kuß. Dabei ist der 9. August, den ich in einem Stück zu Ende bringen wollte, noch gar nicht vorüber. Es bleibt mir nachzutragen, daß wir uns noch eine gute Weile über dies und das unterhalten hatten, Nichtigkeiten, die hier nicht der Rede wert sind. Kurz nach Mitternacht löschte Barbara das Licht. Lange lagen wir Arm in Arm. Als der meine einzuschlafen drohte und ich ihn unter Barbara hervorzog, nützte auch sie die Gelegenheit, eine bequemere Lage einzunehmen, und drehte mir den Rücken zu. Ich drängte meine Brust an ihn, versenkte mein Gesicht in Barbaras Haar und legte eine Hand auf die Wölbung ihres Bauchs unterhalb des Nabels. Barbara schlief mit gleichmäßigen Zügen. Je müder ich wurde, um so mehr verspürte ich den Wunsch, mich auf die andere Seite zu drehen. Ich war es von klein auf gewohnt, daß ich nur auf meiner rechten Seite liegend Schlaf finden konnte. Ich mußte mich zwischen mir und Barbara entscheiden. Sollte ich meine Hand weiter den Gezeiten fremden Atems anvertrauen oder sie zwischen meine Knie klemmen, wie ich es vor dem Einschlafen gerne tat? Wollte ich allen Ernstes die Frau, die nach über einem Jahr die Einsamkeit von mir genommen hatte, an einen nichtsnutzigen Schlaf verraten? Doch Barbara hatte sich ihm längst hingegeben. Ihr Rücken würde meine Brust nicht vermissen. Auch wenn meine Hand nicht mehr das Auf und Ab ihres Bauches begleitete, würde sie ruhig weiteratmen. Zu so später Stunde fiel mir die Entscheidung leicht. Ich drehte mich auf die andere Seite.

Am nächsten Morgen küßte Barbara mich wach. Wir liebkosten uns, bis mein Schwert sich mühelos in die Scheide stecken ließ. Danach vollzogen wir das Ritual. Muß ich es noch einmal beschreiben? Soll ich schon wieder viele Worte darüber verlieren, daß es mir nicht leichtgefallen ist, mir den Mond vorzustellen? Muß ich erneut zu Papier bringen, daß mein Schwert nicht lange Schwert geblieben ist? Muß ich die Verkleinerungsform noch einmal bemühen? Soll ich dem 10. August, an dem nicht mehr und nicht weniger als am 9. passiert ist, ebenfalls fast zwanzig Seiten widmen? Nein, ich will den 10. August und all die übrigen Tage, die ich mit Barbara verbrachte, zu einem einzigen Tag zusammenfassen. Dieser idealtypische Tag begann mit dem Ritual. Nachdem wir es vollzogen hatten, frühstückten wir zusammen.

Und nach dem Frühstück ging ich ins Büro. Der Stapel der Entmündigungen auf dem rechten Beistelltisch wuchs langsam an. Da ich wußte, daß ich ab 1. Oktober die Nachfolge von Herrn Borsig antreten würde, überließ ich die heikleren Fälle meinem Nachfolger. Inzwischen hatte sich meine Versetzung in der ersten Abteilung längst herumgesprochen. Auch Borsig machte keinen Hehl daraus, daß er, das Richteramt vor Augen, seine Arbeit in der ersten Abteilung gemächlich ausklingen ließ. Einmal zeigte er mir den Aktenstapel, der auf mich wartete. Mayer klärte mich zwischen zwei Lachern auf, was an dem Fall mit dem Aktenzeichen 112 Js 4272/82 so lustig war. Und Frau Bühler war besorgt. Wie ich denn die finanzielle Einbuße verkrafte, fragte sie mich mehr als einmal beim Mittagessen in der Kantine. Schließlich bekam ich für jede Leiche, bei deren Obduktion ich den Staat vertrat, fünfzig Mark. Frau Bühler wollte mich nicht darben sehen. Wenn sie an der Reihe war, für uns alle nach dem Essen den Kaffee zu holen, ließ sie sich meine Tasse von mir nicht mehr bezahlen.

Nach der Arbeit besuchte ich Barbara. Manchmal fuhr ich vorher zu mir nach Hause, um die Post durchzusehen und die Wäsche zu wechseln. Doch spätestens um sieben klingelte ich an Barbaras Wohnungstür. Sie empfing mich jedes Mal mit einem Kuß. Mitunter brachte ich ein Geschenk mit, eine Flasche Chablis oder ein paar Blumen. Gemeinsam bereiteten wir das Abendessen zu, während wir uns erzählten, wie wir den Tag verbracht hatten. Barbara zählte auf, was ihr alles in meiner Abwesenheit durch den Kopf gegangen war. Ich berichtete von meiner Arbeit. Felix Lubschig war wegen Trunkenheit am Steuer zu einer Freiheitsstrafe von acht Monaten mit Bewährung verurteilt worden. Ich berichtete, welche Straftaten sich Personen, deren Familiennamen mit einer Buchstabenfolge zwischen *Kra* und *Mal* begannen, im Strassenverkehr hatten zuschulden kommen lassen. Ich machte kein Geheimnis aus meinem Beruf. Ja, ich war Staatsanwalt. Ich fand, dieser Beruf machte sich gut zwischen einem Museumswärter und einem Schüler, einem Arbeiter und einem Rauschgifthändler. Ich hätte auch Staatssekretär oder Zirkusdompteur sein können. Hauptsache, ich war ein Mann.

An dieser Stelle komme ich nicht um ein Geständnis. Ich bin ein Meister der Lüge. Vor allem dir, Mutter, habe ich auf diesem Gebiet viel zu verdanken. Wie oft hast du mich der Unwahrheit überführt! So kunstvoll ich mir mein Lügengebäude auch ausgedacht habe, immer ist es dir gelungen, mich in Widersprüche zu verwickeln. Bis ich, aus Erfahrung klug geworden, herausgefunden hatte, daß, wer die Unwahrheit sagen will, sich so nah wie möglich an die Wahrheit halten muß. Denn die Wahrheit kennt keine Widersprüche. Der Lüge müssen wie einem gefährlichen Brandherd enge Grenzen gesetzt werden. Meine Lüge war, daß ich Barbara verschwieg, der ersten Abteilung anzugehören. Zwar konnte sie unmöglich wissen, daß der Tod der sechs Männer, die bei Vollmond einem Herzschlag erlegen waren, den Verdacht der Staatsanwaltschaft erregt hatte. Wenn es so gewesen wäre, hätte ja etwas in den Zeitungen stehen müssen. Trotzdem wollte ich kein

Risiko eingehen. Ich verschwieg Barbara, mit ungeklärten Todesfällen zu tun zu haben. Ich erzählte ihr lieber von den Fällen, die ich vor der für Verkehrsdelikte zuständigen siebten Strafkammer vor einem Jahr zur Anklage gebracht hatte. Mit Ausnahme einiger Namen, die mir entfallen waren, entsprachen sie alle der Wahrheit. Barbara schöpfte keinen Verdacht.

Ja, auch wenn es dich überraschen mag, ich habe es in der Kunst der Lüge weit gebracht. Hast du, Mutter, mir nicht immer gesagt, du siehst es mir an den Augen an, wenn ich die Unwahrheit sage? Und ich habe deinen Blick erwidert und dir zugestimmt. Meinem Ehrenwort hast du stets geglaubt. Jetzt kann ich es dir gestehen. Nachdem ich erst mal den Bogen heraushatte, belog ich dich nach Strich und Faden. Meine Ehre ist nicht der Rede wert. Dennoch schwöre ich hier bei ihr und bei meinem Leben, das nicht mehr lange dauern wird, bei allem, was mir heilig ist, und das bist nicht zuletzt du, daß ich auf diesen Seiten die Wahrheit berichte, die Wahrheit und nichts als die Wahrheit. Wenn dem nicht so wäre, hätte ich nicht geprahlt, ein Meister der Lüge zu sein. Welcher Gaukler verrät schon freiwillig seine Tricks? Ich verstehe deine Bitternis, ausgerechnet bei mir hat dich dein sonst so gesunder Menschenverstand im Stich gelassen, ich weiß, wie schnell dich die Wut übermannt. Du wirst die Augen, denen du so sehr vertraut hast, nicht mehr sehen wollen. Und du wirst sie auch nicht mehr sehen müssen. Dieses Ende kennst du. Das ist eine Zukunft, die ich guten Gewissens vorwegnehmen kann. Glaub mir, Mutter, ich schwöre bei allem, was mir heilig ist, und das ist nicht zuletzt der Tod, was du in den Händen hältst, ist keine Lügengeschichte. Ich schreibe die Wahrheit.

Und die Wahrheit ist, Barbara schöpfte keinen Verdacht. Obwohl ich mir sicher war, daß sie meine gelegentliche Befangenheit durchaus spürte. Wenn sie am herzlichsten war, wirkte ich oft bedrückt. Es war nicht der Vollmond, der mir Sorgen machte. Wenn Barbara lachte, konnte ich ihn beinahe vergessen. Mich plagte nicht die Angst, sondern ein schlechtes Gewissen. Hatte ich nicht allen Grund dazu? Ich übertrat nicht nur dein erstes Gebot, sondern auch das des Staates. Ich mißachtete das Grundgesetz. Mein Handeln war illegal. Jeder Staatsanwalt, der von meiner Tat Kenntnis erhielt, wäre verpflichtet gewesen, gegen mich Anklage zu erheben. Nach GG Art. 13 ist die Wohnung unverletzlich. Und obwohl ich keinen richterlichen Durchsuchungsbefehl in der Tasche hatte, hielt ich in fremden Räumen meine Augen offen. Ich plauderte mit einer verdächtigen Person, ohne sie über ihre Rechte aufgeklärt zu haben. Ja, ich teilte mit ihr auch noch das Bett, in der Hoffnung, das Geheimnis zu lüften, das das Leben der sechs bei Vollmond verstorbenen Männer verband. Es war ein noch viel älteres Gebot als das Grundgesetz, dessen Übertretung mir so sehr zu schaffen machte. Ich verletzte die Gastfreundschaft. Die mir gereichte Speise verspeiste ich mit einem Hintergedanken. Es war der Judaskuß, mit dem ich jeden Tag Einlaß begehrte, der mir zu denken gab.

Doch dann dachte ich, daß Barbara mir ihre Gastfreundschaft auch nicht ohne Eigennutz gewährte. Wer weiß, vielleicht war Arno Kröninger an diesem Küchentisch gesessen und hatte bei Moussakás oder einem hiesigen Gericht erzählt, wie er den Tag verbracht hatte. Und Detlev Spinell hatte die Weinflasche zugekorkt, bevor man die Räume wechselte. Martin Krüger hatte Barbara in den Armen gehalten. Werner Strapinski hatte sie gestreichelt. Joachim Mahlke hatte sich von ihr streicheln lassen. Karl Roßmann hatte sie geküßt und sich von ihr küssen lassen. Und am Ende hatten sie alle ihr Schwert in ihrer Scheide stecken. War es so gewesen? Mir fehlten die Beweise. Statt mir den Mond vorzustellen, verstrickte ich mich in Hirngespinste. Ob die sechs ebenso wie ich mit dem Rücken auf Barbaras Bett gelegen waren, die Beine leicht gegrätscht und die Arme in einem Winkel von 45 Grad vom Rumpf gestreckt? Hatten auch sie sich zwerchfellatmend bemüht, die Pforte der Erkenntnis zu durchschreiten, während Barbara auf ihnen hockte und an ihnen festhielt? Wenn es so gewesen war und Arno Kröninger und die ihm vorangegangenen Männer wirklich das Lager mit Barbara geteilt hatten, dann bestand ein gewichtiger Unterschied zwischen ihnen und mir. Sie hatten keinen Grund zur Furcht. Sie hatten den Mond mit Zuversicht wachsen gesehen. Keiner der sechs hatte ahnen können, daß der Vollmond ihm zum Verhängnis werden würde.

Ich wußte es besser. Trotzdem vollzog ich das Ritual. Barbara hatte recht behalten. Je größer der Mond wurde, um so leichter fiel es mir, sein Bild mir vorzustellen. Meine Bemühungen machten Fortschritte. Ich atmete ein und atmete aus, und zwischen Leben und Leben sah ich plötzlich die Pforte der Erkenntnis vor mir liegen. Noch war sie mit Brettern vernagelt. Noch war ich versucht, in mich zu gehen. Warum sollte ich in die Ferne schweifen?

Ich war mir so nah. Wer in die Fremde zieht, wird in ihr sterben. Es war ein Gebot, um vieles älter als das deine, das mir den Weg versperrte. Doch mit zunehmendem Mond vermochte ich der Grenze zwischen mir und der Welt zu trotzen. Anfangs berührte ich sie nur mit den Zehenspitzen. Dann stellte ich einen Fuß über sie. Schließlich wagte ich einen ersten Schritt. Je näher ich Barbara kam, um so sichtbarer wurde der Erfolg. Ich werde die Verkleinerungsform nicht länger bemühen müssen. Wenn ich auch noch lange nicht von meinem Schwert zu sprechen wage, so war es doch ein ausgewachsener Zipfel, an dem Barbara, auf mir hockend, festhielt, während ich in die Fremde ging.

Nach dem Ritual schaltete Barbara das Deckenlicht an und machte sich an ihre nächtliche Arbeit. Zwei Hocker standen neben der Staffelei. Über einem lag eine Glasscheibe. Auf dem anderen waren Farbtuben, Gläser, aus denen Pinselstiele ragten, ein Lappen zum Händeabwischen und andere Malerutensilien ausgebreitet. Ich blieb im Bett liegen und sah zu, wie Barbara Farbe aus sieben Tuben auf der Glasscheibe zu einem mondigen Gelb vermischte. Manchmal dauerte es eine Stunde, bis sie mit dem Ton zufrieden war. Dann trug sie die Farbe mit einem Pinsel, der nur aus ein paar Haaren bestand, auf die Leinwand auf. Bald mußte mehr als eine Farbe auf der Glasplatte gemischt werden. Jeder Schatten des Mondes, klärte mich Barbara auf, hat seinen eigenen Grauwert. Wie es ihr denn möglich sei, die Schattierung aus dem Gedächtnis zu malen, hatte ich sie einmal gefragt. Wer das Einmaleins beherrsche, dem mache es auch keine Mühe, sich den Mond vorzustellen, hatte Barbara damals barsch geantwortet. Später verbat sie es sich, in ihrer Arbeit durch dumme Fragen gestört zu werden. Ja, sie untersagte mir sogar jede Konversation. Warum ich nicht schlafe, wollte sie mehr als einmal von mir wissen. Ob mich das Licht störe? Es störte mich nicht. Mir war nicht nach Schlaf. Ich wollte die Augen offenhalten, auch wenn es nicht mehr zu sehen gab als Barbara, wie sie nackt vor der Staffelei stand und den Mond um das bißchen wachsen ließ, das er seit gestern zugenommen hatte.

Bis eines Nachts, es war eine bestimmte Nacht – ich gebe zu, mein Vorhaben, meine Zeit mit Barbara am Beispiel eines idealtypischen Tages zu schildern, ist gescheitert –, es war keine Nacht wie jede andere, auch wenn ich mich des Datums des dazugehörigen Tages nicht mehr entsinne, mir beim Anblick der vor der

Staffelei stehenden Barbara der Gedanke kam, daß ich ja meine Kunst auch nicht brachliegen zu lassen brauchte. Vor einer Woche hatte ich unwiderruflich die zweite Version meines zweiten Romans beendet. Welches Werk wollte ich als nächstes in Angriff nehmen? Von der Vergangenheit und der Zukunft hatte ich vorerst die Nase voll. Mein nächster Held sollte weder der erste noch der letzte, sondern ein Mensch wie du und ich sein. Warum nicht ich? Warum griff ich nicht mal auf Erlebtes zurück? Es mußte ja nicht gleich eine Autobiographie sein. Oder ein Schlüsselroman. Überhaupt täte es mir vielleicht ganz gut, mich in der Form ein wenig zu bescheiden. Wie wäre es mit einer Novelle? Ich erinnerte mich meiner Jugendnovelle. *Maria.* Ich war dem Rat von Dr. Hartwig nie gefolgt, die Geschichte noch einmal aus der Perspektive des Helden zu erzählen. Damals hatte ich Lyrik bevorzugt. Es war die Zeit gewesen, in der ich in Dbsnfo verknallt war. Ihr hatte ich ein gutes Dutzend Sonette gewidmet. Fast zwanzig Jahre später beherzigte ich den Ratschlag des Fortbildungsseminars für Nachwuchsschriftsteller. Ich nahm mir vor, die Novelle noch einmal zu schreiben. Ich wußte auch schon den ersten Satz. *Als Maria aus der Straßenbahn stieg, kam die Sonne hinter den Wolken hervor.*

In dieser Nacht, ich versuche mich zu erinnern, es muß die vom 15. zum 16. August oder die vom 16. zum 17. gewesen sein, stand ich noch einmal auf und holte mein Notizbuch aus meiner Jacke. Während Barbara mit hauchdünnen Pinselstrichen den Mond malte, notierte ich, im Bett liegend, den ersten Satz der zweiten Version meiner ersten Novelle. Mir fiel auch schon ein zweiter und ein dritter ein, die ich ebenfalls nicht vergessen wollte. Ich erinnere mich, daß ich fast fünf Seiten vollgeschrieben hatte, als Barbara mit ihrer Arbeit fertig war und sich zu mir legte.

Ich klappte mein Notizbuch zu.

»Was hast du geschrieben?« fragte Barbara.

»Den Anfang einer Novelle.«

»Schreibst du deine Werke immer in ein Notizbuch?«

Ich schüttelte den Kopf. »Nur wenn ich nicht zu Hause bin. Wenn mir unterwegs etwas einfällt, was ich nicht vergessen will. Sonst schreibe ich immer mit meiner Schreibmaschine.«

»Warum schreibst du dann deine Novelle nicht auch mit deiner Schreibmaschine?«

»Weil ich nicht zu Hause bin.«

»Warum gehst du nicht nach Hause?«

»Weil ich lieber bei dir bin.«

»Warum?«

»Ich seh dir gern beim Malen zu.«

»Du lügst. Du siehst mir nicht beim Malen zu. Du schreibst eine Novelle.«

»Ich will das Ritual mit dir nicht missen.«

»Das will ich auch nicht. Warum trennen wir uns nicht danach? Dich drängt es zu deiner Schreibmaschine. Du mußt eine Novelle schreiben. Und ich muß ein Bild malen. Warum tun wir nicht beide, was wir tun müssen? Warum wünschen wir uns nicht nach dem Ritual eine gute Nacht?«

Und so geschah es auch. Einen Tag später, es muß der 16. oder 17. August gewesen sein, wünschten wir uns nach vollzogenem Ritual eine gute Nacht und verabredeten uns für den nächsten Morgen. Ich fuhr nach Hause und setzte mich an meinen Schreibtisch. Ich schrieb auf der Schreibmaschine die ersten Sätze der zweiten Version meiner ersten Novelle aus dem Notizbuch ab. Sie gefielen mir nicht mehr. Warum näherte ich mich dem Thema so umständlich mit der Straßenbahn? Ich spannte einen neuen Bogen in die Maschine. Ich tippte einen neuen ersten Satz. *Als ich Maria küßte, kam der Mond hinter den Wolken hervor*. Machte ich es mir damit nicht ein wenig zu einfach? Es war nicht damit getan, einen Fixstern mit dem Erdtrabanten zu vertauschen. Als ich damals auf der Wiese Annegret geküßt hatte, konnte ich mich nicht entsinnen, auf den Mond geachtet zu haben. Ich verwarf den zweiten ersten Satz der zweiten Version meine ersten Novelle und dachte über einen neuen Anfang nach. Mir fiel keiner ein. Lange saß ich vor meiner Schreibmaschine und schaute durch das leere Blatt hindurch. Ich fragte mich, ob es eine gute Idee gewesen war, nach zwanzig Jahren den Rat von Dr. Hartwig doch noch zu befolgen. ERTZU, das Alphabet der Tastatur vor Augen, zweifelte ich an meinem Talent. Ich wünschte mir eine Fee herbei, die mir einen Wunsch erfüllte. Ich wünschte, in einem fremden Bett zu liegen. Ich versprach, nie mehr dumme Fragen zu stellen. Es würde mir genügen, Barbara zusehen zu dürfen, wie sie vor der Staffelei stand und den Mond wachsen ließ. Ich schloß die Augen und versuchte, sie mir vorzustellen.

Am nächsten Morgen, ich erinnere mich, es war ein Mittwoch, jetzt bin ich mir sicher, es war der 17. August gewesen, klingelte ich um halb acht an Barbaras Wohnungstür. Sie öffnete und begrüßte mich mit einem Kuß. Ich folgte ihr durch die Diele zum Bett. Vereint vollzogen wir das Ritual. Anschließend frühstückten wir.

»Hast du dieses Jahr schon Ferien gemacht?« fragte mich Barbara.

Ich schüttelte den Kopf.

»Hast du Lust, mit mir wegzufahren?«

Ich nickte. »Wohin?«

»Nach Kreta. Ich habe dort ein Haus. Ich glaube, ich habe es dir schon mal erzählt. Kommst du mit?«

»Wann?«

»Hast du vom 4. bis zum 25. September Zeit?«

»Ich kann mir Urlaub nehmen.«

Es war an diesem Tag, und das ist auch der Grund, warum ich weiß, daß es ein Mittwoch und folglich der 17. August gewesen war, nicht leicht, Oberstaatsanwalt Schippke zu sprechen. Er verließ mittwochs sein Büro schon sehr früh. In der ersten Abteilung machte das Gerücht die Runde, er würde an diesem Tag immer seine Frau in der Nervenklinik besuchen. Andere behaupteten, er fahre zum Pferderennen. Sei es, wie es wolle, Oberstaatsanwalt Schippke hatte nur ein paar Minuten Zeit, als er sich hinter seinem Schreibtisch erhob und mich mit einem kräftigen Händedruck begrüßte. »Wie geht's, Herr Zorski?«

»Danke, gut. Und Ihnen, Herr Oberstaatsanwalt?«

»Ich kann nicht klagen.« Schippke setzte sich und deutete auf den Besucherstuhl. Ich nahm Platz. Schippke stützte sich mit dem Ellbogen auf die Schreibtischplatte, zupfte mit der rechten Hand die Manschette seines Hemdes unter dem linken Anzugärmel hervor und fragte: »Was haben Sie auf dem Herzen?«

»Ich möchte Sie um Urlaub bitten.«

»Wann wollen Sie denn Urlaub machen?«

»Vom 5. bis zum 23. September.«

»Am 1. Oktober treten Sie die Nachfolge von Herrn Borsig an.«

»Ich weiß. Ich weiß, daß viel Arbeit auf mich zukommen wird. Und da mein Jahresurlaub noch offensteht, dachte ich mir, ich nehm ihn besser vorher.«

»Da haben Sie sicher recht. Wo soll's denn hingehen?«

»Nach Kreta.«

»Es soll schön dort sein. Ich war noch nie in Griechenland.«

Schippke erhob sich und gab mir zum Abschied die Hand. »Falls wir uns nicht mehr sehen, wünsche ich Ihnen eine gute Zeit.«

Beim Abendessen, es gab Risotto, erzählte ich Barbara, daß ich den Urlaub bekommen hatte. Sie freute sich und versprach, sich um die Flugtickets zu kümmern. Nach dem Essen vollzogen wir das Ritual. Es war nicht nur der immer voller werdende Mond, der es mir so leicht machte, durch die Pforte der Erkenntnis zu schreiten. Hinzu kam, daß ich im September drei Wochen mit Barbara auf Kreta verbringen sollte. Wenn der 23. August, ich hatte im Kalender nachgesehen, dies war das nächste Datum, neben dem der kleine weiße Kreis mit dem ..,-Gesicht abgebildet war, wenn dieser Vollmond mir zum Verhängnis werden sollte, würde sich Barbara nicht die Mühe gemacht haben, mich in ihr Haus einzuladen. Ich sollte diesen Mond überleben. Und wohl auch den nächsten. Waren nicht die Männer, die mir vorangegangen waren, Arno Kröninger, Detlev Spinell, Joachim Mahlke, Karl Roßmann, von denen ich wußte, daß sie ebenfalls auf Kreta gewesen waren, allesamt nach ein paar Wochen unbeschadet zurückgekehrt? Warum sollte ich eine Ausnahme machen? Ich atmete das Geschenk des Lebens ein. Vielleicht kam ich deshalb Barbara so nah wie nie zuvor.

»Vermißt du mich, wenn ich nicht da bin?« fragte Barbara nach dem Ritual.

Ich war bereits aufgestanden und hatte damit begonnen, mich anzuziehen. »Ja, ich vermisse dich.«

»Was tust du dann?«

»Ich versuche, dich mir vorzustellen.«

»Und? Gelingt es dir?«

»Mitunter«, antwortete ich und knöpfte mein Hemd zu.

Barbara brachte mich wie immer zur Tür. Auf der Ablage unter dem Garderobespiegel lag ein Kuvert. Barbara reichte es mir. Ich wollte es öffnen.

»Öffne es nicht jetzt«, sagte Barbara und machte mir die Wohnungstür auf.

»Wann dann?«

Barbara gab mir einen Abschiedskuß. »Öffne es, wenn du mich vermißt.«

Ich öffnete es, nachdem sie die Tür hinter mir geschlossen hatte. Das Kuvert enthielt ein Farbfoto. Ich betrachtete es, während ich die vier Treppen hinunterstieg. Es war ein Bild von Barbara. Sie stand in einem weißen Rüschenkleid mit leicht gespreizten Beinen, die Arme locker am Körper und doch nicht wissend, wohin mit den Händen, auf dem Gipfel eines Berges und lächelte mit verlegenem Stolz in die Kamera. Ich hatte das Foto auf meinem Schreibtisch liegen, während ich mich bemühte, den ersten Satz der zweiten Version meiner ersten Novelle zu finden. Jede Nacht nahm ich es zur Hand, bevor ich das Licht löschte. Wenn ich aufwachte, fiel mein Blick zuerst auf Barbara. Ja, ich nahm ihr Bild sogar mit zur Arbeit. Immer wenn ich es leid war, die Akten zu studieren, sah ich ihr in die Augen. So verlegen die Lippen auch lächelten, der Blick war entschlossen. Wem er wohl galt? In meinem Büro am Schreibtisch sitzend, fragte ich mich, wer das Bild von Barbara gemacht hatte. War es Arno Kröninger? Er besaß eine Kamera. Seiner Mutter hatte er erzählt, seinen Lebensunterhalt mit Fotografieren zu verdienen. Von den vieren der sechs Männer, die bei Vollmond einem Herzschlag erlegen waren, wußte ich, daß sie kurz vor ihrem Tod auf Kreta waren. Waren sie alle der Einladung von Barbara gefolgt, den Urlaub in ihrem Haus zu verbringen? Hatte mir nicht Helga Faber erzählt, ihr Lebensgefährte Detlev Spinell wäre mit einer Freundin verreist gewesen? Helga Faber hatte mir auch gesagt, daß sie sie einmal kurz zu Gesicht bekommen hatte. Wenn die Freundin Barbara gewesen war, müßte Helga Faber sie auf dem Foto wiedererkennen.

Ich hatte mich mit ihr um halb sieben im *Diva* verabredet. Als ich die Eisdiele betrat, saß Helga Faber bereits an einem Tisch vor einem Glas Campari mit Soda. Ich setzte mich zu ihr. Wir begrüßten uns. Ein Kellner kam herbei und erkundigte sich nach meinen Wünschen. Ich bestellte eine Tasse Cappuccino. Ob ich mit meinen Ermittlungen vorangekommen sei, fragte mich Helga Faber. Ist Detlev Spinell nun eines natürlichen Todes gestorben oder der neumodischen Droge zum Opfer gefallen? Ich erklärte, dem Rätsel noch immer ratlos gegenüberzustehen. Aber Helga Faber könne mir helfen, es zu lösen. Ich nahm das Foto aus der Brusttasche meiner Jacke und reichte es ihr. »Haben Sie diese Frau schon einmal gesehen?«

Helga Faber betrachtete Barbara. »Wer ist das?«

»Kennen Sie sie?«

»Sie kommt mir bekannt vor.«

»Ist sie eine Freundin von Detlev gewesen?«

»Woher soll ich das wissen?«

»War es die, mit der Detlev nach Kreta geflogen ist?«

»Möglich.«

»Sie haben sie doch gesehen.«

»Schon. Aber nur kurz. Ich habe sie nicht weiter beachtet.«

»Sie war immerhin die Freundin Ihres Lebensgefährten.«

»Eben.« Helga Faber schob mir das Foto über die Tischplatte zurück.

»Es ist wichtig. Versuchen Sie, sich zu erinnern.« Ich reichte ihr das Bild noch einmal. »Ist diese Frau Detlevs letzte Freundin gewesen?«

Helga Faber nippte an ihrem Campari-Soda und betrachtete erneut Barbara. »Detlevs letzte Freundin hatte Sommersprossen gehabt.«

»Sommersprossen hat diese Frau auch. Man sieht sie auf dem Bild nur nicht.«

»Ich glaube, sie hatte dunkles Haar.«

»Haare kann man färben.«

»Mir ist, als wäre sie kleiner gewesen.« Helga Faber gab mir zum zweiten Mal das Bild zurück und lächelte. »Aber vielleicht ist sie inzwischen gewachsen.«

Ich steckte das Foto in die Brusttasche meiner Jacke. »Dann ist sie es also nicht.«

»Ich bin mir nicht sicher. Ich will nichts beschwören. Es tut mir leid, aber ich mache mir nun mal nichts aus Frauen. Bei einem Mann hätte ich Ihnen eine größere Hilfe sein können.« Helga Faber blickte mir in die Augen. »Männer sehe ich mir genauer an.«

Der Kellner brachte den Cappuccino. Ich bezahlte gleich und trank die Tasse nur zur Hälfte aus. Dann entschuldigte ich mich bei Helga Faber, ihr soviel Umstände bereitet zu haben, und machte mich auf den Weg zu Barbara. Kurz nach sieben klingelte ich an ihrer Wohnungstür. Barbara begrüßte mich mit einem Kuß. Ich folgte ihr in die Küche. Barbara hatte eine Lasagne gebacken. Es blieb mir nicht viel mehr zu tun, als den Tisch zu decken. Wir ließen uns die Lasagne schmecken. Barbara erzählte, daß sie den Flug gebucht hatte.

»Warum hast du mich eigentlich eingeladen, mit dir nach Kreta zu kommen?« fragte ich zwischen zwei Bissen.

»Weil du mir gefällst.« Barbara lächelte mir zu. »War es das, was du hören wolltest?«

Ich erwiderte das Lächeln und nickte.

»Und du? Warum hast du die Einladung angenommen?«

»Weil ich noch nie in Griechenland war.« Ich sah Barbara lange in die Augen. »Und weil ich dich nicht missen möchte.«

»Das hör ich gern.«

»Bist du oft auf Kreta?«

Barbara schüttelte den Kopf. »Nicht sehr oft.«

»Wann warst du das letzte Mal dort?«

»Es ist lange her.«

»Wie lange?«

»Drei Jahre. Warum fragst du?«

»Weil ich dich liebe. Habe ich dir das nicht erzählt? Ich möchte alles über dich wissen.«

Wenn Barbara wirklich seit drei Jahren nicht mehr auf Kreta war, konnte sie auch nicht die letzte Freundin von Detlev Spinell gewesen sein. Wenn Barbara die Wahrheit sagte, dann hatte sie weder Arno Kröninger noch Joachim Mahlke noch Karl Roßmann eingeladen, den Urlaub mit ihr zu verbringen. Doch vielleicht war auch Barbara eine talentierte Lügnerin. Vielleicht hatte ich in ihr meinen Meister gefunden. Wenn ich sicher sein wollte, ob ihre Aussage der Wahrheit entsprach, würde ich in ihrem Reisepaß die Seiten mit den Sichtvermerken studieren müssen. Ich wünschte, ich wäre ein Staatsanwalt in offizieller Mission. Ich wünschte, ich würde Barbara nicht lieben. Dann könnte ich ihr ganz einfach befehlen, mir ihren Paß zu zeigen. Lieber als an dem Tisch ihrer Küche wäre ich ihr jetzt im Vernehmungszimmer im Justizzentrum gegenübergesessen. Ich wußte schon, wie ich vorzugehen hätte. Ich hatte einen entsprechenden Lehrgang besucht. Die psychologischen Tricks, mit denen man ein Verhör durchführt, sind mir vertraut. Ich wünschte, ich könnte Barbara in die Mangel nehmen. Und für den Fall, daß die Psychologie versagte, gab es noch eine Menge anderer Kniffe, eine Befragung peinlich zu machen. Ich wünschte mir die Zeit der Inquisition herbei. Ich wollte den fremden Körper auf der Folterbank liegen sehen. Gerädert und gevierteilt hätte Barbara sicher gestanden. Ich sah dem sanften Gesicht mit den blassen Sommersprossen beim Essen zu und stellte mir vor, wie es wohl sei, diesen Kopf so lange unter Wasser zu drücken, bis der Körper erbebt. Ich sah den zarten Händen zu, wie sie Messer und Gabel hielten, und stellte mir dabei die Flammen vor, die die Gelenke umzüngeln, bis sich die schwarze Haut vom Knochen schält, während Barbara lauthals die Wahrheit verkündet.

»Woran denkst du?« fragte Barbara.

»An nichts.«

»Du lügst. Ich seh's dir an den Augen an. An was hast du gedacht?«

»Du hast recht. Ich kann dir nichts vormachen. Ich hab mich was gefragt.«

»Was hast du dich gefragt?«

»Ich hab mich gefragt, warum du nicht öfters auf Kreta bist, wenn du ein Haus dort besitzt.«

»Das kann ich dir sagen. Ich war in den letzten Jahren sehr beschäftigt.«

»Womit? Den Mond zu malen?«

»Richtig! Ich mußte den Mond malen. Es war immer einer da, der ein Bild von mir haben wollte. So wie du!«

Nach dem Essen vollzogen wir das Ritual. Während ich mir den Mond vorzustellen versuchte, fragte ich mich noch immer, ob Barbara nun Detlevs letzte Freundin gewesen war oder nicht. Zwerchfellatmend entkam ich endlich der Meute der Gedanken, als es mir plötzlich durch den Kopf schoß, daß es keinen Sinn hatte, nach dem Paß von Barbara Ausschau zu halten. Auch wenn keine einschlägigen Sichtvermerke in ihm gestempelt waren, besagte das noch lange nicht, daß sie die Wahrheit sagte. Griechenland gehört der Europäischen Gemeinschaft an. Wenn Barbara nicht den Landweg über Jugoslawien genommen hatte, konnte sie auch mit einem Personalausweis eingereist sein. In dieser Nacht schleppte ich mich nur mühsam der Pforte der Erkenntnis entgegen. Ich blieb Barbara so fern, daß ich noch einmal die Verkleinerungsform bemühen muß. Nach dem Ritual streichelte Barbara mir über das Haar und sah mir in die Augen, während sie fragte: »Wo bist du?«

»Ich bin bei dir«, antwortete ich und erwiderte ihren Blick.

»Du lügst schon wieder. Ich habe dir doch gesagt, ich sehe es dir an den Augen an, ob du die Wahrheit sprichst. Wo warst du mit deinen Gedanken?«

»Ich hab mich schon wieder mal was gefragt.«

»Was hast du dich gefragt?«

»Ob ich der erste bin. Bin ich der erste Mann, mit dem du das Ritual ausprobierst?«

»Du bist nicht der erste. Aber vielleicht wirst du der erste werden, mit dem ich es zu einem Ende führe.«

»Was ist aus den anderen geworden?«

»Sie haben aufgegeben.«

»Warum?«

»Sie hatten keine Geduld. Sie wollten sich nicht dem Mond anvertrauen. Sie wollten mit mechanischer Reibung eine Energie erzeugen, die ganz von alleine in uns wächst. Sie wollten ficken!«

War es die Geduld, die mich und die sechs Männer, deren Todesursache der Medizin Rätsel aufgab, von den anderen unterschied? In dieser Nacht, drei Tage, bevor der Mond sich voll nennen durfte, ich hatte wieder mal vergebens über dem ersten Satz der zweiten Version meiner ersten Novelle gebrütet und war zu Bett gegangen, in dieser Nacht beschloß ich, Barbara einen Strich durch die Rechnung zu machen. Ich würde sie ficken. In dieser Nacht nahm ich mein Geschlecht in die Hand. Ich schloß die Augen und stellte mir Barbara vor. Und wenn auch das, was ich anstellen wollte, ein Wichsen und kein Ficken war, so ahnte ich doch, daß dies in Barbaras Augen dasselbe bedeuten würde: einen Verrat. Ich stellte mir ihre Votze vor. Schon nach ein paar Handgriffen erlag ich der Vision. Diesmal würde ich mir nicht die Vorhaut wundscheuern müssen. Es war nicht mein Blut, das an meinem Schwert klebenbleiben sollte. Der Punkt, von dem aus es kein Zurück mehr gibt, war nicht mehr fern, als ich plötzlich innehielt. Ich nahm die Hand von meinem Geschlecht. Ich frage mich noch heute, während ich diese Sätze niederschreibe, warum ich der Lust, die sich mir so verheißungsvoll genähert hatte, nicht weiter nachgegangen war. Damals, im August, redete ich mir ein, ich wollte meine Ermittlungen nicht mit einem Seitensprung gefährden. Schließlich hatte ich auch, nachdem ich den Kurs 411 der Städtischen Volkshochschule besucht hatte, alle Anweisungen von Jürgen Hönig befolgt. Warum sollte ich es da mit Barbara anders halten? Heute glaube ich den wahren Grund meiner Enthaltsamkeit zu kennen. Ich wollte Barbara nicht mit der Frau meiner Träume betrügen. Ich habe sie geliebt.

Und da ich meine Aufzeichnungen nicht mit einem Sonett unterbrechen will, andererseits bei der Schilderung der Gefühle, die ich für Barbara hegte, jede prosaische Form versagt, muß ich dir in diesem Fall ausnahmsweise recht geben. Immer wenn es ernst wird, verläßt mich meine schriftstellerische Fertigkeit. Es muß genügen, daß ich sie liebte, und da dem so ist, spricht nichts dagegen, gleich zum 23. August zu kommen, jenem Tag, an dem in meinem grünen Kalender der kleine weiße Kreis mit dem Mondgesicht abgebildet war. Nein, ich sehe schon den Tadel in deinem Gesicht, Mutter, so viele Details ich dir auch hätte ersparen können, wäre es nach deinen Wünschen gegangen, diesmal bin ich dir einen Schritt zu voreilig. Du hast einen Blick für das Datum. Du willst den 19. August nicht wortlos übergangen wissen. An diesem Tag trittst du in Erscheinung. Am 19. August haben wir uns eine halbe Stunde lang gesehen. Du siehst, dein Auftritt ist nur der eines Statisten. Und doch sehe ich es dir an, wie du jetzt deiner Rolle entgegenfieberst. Du sollst nicht umsonst gezittert haben. Auch auf die Gefahr hin, von anderen Lesern der Langatmigkeit geziehen zu werden, will ich deinem Besuch einen Absatz widmen.

Der 19. August war ein Samstag. Ihr wart auf der Durchreise, auf dem Weg zu Dieter nach Heilbronn. Ein paar Tage zuvor hattest du mich im Büro angerufen und dich beklagt, mich zu Hause nie erreichen zu können. Du erinnertest mich an Dieters Geburtstag. Er war zwar erst am 7. September und sollte am 11., einem Sonntag, von der Familie im Elternhaus gefeiert werden. Ich gestand, daß ich zu der Zeit auf Kreta sein würde. Ich gab zu, nicht an den Geburtstag meines Bruders gedacht zu haben, als ich meinen Urlaub nahm. Du warst enttäuscht. Du machtest keinen Hehl daraus, daß es sich für einen Sohn nicht gehörte, nur alle paar Monate nach seiner Mutter zu sehen, vor allem dann, wenn er keine hundert Kilometer von ihr entfernt und im zwanzigsten Jahrhundert lebt, in dem Automobile und andere bequeme Reiseverkehrsmittel zur Verfügung stehen. Ich sollte mir ein Beispiel an Dieter nehmen. Er und Sabine hätten euch schon wieder eingeladen, das nächste Wochenende in ihrem Haus zu verbringen. Ich machte euch den Vorschlag, die Reise nach Heilbronn bei mir zu unterbrechen. Ich lud euch zum Kaffee ein.

Du siehst, mit einem Absatz komme ich nicht aus. Du kannst dich über den Platz, den ich dir einräume, nicht beklagen. Es war kurz nach drei gewesen, als ihr an meiner Tür klingeltet. Ich ließ euch ein. Ihr brachtet mir Blumen aus dem Garten mit. Ich führte euch in mein Wohnzimmer zum Eßtisch, der kleiner als mein Schreibtisch ist, was mir immer dann auffiel, wenn mehr als ein Gast mich besuchen kam, und das wart in der Regel nur ihr. Die Kuchenteller und die Kaffeetassen fanden auf ihm gerade noch Platz. Wir saßen wie eine Verschwörerrunde mit zusammengesteckten Köpfen beisammen. Du lobtest den Bäcker, bei dem ich die Sahnetorte gekauft hatte. Vater lobte den Kaffee, bevor er mich wieder mal um einen Rat fragte. Der Neffe der Nachbarin hatte ein juristisches Problem. Konnte er die Hilfe seiner Rechtsschutzversicherung in Anspruch nehmen, wenn er gegen seine Rechtsschutzversicherung klagte? Ich mochte Vater, weil er Fragen stellte, auf die es eine Antwort gab. Es tut mir auch leid, daß in diesem Bericht so wenig von ihm die Rede ist. Warum wende ich mich so ausschließlich an dich? Warum gönne ich ihm kein einziges Du? Warum macht es mir nichts aus, mich aus dem Staub zu machen, ohne ihm eine einzige Zeile zu hinterlassen? Ich nehme an, vielleicht will ich es auch nur annehmen, nein, ich bin mir sicher, Vater wird diese Geschichte meines Lebens nie zur Hand nehmen. Im Gegensatz zu dir macht er sich nichts aus dem geschriebenen Wort. Nur du hattest immer ein Buch auf dem Nachtkästchen liegen. Ich bin mir sicher, er wird dir die Lektüre meiner Lebensgeschichte überlassen und dich danach um eine Zusammenfassung bitten. Vergiß bitte nicht, wenn du für ihn dein Fazit ziehst, ihm zu sagen, daß ich wegen eines Augenblicks seiner mit besonderer Liebe gedenke. Er hat mich auf seinen Armen gehalten, als ich über seiner Schulter hinweg zum ersten Mal den vollen Mond erblickte.

Doch zurück zu dir. Du hast mich nicht um einen Rat gefragt. Du hast dich nach meinem Wohlergehen erkundigt. Du wolltest von mir wissen, was die Probezeit machte. Ob ich mir auch wirklich sicher sei, sie zu bestehen? Ich erzählte dir von dem Lob, das ich von Oberstaatsanwalt Schippke bekommen hatte. Ab 1. Oktober würde ich die Nachfolge von Staatsanwalt Borsig antreten und statt mit Entmündigungen und ungeklärten Todesfällen mit echten Kapitalverbrechen zu tun haben. Du freutest dich aufrichtig darüber, daß mir der Anblick aufgeschnittener Leichen in Zukunft erspart bliebe. Nachdem du die Sahnetorte aufgegessen und den Kaffee getrunken hattest, beklagtest du dich, daß wir uns so selten sehen, und blicktest auf die Uhr. Ihr konntet nichts dafür, daß ihr in Eile wart. Ihr hattet Dieter und Sabine versprochen, zum Abendessen bei ihnen zu sein, und bis Heilbronn war es noch ein weiter Weg. Während Vater, dem in letzter Zeit die Blase immer mehr zu schaffen machte, die Toilette aufsuchte und du die geblümte Papierserviette zusammenrolltest, als wäre sie eine deiner Stoffservietten, die man nach Gebrauch in den Ring zurückschiebt, fragte ich: »Warum hast du mir vom Mann im Mond erzählt?«

»Wann habe ich dir vom Mann im Mond erzählt?«

Ich schilderte die Nacht, in der wir von einer weiten Reise, die auch nur ein Besuch bei den Großeltern gewesen sein kann, zurückgekehrt waren und du die Haustür aufgesperrt hattest, während ich, Vater über die Schulter blickend, den vollen Mond bestaunte. Ich wiederholte die Worte, die du mir gesagt hattest, so wie sie mir in Erinnerung waren. Daß, wenn ich den Mond ganz genau anschaute, ich einen Mann in ihm entdecken würde.

»Das soll ich gesagt haben?« fragtest du.

»Das hast du gesagt. Ich erinnere mich genau.«

»Dann wird es so gewesen sein. Kindern sagt man vieles. Man erzählt ihnen vom Sandmännchen, dem Osterhasen und Dornröschen. Warum nicht auch vom Mann im Mond?«

»Warum hast du mir nichts von der Frau im Mond erzählt?«

»Was für eine Frau?«

»Die ich gesehen habe. Ich hab deinen Rat befolgt. Ich habe mir den Mond ganz genau angeschaut. Ich habe eine Frau in ihm gesehen.«

Du warfst mir einen besorgten Blick zu.

»Heute sehe ich sie natürlich nicht mehr«, beruhigte ich dich sogleich. »Ich seh die Welt nicht mehr durch meine Kinderaugen. Wenn's schneit, dann schneit's. Frau Holle schüttelt nicht mehr ihre Betten aus. Inzwischen weiß ich, daß es auf dem Mond weder einen Mann noch eine Frau geben kann. Ich habe gelernt, daß auf ihm kein Leben möglich ist. Trotzdem frage ich mich, warum du mich auf den Mann im Mond aufmerksam gemacht hast. Es wäre doch viel naheliegender gewesen, von einer Frau im Mond zu sprechen. Schließlich gehört er zu euch!«

»Warum soll er zu uns gehören?« fragtest du und rolltest die Serviette wieder auf.

»Ihr habt den gleichen Zyklus.«

»Was für einen ...?« fragtest du und verstummtest. Als es dir klar geworden war, worauf ich angespielt hatte, stieg die steile Falte auf deiner Stirn zwischen den Brauen empor. Ich kann mich nicht erinnern, daß du mir je von deinen Tagen erzählt hast. Und jetzt, nachdem sie schon lange ausgeblieben sind, hatte ich nichts Besseres zu tun, als in den paar Minuten, die uns noch vergönnt waren, ein so heikles Thema anzuschneiden. Ich sah dir an, wie du deinem Ärger Luft machen wolltest. Doch dann besannst du dich doch eines anderen. Du zerknülltest nur die Serviette. Es traf sich gut, daß Vater von der Toilette zurückkam und sich nicht mehr setzte. Du warfst die zerknüllte Papierserviette auf den Kuchenteller und sagtest: »Wir wollen Dieter nicht warten lassen. Wir müssen jetzt wirklich gehen.«

»Es muß doch einen Grund haben!« beharrte ich.

»Was muß einen Grund haben?« fragte Vater, der gerne allen Dingen auf den Grund ging.

Ich wandte mich ihm zu. »Was glaubst du, warum haben die Frauen und der Mond den gleichen Zyklus?«

Vater sah auf den Teppich und schwieg.

Ich wandte mich wieder dir zu und wiederholte: »Das muß doch einen Grund haben!«

»Warum muß es einen Grund haben?« fragtest du und standest trotzig auf. »Warum soll es kein Zufall sein?«

Und Vater sah erleichtert auf und nickte fachmännisch. »Ja, es wird wohl ein Zufall sein.«

Und warum solltet ihr beide nicht recht haben? Wenn wir die Entstehung der Welt einer Wahrscheinlichkeit von einer eins zu einer eins mit 130 Nullen zu verdanken haben, warum soll dann nicht auch die Übereinstimmung des Menstruationszyklus mit dem Zyklus des Mondes ein Zufall sein? Ganz sicher war es auch ein Zufall gewesen, daß Helga Faber einen kannte, der einen kannte, der für die Zeitung schrieb. Und Folge dieses Zufalls war, daß ich am 23. August, es war der Tag mit dem ..,-Gesicht im Kalender, zu Oberstaatsanwalt Schippke zitiert wurde. Schippke stand der Zorn ins Gesicht geschrieben. Was ihm soeben zu Ohren gekommen sei, sei eine Ungeheuerlichkeit, wie er sie in seiner ganzen Laufbahn noch nicht erlebt habe. Stimme es, was der Lokalredakteur Hild vor ein paar Minuten am Telefon behauptet habe? Habe ich mich wirklich letzte Woche mit einer gewissen Helga Faber in einer Eisdiele getroffen und sie gebeten, eine Frau auf einem Foto zu identifizieren? Sei dabei auch von einer neumodischen Droge die Rede gewesen, die angeblich von der Polizei geheimgehalten werde, um die Bevölkerung nicht in Panik zu versetzen? Habe der Staatsanwalt Zorski allen Ernstes die Frechheit besessen, der Anweisung seines Vorgesetzten nicht zu folgen?

Er hatte. Ich leugnete nicht. Ja, ich hatte Helga Faber ein Foto gezeigt und sie gefragt, ob die Frau darauf die letzte Freundin von Detlev Spinell gewesen sei. Denn diese Frau sei mehr als verdächtig. Nicht nur, daß ein von ihr gemaltes Bild über dem Bett von

Arno Kröninger hänge. Nicht nur, daß sie ein Haus auf Kreta besitze, einer Insel, auf der wenigstens vier der sechs Männer, deren Namen mir Dr. Wolff genannt hatte, in den letzten Monaten ihres Lebens gewesen seien. Die Frau habe auch mich zu einem Ritual verführt, das bei Vollmond seine Vollendung finde. Ich erzählte, daß jedesmal Vollmond geherrscht hatte, als die sechs Männer einem Herzschlag erlegen waren, der nach Meinung des Assistenten von Professor Rönneberg kein Herzschlag war. Das konnte kein Zufall gewesen sein. Und es war auch kein Zufall, daß man sie alle tot auf dem Rücken liegend gefunden hatte, mit ausgestreckten Armen, deren Winkel zum Rumpf immer 45 Grad betrug. Ich beschrieb das Ritual. Ich rückte mit der ganzen Wahrheit heraus. Wenn ich die Probezeit bestehen wollte, mußte ich Schippke zu meinem Komplizen machen. Gehört es denn nicht zur Natur des Menschen, daß er ein Rätsel, das ihm gestellt wird, auch lösen mag? War der Oberstaatsanwalt nicht ein Mann der Vernunft? Mußte er sich angesichts dieser Anhäufung von Zufällen, die kein Zufall mehr sein konnte, nicht besonders gefordert fühlen? Ist es nicht Natur des Mannes, den Dingen auf den Grund gehen zu wollen? Warum entspricht der Zyklus des Mondes dem einer Frau? Was hat der Mond mit den Frauen zu tun? Und was verbindet sie beide mit dem Tod?

Oberstaatsanwalt Schippke schwieg lange, als suche er eine Antwort auf die vielen Fragen, die mein Bericht hatte aufkommen lassen. Dann sah er mich an und fragte: »Haben Sie es dabei?«

»Was?«

»Das Foto der Frau.«

Ich reichte ihm das Bild von Barbara.

Oberstaatsanwalt Schippke warf einen Blick darauf. »Man sieht es ihr nicht an.«

»Was sieht man ihr nicht an?«

»Daß das die Frau ist, die sechs Männer zu Tode gefickt hat.«

»Das habe ich auch nicht gesagt.«

»Aber so ungefähr wird es in der Zeitung stehen. Wollen Sie das?«

Ich schüttelte den Kopf.

»Dann haben Sie sicher nichts dagegen.« Schippke zerriß das Foto in kleine Schnipsel und warf sie in den Papierkorb. Er stützte sich mit den Ellbogen auf die Tischplatte, nahm das Kinn in die rechte Hand und sah mir in die Augen. »Ich bewundere Sie,

Herr Zorski. Es ist Ihnen gelungen. Sie sind der erste. Alle Achtung!«

Ich schwieg.

Schippke nahm die Arme vom Schreibtisch und lehnte sich wieder in seinem Sessel zurück. »Alle Achtung! Sie sind der erste, dem es gelungen ist, mich hinters Licht zu führen. Sie müssen wissen, ich bilde mir auf meine Menschenkenntnis etwas ein. Ich habe gedacht, Sie seien pflichtbewußt. Sie legten jenen Eifer an den Tag, den man für höhere Aufgaben braucht. Ich sah Sie schon auf meinem Stuhl hier sitzen. Ich sagte Ihnen eine Karriere voraus. Und jetzt...« Schippke zog seinen Mund zu einem traurigen Lächeln breit. »Jetzt ist nicht einmal sicher, ob Sie die Probezeit bestehen. Ich komme nicht umhin, ich kann Ihnen meinen Respekt nicht versagen. Noch nie in meinem Leben habe ich mich so sehr getäuscht.«

»Es wird wohl besser sein, wenn ich um meine Entlassung bitte.«

»Und dann sind Sie auch noch feige!« Schippke schüttelte bewundernd den Kopf. »Sie verblüffen mich immer wieder aufs neue. Und ich habe gedacht, wenn's hart auf hart zugeht, seien Sie ganz vorne zu finden. Sie faszinieren mich. Sie geben mir Rätsel auf. Vielleicht ist das der Grund, warum ich von einer Eintragung in Ihre Personalakte vorerst absehe. Meine Neugier, eine menschliche Schwäche, der ich eigentlich nicht nachgeben dürfte. Ich möchte Sie im Auge behalten. Die Nachfolge von Herrn Borsig werden Sie selbstverständlich nicht antreten. Ich fürchte, dieser Aufgabe sind Sie noch nicht ganz gewachsen. Sie bleiben auf Ihrer alten Planstelle. Irgendwelche Einwände?«

Ich schüttelte den Kopf.

»Zweitens ist Ihr Urlaub gestrichen. Nach allem, was Sie mir erzählt haben, ist Kreta ein gefährliches Pflaster. Ich halte es für besser, Sie meiden in Zukunft diese Insel. Schließlich habe ich auch eine Fürsorgepflicht meinen Untergebenen gegenüber zu erfüllen. Können Sie meinen Standpunkt verstehen?«

Ich nickte.

»Und drittens will ich, daß Sie mit diesem Ritual aufhören.«

Ich schwieg.

»Ich will, daß Sie diese Frau nicht mehr wiedersehen. Versprechen Sie mir das?«

Ich sah Schippke in die Augen und versprach: »Ich will sie nie mehr sehen.«

Ich sah sie noch am selben Tag. Ich habe es mir nicht leichtgemacht. Ich will die Seiten jetzt nicht mit Grübeleien füllen. Doch ich will auch nicht verhehlen, daß ich lange in meinem Büro hinter dem Schreibtisch saß, mit nichts anderem beschäftigt, als die eine Seite gegen die andere abzuwägen. Was würde passieren, wenn ich Barbara wiedersah? Nichts! Es sei denn, Oberstaatsanwalt Schippke käme mir auf die Schliche. Dann würde ich meine Probezeit nicht bestehen. Ich würde nicht Beamter werden. Du würdest sicher von mir enttäuscht sein. Vielleicht würdest du sogar weinen. Ja, an dich, Mutter, dachte ich in diesem Moment auch. Andererseits, was würde passieren, wenn ich mein Versprechen hielt und Barbara nicht mehr wiedersah? Ich würde den Vollmond mit ihr versäumen. Ich würde mich ein Leben lang meiner Feigheit schämen müssen. Und hatte Schippke nicht selbst gesagt, er habe von mir den Eindruck gehabt, wenn's hart auf hart zuginge, sei ich immer ganz vorne zu finden? Wenigstens einmal sollte er, was mich betraf, mit seiner Menschenkenntnis recht behalten. Ich wollte ihn nicht enttäuschen.

Warum lüge ich mir die Hucke voll? Ich kenne mich doch aus auf diesem Gebiet. Ich kann mir nichts vormachen. Warum tue ich so, als ginge mich Schippke etwas an? Ich wollte Barbara wiedersehen, weil ich sie liebte. Als ich vom Justizzentrum zu ihr fuhr, vergewisserte ich mich im Rückspiegel, nicht beschattet zu werden. Keine Limousine folgte meinen Spuren. Ich hatte auch nicht ernstlich mit dieser Möglichkeit gerechnet. Ich war mir ziemlich sicher, daß von dem Gespräch, das ich mit Schippke unter vier Augen geführt hatte, kein Wort einem Dritten zu Ohren kommen würde. Wenn er mich beschatten ließe, müßte eine Aktennotiz angefertigt werden. In ihr müßten auch die Verdachtsgründe gegen mich aufgeführt sein. Sie niederzuschreiben, würde sich Schippke die Feder sträuben. Darin war er wie du. Er wollte den Skandal nicht größer machen, indem er ihn beim Namen nannte. Die Eintragung in der Personalakte ist mir erspart geblieben, weil Anschuldigungen von so heikler Art im Justizzentrum sicher für Gerede gesorgt hätten. Nicht der Neugier, einer anderen menschlichen Schwäche Schippkes hatte ich es zu verdanken, so glimpflich davongekommen zu sein, er wollte es weiter als bis zum Oberstaatsanwalt der ersten Abteilung bringen, er sagte sich selbst die größte Karriere voraus, und die wollte er nicht mit Gerüchten gefährden. Ich war mir meiner Sache sicher. Ich brauchte mich nicht zu verstecken. Ich parkte den Wagen vor Barbaras Haus.

Während ich die vier Treppen hinaufstieg, bereitete ich mich auf die Begegnung mit Barbara vor. Ich würde ihr gegenübertreten müssen, wie ich ihr immer gegenübertrat, wenn ich von der Arbeit kam. Die Unterredung mit Oberstaatsanwalt Schippke hatte nie existiert. Ich hatte mich wieder einmal mit Verkehrsstrafsachen herumgeschlagen, die ein Personenkreis mit den Anfangsbuchstaben *Kra* bis *Mal* begangen hatte. Es war ein Tag wie jeder andere gewesen. Und daß mir der Urlaub gestrichen worden war und folglich Barbara alleine nach Kreta würde fliegen müssen, dieses Geständnis konnte ich ihr ja immer noch machen. Zwischen dem zweiten und dritten Stock ertappte ich mich dabei, meine Liebe zu Barbara dem Beamtenverhältnis opfern zu wollen. Nein, wegen einer dahergelaufenen Frau wollte ich die von Oberstaatsanwalt Schippke mir vorausgesagte Karriere nicht aufs Spiel setzen. Skrupel brauchte ich ohnehin keine zu haben. Für Barbara war ich nur ein Mittel zum Zweck. Ich hatte mich zufällig in ihrem Netz verfangen. Ich war nur ein Opfer, um das sie ihre Fäden spann. Ich war mir sicher, sie sah mein Schicksal voraus. Früher oder später sollte ich Arno Kröninger folgen, ihm und den fünf Männern, die ihm vorangegangen waren. Es tat mir nur leid, daß ich nun nie herausfinden konnte, warum das Herz der sechs in einer Vollmondnacht zu schlagen aufgehört hatte. Doch sosehr es mich auch trieb, den Dingen auf den Grund zu gehen, mehr noch war ich ein Mann der Vernunft. Ich wollte ein Beamter bleiben.

Als ich den vierten Stock erreichte, klopfte mir das Herz bis zum Hals. Es war nicht die Mühsal des Treppensteigens, die es schneller schlagen ließ. Daran hatte ich mich inzwischen gewöhnt. Es war der bevorstehende Judaskuß, der mir so sehr zu schaffen machte, daß mein Blut pochte. Wenn ich es richtig sah, würde dies meine letzte Begegnung mit Barbara werden. Ich hatte vor, noch den Vollmond mit ihr zu verbringen und mich dann davonzumachen. War ich allen Ernstes so tollkühn zu glauben, damit durchzukommen? Barbara konnte man so leicht nichts vorschwindeln. Es hatte meiner ganzen Meisterschaft der Lüge bedurft, sie glauben zu machen, daß ich Tag für Tag mit Verkehrsdelikten und nichts mit ungeklärten Todesfällen zu tun hatte. Und jetzt wollte ich, bevor ich mich aus dem Staub machte, nur noch auf die Schnelle ausprobieren, was es mit der Energie, die angeblich ganz von alleine in uns wächst, auf sich hatte. Selbst wenn Barbara mir auf den Leim gehen sollte, glaubte ich wirklich, ich wäre dann noch fähig, mit ihr das Ritual zu vollziehen? Es würde mir nicht einmal gelingen, mir den Mond vorzustellen. Wie wollte ich ihr unter solchen Umständen nahekommen? Das Ritual, das heute seine Vollendung finden sollte, würde in einem Debakel enden. Das beste war, uns beiden die Peinlichkeit zu ersparen und auf der Stelle kehrtzumachen. Noch zögerte ich bei dem Gedanken, Barbara nie mehr wiederzusehen. Noch stand ich vor der Wohnungstür. Mein Zeigefinger berührte den Klingelknopf. Ich klingelte nicht. Ich wagte es nicht, der fremden Frau noch einmal unter die Augen zu treten. Ich nahm den Finger vom Knopf und wollte mich gerade umdrehen, als Barbara die Türe öffnete. Sie hatte die Haare wieder zu einem Schopf nach oben gebunden und trug dasselbe weiße Kleid wie auf dem Foto, das sie mir geschenkt und das Oberstaatsanwalt Schippke zerrissen hatte. Auf den Lippen lag ein leichter Hauch von Rouge. Die Sommersprossen waren nahezu unsichtbar. Barbara sah mich mit großen Augen an und fragte: »Warum läutest du nicht?«

Ich brachte keinen Ton hervor.

»Was ist mit dir los?« fragte Barbara. »Warum hast du nicht geläutet?«

»Ich habe wohl Angst gehabt.«

»Angst wovor? Vor mir?«

»Angst vor dir. Angst vor dem Mond. Angst vor dem, was kommen wird.«

»Du dummer Junge!« Barbara nahm mich in die Arme. Sie streichelte mir das Haar und flüsterte mir ins Ohr. »Warum hast du Angst vor dem, was kommen wird? Warum machst du es nicht wie ich? Warum freust du dich nicht darauf?«

Barbara ging mir mit beschwingten Schritten durch die Diele voran. Ich schloß die Wohnungstür hinter mir und folgte. Aus der Küche kam ein brenzliger Geruch. Barbara stieß einen Schrei des Entsetzens aus und stürzte sich auf die Bratröhre. Der Lammbraten, den es zur Feier des Tages hätte geben sollen, war verkohlt. Die Sauce, die in einem Topf auf dem Herd stand, war eingebrutzelt. Der Kartoffelbrei im Topf daneben war angebrannt. Barbara konnte das Unglück nicht fassen. Sie versuchte zu retten, was noch zu retten war. Und während sie mit den Töpfen hantierte, dort einen Schuß Wasser hinzugab, da das noch Genießbare vom Abgebrannten trennte, setzte ich mich an den gedeckten Tisch und fragte: »Woher hast du das gewußt?«

»Hab ich was gewußt?«

»Daß ich vor der Tür stand.«

»Es war Zufall. Ich habe zufällig aus dem Fenster gesehen, als du das Haus betreten hast. Und dann habe ich mir gedacht, du müßtest doch längst oben sein. Es hat keinen Sinn!«

»Was hat keinen Sinn?«

Barbara ließ die Töpfe stehen und wusch sich die Hände unter dem Wasserhahn. »Du wirst dich an den Gedanken gewöhnen müssen, daß es heute nichts zu essen gibt.«

»Ich habe ohnehin keinen Hunger.«

»Hast du immer noch Angst?«

Ich nickte.

»Ich habe auch Angst gehabt.« Barbara trocknete ihre Hände ab und setzte sich zu mir an den Tisch. »Ich will dir nichts vormachen. Es war kein Zufall gewesen, daß ich aus dem Fenster sah. Ich habe Angst gehabt, daß dir etwas passiert sein könnte. Ich habe Angst gehabt, daß du nicht kommen würdest. Deshalb habe ich nach dir Ausschau gehalten. Und als ich dich endlich kommen sah, bin ich dir entgegengegangen. Als du die Treppe heraufkamst, habe ich dich schon hinter der Tür erwartet. Doch du hast nicht geklingelt. Ich habe nur deinen Atem gehört. Weißt du, wie lange du draußen vor der Tür gestanden bist?«

Ich schüttelte den Kopf.

»Über eine halbe Stunde. In der Zwischenzeit ist unser Abendessen verbrannt.« Barbara sah mir lächelnd in die Augen. »Im Grunde genommen ist es deine Schuld.«

»Wollen wir in ein Restaurant gehen?«

Barbara schüttelte den Kopf. »Ich habe auch keinen großen Hunger. Nur einen kleinen. Das einzige, was nicht angebrannt ist, ist der Nachtisch.« Barbara stand auf und holte eine Schüssel aus dem Kühlschrank. »Magst du Quarkspeise?«

»Gerne.«

Wir ließen uns die Quarkspeise schmecken. Barbara hatte als erste ihren Dessertteller leergegessen. Sie legte den Löffel beiseite und fragte: »Hast du das Geld dabei?«

»Was für ein Geld?«

»Die 2786 Mark. Das Bild ist fertig. Du wolltest es mir doch abkaufen. Hast du das nicht gesagt?«

»Ich habe gesagt, dazu muß ich es erst einmal sehen, wenn es fertig ist.«

»Sieh es dir an!«

Wir betraten den Raum, der Schlafzimmer und Atelier zugleich war. Barbara schaltete das Deckenlicht an. Die Staffelei war leer. Das Bild hing jetzt über dem Kopfende des Bettes. Ja, es war fertig. Der Mond, den ich täglich hatte wachsen sehen, war voll. Ich mußte an das Bild denken, das ich in Arno Kröningers Zimmer über dem Bett hatte hängen sehen. Hatte ich damals nicht eine Frau im Mond entdeckt? Ich kniff beide Augen zusammen und blinzelte, wie man es mir als Kind geraten hatte, wenn ich mich vergebens mühte, hinter das Geheimnis eines Vexierbildes zu kommen. Ich will nicht ausschließen, daß ich einem Selbstbetrug erlag. Vielleicht sah ich auch nur, was ich sehen wollte. Und da ich versprochen habe, auf diesen Seiten die Wahrheit und nichts als die Wahrheit zu berichten, will ich lieber Vorsicht walten lassen und dem Konjunktiv den Vorzug geben. Als ich den Mond anblinzelte, war mir, als sähe ich eine Frau in ihm.

Barbara sah mich von der Seite an und fragte: »Gefällt es dir nicht?«

»Es gefällt mir sehr!«

»Hast du einen Unterschied bemerkt?«

»Was für einen Unterschied?«

»Einen Unterschied zum Mond, wie du ihn kennst. Vergiß nicht, ich habe ihn aus dem Gedächtnis gemalt. Vielleicht habe ich einen Fehler gemacht. Hast du einen bemerkt?«

Ich schüttelte den Kopf.

»Wie willst du das wissen? Du hast ihn dir ja noch gar nicht angesehen!« Barbara löschte das Licht und zog die Vorhänge zurück. Der Schein des Mondes trat durch das Fenster in den Raum und erleuchtete ein schmales Rechteck auf dem Fußboden. Barbara stand mitten in dem goldigen Käfig. Das weiße Kleid, das sie zur Feier der Nacht trug, schimmerte bläulich. Die Silhouette des nach oben gebundenen Schopfes ragte wie die Krone einer Majestät über ihrem Haupt. Barbara drehte sich zu mir um. Ihr Gesicht war ein Schatten. »Komm her!« befahl sie mir aus unsichtbarem Mund. »Sieh ihn dir an!«

Ich trat zu ihr und sah mir den Mond an. Er stand hoch am Himmel über dem Dach des Nachbarhauses. Die Fernsehantenne teilte ihn in zwei Hälften. Der Dunst der Großstadt verlieh ihm einen lichten Hof. Sein Antlitz war blaß. Trotzdem waren die Schatten, die das Kratergestein im Sonnenlicht wirft, deutlich zu erkennen. Doch sosehr ich auch beide Augen blinzelnd zusammenkniff, ich konnte keine Frau in dem Mondgesicht entdecken. Da trieb der Wind eine Wolke zwischen uns, und Barbara fragte: »Na, hast du einen Unterschied bemerkt?«

Ich nickte.

»Was für einen?«

Der Mond trat durch ein Wolkenloch. Ich sah noch einmal zu ihm empor. »Du hast nicht den Mond gemalt, wie ich ihn heute sehe. Du hast einen anderen gemalt. Du hast den Mond gemalt, den ich als Kind gesehen habe.«

»So etwas Schönes hat mir noch keiner gesagt!« Barbara nahm mich in die Arme. Dann küßte sie mich. Dann ... nein, ich will in diesem Stil nicht weiterschreiben. Wer will schon wissen, daß sie mir mit ihrer Daumenkuppe das Brustbein streichelte? Und um die Schauder des Glücks, die ich dabei empfand, zu schildern, dazu fehlt es mir, darin gebe ich dir recht, Mutter, an dichterischem Talent. Es muß genügen, wenn ich sage, daß wir uns liebkosten. Und doch genügt es nicht. Wenn ich will, daß sich der Leser dieser Zeilen in mich hineinversetzen und meine Gedanken nachvollziehen kann, komme ich nicht umhin, die Haut zu beschreiben, der ich erlag. Soll ich sie samten oder seidig nennen? War sie von alabasterner Blässe oder mehr von rosigem Teint? Ich fürchte, sie war nichts von alledem. Muß ich jetzt jede Pore einzeln beschreiben? Selbst wenn ich wollte, ich könnte es nicht. Und da dem so ist, es mir ganz offensichtlich nicht gelingt, mich in eure Köpfe zu schmeicheln, behaupte ich ganz einfach und frech, ja, lieber Leser, friß oder stirb, als der fremde Daumen mit sanftem Druck über mein Brustbein streichelte, sah ich Barbara plötzlich in einem anderen Licht. Ich erkannte ihre Unschuld. Ich hatte den Fehler begangen, von mir auf sie zu schließen. Nur weil ich ein Jäger auf der Pirsch war, glaubte ich, einer Bestie zum Opfer gefallen zu sein. Während ich dem Geheimnis, das das Leben der sechs bei Vollmond verstorbenen Männer miteinander verband, auf die Spur kommen wollte, hatte mein kriminalistischer Spürsinn ganz übersehen, daß es eine Frau gab, die mich liebte.

Ich war mir sicher, Barbara sah mein Schicksal nicht voraus. Sie hatte von Arno Kröninger und den fünf Männern, die ihm vorangegangen waren, noch nie etwas gehört. Eine Freundin hatte ihr von einem Ritual erzählt. Na und? Freundinnen erzählen sich vieles. Und da dies Ritual nur mit einem Mann zu vollziehen war, hatte Barbara nach einem Ausschau gehalten. Soll ich ihr daraus einen Vorwurf machen? Andere Frauen halten nach Männern in roten Sportcabriolets Ausschau. Männer suchen vollbusige Blondinen. Welche Liebe ist schon frei von Berechnung? Barbara hatte sich nur einen Partner gewünscht, der mit ihr auf gleicher Wellenlänge lag. Sie hatte mich gesucht und gefunden. Ich vertraute mich geduldig dem Mond an. Ich wollte nicht mit Reibung eine Energie erzeugen, die ganz von alleine in uns wächst. So wurde ich für Barbara einzigartig. Über ein Kompliment von mir freute sie sich wie ein kleines Kind. Weil sie Angst gehabt hatte, daß ich nicht kommen könnte, war unser Abendessen verbrannt. Und jetzt nahm ich ihr den Atem.

Je klarer mir wurde, daß ich für Barbara kein Mittel zum Zweck war, es war mein Zweck, der alle Mittel heiligte, um so mehr schämte ich mich meiner Lügen. Daß ich vorgegeben hatte, mit Verkehrsdelikten statt mit ungeklärten Todesfällen zu tun zu haben, war noch die verzeihlichste von allen. Schwerer wog, daß ich von Barbara bereits Abschied genommen hatte. Ich hatte nur noch beabsichtigt, diesen Vollmond mit ihr zu verbringen, meine Neugier zu befriedigen, herauszufinden, was es mit der Energie auf sich hat, die angeblich ganz von allein in uns wächst, und dann wollte ich mich aus dem Staub machen. Es wäre besser gewesen, wenn ich vor der Wohnungstür rechtzeitig kehrtgemacht hätte. Dieses Ritual, von dem sich Barbara die Krönung unserer Liebe erhoffte, mußte in einem Debakel enden. Je mehr ich der unbeschreibbaren Haut erlag, um so größer wurde meine Angst vor dem Augenblick der Wahrheit. Je liebevoller Barbara mich koste, um so kleiner wurde mein Geschlecht. Dennoch gelang ihr das Kunststück. Sie stopfte sich mein Zipfelchen in die Scheide. Die Muskeln ihrer Vagina umfaßten meinen Schaft. Sie hockte auf meinen Lenden. Ich lag auf dem Rücken. Ich streckte meine Arme aus, so daß sie mit dem Rumpf einen Winkel von 45 Grad bildeten. Ich sah zu Barbara empor und vermißte ihre Sommersprossen. Um ihren Mund lag ein strenger Zug, den kein Lächeln mehr zu vertreiben versuchte. Sie sah zu mir mit einem Adlerblick herab und fragte: »Auf was wartest du noch? Warum schließt du nicht die Augen?«

Ich schloß die Augen und versuchte, mir den Mond vorzustellen. Die Meute der Gedanken zerfetzte ihn im Nu. Ich war mit allen Wassern gewaschen. Mir konnte man so leicht nichts vormachen. Wenn ich Barbara wirklich so viel bedeutete, wie sie mich hatte glauben machen wollen, warum waren dann ihre Sommersprossen, von denen sie wußte, wie sehr sie mir am Herzen lagen, hinter Schminke versteckt? So weit konnte es mit ihrer Liebe nicht her sein. Was machte da mein Lug und Trug noch aus? Und je mehr ich ahnte, daß ich für Barbara doch nur ein Mittel zum Zweck war, um so beruhigter fühlte ich mich bei dem Gedanken, daß es mir nur noch darum ging, diesen einen Vollmond mit ihr abzustauben. Mit schwindender Angst fühlte ich mich erstarken. Vielleicht war es aber auch nur der volle Mond, der mir unter die Arme griff. Tatsache ist jedenfalls, es fiel mir immer leichter, ihn mir vorzustellen. Zwischen zwei Atemzügen durchschritt ich die Pforte der Erkenntnis. Ich kam Barbara so nah wie nie zuvor. Ich war in ihr. Ich war sie.

Ich weiß, die drei Worte reichen dir nicht aus, Mutter. Wenn es darauf ankommt, ist dir an einer ausführlichen Beschreibung gelegen. Du möchtest dich mit dem Helden identifizieren können. Ich habe dir schon einmal einen Gefallen erwiesen. Ich möchte diesen Fehler nicht wiederholen. Ich möchte nicht noch einmal die Tatsachen dieses Berichts in den Ruch der Fiktion bringen. Ich möchte mich nicht noch einmal in einer Rakete durch den Weltraum schießen müssen. Ich möchte mich nicht noch einmal unter mein Niveau begeben und will es deshalb bei den drei Worten belassen. Ich war Barbara. Statt in mich, ging ich in sie. Wer sich damit nicht zufriedengeben will, kann ja das Ritual selbst einmal ausprobieren. Die Regeln, die es einzuhalten gilt, habe ich beschrieben. Alles, was Mann oder Frau tun müssen, ist, sich einen Partner zu suchen. Doch ich warne davor. Wer sich auf dieses Abenteuer einläßt, wird am Ende nicht mehr der sein, der er einmal war.

Mit dieser Warnung wollte ich gestern dieses Kapitel beenden. Es ist mir ohnehin zu lang geraten. Wie gut, daß keine der 17 goldenen Regeln über die optimale Länge von Kapiteln Auskunft gibt. Ich habe die letzten 33 Seiten in einem Zug geschrieben. Vielleicht hielt ich deshalb die Gelegenheit für so günstig, eine Zäsur zu setzen. Ich war hundemüde. Ich wollte schlafen. Heute, es ist der 13. Dezember, schreibe ich diesen Nachtrag. Ich kann es meinem Leser nicht zumuten, für einen Monat, ein Jahr oder ein paar Jahrzehnte die Lektüre zu unterbrechen, so lange, wie es eben dauert, bis einer gelernt hat, ein anderer zu sein. Ich will es mir nicht so einfach machen. Und wenn sich auch nichts an der Wahrheit ändert, die der Fürstensohn Siddharta vor mehr als zwei

Jahrtausenden verkündet hat, ja, es gibt etwas, das sich der Beschreibung durch Worte, auch wenn ich aus den dreien dreihundert oder dreihunderttausend mache, entzieht, so reicht meine schriftstellerische Fertigkeit doch aus, ein paar Erinnerungen nachzutragen, durch die sich die Nacht vom 23. auf den 24. August von den Nächten zuvor unterschied. Ich will meiner Chronistenpflicht Genüge tun. Ich erinnere mich, wie du den Mond angeheult hast.

Du hast nicht gewinselt wie ein Hund, nein, du hast geschrien wie am Spieß. Blut trat aus deiner offenen Wunde. Der Saft deines Lebens floß an mir herab. Ich badete in dem Drachenblut, das unverwundbar macht. So wurde ich groß und stark. Ich wuchs in dir. Ich füllte dich aus. Ich nahm von dir Besitz. Viel fehlte nicht mehr und ich hätte dich zum Platzen gebracht. So dachte ich jedenfalls, als es mich längst nicht mehr gab. Mein Körper war erstarrt. Mein Mund stand offen. Ein trockenes Frösteln machte sich in meinem Gaumen breit. Ich rang nach Luft. Nein, nicht ich hatte von dir Besitz ergriffen, du warst es gewesen, die mich einverleibt hatte. Du nahmst mir den Atem. Du wolltest wiederhaben, was du mir vor Jahren geschenkt hattest. Du wolltest mein Leben. Mein letztes Stündlein hatte geschlagen. Ich schrie, wie einer schreit, dem man alles genommen hat. Ich schrie, wie ich schon einmal geschrien habe, damals, als du mich aus dem Paradies vertrieben hast. Sterbend wurde ich wiedergeboren. Und zwischen Leben und Leben, einen Augenblick lang, der eine Ewigkeit währte, war ich du.

Sei beruhigt, Mutter, du persönlich bist nicht gemeint. Erspar dir die steile Falte auf der Stirn. Ich habe das Inzesttabu verinnerlicht. Ich habe mir noch nie vorstellen können, was an dir erotisch anziehend gewesen sein soll. Vom Ödipuskomplex kann also keine Rede sein. Ich sehe schon alle analytischen Geister aufmukken, die sagen werden, gerade mein Leugnen beweise nur um so entschiedener die Existenz dieses allen Männern eigenen Komplexes. Ich will ihnen nicht widersprechen. Von mir aus haben sie recht. Ich will mich hier nicht auf theoretische Erörterungen einlassen, ich will nur allen Naseweisen sagen, daß das Du im vorigen Absatz keiner Freudschen Fehlleistung entsprungen ist. Ich habe es mit Bedacht gewählt. In dem Augenblick, der eine Ewigkeit währte, war ich nicht nur Barbara. Mir war, als wäre ich in allen Frauen dieser Welt gewesen. Und in denen, die ihnen vorangegangen waren und die ihnen folgen werden. So gesehen war ich auch du. Und da ich, weil ich dich nie begehrenswert fand, auch wenn ich dir in Gedanken einen Strapsgürtel verpaßte oder dich in reizvolle Wäsche steckte, schon als kleiner Junge ein schlechtes Gewissen hatte, wollte ich, bevor ich nicht mehr bin, ein wenig von meiner Schuld abtragen. Du sollst in diesem Bericht meines Lebens nicht nur eine Statistenrolle spielen. Du siehst, ich verschaffe dir auch da einen Auftritt, wo du ihn am allerwenigsten erwartest. Dir zu Ehren habe ich, dem Geschwätz der Neunmalklugen zum Trotz, im vorangegangenen Absatz dich zum Beispiel erkoren.

## 14

Die Schlange vor dem Schalter mit der Aufschrift *Heraklion* wuchs von Minute zu Minute. Laut Beförderungsbedingungen hatten die Passagiere, wollten sie nicht Gefahr laufen, ihr Anrecht auf einen Platz zu verlieren, sich spätestens eineinhalb Stunden vor der vorgesehenen Abflugzeit am Schalter einzufinden. Eine Leuchtschrifttafel zeigte an, daß die Maschine mit der Flugnummer DF 2820 und dem Bestimmungsort HER planmäßig um 10 Uhr 30 starten würde. Es war neun vorbei. Ein junges Paar mit Rucksäkken ging noch einmal mit sich zu Rate, ob es auch nichts vergessen hatte. Ein Herr mit schwarzem Lederkoffer flirtete mit einer Dame mit Seesack. Eine Mutter mit zwei Reisetaschen versuchte vergebens, ihren quengelnden Sohn bei Laune zu halten. Nach halb zehn wurde die Schlange wieder kürzer. Eine Kleinfamilie, die sich verspätet hatte, hastete herbei und reihte sich außer Atem ein. Erfahrenere Reisende, die wußten, daß man die Beförderungsbedingungen nicht so wortwörtlich zu nehmen braucht, wenn man nicht unbedingt einen Fensterplatz haben will, trafen in gemächlicherem Tempo ein. Ein Bergsteiger mühte sich mit seiner Ausrüstung ab. Zwei Taucher schleppten an ihrem Gerät. Eine langbeinige Schönheit schlenderte in einem luftigen Kleid heran, als wäre sie auf dem Weg zum Strand. Bald war auch sie an der Reihe. Die Schlange hatte sich aufgelöst. Nur ein Passagier war nicht gekommen. Barbara.

Ich hatte sie seit Vollmond nicht mehr gesehen. Um genau zu sein, seit dem Morgen, der der Nacht folgte, in der wir das Ritual zur Vollendung gebracht hatten. Es war der Morgen des 24. August gewesen. Wir hatten zusammen gefrühstückt. Barbara, die sich mit einem Apfel begnügte, hatte gemeint, es sei für uns beide besser, wenn wir uns eine Zeitlang nicht mehr sehen würden. Jeder von uns müsse erst einmal wieder zu sich kommen. Und die beste Zeit, zu sich zu kommen, sei die Zeit, in der der Mond abnimmt. Barbara gab mir zum Abschied das Bild, an dem sie einen Monat lang gemalt hatte. Ich schrieb ihr einen Scheck über 3336 Mark aus. 2786 Mark waren der Preis des Werkes, mit dem restlichen Geld bezahlte ich den Flug, den Barbara in meinem Namen gebucht und für mich ausgelegt hatte. Das Reisebüro wollte ihr die Tickets in den nächsten Tagen zuschicken. Die Maschine sollte um 10 Uhr 30 starten. Die Passagiere wurden gebeten, neunzig Minuten davor zu erscheinen. Ich hatte mich mit Barbara für den 4. September Punkt neun Uhr vor dem Abfertigungsschalter verabredet.

Obwohl es noch gar nicht so lange her war, daß auch ich mir vorgenommen hatte, Barbara nicht mehr wiederzusehen, nicht nur einen abnehmenden Mond lang, sondern eine Ewigkeit, freute ich mich auf den 4. September. Ich konnte es nicht erwarten, mit Barbara die Reise anzutreten. Ich konnte es nicht erwarten, mit ihr den nächsten Vollmond zu erleben. Ich mußte sie wiedersehen. Was machte es da schon groß aus, daß mir der Urlaub gestrichen worden war. Ich würde kein Beamter bleiben. Ich machte mir nichts vor. Ich hatte die Probezeit so gut wie nicht bestanden. Ich war mir sicher, daß Oberstaatsanwalt Schippke meine Übernahme in den öffentlichen Dienst nicht befürworten würde. Ganz im Gegenteil, er würde alles daransetzen, sie zu verhindern, ich war ein Risiko für seine Karriere, es bestand Gefahr, daß ich Anlaß zu Gerüchten gab. Ich hatte mein Ziel so oder so verfehlt, was machte es da noch aus, wenn ich ein paar Wochen unentschuldigt fehlte. Schippke würde mir dankbar sein. Ich lieferte ihm das Tüpfelchen aufs i. Nur du, Mutter, das ahnte ich, würdest Tränen vergießen. Ich sah schon die Ströme über deine Wangen fließen. Sie beeindruckten mich nicht. Samstags packte ich meine Reisetasche. Und am Sonntag, dem 4. September, stand ich pünktlich um neun in der Halle des Flughafens vor dem Abfertigungsschalter.

Eine Frau in einem blauen Kostüm fertigte einen Passagier nach dem anderen ab. Der Herr mit dem schwarzen Lederkoffer ließ der Dame mit dem Seesack den Vortritt. Um halb zehn ging ich zur Telefonkabine am anderen Ende der Halle und rief Barbara an.

Niemand hob ab. Ob ihr was passiert war? Vielleicht hatte ihr Taxi auf dem Weg zum Flughafen einen Unfall gehabt. Ich sah sie schon mit dem Kopf durch die Windschutzscheibe fliegen. In einer Lache von Blut lag sie auf dem Asphalt. Als ich die verspätete Kleinfamilie herbeihetzen sah, tröstete ich mich damit, daß sich auch Barbara nur verspätet haben würde. Während der Bergsteiger abgefertigt wurde, kam mir zum ersten Mal der Gedanke, daß sie mich versetzt haben könnte. Als die Strandschönheit an der Reihe war, kämpfte ich mit den Tränen.

Ja, du hattest in diesem Augenblick allen Grund zum Lachen. Es bestand die Chance, daß ich Beamter bleiben würde. Wer sagte denn, daß die Entscheidung längst gefallen war? Oberstaatsanwalt Schippke war ein gewissenhafter Mann. Vielleicht wog er noch immer die eine Seite gegen die andere auf, und es hing nur von meinem zukünftigen Verhalten ab, ob er meine Übernahme in den öffentlichen Dienst befürworten würde oder nicht. Ich wollte ihm keinen Anlaß zum Tadel geben. Morgen würde ich in aller Frühe in meinem Büro erscheinen und damit beginnen, den Stapel der Entmündigungen auf dem rechten Beistelltisch, den ich eigentlich meinem Nachfolger zugedacht hatte, abzuarbeiten.

Ich will mir nichts vormachen. Damals, am 4. September, kurz vor zehn in der Flughafenhalle, dachte ich erst in zweiter Linie an dich und die mir von Oberstaatsanwalt Schippke vorausgesagte Karriere. In erster Linie dachte ich an Barbara. Doch ganz gleich, ob sie mich versetzt hatte oder vor dem Kühler eines Taxis in einer Blutlache ihren Verletzungen erlag, für mich war sie gestorben, so oder so. Ich wischte mir eine Träne aus dem Auge. Ich würde keinen Vollmond mehr mit Barbara erleben. Ich würde sie nicht mehr wiedersehen. Es war aus und vorbei. Der letzte Passagier war abgefertigt. Die Frau im blauen Kostüm nahm das Schild mit der Aufschrift *Heraklion* vom Schalter. Ich griff nach meiner Reisetasche und machte mich auf den Heimweg. Ich war schon ein paar Schritte weit gekommen, als eine Stimme mir nachrief: »Herr Zorski!«

Ich drehte mich um.

»Sind Sie Herr Zorski?« fragte die Frau im blauen Kostüm, das Schild *Heraklion* noch immer in der Hand.

Ich nickte und trat näher. »Woher wissen Sie meinen Namen?«

»Ganz einfach«, sagte die Frau und deutete auf eine Liste vor sich. »Sie sind der letzte Passagier, der noch aussteht.«

»Ich und meine Freundin«, korrigierte ich. »Sie ist nicht gekommen. Sie hat mein Ticket.«

»Ich habe Ihr Ticket«, sagte die Frau und zeigte mir den Flugschein. »Ihre Freundin hat es bei mir hinterlegt.«

»Wann?«

»Vor einer Stunde. Stellen Sie bitte Ihr Gepäck auf die Waage.«

»Ich bin schon seit einer Stunde hier«, sagte ich und stellte meine Reisetasche auf die Waage neben dem Schalter.

Die Frau im blauen Kostüm sagte nichts. Sie trug das Gewicht meines Gepäcks in den Flugschein ein und befestigte dann eine Banderole mit der Aufschrift HER um einen Henkel meiner Tasche. Ein Flughafenarbeiter nahm die Tasche von der Waage und stellte sie auf ein Förderband. Die Frau trennte den Hinreiseabschnitt ab und reichte mir dann den Flugschein mit der Bordkarte. »Gate 14. Sie müssen sich beeilen.«

»Ich bin seit einer Stunde da«, beharrte ich. »Ich hätte sie sehen müssen.«

»Machen Sie sich keine Sorgen, Sie werden Sie sehen«, beruhigte mich die Frau im blauen Kostüm und lächelte mir zu. »Ihre Freundin hat großen Wert darauf gelegt, daß Sie den Platz neben ihr bekommen.«

Ich beeilte mich, zum Gate 14 zu kommen. Ein Polizist kontrollierte meinen Paß. Ein anderer tastete mich nach Waffen ab. Eine Frau im blauen Kostüm ließ sich am Eingang von Gate 14 meine Bordkarte zeigen. Ich trat durch die Sperre und sah mich unter den wartenden Passagieren um. Um korrekt zu sein, mich interessierten nur die weiblichen Passagiere. Eine von ihnen hatte sich als meine Freundin ausgegeben und das Ticket, das sie nur von Barbara bekommen haben konnte, hinterlegt. Die Frau des Paares, das sich in der Schlange vor dem Abfertigungsschalter gefragt hatte, ob es auch nichts vergessen habe, zündete sich eine Zigarette an und sah mir dabei in die Augen. Ich schied sie aus dem Kreis der Verdächtigen aus. Ich suchte die Unbekannte unter denen, die ohne Partner reisten. Was war mit der jungen Mutter, die neben den beiden Tauchern in einem Sessel saß und mit ihrem Sohn auf den Knien Hoppe-hoppe-Reiter spielte? Warum sollte meine neue Freundin kein Kind haben? Die Dame, die mit einem Seesack unterwegs war, unterhielt sich angeregt mit dem Herrn, der einen schwarzen Lederkoffer bevorzugte, und würdigte mich keines Blickes. Die Strandschönheit verzog, als sie sich von mir beobachtet fühlte, den Mund zu einem gelangweilten Lächeln, dem nicht zu entnehmen war, ob mein Anblick sie langweilte oder ob sie der Warterei überdrüssig und deshalb einer Unterhaltung nicht abgeneigt war. Bevor ich die übrigen alleinreisenden Frauen ins Auge fassen konnte, kam Bewegung in die Menge. Wer sich in einem Sessel ausgeruht hatte, stand jetzt auf. Die Passagiere scharten sich um den Ausgang zum Flugfeld und drehten mir den Rücken zu. Der Bus war vorgefahren. Ein Mann in blauer Uniform öffnete die Absperrung. Die Passagiere drängten sich in den Bus.

Der Bus brachte uns zu unserer Maschine. Seat H 17 war auf meiner Bordkarte vermerkt. Der Platz war ein Fensterplatz gleich hinter der rechten Tragfläche. Seat G 17 mußte der geheimnisvollen Unbekannten gehören. Die Strandschönheit war es nicht. Sie saß auf der linken Seite gleich neben dem Notausgang. Die junge Mutter zwängte sich drei Reihen hinter mir an dem Bergsteiger vorbei. Ihr Sohn hatte einen Fensterplatz wie ich. Ich wollte mir nicht länger den Kopf verrenken. War es nicht meine Geduld gewesen, derentwegen mich Barbara ins Herz geschlossen hatte? Die Frau, die meine Freundin zu sein behauptet hatte, würde sich früher oder später neben mich setzen. Ich brauchte nicht meine Augen nach ihr zu verdrehen. *No smoking! Fasten your seatbelts!* leuchtete es rot über mir. Ich schnallte mich an und sah aus dem Fenster. Gerade wurde der Seesack verladen. Der schwarze Lederkoffer folgte wenig später. Ein Flugzeug rollte über die Startbahn. Ich sah ihm nach, wie es sich in die Lüfte erhob und hinter den Wolken verschwand.

»Hallo, Thomas!«

Ich drehte mich um. Ich erinnerte mich, die Frau schon einmal gesehen zu haben. Sie war in der Schlange vor dem Herrn mit dem schwarzen Lederkoffer gestanden. Ich hatte sie nicht weiter beachtet. Und später, als ich nach den alleinreisenden weiblichen Passagieren Ausschau hielt, war sie mir nicht mehr aufgefallen. Ihr Haar war halblang und von einem Allerweltsbrünett. Ihre Haut war weder sportlich braun noch blaß, sie hatte den gesunden Teint einer Schaufensterpuppe. Ihr Gesicht war ebenmäßig, man konnte in den Zügen keinen Makel entdecken, aber auch keine reizvolle Exaltiertheit. Ihr Kinn war gerade so spitz, wie es sich gehört, ihre Lippen waren weder schwülstig noch blutarm, allein ihre Nase hätte durch ihre klassische Eleganz bestechen können, wäre sie nur eine Spur hervorstechender gewesen. Doch ihre Augen waren einzigartig. Sie waren von dem lichten Blau einer Vollmondnacht. Die Frau sah mich an und wiederholte: »Hallo, Thomas!«

Ich entgegnete: »Hallo!«

Die Frau nahm neben mir Platz und sagte: »Ich bin Doris. Ich bin eine Freundin von Barbara.«

»Wo ist Barbara?« fragte ich.

»Im Krankenhaus.«

»Was fehlt ihr?«

»Sie hat sich ein Bein gebrochen.«

»Wann?« fragte ich verdutzt.

»Gestern.«

»Warum hat sie mich nicht angerufen?«

»Sie wollte nicht, daß du dir Sorgen machst«, antwortete Doris und schnallte sich an. »Sie wollte nicht, daß du wegen ihr deinen Urlaub verschiebst. Und da sie auch nicht wollte, daß ihr Ticket verfällt, hat Barbara mich gebeten, sie zu vertreten.« Doris lächelte mir zu. »Ich hoffe, wir kommen miteinander aus.«

Ich lächelte zurück und nickte. Der Kapitän begrüßte über Lautsprecher im Namen der Crew die Passagiere. Internationale Sicherheitsbestimmungen mußten eingehalten werden. Die Stewardessen führten den Gebrauch der Schwimmwesten vor. Die Maschine rollte unterdessen zur Startbahn.

»Wie ist es passiert?« fragte ich Doris und sah ihr in die Augen. »Wie hat sie sich das Bein gebrochen?«

»Sie ist die Treppe hinuntergefallen«, antwortete Doris und erwiderte gelassen meinen Blick. »Ob du's glaubst oder nicht!«

»Ich glaub's dir nicht.«

»Ich gebe es zu, ich bin keine gute Lügnerin.« Doris lächelte verschämt. »Aber das ist es, was Barbara mir aufgetragen hat, dir zu sagen.«

»Und was ist wirklich passiert?«

»Sie hat ein neues Bild begonnen. Während der Mond abnahm, hat sie die Nacht gemalt, die ihn umgibt. Und jetzt will sie die Arbeit daran nicht unterbrechen. Sie muß den Mond malen, der zu der Nacht gehört. Es ist immer dasselbe. Es ist nicht das erste Mal, daß sie mir ihr Ticket überläßt. Es macht mir nichts aus. Ich reise gerne.«

Dann heulten die Turbinen auf. Das Flugzeug raste über die Startbahn und hob schließlich ab. Ich sah seinen Schatten unter mir immer kleiner werden. Bald verschwand die Erde hinter wattigem Weiß. Das Flugzeug tauchte in einen Wolkenschleier. Ich nahm den Blick vom Fenster und sah die Frau neben mir an. Sie nickte mir zu und fragte: »Warst du schon mal auf Kreta?«

Ich schüttelte den Kopf.

»Es wird die Wiege Europas genannt. Weißt du, warum?«

»Warum?«

»Ich werde es dir zeigen. Du hast Glück, daß ich an deiner Seite bin. Ich habe Geschichte studiert. Kreta ist mein Spezialgebiet. Ich werde dich führen.«

## 15

»Es war einmal eine schöne Prinzessin. Sie war die Tochter des Königs Agenor und wurde Europa genannt. Als sie eines Tages an einem Gestade im Land ihres Vaters einen Strauß Blumen pflückte, erblickte Zeus sie. Der König der Götter verliebte sich in die junge Frau und entführte sie in Gestalt eines weißen Stiers nach Kreta. Dort vereinte er sich mit ihr. Sie gebar ihm einen Sohn. Sein Name war Minos. Minos regierte Kreta nach Gesetzen, die ihm sein Gottvater ins Ohr flüsterte. Er legte Häfen an und baute eine Flotte, mit der er die ganze Ägäis unterwarf. Und die Ägäis war damals die Welt. König Minos hätte mit sich und der Welt zufrieden sein können, wären da nicht seine Frauen gewesen. Eine brannte ihm durch. Eine andere, Pasiphaë, hatte ein Verhältnis mit einem Stier. Um ihn zu übertölpeln, versteckte sie sich in die Nachbildung einer Kuh, die ihr Daidalos, ein in jener Zeit berühmter Baumeister, angefertigt hatte. Das Kind, das dieser Verbindung entsprang, hatte einen menschlichen Körper und den Kopf eines Stiers. Sein Name war Minotaurus. König Minos ließ es in ein Labyrinth sperren, das ihm besagter Daidalos zu bauen hatte. Sieben Jünglinge und sieben Mädchen, die aus Gründen, die aufzuführen hier zu weit führen würde, der König von Athen dem König von Kreta tributpflichtig war, wurden dem Ungetüm jährlich zum Fraß vorgeworfen. Einer der Jünglinge, ein Prinz namens Theseus, verliebte sich in die Tochter des Minos, Ariadne. Wie Sie sicher alle wissen, tötete Theseus den Minotaurus und fand dann mit Hilfe eines roten Fadens aus dem Labyrinth heraus. Warum erzähle ich Ihnen diese alten Geschichten? Sind sie doch nichts als Mythen, Märchen unserer Ahnen. Heute wissen wir, daß es ein

Wesen halb Mensch, halb Stier nicht geben kann. Und doch nahmen Ende des vorigen Jahrhunderts, das Zeitalter der Aufklärung hatte längst schon begonnen, ein paar Männer die alten Mythen beim Wort. Einer von ihnen hieß Heinrich Schliemann. Er glaubte an Helena und Agamemnon und den Trojanischen Krieg. Er grub an der Stätte, von der er bei Homer gelesen hatte, und entdeckte Troja. Und warum sollte Homer über Troja die Wahrheit gesagt und über Minos und seinen sagenhaften Palast in Knossos gelogen haben? Einer, der das wissen wollte, war Sir Arthur Evans. Ihm zu Ehren wurde diese Büste errichtet.«

Die Büste war aus Bronze und stand auf einem steinernen Sockel. Ein kleines Mädchen faßte Sir Arthur Evans respektlos an die Nase. Ein Mann in kurzen Hosen fotografierte den Herrn. Andere gingen mit ihrem Film sparsamer um. Sie standen etwas abseits und traten, die Kamera griffbereit um den Hals gehängt, ungeduldig von einem Fuß auf den anderen. Sie konnten es nicht erwarten, bis die einleitenden Geschichten endlich zu Ende waren und man den sagenhaften Palast betreten durfte, in dem es hoffentlich lohnendere Motive gab als den Kopf eines alten Sirs mit spitzer Nase. Die meisten Teilnehmer des Besichtigungsrundgangs hatten sich um den Führer geschart, einen schnauzbärtigen Griechen mittleren Alters mit hessischem Akzent, und hingen bedächtig an seinen Lippen. Nikolas Spilio, mit diesem Namen hatte er sich uns vorgestellt, stand neben dem Sockel mit dem Bronzekopf im Schatten einer Zypresse und behielt, während er dem Abstecher in die Mythologie eine kurze Geschichte der Ausgrabungen folgen ließ, eine Reisegruppe im Auge, die unter englischsprachiger Führung ein paar Meter weiter entfernt ein Mauerwerk erkundete. 122 000 Piaster hatte Sir Arthur Evans für das Gelände bezahlt. Doch noch bevor er zum ersten Spatenstich ansetzen konnte, machte Nikolas Spilio dem historischen Abriß ein Ende. Die Engländer vor uns waren weitergezogen und verstreuten sich jetzt über einen gepflasterten Hof. Nikolas Spilio führte uns zu dem Mauerwerk, das sie so ausgiebig besichtigt hatten. Es bestand aus spärlich verputzten, mannshohen Steinquadern und stellte die Westfassade dar. Nur das Sockelgeschoß, das nach dem Verfall des Palastes unter dem Hügel verborgen war, war bruchstückhaft erhalten. Nikolas Spilio machte uns auf einen rechtwinkligen Mauervorsprung aufmerksam. Er sei ein typisches Merkmal minoischer Baukunst. Der Mann in kurzen Hosen hielt den Erker im Bild fest. Eine alte Frau schaute verträumt in die Luft, als versuche sie sich das Obergeschoß, das sich einmal über der Grundmauer erhoben haben mußte, in seiner ganzen Pracht vorzustellen. Das kleine Mädchen setzte sich auf die Erde und spielte gelangweilt mit ein paar Steinen.

Als eine französische Reisegruppe auf uns zukam, bat Nikolas Spilio die Teilnehmer seiner Führung, ihm zu folgen. Wir gingen die Westfassade entlang südwärts und erreichten den Hof, den die Engländer gerade räumten. Der Hof war angeblich die Eingangshalle des Palastes. Daß es so gewesen sein mußte, bewies uns Nikolas Spilio anhand eines runden Sockels aus Gipsstein, der die Steinquader des Palastes um ein paar Zentimeter überragte. Auf dieser Basis hatte sich einmal eine Säule erhoben. Und was für einen Zweck sollte die Säule gehabt haben, wenn nicht den, eine Decke zu tragen? Wir umringten den Sockel. Das kleine Mädchen stellte sich darauf und war stolz, jetzt drei Zentimeter größer zu sein. Der Mann in kurzen Hosen machte einen Schnappschuß von ihr. Die alte Frau sah verträumt in die Höhe. Und Doris nahm mich am Arm und sagte: »Wir haben verloren.«

»Wie kommst du darauf?« fragte ich.

»Wir betreten den Palast von Westen her.«

»Na und?«

»Hast du in der Schule nicht aufgepaßt? Hat dich das Altertum nie interessiert? Hast du noch nie was von der Porta praetoria und der Porta decumana gehört?«

»Nicht daß ich wüßte.«

»Die Porta praetoria war das Osttor. Es zeigte nach Sonnenaufgang und galt deshalb als glückverheißend. Durch dieses Tor zogen die Kohorten aus in den Kampf. Und wenn sie gesiegt hatten, kamen sie auch durch dieses Tor wieder zurück. Die geschlagenen Armeen kehrten durch das Westtor, die Porta decumana, heim. Da es nach Sonnenuntergang gelegen war, galt es als unglückbringend. Auch Boten, wenn sie schlechte Nachrichten zu überbringen hatten, nahmen diesen Weg. Und die Toten.«

Es war ein Einfall von Doris gewesen, den Ausflug nach Knossos zu unternehmen. Sie war der Meinung, daß jeder, der einmal auf Kreta gewesen war, gesehen haben mußte, zu welcher Blüte es die minoische Kultur gebracht hatte. Nicht umsonst wird Kreta die Wiege Europas genannt. Doch obwohl Doris mir sicher alles Wissenswerte selbst hätte erzählen können, bestand sie auf einer

Sightseeingtour mit deutschsprachiger Führung. Ein Autobus hatte uns, zusammen mit gut drei Dutzend anderer Touristen, in das fünf Kilometer von Iráklion entfernte, am Westufer des Flusses Katsambas gelegene Knossos gebracht. Anfang September herrschte hier noch Hochbetrieb. Der Parkplatz war überfüllt. Der uns zugeteilte Führer, Nikolas Spilio, fand uns in dem Verkehrschaos erst nach einer Viertelstunde. Drei Reisegruppen drängten sich gleichzeitig an der Pforte vorbei. Die englische machte das Rennen. Ihr auf den Fersen und die französische Gruppe im Nakken, besichtigten wir den labyrinthartigen Grundriß, der von dem Palast von Minos übriggeblieben war. An einigen markanten Stellen hatte Sir Arthur Evans Mauern errichten lassen, Andeutungen eines Obergeschosses, gestützt von Betonpfeilern, die die im Lauf der Zeit verfallenen Holzbalken ersetzten, damit ein archäologisch ungeschultes Auge wenigstens einen blassen Schimmer von der Architektur bekommen konnte. Mitunter schmückten auch Fresken die Wände, nachträglich angebrachte Kopien in knallbunten Farben, deren mühsam restaurierte Originale von weit blasserem Kolorit im Museum von Iráklion ausgestellt waren.

Die größte der vorgefundenen Wandmalereien stellte eine Prozession dar. Laut Berechnungen von Sir Arthur Evans umfaßte sie mindestens 448 Personen. Nur eine von ihnen ist vollständig erhalten geblieben. Es ist ein junger Mann mit nacktem Oberkörper und gegürtetem Schurz, der in feierlicher Haltung ein Opfergefäß trägt. Von den meisten anderen Figuren hatte man nur mehr die Füße gefunden. Sie waren von rotbrauner Hautfarbe, wie sie die Künstler in jener Zeit für Männer verwandten. Die Frauen malten sie weißhäutig mit einer reinen Kalkfarbe. Es waren weiße Füße, denen die 448 Männer auf dem monumentalen Fresko ihre Aufwartung machten. Wer war die Frau, der die Prozession galt? Eine Königin? Eine Priesterin? Eine Göttin? Die Historiker haben sich bislang vergebens darüber die Köpfe zerbrochen. Auch Nikolas Spilio wußte keine Antwort. Doch sei nach dem neuesten Stand der Forschung nicht auszuschließen, daß der sagenhafte König Minos in Wahrheit eine Königin gewesen sei, berichtete unser Führer, als wir den Thronsaal erreichten. Der Thron war aus Alabaster gehauen. Vor ihm kam es zu einem Gedränge. Die Engländer wollten sich von seinem Anblick nicht trennen, während die Franzosen es nicht erwarten konnten, ihn zu sehen. Fotoapparate klickten. Das kleine Mädchen hätte gerne Königin gespielt. Auch andere Reisende aus den drei Nationen bedauerten, daß man wegen einer Absperrung sich dem Thron nicht nähern konnte. Wer hätte sich nicht gerne einmal auf dem steinernen Stuhl fotografieren lassen wollen, von dem aus der König oder die Königin Minos die Welt beherrscht haben sollte?

»Was sagst du zu ihm?« fragte mich Doris, während Nikolas Spilio uns die Magazinräume zeigte, schmale Trakte von verschiedener Länge mit mannshohen Krügen, Pithoi genannt, in denen einmal Wein oder Honig aufbewahrt worden war oder was auch immer die Bewohner der Insel ihrem König oder ihrer Königin tributpflichtig waren. »Was sagst du zu unserem Führer? Macht er seine Sache gut?«

Ich zuckte die Achseln. »Woher soll ich das wissen. Du bist von uns beiden die Historikerin. Macht er sie gut?«

»Er macht sie nicht schlecht«, meinte Doris. »Er gibt sich wirklich Mühe. Und doch ist er wie alle anderen. Er verschweigt die Wahrheit.«

»Welche Wahrheit?« fragte ich.

»Schau dir den Boden an, auf dem du stehst. Fällt dir nichts auf?«

»Spuren.«

»Richtig! Du siehst Spuren. Du siehst den Pfad, den die Touristen getrampelt haben. Und glaub mir, in den ersten Jahren, zu Beginn unseres Jahrhunderts, gab es nicht viele, die sich das Vergnügen leisten konnten, auf den Spuren von Minos zu wandeln. Und auch in den letzten Jahren, im Zeitalter des Massentourismus, geht es nur in den Sommermonaten so zu wie heute. Im Winter hast du den ganzen Palast für dich alleine. Und trotzdem haben in den knapp 80 Jahren, die seit der Ausgrabung des Palastes vergangen sind, seine Besucher so tiefe Spuren hinterlassen. Was sagst du dazu?«

Ich zuckte die Achseln. »Hat das etwas zu bedeuten?«

»Das hat zu bedeuten, daß sich die Erbauer des Palastes keine große Mühe gegeben haben. Worauf du gehst, ist Naturgips. Er sieht auf den ersten Blick wie Marmor aus, ist aber bei weitem nicht so hart. Wenn du willst, kannst du ihn mit einem Fingernagel ritzen. Daß sie auch Marmor bearbeiten konnten, haben die Minoer an anderen Orten bewiesen. Warum haben sie es sich ausgerechnet mit diesem Palast so einfach gemacht? Was meinst du? Warum?«

»Ich weiß es nicht.«

»Dabei ist die Lösung denkbar einfach. Der leichter zu bearbeitende Gipsstein genügte den Minoern, weil mit einer starken Beanspruchung der Fußböden nicht zu rechnen war. Schau dir doch die Magazinräume an. Wenn es stimmt, was Spilio gesagt hat, waren sie das Finanzamt jener Tage. Und da es damals noch keinen bargeldlosen Zahlungsverkehr gab, muß es hier zugegangen sein wie in einem Bienenhaus. Doch schau dir die Wege an, die zu den Pithoi führen. Sie weisen keine Spuren auf. Mehr als dreitausend Jahre sind sie nun alt und sehen noch immer aus wie neu. Während die Touristen keine 80 Jahre gebraucht haben, um durch die Räume, die zur Besichtigung freigegeben wurden, ihren Trampelpfad zu ziehen. Was schließt du daraus?«

»Ich weiß es nicht. Was schließt du daraus?«

»Dieser Palast wurde nicht für die Lebenden gebaut.«

»Für wen denn dann?«

»Für die Toten.«

Nikolas Spilio führte uns im Ostteil des Palastes eine Treppe abwärts. Hier hatte Sir Arthur Evans am tiefsten graben müssen. Zwei Untergeschosse wurden freigelegt. Im untersten befand sich der Wohnraum der Königin, Megaron genannt. Ein Fenster verband ihn mit einem engen Lichtschacht. Nie ist auch nur ein einziger Sonnenstrahl in dieses Gemach vorgedrungen. Doris fragte mich, ob ich, wenn ich die Königin und im Besitz eines Palastes in so herrlicher Lage gewesen wäre, freiwillig in einem so finsteren Loch gehaust hätte. Nikolas Spilio machte die Teilnehmer des Besichtigungsrundgangs auf eine Badewanne aufmerksam, die der Königin in ihrem Megaron zur Verfügung gestanden hatte. Und wenn sie auch, verglichen mit den heutigen Exemplaren, ein wenig zu kurz zu sein schien, war sie doch ein weiteres Beispiel dafür, zu welcher Blüte es die minoische Kultur mehr als 3000 Jahre vor unseren sanitären Einrichtungen gebracht hatte.

Doris wollte sich den Unsinn nicht länger mit anhören. Als Nikolas Spilio uns, den Engländern hinterher und den Franzosen voran, zu den Töpferwerkstätten führte, nahm sie mich am Arm und zog mich beiseite. Wir setzten uns auf eine Mauer und ließen die Beine über ihren Rand baumeln. Unter uns lag ein idyllisches Flußbett. Es mußte der Katsambas sein. Eine winklige Treppe führte von ihm zu einer kleinen Tür in der Mauer. Doris deutete auf den versteckten Einlaß. »Das ist die Porta praetoria, das Tor zum Osten, das Glück verheißt. Auf diesem Schleichpfad kamen die guten Nachrichten in den Palast. Die siegreichen Armeen kehrten über eine Hintertreppe zurück. Hier gibt's keine überdachte Eingangshalle. Dieser Prunk galt nur den Toten. Die Lebenden mußten sich mit einem Schlupfloch begnügen.«

»Woher weißt du das alles?« fragte ich. »Daß die Eingangshalle im Westen nicht für die Lebenden bestimmt war, daß die Magazinräume in Wirklichkeit Grabkammern gewesen sind, daß dieser Palast den Toten geweiht ist. Warum bist du so klug? Und warum sind Nikolas Spilio und der Rest der Welt so dumm, daß sie immer noch glauben, es mit einem Königspalast zu tun zu haben?«

»Weil ein Königspalast besser fürs Geschäft ist! Schließlich soll es damals recht freizügig zugegangen sein. Man hat Bilder von Frauen mit nackten Brüsten gefunden. Folglich muß oben ohne Mode gewesen sein. Das süße Leben der Minoer regt die Phantasie an. Dreitausend Jahre, bevor die Badewanne zu einer Einrichtung unserer Zivilisation wurde, plätscherte schon die Königin in ihr. Was macht es da groß aus, daß keine fünf Kilometer von hier im Museum von Iráklion ein Dutzend Badewannen nebeneinander stehen. Nur werden sie dort Sarkophage genannt. Und daß noch heute in Griechenland die Klageweiber zum Zeichen ihrer Trauer ihre Brust entblößen. Alte Klageweiber lassen sich schlechter verkaufen als Pin-up-girls. Glaubst du, die Leute würden auch dann noch in solchen Scharen herbeiströmen, wenn sie wissen würden, daß der sagenhafte Palast in Wahrheit ein Massengrab gewesen ist? Glaubst du wirklich?«

Ich schüttelte den Kopf. »Ich gebe zu, Nikolas Spilio ist vielleicht parteiisch. Doch was ist mit der Wissenschaft? Ist sie nicht unbestechlich? Warum verhelfen die Historiker in Berlin oder London oder Tokio, die mit dem griechischen Fremdenverkehr weniger verbunden sind, der Wahrheit nicht zum Sieg? Warum stehst du mit deiner Meinung so alleine auf weiter Flur?«

»Ich steh nicht alleine. Es tut mir leid, daß ich vergessen habe, dir die wissenschaftlichen Quellen zu nennen. Es war nicht ich, es war ein Mann gewesen, Professor Dr. Hans Georg Wunderlich, dem die unbegangenen Gipsplatten in den sogenannten Magazinräumen aufgefallen waren. Er war es auch gewesen, der sich gefragt hatte, warum es in dem riesigen Palast keine Küche gab. Doch da Professor Wunderlich ein Ordinarius für Geologie und Paläontologie war, nahmen es ihm seine Kollegen von der anderen

Fakultät natürlich übel, daß er ihnen ihr Weltbild zerstörte. Doch wer sich die Mühe macht, die Theorie an Ort und Stelle zu überprüfen, wer Augen hat und zwei und zwei zusammenzählen kann, muß zugeben, daß Wunderlich der Wahrheit ziemlich nahegekommen ist. Es ist mir ein Rätsel, warum er sich die letzte entscheidende Frage nicht gestellt hat.«

»Was für eine Frage?«

»Warum ausgerechnet Knossos? Der Mann hat erkannt, daß der sogenannte Palast eine Grabkammer gewesen ist. Und er wußte auch, daß sie alles andere als ein Massengrab für Hinz und Kunz war. Nur die Vornehmsten der Vornehmen im Bereich der Ägäis, die *Crème de la crème* der damaligen Welt, konnten es sich leisten, hier die letzte Ruhe zu finden. Warum ausgerechnet hier? Warum auf Kreta? Warum in Knossos? Das ist die Frage!«

»Ich bin sicher, du kennst die Antwort.«

Doris nickte. »Ich denke schon. Die Menschen damals glaubten an ein Leben nach dem Tode. Wenn es ein Aberglauben ist, so ist er auch heute noch weit verbreitet. Doch damals betete man nicht für die Toten, man sorgte auf andere Art für ihr Wohlergehen. Man gab ihnen Grabbeilagen mit auf den Weg. Und wer es sich leisten konnte, richtete es so ein, daß er sein neues Leben in angenehmer Umgebung beginnen konnte. Und was ist angenehmer für einen Mann als die Liebe einer schönen Frau? Vielleicht ist das des Rätsels Lösung. Vielleicht liegt hier eine von der ganzen Welt begehrte Dame begraben. Was hältst du von dieser Idee?«

»Was für eine Frau sollte das sein?«

Doris lächelte mir zu. »Rate mal.«

»Die Frau, der die Prozession der 448 Männer galt? War es die?«

»Willst du sie sehen?«

»Ich dachte, man hat von ihr nur die weißen Füße gefunden.«

»Wenn du willst, zeige ich sie dir ganz.« Doris ließ sich von der Mauer gleiten und klopfte sich den Staub vom Kleid. »Komm mit! Sie ist im Museum von Iráklion.«

Wir warteten nicht, bis Nikolas Spilio seinen Rundgang beendet hatte, sondern fuhren mit dem Taxi nach Iráklion zurück. Das Archäologische Museum befand sich am Platia Eleftherías im Zentrum der Stadt. Es war ein graues Gebäude mit verdrecktem Putz und vergitterten Fenstern, das genausogut ein Gefängnis hätte sein können. Das Museum besitze dreizehn Säle, klärte mich Doris auf, während wir durch den Einlaß schritten. Doch nur der erste sei von Bedeutung. Und in ihm, genaugenommen, auch nur die erste Vitrine. Sie sei dem Neolithikum gewidmet. Die übrigen enthielten Ausstellungsgegenstände aus der Zeit zwischen Vorpalastzeit und Nachpalastzeit, einer Ära, die von 2000 vor Christus bis 1450 vor Christus gedauert habe. Für den, der die Geschichte studiere, weil er zum Ende, das er kenne, auch den Anfang wissen wolle, sei sie nur von geringem Interesse. Von weitaus größerer Bedeutung seien die ersten Gegenstände, die die Menscheit während ihrer Existenz auf Erden hinterlassen habe. Sie stammten aus dem Neolithikum. Was der Mensch als erstes mit seinen Händen erschaffen habe, sei eine Frage, an der keiner vorbeikomme, der in den Nebel der Geschichte eintauchen wolle, um zu ihrem Anfang zu gelangen.

Die erste Vitrine im ersten Saal befand sich gleich neben dem Eingang. Zwischen ein paar Scherben stand ein *Neolithisches Tonidol*. So lautete jedenfalls der Name auf dem dazugehörigen Schild. Es war eine Statuette, höchstens fünf Zentimeter groß und von graublauer Farbe. Der Kopf fehlte. Es war nicht auszumachen, ob er im Lauf der fünf Jahrtausende abgebrochen oder vom damaligen Künstler als nebensächliches Beiwerk von vorneherein weggelassen worden war. Doch sah man auf den ersten Blick, daß es sich um eine Frau handeln mußte. Ihr Leib war prall, auf massigen Schenkelstümpfen thronte ein ausladendes Gesäß, die vollen Brüste hingen tief herab. Obwohl der Torso ausschließlich aus primären und sekundären Geschlechtsmerkmalen zu bestehen schien, war die Frau hinter der Glasscheibe alles andere als obszön zu nennen. Nein, sie war kein Pin-up-girl aus dem Neolithikum. Ihr Leib erweckte nicht die Begier, ihn aufzuspießen. Und doch muß ich zugeben, daß die stilisierten Formen eine Anziehungskraft auf mich ausübten. Das ausufernde Schenkelgewölbe lud dazu ein, sich in ihm zu verbergen.

»Sieh sie dir an! Das erste Kunstwerk, das der Mensch mit seinen Händen geschaffen hat«, sagte Doris neben der Vitrine, »ist diese Frau gewesen. Was meinst du? Warum? Ob da ein besonders begnadeter Künstler von der Schönheit seines Eheweibs so überwältigt war, daß er sie unbedingt der Nachwelt erhalten wissen wollte?«

»Wohl kaum.«

»Was stellt die Frau dann dar?« Doris sah mich an. »Was meinst du?«

»Eine Göttin?« fragte ich.

Doris lächelte. »Glaubst du an Gott?«

Ich schüttelte den Kopf.

»An was glaubst du dann?«

Ich zuckte die Achseln. »Im Zweifelsfall an den Zufall.«

»Ich nicht. Ich glaube an den Sinn. Wäre dem nicht so, würde ich nicht Geschichte studieren. Eine Anhäufung von Zufällen lohnt der Mühe nicht. Ich bin mir sicher, die Geschichte hat einen Sinn.«

»Und der ist?«

»Das eine geht dem anderen voraus.«

»Und was war am Anfang?«

»Gott«, antwortete Doris und lächelte wieder. »Der Gott, der dich erschaffen hat. Kennst du ihn nicht?«

Ich schüttelte den Kopf.

»Weißt du nicht mehr, wer dich erschaffen hat?« fragte Doris verwundert. »Hast du ein so schlechtes Gedächtnis? Hast du vergessen, wem du dein Leben verdankst?«

»Meiner Mutter«, sagte ich. »Meine Mutter hat mich geboren. Und mein Vater hat mich gezeugt.«

Doris rümpfte die Nase. »Na schön, dein Vater hat dich gezeugt. Und wem verdankt er sein Leben? Jetzt sag nicht, deinen Großeltern. Verlier dich bitte nicht in Ausflüchte. Stell deinem Urururgroßvater so viele Urs voran, wie du willst, einmal wirst du zu dem letzten in der Reihe deiner Ahnen gelangen. Und den hat eine Mutter zur Welt gebracht. Sie war der Anfang. Hier siehst du das Bild, das sich die Menschen von ihr machten, die ihr noch nahestanden. Den Rest...« Doris deutete über die übrigen Vitrinen. »Den Rest kannst du vergessen. Alles nur Kunstgewerbe, Kitsch einer dekadenten Zeit.«

Doch da wir schon mal da waren, zeigte Doris mir auch die restlichen Säle. Touristen umringten die Vitrinen. Die Führer streckten, wenn sie etwas zu sagen hatten, ein Buch oder einen Regenschirm in die Höhe oder was sonst sie mit ihrer Gruppe als Kennzeichen vereinbart hatten. Vor einer Vitrine mit einer barbusigen Fayencefigur drängten sich die Gruppen. Drei Führer erläuterten gleichzeitig den Fund. Während der eine auf die minoische Mode verwies, die sich an der Statuette auf so vorzügliche Weise offenbarte, eng geschnürte Taille mit kurzen Ärmeln, entblößte Brüste und ein weit fallender Rüschenrock, lenkte ein anderer das Augenmerk mehr auf die beiden Schlangen, die die Dame in den Händen hielt, Tiere, die den Minoern heilig gewesen waren, weshalb man annehmen konnte, daß es sich bei der Dame um eine Priesterin handelte. Und der dritte hielt es nicht für ausgeschlossen, daß zur Belustigung des Königspaares und seines Gefolges in dem Palast von Knossos neben Stierkämpfen auch Schlangentänze stattgefunden hatten. Doris enthielt sich eines Kommentars. Sie ging mir durch die Säle voran und blieb erst stehen, als wir den dreizehnten erreicht hatten. Hier waren die Sarkophage ausgestellt. Es gab auch einige Pithoi zu sehen, die sich von den Vorratsgefäßen in den Magazinräumen von Knossos nicht unterschieden und ebenfalls zur Leichenbestattung verwendet worden sein sollten. Ich besah mir die Särge, von denen einige noch kürzer waren als die Badewanne im Megaron der Königin. »Sie können nicht sehr groß gewesen sein«, sagte ich zu Doris. »Die Vornehmsten der Vornehmen der Ägäis, die *Crème de la crème* damaligen Welt, müssen Liliputaner gewesen sein.«

»Wenn du wissen willst, wie groß sie waren«, sagte Doris und deutete auf ein Skelett in der Ecke des Saales, »dann sieh ihn dir an.«

Es war das Skelett eines Mannes von normaler Größe. Er hatte die Beine zu einer Hocke angezogen und die Arme über der Brust verschränkt. Es war die gleiche Stellung, die ich einnahm, wenn ich keinen Schlaf finden konnte.

»Sie haben damals die Toten nicht so bestattet, wie wir sie heute begraben«, sagte Doris. »Hände an die Hosennaht! Als müßten sie in ihrem neuen Leben als erstes zu einer Parade antreten. Nein, sie gingen, wie sie gekommen waren, in der Haltung, die sie innehatten, bevor sie geboren wurden, als sie noch eins mit der Welt waren, im Mutterleib. Mit einer Ausnahme. Wer sich in seinem Leben als Mann erwiesen hat, ist mit ausgestreckten Armen und Beinen bestattet worden. Es sollen nur zwölf im Jahr gewesen sein. Von ihren Gräbern hat man keines gefunden.

»Woher weißt du, daß es zwölf gewesen sind?« fragte ich nach dem Abendessen. Die Antwort kann warten. Ich will an dieser Stelle die historischen Ausführungen, die in diesem Kapitel so sehr das Übergewicht zu bekommen drohen, wenigstens für ein paar Zeilen unterbrechen. Ich habe vieles nachzutragen. Ich war zum ersten Mal in Griechenland. Wir hatten in einer Taverne in einer Seitengasse der Altstadt einen freien Tisch ergattert. Die Touristen, die mit uns speisten, waren entweder käsebleich oder sonnenverbrannt, je nachdem, ob es ihr erster oder ihr letzter Urlaubstag war. Kaum einer verbrachte in Iráklion mehr als eine Nacht, es sei denn, er war noch nie auf Kreta gewesen und glaubte, unbedingt einen Tagesausflug nach Knossos unternehmen zu müssen. Denn Iráklion war mit seinen fast 100 000 Einwohnern fast eine Großstadt. Nicht nur daß die Luft übel roch, die Preise waren auch bedeutend höher als sonst auf der Insel. Nur wer spät angekommen war oder morgen früh am Flughafen sein mußte, spazierte, mit dem Erlebnishunger der ersten Stunde um sich schauend oder melancholisch mit Blicken von der Fremde Abschied nehmend, durch die engen Gassen. Mitunter waren auch Griechen zu sehen. Junge Männer hielten nach jungen Mädchen Ausschau. Alte Männer verkauften Lose einer Lotterie. Kinder spielten Ringelreihen.

Genug der Impressionen. Ich habe die historischen Ausführungen nicht zugunsten eines Feuilletons unterbrochen. Mehr als das griechische Fluidum beeindruckte mich die Frau, die mir gegenübersaß. Ich habe mir mit ihrer Beschreibung bisher nicht viel Mühe gegeben. Dafür habe ich sie um so ausführlicher zu Wort kommen lassen. Doch das genügt nicht. Ich will die Blicke beschreiben, die sie mir während der wörtlichen Rede zugeworfen hatte. Sie waren leicht herrisch, von oben herab und gleichzeitig von so durchtriebener List, wie sie sich nicht Herren, sondern nur Sklaven im Laufe eines machtlosen Lebens aneignen. Wenn sie erregt war, weil ich mich wieder mal als zu begriffsstutzig erwies, rümpfte sie die Nase, als müßte sie jeden Augenblick niesen. Wenn sie sehr schnell sprach, vergaß sie manchmal zu atmen. Dann stockte sie mitten im Satz und lachte, während sie tief Luft holte, über ihr eigenes Ungestüm. Beim Essen schwieg sie. Einmal fiel ihr etwas Reis der gefüllten Aubergine von der Gabel. Ich erwähne das nur, weil mir das Gelegenheit gibt, auf ihre Garderobe zu sprechen zu kommen. Es war ein weißes Rüschenkleid mit kurzen Ärmeln, von dem Doris mit dem Handrücken die paar Reiskörner wischte. Wenn man genau hinsah, konnte man in dem Dekolleté die Spitzen ihrer Brüste erkennen. Ich sah nicht genau hin. Ich sah Doris lieber in die Augen. Ich war gefangen von ihrem lichten Blau.

Das muß genügen. Ich machte diesen Einschub nicht Doris zuliebe. Wenn ich ehrlich bin, dann muß ich zugeben, daß ich ihren

Redefluß nur deshalb unterbrochen habe, weil ich von Barbara nicht so sang- und klanglos Abschied nehmen will. Schließlich war ich vor ein paar Seiten noch unsterblich in sie verliebt gewesen. Als von Minos und dem Minotaurus, Sir Arthur Evans und unser aller Mutter die Rede war, dachte ich noch immer an sie. Ihre Sommersprossen gingen mir nicht aus dem Kopf, während Doris mich mit Augen, so blau wie eine Vollmondnacht, in die Vergangenheit entführte. Barbara hatte sich nicht als der Unschuldsengel erwiesen, den ich in ihr zu sehen hoffte. Sie hatte keinen Freund gesucht, der mit ihr auf gleicher Wellenlänge lag. Sie liebte mich nicht. Ich war für sie nur ein Mittel zum Zweck. Ich glaubte ihr, daß sie seit Jahren nicht mehr auf Kreta gewesen ist. Sie begnügte sich damit, den Mond zu malen. Und wenn sie die Finsternis, die ihn umgibt, beendet hatte, unterbrach sie die Arbeit für eine Neumondnacht und suchte sich ein neues Opfer. Wenn es sich bewährte, wenn es nicht mit Reibung eine Energie erzeugen wollte, die ganz von alleine in uns wächst, wurde es weitergereicht, wohl um höhere Weihen zu erlangen. Ob Arno Kröninger und die ihm vorangegangenen Männer, von denen ich wußte, daß sie kurz vor ihrem Tod auf Kreta gewesen waren, sich ebenfalls der Führung von Doris anvertraut hatten? Wahrscheinlich hatte sie auch ihnen die Ausgrabungsstätte von Knossos gezeigt. Und jeder hatte sicher wissen wollen, wer die heißbegehrte Dame war, deren Gesellschaft die *Crème de la crème* der damaligen Welt nach dem Tod nicht missen wollte. Alle hatten sie einen Blick in die erste Vitrine des ersten Saals des Archäologischen Museums riskiert. Und jeder war natürlich neugierig gewesen. Wer weiß, vielleicht war Arno Kröninger oder einer der anderen in der gleichen Seitengasse der Altstadt von Iráklion in der gleichen Taverne an dem gleichen Tisch Doris gegenübergesessen und hatte wie ich nach dem Essen gefragt: »Woher weißt du, daß es zwölf gewesen sind? Wenn man ihre Gräber nicht gefunden hat, wie kannst du dann wissen, daß zwölf Männer im Jahr mit ausgestreckten Armen und Beinen bestattet worden sind? Wo steht das geschrieben?«

»Es steht nirgends geschrieben«, antwortete Doris von oben herab.

»Woher weißt du es dann?«

»Ich habe es gehört.«

»Von wem?« fragte ich.

»Von einer Freundin. Eine Freundin hat es mir erzählt.«

»Und woher weiß sie es?«

»Von ihrer Freundin. Eine Freundin wird es ihr erzählt haben. Warum fragst du?«

»Glaubst du alles, was man dir erzählt?«

»Und du? Glaubst du alles, was geschrieben steht?« Doris lächelte listig. »Sagt man nicht von einem, der besonders viel schwindelt, er lüge wie gedruckt?«

»Und wenn sich einer seiner Sache nicht sicher ist, sagt er, er kenne sie nur vom Hörensagen.«

»Weißt du, wie alt die Menschheit ist? Über fünf Millionen Jahre. Und es ist noch keine 5000 Jahre her, daß der Mensch schreiben gelernt hat. 4995000 Jahre mußte das Hörensagen genügen. Und auch ein Homer, der vor nicht mal 3000 Jahren als einer der ersten damit begann, die Erfindung der Schriftzeichen nicht nur zur Abwicklung von Handelsgeschäften zu nutzen, sondern mit ihrer Hilfe eine richtige Geschichte zu erzählen, berichtete nur, was er vom Hörensagen kannte. Doch da er und alle, die ihm folgen sollten, Partei waren, erzählten sie die Geschichte natürlich so, wie sie ihnen in den Kram paßte. Nicht die Erfindung der Keule, auch nicht Pfeil und Bogen, es war die Schrift gewesen, die euch zum Sieg verhalf!«

»Zu was für einem Sieg?« fragte ich.

»Bist du so blöd?!« Doris rümpfte die Nase. »Oder fragst du nur so? Euer Wort hatte Gewicht. Es überdauerte die Zeit. Es bestand aus Tinte und Pergamentpapier. Als es endlich soweit war und die erste Frau eure Schriftzeichen erlernen durfte, wäre sie auf dem Scheiterhaufen als Hexe verbrannt worden, hätte sie es gewagt, statt die Heilige Schrift zu kopieren, ihre eigene Geschichte zu erzählen. Daß nicht Eva aus einer Rippe von Adam geschaffen wurde, sondern sie es vielmehr war, die Adam gebar. So wie der Gottvater Zeus, auf dessen Liebesabenteuer und Zänkereien ihr so viel Worte verwandt habt, von Rhea zur Welt gebracht worden ist, von der ihr nicht viel mehr mitgeteilt habt als die Namen ihrer Brüder und Schwestern. Und Gaia, die Rhea erschaffen hatte, war für euch kaum mehr die Rede wert. Und über jene, die Gaia voranging, deren Bild du heute gesehen hast, habt ihr kein einziges Wort verloren. Dafür konntet ihr von den Taten des Herakles nicht genug bekommen. Seit 3000 Jahren schreibt ihr die Geschichte. Wer wissen will, was wirklich passiert ist, muß sich auf unser Hörensagen verlassen.«

»Wer sagt, daß ihr die Wahrheit sagt? Wer sagt mir, daß ihr nicht auch die Geschichte erzählt, wie sie euch in den Kram paßt?«

»Ich sage es dir. Wir erzählen die Wahrheit, weil sie uns vor Augen steht. Es sind nie die Geschlagenen, es sind immer die Sieger, die alles daran setzen, sich ins beste Licht zu rücken. Und wer will daran zweifeln, daß ihr gewonnen habt. Dem Weib, das ihr geboren habt, verdankt ihr eure Vertreibung aus dem Paradies. Sie ist schuld daran, daß ihr im Schweiße eures Angesichts euer täglich Brot verdienen müßt. Ihr habt die Wahrheit verdreht. Ihr lügt wie gedruckt!«

Ich lüge nicht! Ich gebe zu, ich bediene mich der Schrift. Ich drücke Tasten nieder, die mit Schriftzeichen versehen sind. Die Buchstaben des Alphabets werden durch ein Farbband auf Papier gebracht. Ich weiß, es mildert nicht die Umstände, daß ich nur unbeholfen mit zwei Fingern tippe. Und wenn, so du willst, Mutter, dieser Bericht meines Lebens einen Verleger finden und ein Setzer die von mir aneinandergereihten Buchstaben in Blei gießen wird, nein, das wird er wohl nicht, sicher bedient er sich des Lichtsatzes oder einer anderen fortschrittlichen Technik, sei es, wie es wolle, es werden gedruckte Lettern sein, denen sich mein Leser gegenübersieht. Ich fürchte, dieser Sachverhalt spricht nicht zu meinen Gunsten. Trotzdem! Ich lüge nicht wie gedruckt! Auch ich bin ein Geschlagener. Ich gehöre nicht zu den Siegern, die alles daransetzen, sich ins beste Licht zu rücken. Ich habe überlebt. Euch zur Warnung schreibe ich. Ja, ich will mit meiner Liebe zur Wahrheit Ernst machen, ich nehme meine Ehrlichkeit beim Wort, ich gestehe, je mehr Seiten ich fülle, um so klarer wird mir, es bist nicht du, Mutter, für die ich diesen Bericht niederschreibe. Ich habe nicht die geringsten Skrupel, mich aus dem Staub zu machen, ohne dir eine Zeile zu hinterlassen. Und schon gar nicht bist du der Mühe vieler hundert Seiten wert. Denn ich ahne es. Du, die die Wahrheit wissen könnte, wenn sie nur ihre Ohren gespitzt hätte, du glaubst mir nicht.

Warum nicht mir? Beherrsche ich nicht die 17 goldenen Regeln? Immer hattest du ein Buch auf dem Nachtkästchen liegen. Jedem bist du auf den Leim gekrochen, wenn er nur artig Personen und Schauplätze beschrieb, so daß du dir von der Handlung eine Vorstellung machen konntest. Von unseren Geschichten hast du dich immer gerne verführen lassen. Wenn sie nicht langweilig waren, hast du ihnen stets geglaubt. Liegt es an meinem Stil, mangelt es ihm so sehr an Geschliffenheit, daß du meine Zeilen mit so viel Skepsis liest? Ich fürchte, für dich ist mein Fall in die Tiefe nichts als ein Fazit einer erfolglosen Schriftstellerlaufbahn. Denke, was du willst. Ich sage es, nein, ich schreibe es frei heraus. An deinem Urteil ist mir nicht gelegen. Ich bediene mich der Zeichen meiner Ahnen, mich nicht dir und deinesgleichen, sondern allein meinem Geschlecht mitzuteilen. Und wenn auch seit Homer 3000 Jahre vergangen sind, es ist nicht zu spät, die Wahrheit schwarz auf weiß zu lesen. Für euch, die ihr meinesgleichen seid, vereint im Geiste des Y-Chromosoms, berichte ich mein Leben. Wer will, kann seine Lehren aus meinem Versagen ziehen.

Nach dem Abendessen gingen Doris und ich zu unserem Hotel zurück. Obwohl sich die Saison dem Ende zuneigte, war es nicht leicht gewesen, in Iráklion ein Zimmer zu finden. Wir mußten uns ein Doppelbett teilen. In dieser Nacht lagen wir Seite an Seite. Ich brauchte nur die Hand auszustrecken, um die fremde Haut zu berühren. Ich berührte sie nicht. Nicht, daß ich mich gerne an sie geschmiegt hätte. Auch wenn zuletzt mehr von Sir Arthur Evans, dem Minotaurus und unser aller Mutter als von Doris die Rede war, dem aufmerksamen Leser wird nicht entgangen sein, daß ich trotz der naßforschen Beschreibung, mit der ich meine Reisebegleiterin im letzten Kapitel eingeführt hatte, der Freundin meiner Freundin Barbara mehr als Sympathie entgegenbrachte. Es waren nicht nur die lichtblauen Augen, die es mir angetan hatten. Als Doris sich vor dem Schlafengehen entkleidete, blickte ich verschämt zur Seite. Ich betrachtete den nackten Körper mit Wohlgefallen. Die Beine ... Ich will sie hier nicht beschreiben. Auch die Form des Busens behalte ich lieber für mich. Seit mir klargeworden ist, daß diese Zeilen nicht dir gelten, habe ich es nicht mehr nötig, dich mit unartigen Worten zu necken, ich kann dir die steile Falte auf deiner Stirn ersparen. Je mehr ich erkenne, daß ich nur für meinesgleichen schreibe, widerstrebt es mir, Schlüpfrigkeiten auf das Papier zu bringen, und seien sie auch noch so harmlos, wie die Erwähnung der Farbe des Haarbüschels, das ein jeder von uns zwischen seinen Beinen trägt.

Doch soviel kann ich verraten, es war ein schöner Körper, der unter die Decke schlüpfte und jetzt neben mir auf dem Laken lag. Trotzdem berührte ich ihn nicht. Ich wußte, was sich gehörte. Das oberste Gebot lautete Geduld. Und wenn ich auch weit entfernt davon war, mit Reibung eine Energie erzeugen zu wollen, die ganz von alleine in uns wächst, es mir nach nicht mehr gelüstete als nach einer tröstenden Berührung oder allenfalls einigen Streicheleien, so ahnte ich doch, daß auch dieses Ansinnen sich nicht schickte, solange der Mond im Abnehmen war und jeder damit beschäftigt sein sollte, zu sich zu kommen. Wenn ich dem Geheimnis der sechs Männer, die bei Vollmond einem Herzschlag erlegen waren, der nach Meinung des Assistenten von Professor Rönneberg kein Herzschlag war, auf die Spur kommen wollte, mußte ich bei Doris einen guten Eindruck hinterlassen. Ob Arno Kröninger und die, die ihm vorangegangen waren, auch das Bett mit ihr geteilt hatten? Ob der eine oder andere es gewagt hatte, die fremde Haut zu berühren? Vielleicht war es ein Fehler von mir, die Frau links liegenzulassen.

Grübelnd fand ich keinen Schlaf. Ich war schon versucht, mich auf die rechte Seite zu legen, die Beine zu einer Hocke angezogen und die Arme über der Brust verschränkt, die gleiche Haltung einzunehmen, die das Skelett im archäologischen Museum innegehabt hatte und in der ich am leichtesten einschlafen konnte. Doch ich wollte Doris nicht meinen Rücken zukehren. Auch widerstrebte es mir, mich wie ein Embryo im Mutterleib zusammenzurollen, womöglich noch den Daumen im Mund. Doris sollte keinen schlechten Eindruck von mir bekommen. Ich leugnete meine Infantilität. Nur mit ausgestreckten Armen und Beinen wollte ich mich dem Schlaf ergeben, wie jene, die sich in ihrem Leben als Mann erwiesen hatten und von denen es nur zwölf im Jahr gegeben haben soll. Warum zwölf? Weil das Jahr zwölf Monate hat? Zwölfmal der Mond sich füllt? Ich verstrickte mich erneut in Grübeleien. Ich begann, Schäfchen zu zählen.

Ich hatte kaum ein Dutzend gezählt, da ließ ich es auch schon wieder bleiben. Ich hatte ganz vergessen, daß es eine bessere Technik gibt, die denselben Zweck erfüllt. Ich brauchte nur auf meinen Atem zu achten. Ich atmete das Geschenk des Lebens ein, und während die Luft die Lungen füllte, sagte ich in Gedanken *Aaaaa!*, jenen Urlaut, von dem der Leiter des Kurses 411 der Städtischen Volkshochschule, Jürgen Hönig, gesagt hatte, daß er als erster über unsere Lippen gekommen war. Und während ich ausatmete, starb ich einen freiwilligen Tod mit wehklagendem *Ooooo!* Zwerchfellatmend auf dem Rücken liegend dachte ich nur an das Eine, *Aaaooaaa!*, und war über dem Einerlei der Gedanken fast schon eingeschlafen, als Doris mich fragte:

»Schläfst du schon?«

»Nein«, antwortete ich und öffnete die Augen. »Ich kann nicht schlafen.«

»Ich kann auch nicht schlafen. Mir geht so viel im Kopf herum. Unterhalten wir uns ein bißchen. Warum kannst du nicht schlafen?«

»Es wird wohl Reisefieber sein. Ich bin zum ersten Mal in Griechenland. Ich schlafe in einem fremden Bett. Was geht dir im Kopf herum?«

»Du gehst mir im Kopf herum.«

»Warum ich?«

»Ich frage mich, wie sich ein Mann so wenig für seine Geschichte interessieren kann.«

»Ich interessiere mich doch für sie.«

»Warum hast du mich dann nicht gefragt?«

»Dich was gefragt?«

»Warum hast du mich nicht nach ihrem Namen gefragt?«

»Was für einen Namen?«

»Hast du sie bereits vergessen? Hat dich ihr Abbild so wenig beeindruckt? Den Namen der Frau, die Gaia vorangegangen ist, und den keiner von euch je mit einem Wort erwähnt hat. Bist du kein bißchen neugierig? Warum hast du mich nicht nach ihrem Namen gefragt?«

»Ich frage dich jetzt.«

»Doch nur aus schlechtem Gewissen.«

»Nein, weil ich ihn wissen will.«

»Ich glaube dir nicht.«

»Wie soll ich dir das Gegenteil beweisen?«

»Wenn du ihn wirklich wissen willst, dann versuch ihn zu erraten.«

»Gib mir eine Hilfe. Mit welchem Buchstaben beginnt er?«

»Er beginnt nicht mit einem Buchstaben. Er beginnt mit einem Laut.«

»Gut. Mit welchem Laut?«

»A! Jetzt errate den nächsten.«

»O?«

»Richtig. *Ao* ist der Anfang. Und wie lautet das Ende?«

»A?«

»Wieder richtig! Wie bist du nur so schnell darauf gekommen? Hast du ihren Namen schon einmal gehört?«

»Wie sollte ich? Du hast doch selbst gesagt, daß keiner von uns sie je mit einem Wort erwähnt hat.«

»Warum hast du dann *Aoa* auf Anhieb erraten?«

»Es wird wohl Zufall gewesen sein.«

Ich werde nachlässig. Seit mir klargeworden ist, daß ich diese Zeilen nicht für dich, sondern für meinesgleichen schreibe, lege ich weniger Wert auf einen geschliffenen Stil. Anders ist es nicht zu erklären, daß ich soeben mehr als eine Seite Rede und Gegenrede geschrieben habe, ohne sie mit einem gelegentlichen *fragte sie* oder *antwortete ich* zu kommentieren. Bei früheren Unterredungen, die ich oft ebenso ausführlich wiedergegeben hatte, hatte ich den Dialog gerne aufgelockert, indem ich mitunter den einen dem anderen in die Augen sehen ließ. Keine der 17 goldenen Regeln hatte mir diesen Rat gegeben. Auch Dr. Hartwig vom Fortbildungsseminar für Nachwuchsschriftsteller hat sich diesbezüglich nie geäußert. Ich war ganz alleine auf die Idee gekommen, mit kurzen Blickwechseln bei langen Gesprächspassagen für Abwechslung zu sorgen. Warum verwerfe ich jetzt solche Finessen? Warum gebe ich mir für meinesgleichen so wenig Mühe? Während ich auf diese Fragen Antworten zu finden versuche, muß ich gähnen. Ich fürchte, der Grund, warum ich während der letzten wörtlichen Reden das schmückende Beiwerk beiseite gelassen habe, liegt allein daran, daß ich schon den ganzen Tag vor der Schreibmaschine sitze. Ich mache es mir leicht, weil ich dieses Kapitel endlich zu einem Ende bringen will. Ich bin hundemüde, während ich mir noch ein paar Sätze abzuringen versuche, die meinen Leser mitfühlen lassen, wie es ist, wenn man in einem Doppelbett in einem Hotel in Iráklion nicht einschlafen kann. Daß Doris die Urlaute, die Jürgen Hönig genannt hatte, in eine mir vertraute Rede brachte, gab mir natürlich zu denken. Zwerchfellatmend versuchte ich, der aufgewiegelten Meute zu entkommen. Ich atmete ein und atmete aus und taumelte zwischen den Zügen, ohne es zu wollen, durch die Pforte der Erkenntnis. Doch kam ich nicht zu mir, ich war mir fern, ich gelangte auch nicht zu Doris, die an meiner Seite lag, oder zu Barbara, wie ich sie in Erinnerung hatte, mir war, als triebe es mich zu einem fernen Gestade, während ich mit jedem Atemzug *Aoa* beschwor.

# 16

Am nächsten Tag fuhren wir mit dem Bus nach Chaniá. Nach einer knappen Stunde Aufenthalt bestiegen wir den Bus nach Paleochóra oder Soúgia oder Omalós oder einem anderen Ziel. Wenn ich schon so diskret gewesen war, Barbaras Wohnsitz zu verschweigen, darf ich erst recht den Ort nicht nennen, an dem sie zusammen mit ihrer Freundin Doris ein kleines Häuschen besaß. Die Reise, soviel kann ich verraten, ging in die Berge. Die Mehrzahl der Passagiere waren Touristen, überwiegend Leute jüngeren Alters, die mit ihren Rucksäcken, fernab der Routen der Pauschalurlauber, das Land auf eigene Faust erkunden wollten. Alle fuhren sie bis zur Endstation. Doris und ich stiegen, auch das will ich verraten, nach knapp zwei Stunden Fahrzeit aus. Und auch auf die Gefahr hin, daß ein Neunmalkluger den Dingen auf den Grund gehen will und auf einer Landkarte mit dem Zirkel um Chaniá einen Kreis macht, dessen Radius einer Fahrzeit von zwei Stunden entspricht, will ich trotzdem erwähnen, daß es in dem Nest, in dem uns der Bus kurz nach Mittag zurückließ, ein Taxi gab. Es war eine grüne Limousine, ein Toyota, glaube ich, aber ich kann beim besten Willen nicht mehr sagen, welches Modell, ich weiß nur noch, daß der rechte vordere Kotflügel eingedrückt war. Der Fahrer hieß Giorgos. Das muß genügen. Ich will es den Neunmalklugen nicht zu leicht machen. Doch ich will auch Fleiß belohnen. Wem es gelingt, im besagten Umkreis eine in Japan hergestellte Limousine mit verbeultem Kotflügel ausfindig zu machen, die von einem Giorgos gefahren wird, dem, das verspreche ich, werde ich keine Steine mehr in den Weg legen.

Dem sage ich, daß er sich von dem Taxistand, einem Baum in der Ortsmitte, an dem ein Brett mit der Aufschrift ΑΓΟΡΑΙΟΝ angenagelt ist, rund 500 Meter die Straße zurück in Richtung Chaniá bewegen muß. Dann stößt er auf eine kleine Brücke, die ein in den Sommermonaten ausgetrocknetes Flußbett überquert. Kurz hinter der Brücke, noch vor einer Linkskurve, geht ein Weg von der Straße nach rechts ab. Er ist nicht asphaltiert und führt durch einen verwilderten Obstgarten. Später steigt er in Serpentinen an. Die Bäume weichen dornigem Buschwerk, das sich zwischen Felsbrocken in die Erde gekrallt hat. Mitunter sieht man einen Hirten eine Herde Ziegen geleiten, die sich an dem Gestrüpp laben. Dann weichen auch die Büsche dem grauen Gestein. Die Straße wird zum Geröll. Man kommt nur noch im Schrittempo voran. Nach etwa 20 Kilometern, zu denen Giorgos in seinem Taxi fast eine Stunde benötigte, taucht hinter einer Bergkuppe ein tiefer Talkessel auf. Sein fruchtbares Grün sticht ins Auge. Ein dichter Waldgürtel aus Ahornbäumen und Zedern umgibt das kultivierte Land. In der Mitte der gerodeten Lichtung ist eine Ansiedlung. Sie besteht aus einem Dutzend weißer Häuser. In ihrer Mitte befindet sich eine Platia mit einem Brunnen. Hier endet die Fahrt.

Der Platz war menschenleer, als wir ihn erreichten. Die Sonne stand noch hoch am Himmel. Die Häuser, einstöckige Gebäude mit flachen Dächern und gekalkten Wänden, warfen nur kurze Schatten. Ein Haus hatte eine Veranda mit einem von Wein umrankten Laubendach. Ein alter Mann in Pluderhosen und einer ärmellosen Weste saß hier auf einer Bank vor einem leeren Glas und nahm mich in Augenschein. Als ich seinen Blick erwiderte, griff er zu einer Zeitung, die neben ihm lag, und vertiefte sich in das bedruckte Papier. Ich nahm das Gepäck aus dem Kofferraum. Doris bezahlte unterdessen Giorgos. Der wendete sein Taxi und fuhr den Weg zurück, den er gekommen war. Ein schwarzweiß gefleckter Köter trabte heran und begrüßte Doris mit wedelndem Schweif. Ich griff nach meiner Reisetasche und fragte: »Welches ist euer Haus?«

»Du kannst es von hier aus nicht sehen«, antwortete Doris und kraulte dem Hund den Nacken. »Es ist etwas abgelegen. Wir müssen noch eine Dreiviertelstunde zu Fuß gehen.«

»Gut, gehen wir.«

»Wir haben nichts zu essen zu Hause«, sagte Doris und richtete sich auf. Der Köter, der die zärtliche Hand vermißte, rieb sich an ihren Beinen. Doris ließ sich noch einmal dazu herab, sein Fell zu streicheln. »Ich muß noch einkaufen.«

»Gut, gehen wir einkaufen.«

»Du brauchst nicht mitzukommen«, sagte Doris und richtete sich nun endgültig auf. Der Hund trollte sich. »Es reicht, wenn einer von uns geht. Warum siehst du dir in der Zwischenzeit nicht den Ort an?«

Ich sah über den leeren Platz. »Ich fürchte, es gibt nicht viel zu sehen.«

»Stimmt.« Doris lächelte. »Es gibt wirklich nicht viel zu sehen. Warum gehst du nicht ins Kafeníon?« Doris deutete auf das Haus mit der Veranda. »Warum setzt du dich nicht zu den Männern ins

Kaffeehaus und trinkst einen Kaffee oder Raki?«

Ich tat, wie sie mir geheißen hatte. Ich schleppte meine Reisetasche und die Umhängetasche, mit der Doris auf Reisen war, zum Kafeníon und setzte mich zu dem alten Mann mit den Pluderhosen auf die Bank. Vergebens versuchte ich, ihm einen Gruß zuzunikken. Der Mann sah nicht von seiner Zeitung auf. Ein Knabe, höchstens 17 Jahre alt, in blauen Hosen und weißem Hemd, kam aus dem Haus und sagte etwas auf griechisch zu mir. Da ich annahm, daß er nach meinen Wünschen fragte, antwortete ich: Kaffee. Der Knabe verstand mich auch gleich und verschwand. Der alte Mann legte die Zeitung beiseite. Dann erhob er sich, warf eine Münze auf den Tisch und verließ, ohne mich eines Blickes zu würdigen, das Kafeníon. Er überquerte den Platz. Trotz seines hohen Alters, das ihn zwang, sich auf einen Spazierstock zu stützen, bemühte er sich um einen zackigen Schritt. Der Köter begleitete ihn in respektvollem Abstand mit feigem Gebell.

Der Knabe brachte den Kaffee. Nachdem er das Täßchen und ein Glas Wasser auf dem Tisch vor mir abgestellt hatte, setzte er sich neben mich auf die Bank auf den Platz, den der Alte innegehabt hatte. Der Knabe steckte die Münze ein und schlug die Zeitung auf. Doch so angestrengt er sich über einen Artikel beugen mochte, ich war mir sicher, er war an den Neuigkeiten dieser Welt sowenig wie der alte Mann interessiert, der so militärisch zu humpeln verstand. Immer wenn er eine Seite umblätterte, warf er mir einen Blick zu. In seinen Augen lag eine Mischung von Neugier und Ehrfurcht. Ich wich ihnen aus. Ich widmete mich lieber dem Treiben auf der Platia. Ein paar Buben in kurzen Hosen hatten damit begonnen, Fußball zu spielen. Ein kleines Mädchen ließ eine Papierschwalbe fliegen. Ein junger Mann kroch unter das Wrack eines Lastwagens und fing dort zu hämmern an. Eine Frau trat aus einem Haus.

Sie fiel mir nur deshalb auf, weil der schwarzweiße Hund, der Doris so freudig begrüßt hatte, auch ihre Beine umstrich. Die Frau blieb an der Tür stehen und sah quer über die Platia zum Kafeníon hinüber. Ihre Augen suchten die meinen. Ich hielt ihrem Blick stand. Es war eine alte Frau in einem langen schwarzen Kleid, das sich um fette Hüften spannte. Das Haar war unter einem schwarzen Kopftuch verborgen. Das Oval des Gesichts war von freundlicher Breite. Es war ein Mondgesicht. Mir schien, als lächle es mir zu. Und obwohl ich mich aus der Entfernung natürlich täuschen konnte, zögerte ich nicht, zurückzulächeln. Ja, ich nickte der Frau am anderen Ende des Platzes, die mir soviel Aufmerksamkeit schenkte, sogar kurz zu. Der Matrone, an deren Beinen sich noch immer der Köter rieb, entging mein angedeuteter Gruß nicht. Sie hob die linke Hand und winkte mir zu. Dann verschwand sie wieder im Haus. Der Hund blieb zurück und legte sich in den Schatten seiner Hütte.

Als ich zur Seite sah, um mich zu vergewissern, ob der Knabe den Wink mitbekommen hatte, fand ich den Platz neben mir leer. Nur die Zeitung lag noch aufgeschlagen auf dem Tisch. Ich trank den Kaffee aus. Es war türkischer Kaffee. Ich hatte gerade den Satz, der mir vom letzten Schluck im Mund geblieben war, mit einem Schluck Wasser heruntergespült, als der Knabe mit einem Tablett, auf dem zwei Gläser, randvoll mit einer farblosen Flüssigkeit gefüllt, und ein kleiner Teller mit Pistazienkernen standen, aus dem Haus kam. Er stellte das Tablett auf die Zeitung und setzte sich wieder auf seinen Platz. Dann nahm er ein Glas und reichte es mir. Er hielt es so lange in der Luft, bis ich es ihm abnahm. Dann nahm er das andere Glas und streckte es mir entgegen, bis ich mit meinem das seine berührte. Als der Klang der Gläser verhallt war, sagte er »Jammás!«

Ich nippte von der Flüssigkeit. Es war ein Schnaps, der in der Kehle brannte. Der Knabe trank sein Glas zur Hälfte aus. Er stellte es ab und fragte: »Where do you come from?«

»Germany«, antwortete ich.

»Deutschland«, übersetzte er.

»Sprichst du deutsch?« fragte ich.

Der Knabe deutete mit zwei Fingern an, daß seine deutschen Sprachkenntnisse nicht der Rede wert seien.

»Wo hast du es gelernt?«

»Von Touristen. Ich spreche deutsch, englisch und französisch. Ich habe es von Touristen gelernt.«

»Kommen viele Touristen hierher?«

Der Knabe schüttelte den Kopf. »Hierher nicht. Ich habe es in Paleochóra gelernt.« Der Knabe streckte mir erneut sein Glas entgegen und sagte: »Prost!«

Wir stießen mit den Gläsern an und tranken.

»Wie ist dein Name?« fragte der Knabe.

»Thomas«, antwortete ich. »Und deiner?«

»Dimitri. – Kennst du Arno?«

Ich bemühte mich um Gelassenheit. Natürlich kannte ich einen Arno. Ich hatte die Fotos der Leiche gesehen. Seine Beine waren nicht zu einer Hocke angezogen gewesen, die Arme nicht über der Brust verschränkt, sondern stolz in einem Winkel von 45 Grad vom Rumpf gestreckt, als wäre der Tote einer der zwölf gewesen, die sich in einem Jahr als Mann erweisen. Doch da ich nicht als Staatsanwalt in offizieller Mission tätig war und mich nur auf einer Urlaubsreise mit der Freundin meiner Freundin befand, sah ich Dimitri in die Augen, in denen sich noch immer Neugier und Ehrfurcht paarten, und fragte voller Unschuld: »Was für einen Arno? Wie heißt er mit Nachnamen?«

»Ich weiß es nicht.«

»Wie sieht er aus?«

Dimitri beschrieb ihn mir. Obwohl ihm trotz aller Sprachgewandtheit für das eine oder andere Detail das passende deutsche Wort fehlte, war kein Zweifel möglich, daß er Arno Kröninger meinte. Nachdem er seine Beschreibung beendet hatte, fragte mich Dimitri noch einmal: »Kennst du ihn?«

Ich schüttelte den Kopf. »Was ist mit ihm?«

Dimitri winkte ab. »Was soll's, wenn du ihn nicht kennst.« Er hob sein Glas. »Jammás!«

Wir tranken. Ich wollte mich nicht mit weiteren Fragen verdächtig machen und sah wieder dem Treiben auf der Platia zu. Die Buben spielten noch immer Fußball. Die Papierschwalbe des Mädchens war in den Brunnen gefallen. Der junge Mann, der unter dem Wrack des Lastwagens gehämmert hatte, beugte sich jetzt über den Motor. Eine Mutter kam zum Brunnen und tröstete das kleine Mädchen. Ein alter Mann führte einen Esel in einen Stall. Der Köter lag noch immer im Schatten seiner Hütte. Jetzt richtete er sich auf. Die Tür war aufgegangen. Doris trat aus dem Haus. Sie hielt einen Korb in der einen Hand und einen Krug in der anderen und stellte beides ab, um von der alten Frau im schwarzen Kleid Abschied zu nehmen. Sie umarmten sich wie dicke Freundinnen und küßten sich auf beide Wangen. Dann hob Doris Korb und Krug wieder auf und kam über die Platia auf mich zu. Der Hund begleitete sie ein Stück des Wegs. Dimitri trank sein Glas aus und ging wortlos ins Haus zurück. Doris setzte sich auf den freigewordenen Platz. Sie stellte Krug und Korb vor sich ab, aß einen Pistazienkern und meinte nach einem Blick auf das halbvolle Glas vor mir: »Wie ich sehe, hast du dich gut eingelebt.«

»Dimitri hat mich zu einem Schnaps eingeladen.«

»Jaja, die berühmte kretische Gastfreundschaft.« Doris lächelte. »Auf was wartest du noch? Trink deinen Raki aus!«

Ich trank ihn aus. Da ich keine passende Münze hatte, legte Doris das Geld für den Kaffee auf den Tisch. Ich schulterte ihre Umhängetasche und nahm meine Reisetasche zur Hand. Doris hob Korb und Krug auf und ging mir voran. Nach einer Dreiviertelstunde erreichten wir das Haus. Nein, ich darf es mir nicht so einfach machen. Ich habe den Neunmalklugen, die mir auf die Spur gekommen sind, versprochen, ihnen keine Steine mehr in den Weg zu legen. Ich will sie nicht in die Irre führen. Der Pfad, den Doris mir voranging, zeigte nach Osten. Anfangs führte er durch einen Olivenhain. Als das Ende des Talkessels erreicht war, stieg er bergan. Der Waldgürtel, den wir zu durchqueren hatten, war an dieser Stelle nur von geringer Breite. Über der Baumgrenze wurde der Weg dann so steil, daß ich mehrmals beim Klettern eine Hand zu Hilfe nehmen mußte, um nicht den Halt zu verlieren. Das einzige, woran ich mich festhalten konnte, war niederes Dornengestrüpp. Immer häufiger hielt ich inne, um mir die Stacheln aus der Haut zu ziehen.

Mein Abstand zu Doris wurde größer. Sie hatte mit dem Korb und dem Krug das leichtere Gewicht zu tragen, andererseits hatte sie keine Hand frei, um sich notfalls abzustützen. Dafür kannte sie den Weg, sie ging ihn nicht zum ersten Mal wie ich, sie kannte jeden Stein, sie wußte, welcher Halt bot und welcher nicht. Kein Wunder, daß sie so behende aufwärts stieg. Endlich blieb sie stehen. Gegen einen Felsblock gelehnt, wartete sie, bis ich sie eingeholt hatte. Ich stellte das Gepäck ab und verschnaufte. Doris, die noch immer Krug und Korb in den Händen hielt, sah mitfühlend zu, wie ich nach Atem rang, und fragte: »Sollen wir eine Pause machen?«

Ich nickte.

Doris stellte Krug und Korb ab und setzte sich auf den Fels. Ich setzte mich an ihre Seite. Die Sonne im Westen schien uns ins Gesicht. Unter uns lag das Dorf in seiner Lichtung. Die weißgekalkten Häuser warfen jetzt längere Schatten. Die Platia bevölkerte sich. Wenn man genau hinsah, konnte man den schwarzweißen Köter auf ihr erkennen, der den alten Mann in seinen Pluderhosen, der mit Hilfe eines Spazierstocks zackig zum Kafeníon humpelte, aus sicherer Entfernung anbellte.

»Warum Kreta?« fragte Doris. »Warum nicht Italien oder Spanien? Oder die Malediven oder die Seychellen oder irgendeine Südseeinsel? Warum wolltest du deinen Urlaub ausgerechnet auf Kreta verbringen?«

»Weil Barbara mich in euer Haus eingeladen hat.«

»Hat sie dir von unserem Haus erzählt?«

Ich schüttelte den Kopf.

»Du hast dich auf ein riskantes Abenteuer eingelassen. Unser Haus ist eine Hirtenhütte. Das Freizeitangebot ist begrenzt. Es gibt auch keinen Komfort. Warmwasser und Kühlschrank kannst du vergessen. Wenn du die Butter auf dem Brot nicht missen willst, wirst du sie ranzig essen müssen. Willst du dir das wirklich antun?«

Ich nickte.

»Warum?« fragte Doris und sah mir in die Augen.

Ich erwiderte ihren Blick und antwortete: »Wegen dir.«

»Warum wegen mir?«

»Weil du schön bist.«

Doris lächelte verschämt. »Wo hast du nur gelernt, solche Komplimente zu machen?«

Ich lachte zurück. »Auf einem Wochenendlehrgang.«

Nachdem ich verschnauft hatte, gingen wir weiter. Bald erreichten wir ein Hochplateau, auf dem die Hirtenhütte stand, die Doris und ihren Freundinnen gehörte. Neben dem Eingang war ein Brunnen. Die Hütte sah wie ein Iglu aus, nur daß sie statt aus Eisschollen aus Felsbrocken, wie sie hier überall herumlagen, gebaut war. In der Dachkuppel war ein Loch, durch das der Rauch abziehen konnte, wenn in dem steinernen Herd in der Mitte des Raumes ein Feuer brannte. Hinter dem Herd, dem Eingang gegenüber, standen ein Tisch mit einer Petroleumlampe und zwei Stühle. An der Wand hingen an ins Gestein geklopften Pflöcken ein Kochtopf, eine Bratpfanne und anderes, zum Teil mit Gewürzsträußen verziertes Küchengerät. Links und rechts vom Herd standen zwei Feldbetten. Doris fragte mich, welches von beiden ich haben wollte. Mir war es einerlei. Sie entschied sich für das linke. Ich stellte die Umhängetasche am Fußende des linken Bettes ab und trug meine Reisetasche zum rechten. Doris packte Brot, Käse und andere Lebensmittel aus dem Korb aus und legte sie auf den Tisch. Da ich nicht tatenlos herumstehen wollte, setzte ich mich auf mein Bett.

»Du kannst es dir noch immer überlegen«, sagte Doris. »Ich nehm's dir nicht übel, wenn du morgen weiterfährst, nach Paleochóra oder Soúgia oder einen anderen Ort, wo sich's gemütlich leben läßt.«

»Ich finde es hier gemütlich.«

»Sei dir nicht zu sicher. Ich hab dir nämlich noch nicht die ganze Wahrheit gesagt. Ich habe dir verschwiegen, wie wir zu dem Haus gekommen sind. Wir haben es nicht gekauft, wir haben es nicht gemietet, wir haben es auch nicht geschenkt bekommen. Und weißt du, warum? Weil dieses Haus keinem gehört. Keiner erhebt Anspruch auf seinen Besitz. Und weißt du, warum? Der Brunnen, den du draußen gesehen hast, ist versiegt. Es gibt kein Wasser hier. Wer hier wohnen will, muß sich Wasser aus dem Dorf holen.« Doris deutete auf zwei rote Plastikkanister neben dem Herd. »Willst du es holen?«

Ich ging. Da die Sonne schon tief am Himmel stand, mußte ich mich beeilen, um vor Einbruch der Dunkelheit zurückzusein. Bergab und nur mit zwei leeren Kanistern beladen, kam ich schnell voran. Als ich die Platia erreichte, war noch keine halbe Stunde vergangen. Ich warf den Eimer, der auf dem Brunnenrand stand, in den Schacht und zog ihn, mit Wasser gefüllt, an einem Seil wieder nach oben. Ich schraubte den ersten Kanister auf, klemmte ihn mir zwischen die Beine und goß das Wasser aus dem Eimer durch den Öffnungsstutzen. Doch soviel Mühe ich mir auch gab, es ging viel daneben. Ich machte mir die Hosen naß. Die Männer, die sich zur frühen Abendstunde im Kafeníon versammelt hatten, sahen mir bei dem Geplansche zu. Dort, wo heute nachmittag noch der Lastwagen gestanden hatte, steckten drei Frauen tuschelnd die Köpfe zusammen und behielten mich ebenfalls im Auge. Der schwarzweiß gefleckte Köter kam zum Brunnen getrabt und beschnüffelte mich. Doch solange er auch an meinen Füßen roch, er konnte sich kein Urteil bilden. Als ich den letzten Eimer in den zweiten Kanister gegossen und den Öffnungsstutzen zugeschraubt hatte, wußte der Köter immer noch nicht, ob er jetzt mit dem Schwanz wedeln oder knurren sollte. Ich wollte ihm seine Entscheidung erleichtern, er sollte wissen, daß ich nicht als Feind, sondern als Freund gekommen war. Langsam streckte ich meine Hand aus, um ihm den Nacken zu kraulen. Ehe ich mich versah, schnappte er zu.

Er schnappte um Haaresbreite daneben. Es war mir gerade noch gelungen, die Hand zurückzuziehen. Einen Augenblick lang war ich versucht, dem Köter einen Tritt zu geben. Doch ich wollte die Abfuhr, die ich soeben erlitten hatte und die den Männern im Kafeníon und den tuschelnden Frauen sicher nicht entgangen war, nicht mit großen Gesten für das ganze Dorf unübersehbar machen. Darum tat ich, als sei nichts geschehen, griff nach meinen Kanistern und ging gelassen gen Osten. Im Olivenhain kamen mir zwei kleine Mädchen entgegen, die verlegen kicherten, als sie mich sahen. Der Waldgürtel aus Ahorn und Zedern, den ich zu durchqueren hatte, schien mir beim zweiten Aufstieg viel breiter als beim ersten zu sein. Und über der Baumgrenze nahm die Kletterei kein Ende. Ich hatte keine Hand mehr frei, mit der ich mich notfalls hätte abstützen können. Von den Kanistern faßte jeder zwanzig Liter. Immer häufiger mußte ich immer längere Verschnaufpausen einlegen. Doch die Zeit drängte. Die Sonne verschwand hinter der dem Talkessel gegenüberliegenden Bergkette. Vor mir brach die Nacht herein. Der Mond war aufgegangen. Er bestand nur mehr aus einer hauchdünnen Sichel. Bald war Neumond. Und in ein paar Minuten würde es so dunkel sein, daß ich nicht mehr die eigene Hand vor den Augen sehen konnte. Ich würde mich hoffnungslos verirren. Ich mußte mich sputen. Als ich das Hochplateau erreichte, war von der Hütte nur noch eine schwache Silhouette zu erkennen. Als ich näherkam, bemerkte ich den dünnen Rauch, der durch die Öffnung des Dachs emporstieg. Als ich den Raum betrat, sah ich Doris vor dem Herd knien. Auf dem Rost brieten zwei mit Fleisch bestückte Spieße. Doris wendete die Souvlakis über dem Feuer, während ich die Kanister abstellte. Dann sah sie zu mir hoch und sagte: »Du kommst genau zur rechten Zeit. Ein paar Minuten später und dein Abendessen wäre verkohlt.«

Der Tisch war schon gedeckt. Doris schenkte aus dem Krug, den sie getragen hatte, zuerst mir und dann sich einen Becher Wein ein. Dann legte sie jedem von uns einen Souvlakispieß auf den Teller. Wir aßen das Fleisch mit den Händen und griffen ab und zu zur Gabel, um aus der Schüssel, die zwischen uns stand, ein paar Gurkenscheiben oder Tomatenschnitze zu fischen. Das Fleisch schmeckte gut. Es war mit Oregano gewürzt, es mußten Innereien sein, doch erinnerte mich sein Geschmack weder an Herz noch Leber noch Nieren noch an andere mir bekannte Gerichte.

»Was ist das für ein Fleisch?« fragte ich Doris.

»Schmeckt es dir nicht?«

»Ganz im Gegenteil. Es schmeckt mir ausgezeichnet.«

»Es sind Amelétita«, sagte Doris und trank einen Schluck Wein.

»Was sind Amelétita?« fragte ich.

»Hammelhoden«, antwortete Doris und stellte ihr Glas ab. »Eine Delikatesse, die du nicht alle Tage bekommst. Schließlich hat so ein Hammel jede Menge Fleisch, das auch gegessen werden will, und nur zwei kleine Hoden. Die Kreter essen sie nur zu ganz besonderen Anlässen.«

»Ist heute ein besonderer Anlaß?«

Doris schüttelte den Kopf. »Eigentlich nicht. Helena hat mir die Amelétita für dich mitgegeben.«

»Wer ist Helena?«

»Du kennst sie. Ihr habt euch schon begrüßt.«

Ich erinnerte mich an den Wink, der mir gegolten hatte. Doch auch jetzt, nachdem ich wußte, was es mit dem Fleisch auf sich hatte, das ich einer Matrone mit einem Mondgesicht verdankte, genoß ich die Mahlzeit. Als ich sie beendet hatte, schleckte ich mir die Finger ab.

»Wie soll's nun weitergehen?« fragte Doris und fischte die letzten Gurkenscheiben aus der Salatschüssel.

Ich nahm mir den letzten Tomatenschnitz und fragte zurück: »Wie soll was weitergehen?«

»Wer wäscht zum Beispiel das Geschirr ab?«

»Ich wasche ab.«

»Warum du?«

»Weil du gekocht hast.«

»Dafür hast du uns das Wasser gebracht. Das ist die schwerere Arbeit gewesen.«

»Mag sein. Doch das Kochen ist die größere Kunst.«

»Es ist immer dasselbe.«

»Was ist immer dasselbe?« fragte ich.

Doris trank ihren Becher aus. »Schon am ersten Tag kommt's zum Streit. Der eine will dies, der andere will das. Und ehe man sich's versieht, verbringt man die Zeit nur mehr damit, zu debattieren, wer recht gehabt hat. Ich habe keine Lust zu solcher Art von Zweisamkeit. Dann bin ich schon lieber allein.«

»Ich will mich mit dir nicht streiten«, sagte ich und trank ebenfalls einen Schluck Wein. »Wasch ab!«

»Bist du so blöd?« fragte Doris und rümpfte die Nase. »Oder tust du nur so? Es geht nicht um das Abwaschen! Heute ist es das

Abwaschen, und morgen ist es das Kochen und übermorgen das Wasserholen. Es geht darum, daß wir eine Vereinbarung treffen müssen, die solche Querelen in Zukunft verhindert. Einverstanden?«

»Kommt darauf an, was für eine Vereinbarung du meinst.«

»Sie ist ganz einfach. An einem Tag tut der eine, was der andere sagt. Und am nächsten Tag tut der andere, was der eine sagt. Jeder ist mal Herr und ist mal Knecht. Oder hast du einen gerechteren Vorschlag?«

Ich schüttelte den Kopf. »Und wer fängt an?«

»Du hast doch gesagt, daß du an den Zufall glaubst.« Doris lächelte. »Warum lassen wir nicht den Zufall entscheiden? Hast du eine Münze?«

Ich fand eine Münze in meiner Hosentasche. Es waren zehn Drachmen. Auf ihrer Rückseite war das Profil eines bärtigen Herrn abgebildet. Es war Homer.

Ich gab Doris die Münze.

»Kopf oder Zahl?« fragte sie.

»Kopf«, antwortete ich.

Doris warf die Münze ein paar Zentimeter hoch. Sie fiel neben der leeren Salatschüssel auf den Tisch. Dort kreiselte sie noch ein paar Sekunden, bis sie sich für eine Seite entschied. Der Kopf behielt die Oberhand.

»Homer hat gewonnen«, sagte Doris. »Du bist der Herr. Du kannst über mich bestimmen. Ich bin deine Sklavin. Was soll ich tun?«

»Und du tust wirklich alles, was man dir sagt?«

»Alles! So wie du alles tun wirst, was ich dir sagen werde. Unsere Vereinbarung ist nur etwas wert, wenn jeder von uns sich auch an sie hält.«

»Und wenn ich dir sagen würde, spring in den Abgrund, du würdest es tun?«

Doris nickte. »Ich würde es tun.«

»Und wenn ich dir sagen würde, erzähl mir die Wahrheit.« Ich sah Doris in die Augen. »Du würdest es tun?«

Sie erwiderte meinen Blick und antwortete: »Ich würde es tun.«

»Erzähl mir die Wahrheit!«

»Was für eine Wahrheit?«

»Warum habt ihr euch ausgerechnet dieses Haus hier ausgesucht? Doch sicher nicht, weil es keinem gehört, weil keiner von euch Miete verlangt.«

»Nein«, antwortete Doris. »Das ist nicht der wahre Grund.«

»Erzähl ihn mir.«

»Es ist eine lange Geschichte.«

»Ich habe Zeit.«

Es war eine lange Geschichte. Und da die Umstände inzwischen andere sind, ich keine Zeit mehr habe, denn heute ist der 12. Dezember, und ich habe mir vorgenommen, mit meinen Aufzeichnungen bis zum 20. des Monats fertigzusein, verzichte ich darauf, die Geschichte, die Doris mir in dieser Nacht erzählt hat, zwischen Gänsefüßchen in ihren eigenen Worten wiederzugeben. Der Leser wird sich mit einer kurzen Fassung begnügen müssen. Doch sei ihm versprochen, ich erzähle die Geschichte nicht so, wie sie mir in den Kram paßt. Auch wenn ich mich gedruckter Lettern bediene, ich schreibe die Wahrheit. Ich verschweige nur ein paar Nebensächlichkeiten. Oder tut es etwas zur Sache, daß es das Colloquium zum spätrömischen Münzumlauf in den westlichen Provinzen war, in dem Doris zum ersten Mal Barbara begegnete? Es reicht, wenn ich sage, beide waren sie Studentinnen der Philosophischen Fakultät gewesen, beide hatten sie Geschichte als Hauptfach gewählt, und beide waren sie mit dem Lehrbetrieb, der überwiegend von männlichen Dozenten geleitet wurde, unzufrieden. Sie blieben beide nicht lange allein. Doris und Barbara befreundeten sich mit ein paar Kommilitoninnen, die ebenso unter den Verhältnissen litten. Es waren noch fünf, Doris hat mir auch ihre Namen gesagt, ich brauche sie hier nicht zu referieren, ganz abgesehen davon, daß ich einen von ihnen bereits vergessen habe.

Die sieben Frauen taten sich zu einem Arbeitskreis zusammen, um die Geschichte zu erforschen, von der sie nie in Büchern gelesen hatten und die sie nur vom Hörensagen kannten. Es war Renate gewesen, ihren Namen will ich nicht verschweigen, warum soll er nicht neben Sir Arthur Evans und Heinrich Schliemann in die geschriebene Geschichte eingehen, die den Gedanken gehabt hatte, sich an den Herren, die, mit dem Spaten in der Hand, den Dingen auf den Grund gegangen waren, ein Vorbild und den Mythos beim Wort zu nehmen. Und der Mythos begann mit den Worten: *Aoa war die Mitte der Welt.* Doch es war auch eine andere Version im Umlauf, die lautete: *Aoa lebte in der Mitte der Welt.* Es war eine andere Frau, ich weiß nicht mehr, welche, die daran erinnerte, daß die Ägäis damals die Welt war und man die Mitte vielleicht mitten auf Kreta suchen sollte. So geschah es dann auch. In den Semesterferien fuhr die Gruppe nach Kreta. Eine befreundete Physikerin hatte für die Frauen den Schwerpunkt der Insel bestimmt. Doch so gewissenhaft die sieben auch den angegebenen Ort absuchten, so tief sie in der Gegend auch gruben, sie entdeckten keine Spur von *Aoa*. Und es war wieder Renate gewesen, die die Idee gehabt hatte, daß die Küsten von Kreta vor vielen tausend Jahren vielleicht anders als heute verlaufen waren. Nach ihrer Heimkehr rekonstruierten die Frauen mit Hilfe einer befreundeten Geologin, welchen Umriß die Insel vor 10 000 Jahren gehabt haben könnte. Die Physikerin bestimmte einen neuen Schwerpunkt. Und in den nächsten Semesterferien entdeckten die sieben den Ort, den jeder Neunmalkluge besichtigen kann, wenn er sich die Mühe macht, zwei Fahrstunden von Chaniá entfernt nach einer in Japan hergestellten Limousine mit verbeultem Kotflügel Ausschau zu halten, die von einem Giorgos gefahren wird.

Von diesem Ort aus unternahmen Doris und ihre Freundinnen die Expedition in die Vergangenheit. Helena, die Matrone mit dem Mondgesicht, wußte, was die deutschen Frauen des Weges führte. In ihren Träumen waren ihr schon seit langem sieben Fremde erschienen. Es war Helena, die den Studentinnen, die sich zu einem Arbeitskreis zusammengeschlossen hatten, den richtigen Weg wies. Doch wo die Vergangenheit begraben lag, verriet Doris mir nicht. Sie beschrieb noch lang und breit, wie sich eine der sieben unterwegs den Knöchel verstaucht hatte, dann brach sie mitten im Satz ab und behauptete frech, es sei jetzt Mitternacht. Ich konnte es ihr nicht widerlegen. Meine Uhr war stehengeblieben. Und da sie jetzt die Herrin und ich ihr Sklave war, wollte sie mir nicht mehr Rede und Antwort stehen. Sie trug mir auf, das Geschirr abzuwaschen, und ging schlafen.

## 17

Als ich am nächsten Morgen erwachte, hatte Doris bereits Feuer gemacht. In einem Kessel kochte Wasser. Doris brühte eine Kanne Tee auf, während ich aus dem Bett kroch und mich anzog. Ich nahm meinen Kulturbeutel und ein Handtuch aus meiner Reisetasche und schaute mich nach der Schüssel um, in der ich vor dem

Schlafengehen das Geschirr abgewaschen hatte. Sie war nicht zu sehen. Auch die beiden Kanister standen nicht mehr neben dem Herd. Doris fing meinen Blick auf und wies mit der Hand nach draußen. Ich trat ins Freie. Die Hütte lag auf ihrem Hochplateau inmitten einer Insel trüben Morgentaus. Links und rechts wurde das Land schon von der Sonne beschienen. Das Gestrüpp zwischen dem schimmernden Quarzgestein warf Schatten, so lang, wie den ganzen Tag nicht mehr. Nur ich stand im matten Dämmerlicht. Kein feuriger Strahl wärmte mir die Haut. Kein Schattenbild begleitete mich. Die Sonne war hinter einem Berg im Osten verborgen. Seine Silhouette ragte tiefschwarz über den lichten Horizont. Ein Vogel kreiste im gleißenden Licht über dem Gipfel.

Die Kanister standen neben dem Eingang. Beide waren sie leer. Die Schüssel stand auf der Brunnenmauer. Sie war zur Hälfte mit klarem Wasser gefüllt. Ich nahm meinen Waschlappen aus dem Kulturbeutel und wusch mir das Gesicht. Dann putzte ich mir die Zähne und fragte mich, was Doris wohl mit dem Wasser gemacht hatte. Vierzig Liter hatte ich gestern abend hochgeschleppt und für das Geschirrspülen nicht mehr als einen gebraucht. Doris hatte mir für meine Morgentoilette auch nicht mehr als einen Liter übriggelassen. Was hatte sie mit den restlichen 38 gemacht? Mir war klar, daß ich nach dem Frühstück neues Wasser würde holen müssen. Ich war heute der Sklave. Ich wrang den Waschlappen aus und verstaute ihn in meinem Kulturbeutel. Dann ging ich in die Hütte zurück. Doris saß bereits am gedeckten Frühstückstisch. Zum Tee gab es Brot und Honig. Ich setzte mich zu ihr und goß mir eine Tasse ein. Wir aßen schweigend. Einem Sklaven steht es nicht zu, seiner Herrin Fragen zu stellen. Wenn Doris mir nicht sagen wollte, was sie mit den 38 Litern gemacht hatte, dann eben nicht. Ich ahnte, daß sie nur auf eine launische Bemerkung von mir wartete, um mich dann von oben herab in meine Schranken verweisen zu können. Ich tat ihr den Gefallen nicht. Ich schwieg. Nachdem wir gegessen und getrunken hatten, lehnte ich mich auf meinem Stuhl zurück und sah Doris herausfordernd an, bis sie sagte: »Wasch das Geschirr ab!«

»Es ist kein Wasser da.«

»Dann hol welches.«

Ich holte Wasser. Als ich mit den Kanistern zurückkam, war Doris verschwunden. Ich wusch das Geschirr ab, wie sie es mir aufgetragen hatte. Und da sie keinen weiteren Befehl für mich hinterlassen hatte, ging ich spazieren. Zwei Wege standen zur Auswahl. Der eine führte hinunter ins Tal zu der Platia, der andere zu dem Berg, der mir am frühen Morgen die Sonne genommen hatte. Der Berg war nicht sehr hoch, dafür waren die Hänge so steil, daß sie nur von einer geübten Seilschaft, die es verstand, an den rechten Stellen Haken in die Wand zu schlagen, erklommen werden konnten. Ich bezweifelte, daß sich die griechischen Hirten jemals zu so einem mühsamen Unternehmen zusammengeschlossen hatten. Der Berg vor mir war sicher noch nie bestiegen worden, sein Gipfel unberührt.

Ich bin kein Gipfelstürmer. Ich mache mir nichts aus Bergen. Trotzdem ging ich gen Osten. Den Weg ins Tal war ich bereits mehrmals gegangen, und da damit zu rechnen war, daß ich noch häufiger Wasser würde holen müssen, würde er mir sicher bald zum Hals heraushängen. Warum nicht zur Abwechslung mal die andere Richtung einschlagen? Ich schritt dem Berg entgegen. Ich folgte den Pfaden, die die Ziegen gingen, wenn sie von Busch zu Busch zogen und die wenigen Triebe anknabberten, die sich seit ihrem letzten Besuch gebildet hatten. Je höher ich kam, um so spärlicher wuchs das Gestrüpp. Bald bot mir kein dorniger Zweig mehr rettenden Halt. Ich kletterte den nackten Felsen empor. Ich nahm die Wand in Angriff, die noch kein Mensch vor mir bezwungen hatte.

Mir war klar, daß auch ich an ihr scheitern würde. Ich machte mir nichts vor, ich war weit davon entfernt, den Berg zu erobern. Ich machte nur Spaß. Ich wollte nur meine Kräfte an ihm messen. Welche Höhe würde ich der Wand, die zu dem unberührten Gipfel führte, abtrotzen können? Wo war der Punkt, von dem aus ich keinen Schritt mehr weiterkam? Schweiß trat mir auf die Stirn. Ich biß die Zähne zusammen. Noch kam ich voran. Meine Fingerspitzen fanden über mir einen neuen Halt. Ich verlagerte gerade mein Gewicht auf den rechten Fuß und tastete mich mit dem linken auf der Suche nach einem höheren Vorsprung aufwärts, da glitt ich mit der rechten Sohle ab. Ich hing in der Luft. Die Finger umkrallten das Gestein. Die Füße suchten panisch Halt. Mein Herz setzte einen Schlag aus. Und eine Stimme schallte von weit unten vorwurfsvoll zu mir herauf: »Was machst du da oben? Komm sofort herunter! Komm sofort zu mir!«

Nichts tat ich lieber, als der Stimme meiner Herrin Folge zu leisten. Endlich hatte ich mit dem linken Fuß den alten Vorsprung entdeckt. Dann fand ich auch mit dem rechten Halt. Ich hatte meinen Spaß gehabt. Ich hatte an dem Berg meine Kräfte gemessen. Höchstens einen Meter tief hätte ich von der Stelle, an der ich mit meinen Füßen den Halt verloren hatte, abstürzen können. Und doch war mein Herz vor Todesangst stillgestanden. Was wollte ich da noch weiter oben, wo die eigentliche Steilwand begann und jeder Fehltritt wirklich das Ende bedeuten würde? Ich kletterte hinab. Als der Hang flacher wurde und ich nicht mehr die Hände in Anspruch nehmen mußte, um voranzukommen, drehte ich dem Berg den Rücken zu und hielt nach Doris Ausschau. Ich entdeckte sie im Schatten eines Dornbuschs.

Der Busch war das einzige Grün in der graubraunen Öde. Auch war er von weit stolzerem Wuchs als seine Artverwandten weiter unten. Allein seinetwegen lohnte sich der Weg für die Ziegen nicht, so daß seine Triebe unversehrt gedeihen konnten. Eine Biene, die sich mehr Mühe als die Ziegen machte, umsummte das blütenlose Gehölz. Doris saß in ihrem weißen Kleid, die Beine angezogen, die Arme um die Knie geschlungen, in dem kurzen Schatten und sagte, als ich sie erreichte, mit der linken Hand auf den Boden deutend: »Setz dich!«

Ich setzte mich zu ihr. Die Biene summte noch immer über unseren Köpfen. Doris legte ihr Kinn zwischen die Knie und blickte in die Ferne. Auf der anderen Seite des Tals weideten Ziegen. Von dem Dorf in der Lichtung waren die weißgekalkten Mauern zu sehen. Wenn man sich Mühe gab, konnte man auch die Platia entdecken. Wer sie im Moment bevölkerte, ob der schwarzweiße Köter den alten Mann anbellte, der so zackig zu humpeln verstand, das war mit bloßem Auge beim besten Willen nicht zu erkennen. Auch die Hirtenhütte, auf deren Besitz keiner Anspruch erhob, weil das Wasser im Brunnen lange schon versiegt war, wäre nicht so leicht auszumachen gewesen – zu wenig unterschied sich das Grau der aufeinandergeschichteten Steine von den anderen grauen Exemplaren, die über das Land verstreut waren – hätten nicht neben dem Eingang zwei rote Kanister gestanden. Es war das einzige Rot weit und breit. Ich hatte das Wasser, das ich nach dem Frühstück herbeigeschleppt hatte, in der Sonne stehengelassen. Wir würden uns nach unserer Heimkehr an lauem Naß erfrischen müssen. Ich schwieg angesichts des ins Auge stechenden Beweises meiner Unachtsamkeit und fragte mich noch immer, was Doris mit den 38 Litern gemacht haben könnte.

»Warum fragst du mich nicht?« fragte Doris. »Warum hast du mich nicht schon beim Frühstück gefragt?«

»Dich was gefragt?«

»Warum hast du mich nicht gefragt, wie die Geschichte ausgegangen ist? Gestern nacht warst du noch ganz versessen gewesen, ihr Ende zu hören. Und heute scheint dir die Mitte der Welt völlig gleichgültig zu sein.«

»Ist es der Berg?« Ich deutete über meine Schulter nach oben. »Ist er die Mitte der Welt? Lebte sie auf seinem Gipfel?«

»Warum sprichst du ihren Namen nicht aus?« Doris rümpfte die Nase. »Es verlangt ja keiner von dir, daß du ihn gleich zu Papier bringst. Warum nimmst du ihn nicht wenigstens in den Mund? Ja, dieser Berg ist die Stätte der Frau, die Europa und Rhea und Gaia vorangegangen war, die Mutter unserer Mütter, deren Namen ihr verschwiegen habt und die doch ein jeder von euch mit jedem Atemzug beschwört: *Aaaoooaaa*!«

Ich blickte zur Steilwand hoch und fragte: »Wer hat sie dort oben gesehen?«

»Männer haben sie gesehen«, antwortete Doris.

»Was für Männer?«

»Erwählte Männer. Immer wenn Vollmond war, durfte ein Mann sie besuchen.«

»Und? Was haben die Männer über sie berichtet?«

»Nichts. Keiner von ihnen kam je wieder.«

»Ich verstehe«, sagte ich. »Der König von Athen oder Babylon oder ein anderer Provinzfürst war der Dame, die die Welt beherrschte und deren Namen keiner in den Mund zu nehmen wagte, jährlich zwölf Jünglinge tributpflichtig, und die wurden ihr dann, über die Monate schön verteilt, zum Fraß vorgeworfen.« Ich grinste Doris zu. »War es so gewesen?«

»Nicht ganz«, lächelte Doris müde. »Es wurden keine Sklaven in Fesseln vorgeführt. Ihr kamt aus eigenem Antrieb. Jeder, der ein ganzer Mann sein wollte, trat einmal in seinem Leben die Reise nach Kreta an. Und wer von euch will sich nicht als Mann erweisen? Die Hälfte der Menschheit fand sich hier ein. Ihr kamt von weit her. Ihr kamt aus allen Richtungen. Ein jeder auf Erden, der von ihr gehört hatte, wollte die Frau mit eigenen Augen sehen, von der es hieß, ihre Schönheit sei so überwältigend, daß einem Mann bei ihrem Anblick das Herz stehenbleibt. Jeden Vollmond habt ihr euch unten im Tal versammelt und um die Ehre gestritten, *Aoa* würdig zu sein. Nein, du kannst dir dein Schmunzeln ersparen, dieser Wettstreit ist nicht der Ursprung der Olympischen Spiele gewesen. Die fanden erst viele tausend Jahre später statt, als ihr längst das Heft in der Hand hieltet. Ihr habt damals nicht gerungen, es war auch einerlei, wer am schnellsten laufen, am höchsten springen oder den Diskus am weitesten werfen konnte, und auch andere Arten des Kräftemessens, die dir jetzt durch den Kopf gehen, wie ich deinem anzüglichen Grinsen entnehme, waren nicht gefragt. Die Männer kamen nicht einmal zu Wort. Da konnte sich einer noch so großer Leistungen rühmen, es half ihm nichts, er mußte eine Zeugin beibringen, die sie ihm bestätigte. Nur wessen Frau die anderen davon überzeugen konnte, daß ihr Mann sie so glücklich gemacht hatte, wie keine von ihnen je gewesen war, der war erwählt. Der verabschiedete sich noch in derselben Nacht von der Welt und ging seinen Weg.«

»So wie ich.«

»Warum wie du?« fragte Doris.

»Ich wollte den Berg besteigen. Wer weiß, wenn du mich nicht zurückgerufen hättest, vielleicht hätte ich ihn bezwungen. Auch mich zog es zur Mitte der Welt. Ich ging den Weg, den die Erwählten gingen.«

»Das muß ein Zufall gewesen sein.« Doris lächelte mich an. »Du glaubst doch an Zufälle. Oder hat eine Frau deine Taten gerühmt?«

Ich schüttelte den Kopf. »Ich verstehe. Darum habe ich den Berg nicht bezwungen. Weil ich nicht erwählt war, wäre ich beinahe abgestürzt. Aber dem Erwählten, jenem einen unter all den Männern der Welt, der die beredteste Frau sein eigen nennen durfte, dem verlieh die Liebe Flügel. Der stürzte nicht ab. Der brauchte sich nicht einmal die Finger schmutzig zu machen. Der schwebte ganz von alleine zum Gipfel. War es so?«

»Natürlich nicht.«

»Oder lebte zufällig ein begnadeter Baumeister in der Gegend, der in seinen freien Stunden einen Flugapparat konstruierte, den er dann verliebten Jünglingen zur Erprobung überließ?«

»Jetzt werd nicht albern.«

»Wie dann?« Ich deutete den Berg empor. »Wie kam der Erwählte diese Steilwand hoch?«

»Überhaupt nicht.«

»Kam etwa *Aoa* zu ihm herunter?«

»Warum nicht?« meinte Doris. »Als höfliche Frau wird sie ihren Gast hier empfangen haben.«

»Warum ausgerechnet hier?«

»Weil hier die Pforte ist.«

»Was für eine Pforte?« fragte ich verdutzt.

»Was für eine Pforte?« äffte Doris nach. »Wenn du's so genau wissen willst, warum stehst du dann nicht auf und siehst nach?«

Ich stand auf und sah nach. Erst jetzt entdeckte ich die Felskluft hinter dem Busch. Sie war so niedrig, daß das Gestrüpp, das sich in ihren Schutz gedrängt hatte, sie fast völlig verbarg. Ich drückte die Zweige beiseite. Die Dornen ritzten die Haut. Von ein paar Kratzern durfte ich mich nicht geschlagen geben. Schließlich hatten die sieben Kommilitoninnen, die es Heinrich Schliemann und Sir Arthur Evans gleichtun und den Dingen auf den Grund gehen wollten, die Tortur ebenfalls am eigenen Leib ertragen. Ich biß die Zähne zusammen und drängte mich an dem Geäst vorbei. Als sich meine Augen an das Schummerlicht gewöhnt hatten, entdeckte ich am Ende der Spalte ein Loch. Es war einen knappen Meter hoch und gerade so breit, daß ein ausgewachsener Mann, wenn er sich halbwegs geschickt anstellte und nicht an Übergewicht litt, hineinschlüpfen konnte. Ich kroch zu dem Schlitz und steckte meinen Kopf durch die Öffnung im Fels. Ich hätte nicht die Hand vor meinen Augen sehen können. Ich fand ein Steinchen und schnippte es ins Schwarze. Es schlug immer tiefer und immer leiser auf, bis es ganz verstummte, weil es entweder irgendwo liegengeblieben oder in unhörbare Tiefen gefallen war.

Ich zog meinen Kopf aus der Öffnung. Auf allen vieren kroch ich zurück. Aufrecht zwängte ich mich an dem Dornenbusch vorbei. Dann ließ ich mich wieder neben Doris auf der Erde nieder und beleckte die Kratzer auf meiner Haut.

»Hast du die Pforte entdeckt?« fragte Doris.

Ich nickte.

»Warum bist du dann nicht eingetreten?«

»Es war zu dunkel. Ich konnte nichts sehen.«

»Wenn es zu dunkel ist, warum machst du dann kein Licht?«

Ich sah Doris entgeistert an.

Sie rümpfte die Nase. »Bist du so blöd oder tust du nur so? Hast du vergessen, daß in der Hütte eine Petroleumlampe auf dem Tisch steht? Wenn du nichts sehen kannst, warum holst du sie dann nicht und schaust mit ihrer Hilfe nach, was es zu sehen gibt?«

Ich machte mich auf den Weg. Und obwohl ich mehr meiner Neugier als ihrem Befehl gehorchte, bemühte ich mich, den fremden Blick im Rücken spürend, um eine beflissene Gangart. Keine zwanzig Minuten später hatte ich die Hütte erreicht. Ich verschmähte die Petroleumlampe auf dem Tisch und suchte stattdessen die Taschenlampe, die ich, in der Fremde mit dem Schlimmsten rechnend, vor meiner Abreise vorsorglich in die Tasche gesteckt hatte. Mit dem Stab eilte ich zurück. Doris, die noch immer im Schatten des Busches saß, belächelte den Fortschritt der Technik in meiner Hand. Ich nahm ein zweites Mal die Dornen in Kauf und zwängte mich an dem Geäst vorbei. Auf allen vieren kroch ich in die Spalte. Ich knipste die Taschenlampe an und leuchtete durch den Schlitz. Vor meinen Augen tat sich eine Höhle auf. Es war ein Schlund, der immer tiefer in den Berg hineinführte und dessen Ende auch mein Strahl, der um vieles weiter reichte als jedes Petroleumlicht, nicht ergründen konnte. Die Wände waren Vorhänge aus Tropfgestein. Auf dem Boden glänzte Sickerwasser. Das Gefälle war weit weniger steil, als mir das Steinchen, das ich vor einer knappen Stunde ins Schwarze geschnippt hatte, vorgaukeln wollte. Den Mut der sieben Kommilitoninnen brachte ich allemal auf. Wer weiß, wie viele Männer mir diesen Weg vorangegangen waren. Ich wollte ihnen nicht nachstehen. Ich wagte den Abstieg.

Der Weg war schlüpfrig. Man mußte aufpassen, auf ihm nicht auszugleiten. Mitunter versperrte ihn eine Lache. Dann mußte man, wenn man sich die Füße nicht naßmachen wollte, von einem Ufer zum anderen springen. Einmal glitt ich auf dem Boden aus und schlug der Länge nach ins Wasser. Hätte ich die Petroleumlampe dabeigehabt, wäre jetzt sicher der Glaszylinder zerbrochen gewesen. Der Taschenlampe machte der Fall nichts aus. Nach guten hundert Metern weitete sich der Gang zu einem Höhlenrund. Hier verweilte ich. Ich leuchtete die Wände ab. Von der Decke hingen bizarre Zapfen, denen in nicht weniger verwegenen Formen Säulen entgegenwuchsen. Wenn man die Augen zusammenkniff, konnte man in den Stalaktiten und Stalagmiten eine Teufelsfratze oder irgendein phantastisches Gebilde sehen. Wenn hier die Mitte der Welt gewesen sein sollte, wenn in dieser Höhle die Mutter aller Mütter, deren Namen ich sehr wohl in den Mund zu nehmen wage – ich scheue auch nicht davor zurück, ihn in kursiv gedruckten Lettern zu Papier zu bringen –, wenn in dieser Höhle *Aoa* gelebt haben sollte, brauchte es einen untrüglichen

Beweis, mich von ihrer Existenz zu überzeugen. Doch kein von Menschenhand gesetztes Zeichen zierte die Wände. Und auf dem Boden fand sich, sosehr ich auch den Strahl meiner Taschenlampe auf ihm wandern ließ, nicht die Spur einer Statuette, nicht die Scherbe eines Tonidols, nichts, was von Menschenhand geschaffen war und darauf schließen ließ, daß die Mitte der Welt vor Urzeiten einmal bewohnt gewesen war.

Vier Wege führten von der Höhle in alle Himmelsrichtungen. Welchen sollte ich wählen? Ich war aus dem Westen gekommen. Sollte ich die gleiche Richtung weiter nach Osten gehen? War das der Weg, der Glück verheißt? Führte er mich zu einem Ziel? Oder war er nur der Anfang eines Labyrinths? Wer sagte mir, daß ich jemals wieder aus ihm herausfinden würde? Die Batterie in meiner Taschenlampe spendete nicht ewig Licht. Wenn sie erlosch, war ich verloren. Ich hielt keinen roten Faden in der Hand. Ariadne saß nicht am Eingang. Ich war ganz auf mich alleine gestellt und mußte mich entscheiden, ob ich ein Mann der Vernunft sein wollte oder lieber den Dingen auf den Grund ging. Während ich mit mir rang, hörte ich Schritte näher kommen. Ihr Schall erklang vom Westen her. Ich richtete meine Taschenlampe in diese Richtung. Doris hielt sich die Hand vor ihre Augen. Ich ließ den Strahl abwärtsgleiten und beleuchtete ihr den Weg.

»Ich habe Angst bekommen, daß du dich verlaufen hast«, sagte Doris, als sie mich erreicht hatte. »Ich habe ganz vergessen, daß du so gut ausgerüstet bist.« Doris deutete auf die Lampe in meiner Hand. »Was hast du gesehen?«

»Eine Tropfsteinhöhle«, antwortete ich.

»Ist das alles?«

»Gibt es mehr zu sehen?«

»Nicht mit deiner Taschenlampe.«

»Wie dann«, fragte ich, »wenn nicht mit meiner Taschenlampe?«

»Bist du so blöd?« Doris rümpfte wieder mal die Nase. »Oder fragst du nur so? Du kannst es sehen, wenn du deine Lampe ausknipst.«

Ich knipste sie aus und sah mich in der Finsternis um. Nachdem ich mich ein paarmal um die Achse gedreht hatte, erkannte ich, welchen Zweck Doris mit dieser Übung verfolgt hatte. Ich konnte mich nicht mehr an den Himmelsrichtungen orientieren. Ich wußte nicht mehr, welcher Weg nach Westen zeigte. Wenn ich den falschen nahm, war es mehr als wahrscheinlich, daß ich mich für immer in dem Labyrinth verlief. Es sei denn, Doris stand mir noch zur Seite. Ich hatte sie nicht weggehen hören. Ich spitzte die Ohren, in der Hoffnung, ihren Atem zu vernehmen. Ich hörte nur die Tropfen fallen. Es waren stete Tropfen, die den Stein höhlten. Hatte Doris mich wirklich meinem Schicksal überlassen und sich von dannen geschlichen? Ich wagte nicht, ihren Namen zu rufen. Ich wollte nicht meine Angst bekunden, indem ich mich lauthals des Beistands einer mir im Grunde fremden Frau versicherte. Und noch weniger wollte ich Licht machen. Ich hatte schon ganz andere Mutproben bestanden. Ich verzagte nicht vor der Finsternis. Als Kind hatte ich mich vor dem dunklen Mann nie gefürchtet. Sollte ich mich jetzt von einer dunklen Frau ins Bockshorn jagen lassen? Nein, ich betätigte nicht den Schalter meiner Taschenlampe. Ich hielt in der Dunkelheit die Augen offen. Ich weiß nicht, wieviel Zeit vergangen war, wieviel Tropfen gefallen waren, da entdeckte ich in dem Schwarz der Finsternis einen Punkt, der ein bißchen weniger schwarz zu sein schien.

Es war ein dämmriger Schimmer, der endlich den Weg zu meinen Augen gefunden hatte. Ich knipste die Taschenlampe an. Das Dämmerlicht war aus einem der Gänge gekommen. Es mußte der nach Westen sein. Ich war auf die Hilfe von Doris, die sich wie erwartet aus dem Staub gemacht hatte, nicht mehr angewiesen. Ich hatte auch ohne sie den Ausgang aus dem Labyrinth gefunden. Ich ging den Weg zurück, den ich gekommen war. Er stieg immer mehr an. Das Gefälle war steiler, als ich es in Erinnerung hatte. Auch entdeckte ich im Strahl meiner Taschenlampe bizarre Tropfsteingebilde, von denen ich glaubte, daß sie mir aufgefallen wären, wenn ich sie schon einmal gesehen hätte. Dafür vermißte ich so manche Fratze, die mich auf dem Hinweg ergötzt hatte. Auch dauerte der Rückweg viel zu lange. Ich mußte die falsche Richtung eingeschlagen haben. Statt dem Labyrinth zu entkommen, verstrickte ich mich in ihm. Ich blieb stehen und ging mit mir zu Rate, ob es besser sei, die einmal eingeschlagene Richtung beharrlich weiterzuverfolgen oder zurückzugehen und die drei verbleibenden Wege zu erkunden. Einer von ihnen mußte mir bekannt vorkommen und früher oder später zu dem vertrauten Dornenbusch führen. Während ich um eine Entscheidung rang, bemerkte ich, daß der Strahl meiner Taschenlampe schwächer zu werden begann. Ich knipste sie aus. Das Dämmerlicht, das mich in die Irre geleitet hatte, stach inzwischen ins Auge. Warum sollte ich dem Schein nicht folgen? Wenn ich auch diesen Weg noch nie gegangen war, es war unübersehbar, er führte ins Freie.

Ich folgte dem Schein. Die Taschenlampe schaltete ich nur noch an, wenn ein besonders schwer begehbares Stück vor mir lag. Bald konnte ich ganz auf ihre Dienste verzichten. Von keinem Dornenbusch behelligt, gelangte ich an den Tag. Vor mir befand sich der Gipfel, den ich vergeblich zu erobern versucht hatte. Ein Weg führte von dem Ausgang der Höhle zu seiner Spitze. Und obwohl auch er steil bergan ging, war er fast so mühelos wie eine Treppe zu besteigen. Immer ragte zur rechten Stelle ein Stück Fels aus dem Hang und bot bequemen Halt. Die Stufen waren in so regelmäßigen Abständen gesetzt, daß der Verdacht in mir aufkam, sie könnten von Menschenhand geschaffen worden sein. Doch sosehr ich auch aufpaßte, worauf ich meinen Fuß stellte, ich fand nicht eine Spur, die ein Werkzeug hinterlassen haben könnte. Was mir den Aufstieg erleichterte, war nichts als ein zufälliger Vorsprung verwitterten Naturgesteins.

Als ich den Gipfel erreichte, sah ich Doris. Sie erwartete mich, die Beine leicht gespreizt, doch ihre Arme hingen nicht locker am Körper herab, ihre Finger spielten nicht mit den Rüschen des Kleides, im Gegensatz zu Barbara, die ich auf einem Foto, das sie mir geschenkt und das Oberstaatsanwalt Schippke in Stücke zerrissen hatte, auf der gleichen Stelle hatte stehen sehen, wußte Doris sehr wohl, wohin mit den Händen. Sie hatte sie gegen die Hüften gestemmt, wie du, Mutter, wenn ich dich noch einmal persönlich ansprechen darf, mich immer empfangen hattest, wenn ich zu lange auf dem Schulweg getrödelt oder aus anderen Gründen mit einer Standpauke zu rechnen hatte.

»Wo hast du so lange gesteckt?« fragte Doris.

Ich antwortete nicht. Ich hatte den Gipfel gestürmt. Und wenn er auch nicht mehr unberührt war, als ich ihn betrat, ich nur mit fremder Hilfe den Weg zu ihm gefunden hatte, nichtsdestotrotz, ich hatte ihn doch noch bezwungen und genoß jetzt, auf der Spitze stehend, das Gefühl der Erhabenheit. Die Welt lag mir zu Füßen. Sowohl im Norden als auch im Süden erstreckte sich am Horizont das Meer. Im Westen, wo die Sonne stand, verlor sich das Land in der Weite. Und auch im Osten, wo sich das ferne Firmament bereits zu trüben begann, blieb das Wasser, das Kreta umschließt, unsichtbar. Trotzdem wurde ich das Gefühl nicht los, in der Mitte der Insel zu stehen. Doris verharrte schweigend an meiner Seite. Und da ich ahnte, daß sie so lange schweigen würde, bis ich einen Versuch unternommen hätte, meinen Eindruck von der Mitte der Welt in Worte zu fassen, und sei es nur mit einem staunenden *Aaa!*, nickte ich anerkennend und sagte: »Kreta ist nicht die Welt.«

»Natürlich nicht. Natürlich wissen wir heute, daß sich die Mitte der Welt über 6000 Kilometer unter uns befindet. Man darf den Mythos nicht wortwörtlich nehmen. Wenn es von diesem Ort geheißen hat, er sei die Mitte der Welt gewesen, dann vor allem deshalb, weil hier IHRE Stätte war.«

»Hat das Helena erzählt?«

Doris nickte.

»Ich glaube ihr nicht. Ich bin nicht wie du. Ich nehme nicht alles, was man mir erzählt, für bare Münze. Wenn du mir weismachen willst, daß eure *Aoa*, du siehst, ich nehme ihren Namen in den Mund, hier gelebt haben soll, dann mußt du mir für ihre Existenz schon einen handfesten Beweis erbringen.«

Doris lachte. »Ungläubiger Thomas.«

»Das hat mir meine Mutter auch immer gesagt. Wenn ich nicht glauben wollte, daß der Mann neben Nikolaus nicht Onkel Hermann mit einem angeklebten Bart, sondern der wirkliche Knecht Ruprecht gewesen ist, hat sie mich immer einen ungläubigen Thomas genannt. Ich habe den Namen gerne gehört. Für mich hat er bedeutet, daß ich mir so leicht nichts vormachen lasse. Ich bin auch heute noch stolz auf diesen Titel. Ich glaube nur, was man mir beweisen kann.«

»Wenn's so ist, warum siehst du dir dann die Beweise nicht an?«

»Was für Beweise?« fragte ich verdutzt.

»Sie liegen dir zu Füßen.«

Ich sah an mir herab. Meine Füße standen auf einem Sockel, der mir, als ich den Gipfel gestürmt hatte, nicht aufgefallen war. Er war höchstens drei Zentimeter hoch, knapp zwei Meter lang und etwas mehr als einen Meter breit. Auf den ersten Blick sah er wie ein Grabstein aus, und da ich ihn nicht entweihen wollte, machte ich einen Schritt zur Seite. Doch es konnte kein Grab sein. Der Stein war keine Platte, die eine Kammer verschloß. Es war ein aus dem Felsen ragendes Podest. Und wenn auch die Kanten alles andere als mit dem Lineal gezogen zu sein schienen, zu launisch hatte der Sockel Wind und Wetter getrotzt, so war doch unübersehbar, daß es gerade Linien waren, die miteinander rechte Winkel bildeten. Daß sich ausgerechnet dieses Rechteck der Erosion der Jahrtausende um knapp drei Zentimeter widersetzt haben sollte, war mehr als unwahrscheinlich. Es gab nur eine Erklärung dafür. Die Erhebung war von Menschenhand geschaffen. Doch wer hatte sich die Mühe gemacht, einen ganzen Gipfel abzutragen oder abtragen zu lassen, nur um zwei Fingerbreit erhabener als die anderen zu sein? Wem es an den paar Zentimetern gemangelt hatte, konnte kein großer Herrscher gewesen sein. An diesem Stein gab es nichts zu entweihen. Ich nahm meinen alten Platz in seiner Mitte ein. Dann sah ich auf Doris herab und sagte: »Wenn das ihr Thron gewesen sein soll, dann war er reichlich niedrig.«

»Das war nicht ihr Thron«, erwiderte Doris. »Das war ihr Bett.«

Ich lächelte. »Da hat sie sich aber den zugigsten Platz weit und breit zum Schlafen ausgesucht.«

»Ich habe nicht gesagt, daß sie hier geschlafen hat. Einmal im Monat hat sie sich an dieser Stätte hingegeben. Wenn du der Mann der Vernunft wärst, der zu sein du vorzugeben versuchst, der die Beweise sichtet, bevor er zu einem Urteil gelangt, dann hättest du längst bemerkt, daß sie eine Frau mit Vergangenheit war. Nein, lieber Thomas, du bist kein ungläubiger Thomas, dieser Ehrentitel steht dir nicht zu, du bist ein Hans-guck-in-die-Luft. Du stehst auf der Wahrheit, und du siehst sie nicht.«

Ich bückte mich und untersuchte den Stein zu meinen Füßen. Er war von Spuren gezeichnet. Sie waren nicht so tief wie die, die Touristen aus aller Herren Länder im Laufe von 80 Jahren durch Knossos getrampelt hatten. Die Mitte der Welt war nicht aus Gips. Ich weiß nicht, aus welchem Material sie bestand, fest steht, sie war hart wie Granit. Ich will nicht von einer Mulde reden, wenn es eine war, betrug ihre Tiefe keinen Millimeter. Mit bloßem Auge war sie kaum wahrnehmbar, aber wenn man mit seinen Fingern das Gestein betastete, erkannte man mit geschlossenen Augen, daß der Granit an manchen Stellen glatter war. Wenn man den Konturen folgte, stieß man auf den Umriß eines Menschen. Seine Beine waren leicht gespreizt. Die Arme waren ausgestreckt und bildeten mit dem Rumpf einen Winkel von 45 Grad. Obwohl sich der Umriß einer Frau nicht von dem eines Mannes unterscheidet, zweifelte ich keinen Augenblick daran, daß es der der Männer war, die sich in einer Vollmondnacht als Mann erweisen durften.

Ich gedachte der Heerscharen, die mir vorangegangen waren, die vor mir auf dieser Stätte gelegen waren und mit ihren Rücken den Stein für mich geglättet hatten. Ich wollte ihr Andenken nicht mit meinen Füßen beschmutzen. Ich schämte mich meiner Erhabenheit und stieg von dem geweihten Ort.

## 18

Es war später Nachmittag, als wir zu unserer Hütte zurückkehrten. Wir erfrischten uns an dem lauen Naß. Dann füllte Doris von dem Wasser, das ich in der Sonne hatte stehenlassen, eine Schüssel und eine Kanne ab und drückte mir die beiden Kanister in die Hände. Ich sollte noch einmal den Berg hinaufsteigen und den Dornenbusch gießen, der die Pforte zur Mitte der Welt so brav bewachte. Gehorsam machte ich mich auf den Weg. Jetzt wußte ich, wofür Doris heute morgen 38 Liter gebraucht hatte. Sie hatte mir den Dienst abgenommen, obwohl sie zu dieser Zeit längst Herrin war. Doch je weiter ich ostwärts wanderte, um so mehr mißtraute ich ihrer Nächstenliebe. Warum hat sie mich nicht geweckt? Was konnte sie bewogen haben, den schweren Gang selbst anzutreten? Vielleicht hatte sie ihn auch gar nicht angetreten. Vielleicht hatte sie, wie ich von Anfang an vermutet hatte, das Wasser gleich neben der Hütte ausgeschüttet. Vielleicht wollte sie mich nur glauben machen, sie habe sich für mich aufgeopfert. Sie hatte die Rechnung ohne den Wirt gemacht. Nicht umsonst wurde ich der ungläubige Thomas genannt. Mir leuchtete nicht ein, daß ein Busch, auch wenn er in kargerem Land seine Wurzeln ein paar Meter tiefer als seine Artgenossen schlug, zweimal am Tag eine Ration von fast 40 Litern Wasser brauchte. Die übrige Vegetation kam hier mit einem Bruchteil davon den ganzen Sommer aus. Nein, mir machte keiner so leicht was vor! Ich genoß den Gedanken, Doris durchschaut zu haben, und schleppte das Wasser den Berg hinauf.

Ich hätte ihr in gleicher Münze heimzahlen können. Auch wenn damit zu rechnen war, daß sie mich im Auge behielt, um sich zu vergewissern, ob ich ihren Auftrag auch wirklich erfüllte, mich nicht irgendwo des Ballastes entledigte und alle fünf gerade sein ließ, um dann nach angemessener Zeit zurückzukehren und vorzugeben, rechtschaffen müde zu sein, ich hätte nur eine Pause einlegen und die Kanister hinter einem Busch abstellen müssen, so daß sie trotz ihrer leuchtend roten Farbe von der Hütte aus nicht mehr hätten gesehen werden können. Dann hätte ich sie unbemerkt ausschütten können. Mit den leeren Kanistern wäre es ein leichtes, den Berg zu erklimmen. Natürlich müßte ich mir Zeit lassen und mit müden Bewegungen den Eindruck eines Mannes erwecken, der Sklavenarbeit leistet. Natürlich würde ich am Ende des Weges vorgeben müssen, den Busch auch wirklich zu gießen. Wenn ich mit meinem Körper geschickt die Sicht verstellte, würde Doris mir, selbst wenn sie mich mit einem Fernglas verfolgen sollte, nicht auf die Schliche kommen. So leicht hätte ich es mir machen können und ließ es dann doch bleiben.

Ich trug das Wasser empor. Arno Kröninger gab mir die Kraft. An ihn mußte ich zuerst denken, weil ich von ihm wußte, daß er vor mir den gleichen Weg gegangen war. Von den anderen fünf, deren Namen mir Dr. Wolff in der Kantine der Universitätsklinik genannt hatte, vermutete ich es. Und ganz sicher war ich mir, daß keiner der sechs, die sich in ihrem Leben als Mann erwiesen haben, versucht hätte, sich mit solch läppischen Planschereien Erleichterung zu verschaffen. Und hatte ich mir nicht vorgenommen, es ihnen gleichzutun, als ich mich aufmachte, das Geheimnis, das ihr Leben verband, zu ergründen? Hatte ich nicht alle Anweisungen von Jürgen Hönig befolgt? Hatte ich nicht auch Barbara gehorcht? Warum sollte ich da bei ihrer Freundin Doris eine Ausnahme machen? Im Schweiße meines Angesichts schleppte ich zwei Kanister den Ziegenpfad hoch. Als der Weg steiler wurde, mußte ich einen Kanister zurücklassen. Außer Atem erreichte ich mit dem anderen endlich den Busch, hinter dessen Geäst sich die Felsenkluft verbarg. Ich goß das so artig wuchernde Gewächs. Und obwohl ich das Wasser nur tröpfchenweise aus dem Kanister fließen ließ, fand nur der geringste Teil davon den Weg durch die paar Ritzen in die Erde, das meiste rann flink über den Stein in die Spalte hinein. Trotzdem schleppte ich noch den zweiten Kanister nach oben. Während ich auch mit seinem Wasser den Busch goß, ertappte ich mich dabei, wie ich mit meinem Körper die Sicht auf den Kanister bedeckte, so daß Doris, sollte sie mich wirklich im Auge haben, unmöglich erkennen konnte, ob ich ihren Auftrag auch ausführte oder nur vorgab, es zu tun.

Die Sonne ging unter, als ich zur Hütte zurückkam. Doris hatte den Tisch zum Abendessen gedeckt. Es gab Moussakás. Ich wusch mir die Hände in der Schüssel Wasser neben dem Herd. Doris erzählte, daß in meiner Abwesenheit Helena zu Besuch gekommen sei, die mich herzlich grüßen lasse. Ich bedankte mich für den Gruß und trug Doris auf, ihn zu erwidern. Dann trocknete ich mir die Hände ab und setzte mich auf einen Stuhl. Doris tischte die Moussakás auf. Sie schmeckte gut. Ich lobte das Mahl. Doris erzählte, daß das Kompliment Helena gebühre, die den Auflauf gebacken und uns beiden gebracht habe. Alles, was Doris getan hatte, war, ihn noch einmal aufzuwärmen. Den Rest der Mahlzeit schwiegen wir. Und obwohl sich der Tag noch längst nicht seinem Ende neigte, ich immer noch der Sklave war, dem es nicht ziemt, die Rede an sich zu reißen, ahnte ich doch, daß Doris von mir erwartete, daß ich das Wort an sie richtete. Je länger wir uns hinter den leeren Tellern stumm gegenübersaßen, um so mißmutiger wurde ihr Gesicht. Ich durfte mich nicht noch einmal als ein Mann erweisen, der an seiner Geschichte nicht interessiert ist. So fragte ich schließlich: »Wo ist sie geblieben?«

»Wo ist wer geblieben?« fragte Doris zurück und rümpfte die Nase.

»*Aoa*!« beruhigte ich sogleich. »Wo ist *Aoa* geblieben? Was ist mit ihr geschehen?«

»Man weiß es nicht. Es heißt, daß in einer Vollmondnacht vor rund 10 000 Jahren ein erwählter Mann, der sich voller Vorfreude von der Welt verabschiedet hatte und beschwingt von dannen gezogen war, als ein Häufchen Elend wiedergekommen ist. Es heißt, daß solche Ströme von Tränen aus seinen Augen geflossen sind, daß die Welt unterzugehen drohte. Die Frau, nach der es ihn so sehr verlangte, hatte sich ihm nicht gezeigt. Der Mann überwand die Schmach nicht und schied eine Vollmondnacht später freiwillig von der Welt. Er stürzte sich in einen Abgrund. Doch auch die Männer, die nach ihm erwählt worden waren, begegneten der Frau ihres Lebens nicht mehr. Alle kehrten sie zurück. Keiner von ihnen nahm sich das Leben. Mit der Zeit versiegten die Tränen. *Aoa* ging, wie sie gekommen war, von einer Nacht auf die andere war sie verschwunden und wurde nie mehr gesehen.«

»Das ist das Ende der Geschichte«, sagte ich und lehnte mich bequem auf meinem Stuhl zurück. »Wie lautet der Anfang? Wie ist sie gekommen?«

»Sie ist gekommen wie die Sonne, wie die Erde, wie der Mond. Sie war plötzlich da.«

»Und wann soll das gewesen sein?«

»Willst du ihren Geburtstag feiern?« fragte Doris und lächelte spöttisch. »Es tut mir leid, ich kann dir mit einem genauen Datum nicht dienen.«

»Mir genügt schon eine Jahreszahl.«

»Du willst wissen, wieviel Jahre vor Christi Geburt?«

»Oder vor meiner Geburt. Oder vor irgendeiner anderen. Wie es dir beliebt.«

»Es muß vor rund 500 Millionen Jahren gewesen sein. Vor Christi Geburt. Vor deiner Geburt. Auf 2000 Jahre kommt es nicht an.«

»Die Ärmste, wie muß ihr langweilig gewesen sein.« Ich verschränkte die Arme vor meiner Brust und lächelte wissend. Schließlich hatte ich zwei Versionen eines Romans geschrieben, der vom Anfang der Menschheit handelte. Ich war in der wissenschaftlichen Literatur bewandert, ich kannte die Daten, ich wußte Bescheid. Ich verkündete stolz: »Den Menschen gibt es noch keine fünf Millionen Jahre. Stell dir vor, du bist die schönste Frau der Welt, bei deren Anblick jedem Mann das Herz stehenbleibt, und mußt 495 Millionen Jahre warten, bis du dir den ersten erwählen kannst.«

»Was hast du gedacht? Schließlich mußte *Aoa* den Mann erst einmal zur Welt bringen. Er war eine schwierige Geburt. Manche sagen, sie dauerte fast 500 Millionen Jahre, andere sagen, sie dauere immer noch.«

»Tut mir leid«, sagte ich immer noch lächelnd, »ich hab's ganz vergessen. *Aoa* ist ja die Mutter des Lebens.«

Doris schüttelte ernst den Kopf. »Du enttäuschst mich. Und ich hatte schon gedacht, du kennst dich in deiner Vergangenheit ein bißchen aus. Von einem gebildeten Mann sollte man doch erwarten können, daß er weiß, wie alt das Leben ist. Nicht nur, daß es im Jahre 333 bei Issus Keilerei gegeben hat. Vier Milliarden Jahre sind inzwischen vergangen, seit sich in der Ursuppe die ersten Zellen gebildet haben. Vier Milliarden Jahre ist das Leben alt. Der Tod ist jüngeren Datums. Ihn gibt es erst seit 500 Millionen Jahren.«

»Dann hat uns *Aoa* den Tod gebracht?«

»Sie hat uns die Liebe gebracht. Der Liebe folgte der Tod. Bevor es sie gab, war das Leben unsterblich. Die Zellen teilten sich. Aus einem Ich wurden viele. Und wenn es auch der einen oder der anderen passieren konnte, daß sie an Nahrungsmangel verendete und ihre Bestandteile in die Nahrungskette anderer Zellkulturen eingingen, so war dies unerheblich, denn es gab ja noch die unzähligen Duplikate mit den gleichen Chromosomen im Kern, dem immerwährenden Ich. Erst Milliarden Jahre später, als die Evolution sich in der Reproduktion zu erschöpfen drohte, zu unbeholfen paßte sich das Immergleiche den veränderten Bedingungen der Umwelt an, allenfalls ein paar aus der Art geschlagene Mutanten hatten ganz zufällig den richtigen Dreh raus und sorgten so für ein bißchen Fortschritt, als das Leben sich in weiblich und männlich zu scheiden begann, als die eine Zelle die Liebe zur anderen entdeckte und beide sich zusammentaten, um dem Zufall etwas nachzuhelfen und gemeinsam einen Kern zu schaffen, dessen Chromosomenkette auf der Welt einzigartig sein würde, als zur ungeschlechtlichen Vermehrung die geschlechtliche kam, mußte eine Generation der anderen Platz machen. Mit der Liebe der Geschlechter trat auch der Tod auf den Plan.« Doris sah mir in die Augen. »Fürchtest du dich vor dem Tod?«

Ich erwiderte den Blick und schüttelte langsam den Kopf. »Warum sollte ich mich vor dem einzigen fürchten, was mir in meinem Leben gewiß ist?«

»So spricht ein weiser Mann.« Doris nickte lächelnd. »Mal angenommen, du hättest vor langer Zeit gelebt, sagen wir, vor 10 000 Jahren, und dir wäre zu Ohren gekommen, es gebe eine Frau, die so schön sein soll, daß jedem Mann bei ihrem Anblick das Herz stehenbleibt. Hättest du dich aufgemacht, sie zu suchen? Hättest du sie sehen wollen?«

Hätte ich? Ich wußte es nicht. Ich wußte nur, daß ich die Frage entschieden bejahen mußte, wenn ich dem Geheimnis der sechs Männer, deren Tod der Medizin Rätsel aufgab, auf die Spur kommen wollte. Doch da ich vermeiden wollte, daß Doris aus einer vorschnellen Antwort schließen könnte, ich würde ihre Frage auf die leichte Schulter nehmen, bedachte ich sie lange. Hätte ich mich in früheren Zeiten wirklich aufgemacht, die sagenhafte *Aoa* zu suchen? Warum eigentlich nicht? Was tat ich denn jetzt, fast 2000 Jahre nach Christi Geburt und mehr als 500 Millionen Jahre nach der ihren, anderes? Vermutete ich nicht schon seit langem, daß die sechs Männer, deren Schicksal ich erforschte, in den Armen einer Frau einem Herzschlag erlegen waren, der nach Meinung des Assistenten von Professor Rönneberg kein Herzschlag war? Hatte ich nicht, um diese Frau ausfindig zu machen, einen Urlaub angetreten, der mir gestrichen worden war? Ich würde kein Beamter bleiben. Meine Existenz war ruiniert. Bedurfte es noch eines anderen Beweises der Beharrlichkeit meiner Suche?

»Was gibt's da so lange zu überlegen?« fragte Doris und begann ihre Nase zu rümpfen. »Willst du sie sehen? Ja oder nein?«

»Ja.«

Doris lächelte. »Wenn es so ist, dann brauchst du eine Frau, die deine Taten rühmt. Kennst du eine?«

Ich war mir sicher, daß Barbara meine Taten gerühmt hatte, wie ich mich geduldig dem Mond anvertraut hatte, wie sehr ich der Versuchung widerstanden hatte, mit Reibung eine Energie erzeugen zu wollen, die ganz von alleine in uns wächst, sonst hätte Doris die Reise mit mir nicht angetreten. Ich sah ihr lange in die Augen und antwortete schließlich: »Mir fällt keine ein.«

»Schau mich nicht so an!« Doris erwiderte meinen Blick. »Ich weiß auch nicht, wessen ich dich rühmen sollte. Mach einen Vorschlag. Sag, was du kannst.«

Ich zuckte die Achseln.

»Du brauchst dein Licht nicht unter den Scheffel zu stellen.« Doris lächelte mir zuversichtlich zu. »Ich kenne dich zwar erst seit zwei Tagen, aber ich habe dich beobachtet. Ich habe gesehen, wie du noch einmal auf den Berg gestiegen bist und den Busch gegossen hast. Du kennst keine Schliche. Du führst einen Befehl, den man dir erteilt, auch aus. Du bist zu gebrauchen. Das einzige, was mich an dir stört, ist, daß man dir alles sagen muß. Seit was weiß ich wie lange sitzen wir jetzt schon hinter dreckigen Tellern! Warum räumst du den Tisch nicht ab? Warum wäschst du nicht das Geschirr? Und sag jetzt bitte nicht noch einmal, es sei kein Wasser da. Warum tust du nichts aus freien Stücken? Warum stehst du nicht einfach auf und gehst Wasser holen?«

Ich ging. Ich stand auf und trat in die Finsternis. In jeder Hand einen Kanister, stieg ich ins Tal hinab. Sollte doch Doris meine Taten rühmen! Sie glaubte, ich sei zu gebrauchen. In Wirklichkeit gebrauchte ich sie. Mit ihrer Hilfe kam ich dem Geheimnis der sechs Männer, die einer Vollmondnacht zum Opfer gefallen waren, auf die Spur. Und in einem unterschied ich mich von den Heerscharen, die vor mir den Ruf der Frau vernommen hatten, die ihresgleichen sucht. Ich war gewappnet. Ich wollte nicht das nächste Opfer werden. Ich würde am Leben bleiben. Dessen war ich mir gewiß. Ich gehorchte nur deshalb so beflissen allen Befehlen, die Doris mir erteilte, weil ich wußte, daß mir auf der Insel keine Gefahr drohte. Die Männer, deren Fährte ich folgte, waren allesamt unbeschadet von Kreta zurückgekehrt. Warum sollte da ausgerechnet ich eine Ausnahme machen? Erst nach meiner Heimkehr würde ich auf der Hut sein müssen. Frühestens am 21. Oktober, dem übernächsten Vollmond, könnte es gefährlich für mich werden. Bis dahin waren es sechs Wochen Zeit. Ich atmete das Geschenk des Lebens ein. Mir war leicht ums Herz, als ich mit meinen beiden Kanistern das Dorf in der Lichtung betrat.

In den Häusern brannte kein Licht. Ich hatte keine Ahnung, wie spät es sein konnte. Vielleicht war Mitternacht längst vorbei. Und ich hatte von Doris noch einen Befehl angenommen, obwohl ich inzwischen der Herr war, der das Sagen hatte. Ich war ihr auf Treu und Glauben ausgeliefert. Ich mußte meine Uhr stellen, wenn ich in Zukunft die Stunde der Machtübernahme überprüfen und nicht den kürzeren ziehen wollte. Ich traute Doris jede Schandtat zu. Der schwarzweiße Köter kam angesprungen und beschnupperte mich so mißtrauisch, daß ich einen Augenblick befürchtete, er könne meine Gedanken lesen. In einem Stall, der zu dem Haus gehören mußte, vor dem ich Doris von Helena hatte Abschied nehmen sehen, scharrte das Vieh. Die Platia war menschenleer. Der Hund eskortierte mich zum Brunnen. Ich konnte seinem Benehmen nicht entnehmen, ob er mir in der Dunkelheit schützend zur Seite stehen oder mich nicht aus den Augen lassen wollte, um mir jederzeit mit scharfen Zähnen das Handwerk legen zu können. Während ich den ersten Eimer Wasser aus dem Schacht zog und in den Kanister goß, flammte auf der Veranda des Kafeníons ein Streichholz auf. In seinem Schein erschien einen Augenblick lang das Gesicht des freundlichen Knaben, der sich Dimitri genannt hatte. Er zündete sich eine Zigarette an. Dann schnippte er das Hölzchen in die Luft. Es erlosch im Flug. Die glimmende Zigarettenspitze, die in der Nacht zurückblieb, tanzte anmutig wie ein Glühwürmchen.

Ich schöpfte das Wasser aus dem Brunnen und füllte die beiden Kanister. Der Hund legte sich auf den Boden und sah mir bei der Arbeit zu. Als ich sie beendet hatte, blickte ich noch einmal zu dem leuchtenden Punkt auf der Veranda des Kafeníons hinüber. Mir war, als mache die unsichtbare Hand, die die Zigarette hielt, eine Geste, die mich herbeiwinkte. Warum eigentlich nicht? Vielleicht wußte Dimitri die genaue Zeit. Dann könnte ich meine Uhr stellen und Doris beherzt entgegentreten, falls sie auf die Idee kommen sollte, morgen ihr Sklavendasein um ein paar Stunden oder auch nur Minuten verkürzen zu wollen. Und außerdem wollte ich dem Knaben auf den Zahn fühlen. Er hatte Arno Kröninger gekannt. Vielleicht konnte er sich auch noch an die anderen erinnern. Detlev Spinell und Martin Krüger und wie sie alle hießen. Waren sie alle in Begleitung von Doris hier aufgetaucht? Oder wechselte sie sich mit ihren Freundinnen als Fremdenführerin ab? War Barbara wirklich seit drei Jahren nicht mehr in ihrem Haus gewesen? Es gab nichts, was ich nicht wissen wollte. Ich schraubte die Kanister zu und ging zum Kafeníon hinüber.

Der Hund, dem die Richtung nicht paßte, begleitete mich knurrend. Als ich die Veranda betrat, suchte er das Weite. Dimitri nahm einen Zug von seiner Zigarette. Die aufglimmende Glut beschien sein sanftes Jungengesicht. Auf dem Tisch, an dem er saß, standen eine volle Flasche und zwei leere Gläser. Dimitri deutete über die Tischplatte hinweg auf den Stuhl ihm gegenüber und sagte: »Setz dich.«

Ich stellte meine Kanister ab und setzte mich. Dimitri schraubte die Flasche auf und füllte unsere Gläser bis zum Rand. Dann nahm er eines und hielt es so lange in der Hand, bis ich seinem Beispiel folgte und das andere erhob. Wir prosteten uns zu. Er sagte: »Jammás!«

Wir tranken. Es war der Raki, den Dimitri mir schon einmal aufgetischt hatte. Ich genoß sein Brennen in der Kehle. Dann stellte ich das Glas auf dem Tisch ab und fragte: »Weißt du, wie spät es ist?«

Dimitri sah zum Himmel und antwortete: »Nach Mitternacht.«

»Weißt du's nicht genauer? Hast du keine Uhr?«

»Ich brauch keine Uhr.« Dimitri sah noch einmal zu dem Gestirn. Dann lächelte er mir zu und sagte: »Es ist jetzt genau sieben Minuten nach Mitternacht.«

Ich bezweifelte, daß die Minute stimmte. Trotzdem zog ich meine Armbanduhr auf und stellte sie auf sieben nach zwölf.

Dimitri schaute mir zu und sagte: »Ich habe dich heute schon gesehen.«

»Wo?«

Dimitri deutete nach Osten. »Ich habe gesehen, wie du auf einen Berg gestiegen bist. Bist du ein Bergsteiger?«

Ich schüttelte den Kopf. »Mir war nur langweilig geworden. Ich bin aus Spaß ein bißchen herumgeklettert.«

»Wenn du kein Bergsteiger bist, warum bist du dann hier? Es gibt hier doch nichts außer Bergen.«

»Ich bin hier, weil meine Freundin hier ist. Und meine Freundin ist hier, weil sie hier ein Haus besitzt.«

Dimitri nahm einen neuen Zug von seiner Zigarette. Im Schein der Glut sah ich den Hohn in seinem Gesicht. Er blies den Rauch über den Tisch und sagte: »Das nennst du ein Haus?«

»Es ist ein Dach über dem Kopf.«

»Lohnt es sich wenigstens?«

»Lohnt sich was?«

»Dort oben zu hausen. Täglich das Wasser hochzuschleppen. Lohnt es sich, all die Entbehrungen auf sich zu nehmen? Ist sie so gut im Bett?«

»Wird wohl so sein.«

»Glaub ich nicht.« Dimitri trat die Zigarette aus. »Ich glaub nicht, daß es eine Frau auf der Welt gibt, die es wert ist, daß man sich solche Mühe macht.«

»Du bist jung«, sagte ich lächelnd, »wer weiß, vielleicht läuft sie dir noch über den Weg.«

»Sicher nicht hier.«

»Warum nicht gerade hier?«

»Weil sich hier nichts tut. Seit ich hier bin, hab ich keine Frau mehr gehabt.« Dimitri griff zu seinem Glas und trank einen Schluck. »Kannst du dir das vorstellen? Ein halbes Jahr schon hab ich nicht mehr gefickt. Im April ist mein Vater gestorben. Ich bin der älteste Sohn. Ich mußte das Kafeníon übernehmen. Ich wollte meiner Mutter nicht noch mehr Leid zufügen. Deshalb bin ich heimgekehrt. Ich ernähre jetzt die Familie. Willst du wissen, was ich verdiene? In einer Woche ist es nicht mal so viel, wie ich in Paleochóra an einem guten Tag Trinkgeld bekommen habe. Ich gebe zu, dort hatte ich mehr zu tun. Aber ich hatte auch Spaß. Weißt du, wieviel Touristen jedes Jahr nach Paleochóra kommen? Über 250000. Und mehr als die Hälfte sind Frauen. Und alle wollen sie in den paar Wochen ihrer Ferien das Leben genießen. Alle sind sie läufig. Willst du wissen, wieviel ich vernascht habe? Ich habe sie gezählt! Du magst recht haben, ich bin noch jung, ich bin noch keine 18, aber glaub mir, ich weiß, wovon ich rede. 167 Votzen habe ich gefickt! Und keine war es wert, daß man auch nur einen Finger für sie krumm machte. Und du spielst hier den Kuli!« Dimitri tippte mit einer Fußspitze gegen einen Kanister. »Du hast doch schon heute morgen welches geholt. Zu was braucht ihr das viele Wasser da oben?«

»Zum Duschen«, antwortete ich und trank einen Schluck Raki. »Meine Freundin duscht sich gerne. Zweimal am Tag.«

Dimitri griff ebenfalls zu seinem Glas und grinste: »Soso, auf die Dusche könnt ihr also nicht verzichten. Das tröstet mich. Ich hab' schon gedacht, ihr könnt auf alles verzichten. Ich kenn euch. Ihr wollt der Zivilisation entfliehen. Das Essen auf offenem Feuer kochen. Unter freiem Himmel scheißen. Ihr entdeckt die Natur. Für ein paar Wochen wollt ihr wie die ersten Menschen leben. Und zu Hause erzählt ihr euch dann in euren Luxusappartements und Villen, mit wie wenig man doch auskommen kann. Ich kenne euch. Ihr gebt kein Trinkgeld.« Dimitri trank sein Glas aus und stellte es schwungvoll auf den Tisch zurück. »Von euch ist nichts zu holen. Schade, daß du kein Bergsteiger bist. Wenn du ein Bergsteiger wärst, könntest du anderen Bergsteigern erzählen, daß man hier gut auf Berge steigen kann. Auch nach Paleochóra sind vor zwanzig Jahren nur ein paar Touristen gekommen, bis es sich herumgesprochen hat, daß man da gut baden kann. Und heute sind es 250 000 im Jahr!« Er griff nach der Flasche und schenkte sein Glas neu ein. »Ein paar Dutzend würden mir schon genügen.« Dann füllte er auch mein Glas, das erst zur Hälfte ausgetrunken war, bis zum Rand. »Bergsteiger sind durstig, wenn sie den ganzen Tag herumgeklettert sind. Von denen ist mehr zu holen, als von euch.« Dimitri hob sein Glas und prostete mir zu: »Jammás!«

»Jammás!« antwortete ich und trank.

»Was machst du, wenn ich fragen darf?« Dimitri stellte sein Glas sanft auf den Tisch zurück.» Was bist du von Beruf? Was machst du, wenn du gerade nicht vor der Ziviliation fliehst?«

Ich bin Staatsanwalt, wollte ich sagen. Doch strenggenommen war ich es längst nicht mehr. Sicher lag die fristlose Kündigung bereits zu Hause in meinem Briefkasten. Ich war nur mehr ein schlichter Jurist. Doch ich wollte mich dieser Fakultät nicht rühmen. Und da ich mich auch nicht verdächtig machen wollte, indem ich mit meiner Antwort zu lange zögerte, sagte ich kurzentschlossen: »Ich schreibe.«

»Was schreibst du?«

»Romane.«

»Bist du ein Schriftsteller?« fragte Dimitri.

»So kann man es nennen.«

»Kannst du auch Landschaften beschreiben?«

»Muß ich wohl.«

»Kannst du auch die Berge hier beschreiben?«

»Warum fragst du?«

»Weil...« Genug der wörtlichen Rede. Was ich Dimitri alles zwischen zwei Anführungszeichen in den Mund gelegt habe, entsprach zuletzt immer weniger dem, was der siebzehnjährige Knabe wirklich von sich gegeben hatte. So leidlich er auch die deutsche Sprache beherrschte, so ordentlich war seine Grammatik nicht, oft fehlte ihm ein Wort, so daß ich ihm auf die Sprünge helfen mußte, oft wich er auch auf englische und französische Brocken aus, kurz gesagt, es war ein Kauderwelsch mit vielen Rückfragen, in dem wir uns verständigten und das wortwörtlich zu zitieren ich vermied. Ich wollte meine Leser nicht langweilen. Es kommt nur auf das Wesentliche an. Ich will mich der Maske der Gänsefüßchen entledigen. Das Wesentliche ist, daß Dimitri mir vorschlug, ihm bei der Abfassung eines Textes zu helfen, den er in Chanía vervielfältigen und in Paleochóra in den Lokalen, mit deren Besitzern er auf gutem Fuß stand, aushängen lassen wollte. Den Touristen sollte ein Ausflug in das Landesinnere nahegelegt werden. Wer vom Baderummel die Nase voll hatte, dem machte es vielleicht Spaß, sich für ein paar Tage in die unberührte Natur zurückzuziehen und den einen oder anderen Berg zu besteigen. Von Paleochóra bis zu dem Dorf in der Lichtung waren es nur 38 Kilometer. Wer übernachten wollte, für den war gesorgt. Fremdenzimmer würden im Kafeníon an der Platia vermittelt und wären schon ab 300 Drachmen für eine Nacht erhältlich. Was die Fakten betraf, hatte Dimitri die Formulierungen bereits im Kopf. Nur für die Landschaft, deren Beschreibung die Anreise schmackhaft machen sollte, fehlten ihm die Worte. Jetzt konnte er sein Glück nicht fassen, daß ein leibhaftiger Schriftsteller ihm gegenübersaß. Er fragte nach meinem Preis. Was verlangte ich dafür, wenn ich für seinen Prospekt die Berge ringsum in ein paar schöne Worte faßte? Ich machte ihm ein Angebot.

Ich sagte Dimitri, daß ich für meine Dienste kein Geld verlangen würde. Mir reiche es, wenn er als Gegenleistung ein paar Fragen beantworte. Fragen, die er höchstwahrscheinlich nicht verstehen werde. Trotz der 167 Frauen, die er in seinem Leben bereits besessen hatte. Doch wer weiß, vielleicht laufe ihm doch noch einmal eine über den Weg – warum nicht gerade hier, an diesem

Ort, an dem sich nichts tut? –, für die es sich lohnte, einen Finger krumm zu machen. Vielleicht mache er sich eines Tages sogar die Mühe, eine Frau zu erobern. Vielleicht werde er ihr wie ein Sklave dienen. So wie ich. Ich nahm kein Blatt vor den Mund. Ich verkündete, vor zwei Tagen der Frau meines Lebens begegnet zu sein. Der Blitz der Liebe habe mich im Flughafen vor dem Abfertigungsschalter getroffen. Seitdem sei ich Doris mit Haut und Haar verfallen. Ich könne ohne sie nicht mehr leben. Und wo die Liebe solche Wellen schlage, sei auch die Eifersucht nicht fern. Ich hatte das unstillbare Verlangen, alles über Doris wissen zu wollen. Und da ich sie erst so kurz kannte, war ich natürlich für jede Information, und sei sie noch so nebensächlich, dankbar. Eines hatte ich schon herausbekommen. Doris war nicht zum ersten Mal hier. Dimitri würde mir einen Gefallen erweisen, wenn er mir erzählte, was man im Dorf über sie spreche. Und natürlich sei es selbstverständlich, daß ich ihm beim Abfassen seines Prospektes zur Hand gehen und für das idyllische Tal und die zerklüfteten Berge, die es umragen, die richtigen Worte finden würde. Eine Hand wasche schließlich die andere. Und außerdem, wo kämen wir hin, wenn wir Männer nicht mehr zusammenhalten würden?

Dimitri war mit mir einer Meinung. Zwar hatte er das Gefühl der Eifersucht noch nie an sich erfahren, doch er hatte von ihr schon gehört. Mein Schicksal rührte ihn. Er gab bereitwillig Auskunft. Es war im Frühling vor drei Jahren gewesen, Ende April oder Anfang Mai, das Datum wußte Dimitri nicht mehr, aber an den Tag erinnerte er sich noch ganz genau. Er hatte seinem Vater im Kafeníon geholfen und die Gäste bedient. Die Männer dösten im Schatten der Veranda hinter leeren Gläsern. Zwei spielten Távli. Dimitri, der nichts zu tun hatte, nur selten bestellte einer etwas, blätterte in einem Comic-Heft. Plötzlich erstarb das Brabbeln der Gäste. Die Würfel der Spieler fielen nicht mehr. Mit einem Mal lag eine so gespenstische Stille in der Luft, daß das gezeichnete Ungeheuer seinen Schrecken verlor und Dimitri gezwungen war, von seinem Heft aufzusehen. Sieben Frauen hatten die Platia betreten. Die Männer im Kafeníon bestaunten mit großen Augen die Sensation. Zwar war es schon ein paarmal vorgekommen, daß sich ein Fremder, der die Entlegenheit suchte, in das Tal verirrt und die dortige Gastfreundschaft genossen hatte, auch waren mitunter Frauen darunter, doch nie waren sie ohne männlichen Beistand gekommen, und schon gar nicht in so großer Zahl. Die Männer diskutierten erregt die Maßnahmen, die zu ergreifen waren. Sollte einer von ihnen den fremden Frauen, die am Brunnen standen und ratlos um sich sahen, entgegentreten und seine Hilfe anbieten? Oder schickte sich soviel Entgegenkommen nicht? Die Frauen, die die Männer im Schatten der Veranda längst entdeckt hatten, diskutierten leidenschaftlich in der prallen Sonne und schienen sich über den nächsten Schritt ebenso unschlüssig zu sein. Endlich kam man im Kafeníon zu einer Einigung. Der Retter in der Not hieß Dimitri. Gab es einen geeigneteren Unterhändler als einen Knaben in kurzen Hosen, dem, vor ein paar Tagen erst 14 geworden, nichts Böses zuzutrauen war? Dimitri wurde vorgeschickt, um herauszufinden, was es mit den sieben Frauen auf sich hatte.

Als Dimitri, der zwar noch kurze Hosen trug, aber durchaus auch schon den einen oder anderen Hintergedanken hatte, die Schar am Brunnen erreichte, war jemand anderer ihm bereits zuvorgekommen. Es war Helena, die Dorfälteste, der die Hündin gehörte, die sich immer auf der Platia herumtrieb. Helena war hier Hebamme gewesen, als die Kinder noch nicht im Bezirkskrankenhaus von Chaniá geboren wurden, und wer den Weg zum Doktor in der Stadt scheute, hatte sich ihrer Quacksalberkunst bedient. Mit dieser Frau kamen die sieben anderen ins Gespräch. Dimitri gesellte sich hinzu und lauschte. Eine der Fremden sprach griechisch. Sie erzählte Helena, sie und ihre Freundinnen seien auf einer Bergwanderung. Sie würden gerne hier übernachten und suchten einen Platz, wo sie ihre Zelte aufschlagen könnten. Helena bot sofort ihren Garten an. Dimitri lief zum Kafeníon zurück und berichtete die Neuigkeit. Die Veranda füllte sich. Die Männer des Dorfes saßen dichtgedrängt und sahen den sieben Frauen zu, die in einem Garten am anderen Ende der Platia drei Zelte aufstellten. Auch nach dem Einbruch der Nacht herrschte in dem Kafeníon noch ein reges Treiben. Die fremden Frauen hatten vor ihren Zelten ein Feuer gemacht. Jetzt bildeten sie um die Flammen einen Kreis. Ein Krug Wein machte die Runde. Das Gelächter war weit zu hören. Und wer genau hinsah und die Häupter zählte, der konnte erkennen, daß es nicht mehr sieben waren. Es waren acht. Helena saß in ihrer Mitte.

Mit ihr voran zogen die fremden Frauen am nächsten Morgen in die Berge und kamen erst am Abend wieder zurück. Einen Tag später brachen sie ihre Zelte ab und schlugen sie weiter oben im Osten neben einer verfallenen Hirtenhütte wieder auf. Die nächsten Wochen verbrachten sie damit, die Hütte, deren Dach eingestürzt war, wieder bewohnbar zu machen. Helena, die von den Dorfbewohnern natürlich sogleich ausgefragt wurde, was das alles zu bedeuten habe, erzählte, daß es sich bei den sieben Frauen um Studentinnen aus Deutschland handelte, denen es hier so gut gefiel, daß sie beschlossen hatten, sich niederzulassen. Sie hatten die ganze Insel durchwandert, doch dieser Platz schien ihnen der schönste zu sein, um sich von den Mühen des Studiums zu erholen oder sich in aller Ruhe auf ein Examen vorbereiten zu können. Die Hütte, die seit Menschengedenken keinem gehörte, sollte ihr Ferienhaus werden. Die Frauen seien im Grunde genommen nichts anderes als Touristinnen, berichtete Helena. Und wie sehr hatten die Bewohner des Dorfes die Leute von Paleochóra oder einer anderen glücklichen Stätte um das Geld der Touristen beneidet. Jetzt hatten auch sie einen bescheidenen Anfang gemacht. Sie begegneten den sieben Frauen mit Achtung. Die Touristinnen reisten nach ein paar Wochen wieder ab, kehrten aber, über das Jahr verteilt, einzeln zurück, so daß die Hütte, zu der sie auch einen Tisch, eine Bratpfanne und andere Requisiten, die das Leben komfortabler machen, hochgeschleppt hatten, nahezu immer bewohnt war. Im Dorf sah man die Frauen selten. Sie betraten es nur, um Wasser zu holen. Wenn sie mit jemandem sprachen, dann ausschließlich mit Helena. Die besuchte mitunter die junge Frau, die gerade an der Reihe war, sich in der Einsamkeit der Berge von einem Examen zu erholen oder sich auf ein anderes vorzubereiten, und brachte ihr auch hin und wieder eine Mahlzeit hinauf. Obwohl sich die Mehrzahl der Dorfbewohner den Fremdenverkehr anders vorgestellt hatte, schlossen sie die Frauen, die den Platz zum schönsten der Welt gekürt hatten, in ihr Herz. Das änderte sich, als die Männer auftauchten.

Über diese Zeit konnte Dimitri nur vom Hörensagen berichten. Er selbst hatte damals schon in Paleochóra gekellnert und alle Hände voll zu tun gehabt. Doch wenn er nach Hause kam, weil Ostern war oder es in der Familie einen Geburtstag zu feiern gab, wurde er auf dem laufenden gehalten. Von den sieben Frauen lebte nur noch Doris in der Hütte. Und immer war ein anderer Mann in ihrer Begleitung. Mal blieben sie zwei Wochen, meist drei, nie länger als vier. Es kam vor, daß Doris schon ein paar Tage nach ihrer Abreise mit einem neuen Herrn im Schlepptau wiederkehrte. Das führte im Dorf zu Gerede. Gegen einen Liebhaber hätten die wenigstens etwas einzuwenden gehabt, es war der sittenlose Partnertausch, der den Bewohnern zu denken gab. Bald ging das Gerücht herum, daß Doris eine Nymphomanin sei. Die Männer im Kafeníon verstanden es, sich auszumalen, was dort oben in der unberührten Natur alles vonstatten ging. Die Klagen über die Unmoral, die sich vor aller Augen abspielte, häuften sich. Schon sprach man davon, daß die Gemeinde ihr Eigentumsrecht an der Hirtenhütte anmelden und die ungebetene Touristin vor die Tür setzen sollte. Doch Helena drohte, für den Fall, daß dies geschehe, Doris und ihre wechselnden Begleiter bei sich zu beherbergen. Damit brachte sie das Dorf gegen sich auf. Mit der Zeit hatten sich die Fronten wieder beruhigt. Und wenn man die Ohren spitze, erzählte Dimitri, sei man erstaunt, wieviel Frauen auch heute noch hinter vorgehaltener Hand nichts auf sie kommen ließen. Sie kurierten ihr Zipperlein immer noch bei der Quacksalberin aus. Doch die Männer scheuten jetzt seltener die Fahrt zum Doktor in die Stadt. Selbst der alte Nikos, der von Helenas Heilkunst am meisten angetan gewesen war, vertraute sein Hüftleiden der kreisärztlichen Behandlung in Chaniá an. Seitdem ging er am Stock.

Über die Männer, die mit Doris unter einem Dach gehaust hatten, konnte mir Dimitri nicht viel sagen. Erst seit April dieses Jahres, seit jenem Monat, in dem der Sohn, der seiner Mutter kein Leid zufügen wollte, heimgekehrt war, hatte er sie zu Gesicht bekommen. Einer war groß und blond gewesen, ein anderer klein und brünett, einer war dick, ein anderer dünn, doch sosehr sie sich auch in ihrem Äußeren unterschieden, sie glichen sich in der Hingabe, mit der sie Doris dienten. Immer waren sie es, die das Wasser vom Brunnen holten. Dimitri hatte sich mehr als einmal bemüht, mit ihnen ins Gespräch zu kommen. Er langweilte sich in seinem Heimatdorf. Er sehnte sich danach, wieder mal eine fremde Sprache zu sprechen. Doch die Männer waren alle so sehr beschäftigt gewesen, ihrer Geliebten jeden Wunsch von den Augen abzulesen, daß keiner von ihnen die Zeit gefunden hatte, sich zu seinen Geschlechtsgenossen ins Kafeníon zu setzen und mit dem Wirt ein Glas zu trinken. Der einzige, der eine Ausnahme gemacht hatte, war Arno Kröninger gewesen. Der ließ es sich nicht nehmen, bevor er mit den vollen Kanistern den Heimweg antrat, einen Raki zu trinken. Dimitri setzte sich immer zu ihm und spendierte ein zweites Glas. So kamen sie sich nahe. Arno Kröninger hatte ein paar Fotos von der Gegend gemacht und hoch und heilig versprochen, sie Dimitri gleich zu schicken, wenn der Film entwickelt und die Abzüge gemacht worden seien. Er hatte sein Versprechen nie gehalten. Das war der Schluß der Geschichte, die der Knabe mir zu berichten hatte. Der zweite Mann, der es wagte, nachdem er das Wasser aus dem Brunnen geschöpft hatte, zu verschnaufen und bei einem Raki Rede und Antwort zu stehen, war ich. Dimitri hob sein Glas und prostete mir zu: »Jammás!«

»Jammás!« Ich hob mein Glas und prostete zurück. Ich hatte keine Fragen. Übertriebene Neugier würde mich verdächtig machen. Wenn ich meine Maske nicht fallenlassen wollte, durfte es mir auf die Details nicht sosehr ankommen. Ich hatte soeben erfahren, daß die Frau, die ich zur Frau meines Lebens erkoren hatte, eine mutmaßliche Nymphomanin sei, die es mit keinem der unzähligen Liebhaber, die vor mir am Drücker waren, länger als vier Wochen ausgehalten hatte. Zwar hatte ich mit diesem Ergebnis der Recherche gerechnet, doch mußte ich auch der von mir propagierten Eifersucht Rechnung tragen. Ich war zerknirscht. Dimitri rührte mein Schicksal. Und doch konnte er es sich nicht verkneifen, damit zu prahlen, daß er trotz der vielen Jahre, die er jünger war als ich, recht behalten hatte. Es gebe keine Votze auf der Welt, für die es sich lohne, einen Finger krumm zu machen. Doch so leicht wollte ich mich nicht geschlagen geben. Kein Mann gleiche einem anderen. Sosehr wie Dimitri nach den 167 Frauen, die er besessen hatte, auf die 168. stoßen könnte, die ihn in ihren Bann zöge, genauso könnte ich nach den tausend Liebhabern, die mir vorangegangen waren, der tausendunderste sein, der Doris betörte. Als Dimitri mir noch einmal mein Glas nachschenken wollte, schüttelte ich den Kopf. Ich sah auf meine Armbanduhr. Es war halb vier vorbei. Es war Zeit für den Heimweg.

Dimitri sah ein, daß es zu spät war, sich jetzt noch an die Beschreibung einer Landschaft zu machen, die den Lesern eine Anreise von 38 Kilometern schmackhaft machen sollte. Ich versprach meinen Teil unserer Vereinbarung ein andermal zu erfüllen. Zum Abschied gaben wir uns die Hand. Dann griff ich nach meinen Kanistern und machte mich wankend auf den Weg. Ich weiß nicht mehr, wie lange ich durch die mondlose Nacht getorkelt bin. Irgendwann war ich mit einem aufgeschlagenen Ellbogen zu Hause angekommen. Ich stellte die Kanister am Eingang ab, und obwohl ich längst der Herr war, der das Sagen hatte, wagte ich es nicht, meine Sklavin in ihrem Schlaf zu stören. Ich machte kein

Licht und ging auf Zehenspitzen zu Bett. Ich konnte nicht schlafen. Ich mußte an Doris denken und an die unzähligen Männer, die sie ebenfalls durch den Palast von Knossos geführt hatte. Und im Archäologischen Museum hatte sie ihnen angesichts des neolithischen Tonidols verkündet, daß sie ihrem Ururgroßvater noch so viele Urs voranstellen könnten, sie würden immer zu einem letzten in der Reihe ihrer Ahnen gelangen, der von einer Mutter zur Welt gebracht worden sei. Zwölfmal im Jahr machte sie die Tour. Zwölfmal im Jahr erklärte sie dem Gipfelstürmer, der arglos auf der Mitte der Welt stand, daß die Wahrheit zu seinen Füßen liege. Und die Wahrheit blieb nicht ohne Folgen. Sonst hätten die Männer nicht auch an den Tagen, an denen sie das Sagen hatten, das Wasser vom Brunnen geholt, um den Busch, der mit üppigem Wuchs die Pforte verbarg, artig zu gießen. Oder waren sie allesamt Kavaliere gewesen? Ich jedenfalls war keiner. Ich wollte mit dieser Tradition noch heute brechen. Ich war der Herr. Der Gedanke machte mir Mut. Ich legte mich auf die rechte Seite und zog die Beine an. Dann verschränkte ich die Arme über meiner Brust und schlief zufrieden ein.

## 19

Als ich am nächsten Morgen erwachte, hatte Doris bereits Feuer gemacht. Im Kessel kochte Wasser. Ich sah auf meine Armbanduhr. Es war neun vorbei. Ich stand auf und zog mich an. Doris wusch das Geschirr ab und verlor kein Wort darüber, daß ich den Befehl, den sie mir gestern abend erteilt hatte, nicht ausgeführt hatte. Ich griff nach meinem Kulturbeutel und dem Handtuch und trat ins Freie. Die Kanister standen neben dem Eingang, wo ich sie nach der durchzechten Nacht abgestellt hatte. Der eine war noch voll, vom anderen fehlten nur ein paar Liter. Doris hatte mir den Dienst nicht abgenommen. Der Busch, der die Pforte zur Mitte der Welt bewachte, war noch nicht gegossen worden. Er würde ungegossen bleiben. Ich war kein Kavalier. Ich schüttete etwas Wasser in die Schüssel, die auf der Brunnenmauer stand, nahm meinen Waschlappen aus dem Kulturbeutel und wusch mir das Gesicht. Dann putzte ich mir die Zähne und sah zu dem Gipfel im Osten, von dem ich gestern noch geglaubt hatte, er sei unberührt. Die Sonne stand weit über ihm.

Als ich die Hütte wieder betrat, saß Doris an dem gedeckten Tisch und schenkte Tee in die Tassen. Ich setzte mich zu ihr. Zum Frühstück gab es Brot mit Honig. Das Brot war frisch gebacken. Helena mußte, während ich schlief, zu Besuch gekommen sein. Doris sah mich herausfordernd an, während ich den knusprigen Teig kaute. Ich tat ihr nicht den Gefallen, Rechenschaft zu fordern. Und ebensowenig war ich bereit, sie zu gewähren. Ich hielt dem Blick der mir im Grunde genommen fremden Frau gelassen stand. Nein, ich buhlte nicht um Nachsicht. Ich gab keine Erklärung dafür ab, warum ich so spät nach Hause gekommen war. Ich gestand nicht, viel zu betrunken gewesen zu sein, um mich noch an ihren Befehl zu erinnern. Und ich verlor mich auch nicht in Spitzfindigkeiten. Denn, genaugenommen, auch wenn ich meine Pflicht pünktlich erfüllt hätte, ich nicht unterwegs eingekehrt wäre, ich mich vom Brunnen schnurstracks auf den Weg nach Hause gemacht hätte, wäre bei meiner Rückkehr Mitternacht längst vorüber und es folglich auch nicht mehr meine Aufgabe gewesen, das dreckige Geschirr abzuwaschen. Ich erwiderte trotzig den fremden Blick. Doris lächelte und fragte: »Und?«

»Und was?«

»Wie soll's nun weitergehen?« Doris leckte sich einen Tropfen Honig von einem Finger. »Du bist der Herr. Dein Wille geschehe. Was hast du vor?«

Was hatte ich vor? Mußte ich überhaupt darüber Auskunft geben? War es nicht meine Sache, wann ich die Entscheidung traf? Ganz sicher würde ich nicht die Kanister auf den Berg schleppen und den Busch gießen. Nein, eine erneute Wallfahrt zur Mitte der Welt war für heute nicht angesagt. Ich spielte nicht den Kavalier. Ich war nicht Wachs in ihren Händen. An mir sollte sich Doris ruhig die Zähne ausbeißen. Mein Wille geschah. Ich schwieg. Je länger die Stille währte, um so mißmutiger wurde das Gesicht mir gegenüber. Natürlich hätte ich Doris befehlen können, eine freundlichere Miene aufzusetzen, doch fürchtete ich, mich mit solchen Wünschen lächerlich zu machen. Schließlich war ich einem Geheimnis auf der Spur. Wenn ich es ernsthaft ergründen wollte, mußte ich mich von meiner besten Seite zeigen. Ich durfte nicht den Anschein erwecken, ich hätte mir noch keine Gedanken über die Zukunft gemacht. Darum fragte ich schließlich: »Wo ist das nächste Telefon?«

»Im Kafeníon. Warum?«

»Ich will ein Taxi bestellen.«

»Zu was brauchst du ein Taxi? Wo willst du hin?«

»Zur Hauptstraße. Zur Bushaltestelle. Weißt du, wann der nächste Bus nach Paleochóra geht?«

»Gegen Mittag.«

»Wenn wir uns beeilen, schaffen wir ihn.«

»Was willst du in Paleochóra?«

»Baden!« antwortete ich und stand auf. Ich nahm meine Badehose und ein Badetuch aus meiner Reisetasche und packte sie in eine Badetasche, die ich vorsorglich mitgenommen hatte. »Wenn ich schon mal auf Kreta bin, dann möchte ich auch baden.«

Doris trank ihren Tee aus. »Dein Wille geschehe.«

Und er geschah. Giorgos brachte uns in seiner grünen Limousine, deren rechter vorderer Kotflügel eingedrückt war, zur Hauptstraße. Dort warteten wir nur ein paar Minuten, dann kam der Bus. Wir stiegen zu und mußten uns zusammen mit der Landbevölkerung im Mittelgang drängen. Die Sitzplätze waren von Touristen besetzt. Einer hatte einen Walkman im Ohr und wog sich bedächtig im Takt der Musik, während er das karge Gebirge an seinen Augen vorbeigleiten ließ. Als in der Ferne das Meer auftauchte, wechselte er die Kassette. Der Bus fuhr jetzt in Serpentinen abwärts. Bald war auch Paleochóra zu sehen, die Endstation, die ich drei Kapitel zuvor nicht beim Namen nennen wollte. Ich mache es den Neunmalklugen, die mir auf die Spur kommen wollen, immer leichter. Sie wissen jetzt, welchen Bus sie in Chaniá nehmen müssen. Die Endstation ist Paleochóra, weder Dorf noch Stadt, ein Städtchen, das sich auf einer schmalen Halbinsel breitgemacht hat. Im Osten war ein Hafen mit einer kleinen Mole, ein paar Fischerboote lagen vor Anker. Das westliche Ufer der Halbinsel bildete ein ausgedehnter Sandstrand. Der Bus hielt auf der Platia in der Mitte des Ortes. Hier saßen unter Sonnenschirmen alteingesessene Touristen und begutachteten bei einer Tasse Kaffee oder einem anderen Getränk die aussteigenden Neuankömmlinge. Griechen umringten den Bus und boten den Weitgereisten Zimmer in allen Preisklassen an. Der Mann mit dem Walkman wurde von Freunden begrüßt. Ich schulterte beschwingt meine Badetasche und wandte mich an Doris: »Du weißt doch sicher, wo's zum Strand geht!«

Doris wußte es. Der Strand war keine 500 Meter von der Platia entfernt. Es war eine Bucht aus feinem Sand, die links von einem

Felsvorsprung begrenzt wurde, auf dem die Reste eines Kastells zu sehen waren, das dem Ort in früheren Zeiten Schutz gewährt hatte. Das andere Ende der Bucht war in der Ferne nur zu erahnen. Über das Meer kam ein Wind aus Afrika. Auf den Wellenkämmen tanzte der Schaum. Windsurfer kreuzten verwegen vor der Küste. Die Köpfe der Schwimmer schwappten in den Wogen. Wo sich die Brandung brach, tobten Halbwüchsige. Wo sie auslief, spielten Kinder im Sand. Wenn sich eines mal zu weit ins Wasser wagte, wurde es von einem der Erwachsenen, die sich in der Sonne räkelten, zur Ordnung gerufen. Ein Sonnenanbeter lag neben dem anderen auf seinem Tuch. Ein paar lasen. Andere hörten Musik. Eine Dame in einem einteiligen Badeanzug unterhielt sich mit einer im Bikini. Viele rauchten. Die meisten taten nichts. Wenn sie der Meinung waren, daß die eine Seite ihres Körpers lange genug beschienen worden war, drehten sie sich auf die andere Seite. Wenn sie sich oft genug gewendet hatten, suchten sie Erfrischung im Meer. Wenn sie wieder herauskamen, salbten sie ihre Haut mit Sonnenöl und gaben sich erneut dem Himmelsfeuer hin.

Ich ging über den Strand zum Meer. Zwischen den Kindern sah ich den Wellen zu, wie sie sich im Sand verliefen. Wenn eine besonders große mich zu erreichen drohte, hüpfte ich einen Schritt zurück. Doris stand mir gelangweilt zur Seite. Ich hielt nach einem Platz Ausschau, auf dem ich mein Badetuch ausbreiten konnte. Ganz gleich wo, immer gab es einen Nachbarn, dem man zu nahe kam. Mitunter begegnete mir bei meiner Suche ein amüsierter Blick. Die Blässe unserer Haut stach ins Auge. Das Stigma des Neuankömmlings stand uns ins Gesicht geschrieben. Und wenn sie auch zu unseren Füßen lagen, die schönen schokoladebraunen Menschen, und nur gelegentlich, wenn sie sich mal eine Zigarette anzündeten oder eine Seite in einem Buch umblätterten, einen kurzen Blick für uns übrig hatten, alle sahen sie auf uns herab, mit dem überheblichen Lächeln der Erfahrenen, die ihren Platz auf der Welt gefunden hatten. Ich suchte den meinen nicht in ihrer Mitte. Ich verspürte den Wunsch nach Entlegenheit. Ich ging dem Meer entlang zu dem Ende der Bucht, das in weiter Ferne lag. Irgendwo würden wir auf unser Paradies schon stoßen. Doris folgte gehorsam meinen Spuren.

Nach ein paar hundert Metern war der Sand nicht mehr so dicht besiedelt. Bald gab es zwischen einem Badetuch und einem anderen schon mal so viel Platz, daß man das eigene hätte ausbreiten können, ohne von den Umliegenden als aufdringlich empfunden zu werden. Trotzdem zog es mich in fernere Gefilde. Ich wollte ein Stück Strand für mich alleine. Andere, die ebenso dachten, waren mir zuvorgekommen. Sie hatten den langen Weg nicht gescheut, um nahtlos braun zu werden. Wir konnten noch so weit laufen, immer lag vor uns einer entblößt im Sand, der noch weiter gelaufen war. Ich schlug mir das Paradies aus dem Kopf und breitete meine Decke zwischen den Nackten aus. Dann zog auch ich meine Kleider aus. Ganz ohne Feigenblatt, wie die Götter, denen eine *Aoa* vorangegangen sein sollte, mich erschufen, legte ich mich auf das Laken und sah zu Doris hoch, die in ihrem Rüschenkleid aufrecht vor mir stand. »Auf was wartest du noch? Zieh dich aus und leg dich zu mir!«

Doris gehorchte. Sie zog sich aus. Bei Sonnenlicht betrachtet, war ihr Körper längst nicht so verführerisch, wie ich ihn im Schein der Straßenlaterne, der in Iráklion durch das Fenster in unser Hotelzimmer gefallen war, gesehen hatte. Ich bin nicht mehr der Kavalier, der ich vor 60 Seiten sein zu müssen glaubte. Warum soll ich die Wahrheit verschweigen? Obwohl die Brüste nur von bescheidenem Ausmaß waren, hingen sie so tief herab, daß die Warzen immer dann, wenn Doris gerade mal ihr Kreuz nicht streckte, beinahe die Rundung des Bauches berührten. Und auch die Farbe des Schamhaares, über die ich mal so viel Aufhebens machte, will ich an dieser Stelle nicht verschweigen. Es war ein aschiges Grau, das sich von der Fahlheit der Haut kaum abhob. Wie um alles in der Welt hatte in mir mal der Wunsch entstehen können, von dieser Frau in die Arme genommen zu werden? Bei Tage besehen, wußte ich es nicht. Doris setzte sich zu mir und erwiderte meinen Blick. Um dem lichten Blau ihrer Augen, das ich noch immer nicht in Worte fassen kann – ich habe es einmal mit einer Vollmondnacht verglichen, doch der Vergleich hinkt wie jeder –, um dem Bann der fremden Augen zu entgehen, schloß ich die meinen und wandte das Gesicht der Sonne zu. Und von sehr weit oben hörte ich Doris fragen: »Und was jetzt?«

»Jetzt sonnen wir uns.«

Langsam begann die Sonne auf der Haut zu brennen. Sie hatte ihren höchsten Stand erreicht. Schweiß trat aus den Poren. Der laue Wind vermochte ihn nicht zu kühlen. Bald war meine eine Seite so hitzig, daß ich mich auf die andere drehen mußte. Doris blieb reglos neben mir auf dem Rücken liegen. Ein gesundes Rosa übertönte jetzt die Blässe ihrer Haut. Als es mir auch in meiner neuen Lage zu heiß wurde, ging ich ins Meer. Das Wasser erfrischte. Als es mir bis zum Hals stand, schwamm ich ein bißchen. Als ich den Boden unter meinen Füßen verlor, kehrte ich um. Wie neugeboren entstieg ich den Fluten. Ich legte mich auf das Laken und genoß die prickelnde Kühle der verdunstenden Tropfen auf meiner Haut. Doris lag mit geschlossenen Augen auf dem Rücken, wie ich sie verlassen hatte. Sie war in Schweiß gebadet. Wenn sie schon nicht ins Wasser ging, warum drehte sie sich nicht mal zur Abwechslung auf den Bauch? Der rosa Teint ihrer Haut ging in ein wundes Rot über. Ich hatte kein Mitleid mit ihr. Warum machte sie den Mund nicht auf?

Wenn ihr etwas nicht paßte, brauchte sie es mir nur zu sagen. In jener Zeit, als ich der Sklave war, hatte Doris mehr als einmal von mir erwartet, daß ich das Wort an sie richtete. Jetzt war sie an der Reihe. Ich schwieg. Ich drehte mich vom Rücken auf den Bauch, und wenn ich mich einmal gewendet hatte, stürzte ich mich in die erfrischenden Fluten. Doris, die sich nicht von der Stelle rührte, errötete zusehends. Auch meine Haut begann sich zu entzünden. Ich hatte vergessen, ein Sonnenöl einzupacken. Die Nackten, die sich regelmäßig salbten, sahen belustigt auf die beiden Neuankömmlinge, die nicht zu wissen schienen, daß man es langsam angehen lassen mußte, wenn man eine optimale Bräune heimbringen und nicht schon am zweiten Urlaubstag von einem Sonnenbrand außer Gefecht gesetzt werden wollte. Ein Mann mit grauen Haaren auf der eingefallenen Brust zeigte, während er in einer mir fremden Sprache mit einer Frau mit spitzen Brüsten plauderte, mit dem Finger auf uns. Meine Nasenspitze glühte. Ich feuchtete sie mit Spucke an. Eine Gruppe Halbwüchsiger brach in ein Gelächter aus, und obwohl keiner von ihnen mit dem Finger zeigte, glaubte ich doch zu wissen, daß ihr Lachen mir galt.

Es war höchste Zeit, den Schatten aufzusuchen. Ich konnte mich noch soviel drehen und wenden, ich konnte ins Wasser gehen, sooft wie ich wollte, es änderte nichts an der Tatsache, die Sonne verbrannte mir die Haut. Doch ich wollte nicht klein beigeben. Wenn ich jetzt die Segel strich, könnte Doris glauben, ich hätte Erbarmen mit ihr bekommen. Diesen Triumph wollte ich ihr nicht gönnen. Ich war der Herr. Mein Wille geschah. Wenn Doris der Platz neben mir zu schmerzhaft werden sollte, dann stand es ihr ja frei, mich um Gnade zu bitten. Sie tat es nicht. So harrten wir aus,

Seite an Seite, und machten uns weit und breit zum Gespött. Als die Schatten länger wurden, trat von den nahtlos gebräunten Touristen einer nach dem anderen den Heimweg an. Als die Sonne so tief gesunken war, daß sie keine Sklavin mehr dazu bringen konnte, um Gnade zu winseln, stand auch unserem Aufbruch nichts mehr im Wege. Ich erhob mich und zog mir die Hosen an. Doris blieb mit geschlossenen Augen auf dem Rücken liegen. Das Aschgrau ihrer Schamhaare inmitten der scharlachroten Haut stach jetzt ins Auge. Mein Wille war geschehen. Ich schnallte mir den Gürtel um und sagte: »Steh auf! Wir gehen!«

Wir gingen den leeren Strand zurück. Die Touristen hatten sich inzwischen auf der Platia versammelt. Wer etwas zu erledigen hatte, tat es vor dem Abendessen. Im Supermarkt herrschte Hochbetrieb. Ansichtskarten wurden geschrieben und in den Briefkasten geworfen. Vor dem Telefonkiosk hatte sich eine Schlange gebildet. Wessen Urlaub sich zu Ende neigte, der schaute sich im Souvenirshop um. Wer nichts zu tun hatte, sah den anderen bei ihrem Treiben zu. Die Cafés, die den Platz säumten, waren bis auf den letzten Stuhl besetzt. Wir hatten Glück. Ein Tisch wurde frei. Und obwohl ein Vater mit Sohn und eine Dame mit Hündchen, die ebenfalls nach einem freien Platz Ausschau hielten, ihm näher standen, gelang es mir, ihnen zuvorzukommen. Ich nahm den Tisch in Beschlag und winkte Doris herbei. Sie setzte sich mir gegenüber. Hier saßen wir nun vor einem leeren Colaglas und einem Eisbecher, in dem noch ein zerlaufener Rest Vanille stand, und sahen uns in die gebrandmarkten Gesichter. Doris blinzelte mich an. Ihre Augen tränten. Die Lider waren geschwollen. Sie biß sich auf die gesprungenen Lippen, als würde ihr jeder Lidschlag unerträgliche Schmerzen bereiten. Und doch schien mir, als seien ihre Mundwinkel, an denen sich Bläschen gebildet hatten, eine Spur nach oben gezogen, als tanze ein trotziges Lächeln in dem scharlachroten Gesicht, während Doris mich fragte: »Und was jetzt?«

»Jetzt warten wir auf den Bus.«

Der Bus nach Chanía fuhr erst in einer guten Stunde ab. Wir würden die Zeit totschlagen müssen. Der Kellner, der alle Hände voll zu tun hatte, kam an unseren Tisch und fragte freundlich nach unseren Wünschen. Ich entschied mich für ein Bier und ein Sandwich. Doris wollte sich mit einem Glas Wasser begnügen. Ich schlug die Beine übereinander und genoß den Reigen vor meinen

Augen. Zwei Blondinen, die sich schon für den Abend feingemacht hatten, kamen händchenhaltend auf mich zu und wurden am Nebentisch von zwei jungen Männern, die Zwillingsbrüder sein mußten, mit Küßchen auf beide Wangen begrüßt. Vor dem Abendessen wurden nicht nur die letzten Besorgungen erledigt, zu dieser Stunde stellte man auch die Weichen für die Nacht. Die Lokalmatadore führten ihre schönen Körper spazieren und winkten in die Menge. Die Mauerblümchen mit den zu kurzen Beinen und den zu langen Nasen saßen in Nischen und hielten nach ihresgleichen Ausschau. Doris sah mir noch immer blinzelnd in die Augen. Sie lächelte nicht mehr, als sie mich fragte: »Warum sagst du nichts?«

»Weil ich nichts zu sagen habe.«

»Das glaube ich nicht.« Doris beleckte mit der Zungenspitze ihre wunden Lippen. »Jeder Mensch hat was zu sagen. Ich weiß, wovon ich rede. Ich bin Historikerin. Jeder Mensch hat eine Geschichte, die er erzählen kann.«

»Wenn's so ist«, meinte ich und sah dem Kellner entgegen, der uns das Gewünschte brachte. Ich hatte Durst. Ich trank einen Schluck Bier. Dann biß ich in das Sandwich und fing mit vollem Mund noch einmal von vorne an: »Wenn's so ist, warum erzählst du dann nicht die deine.«

»Wie du willst.« Doris nippte an ihrem Glas. »Wo soll ich beginnen?«

»Warum nicht am Anfang?«

»Ganz wie du willst.« Doris nippte noch einmal. »Am Anfang war *Aoa*. Ich hab dir von ihr erzählt. Erinnerst du dich?«

Ich lächelte. »Ich habe ein gutes Gedächtnis.«

»Ich habe dir nicht die ganze Wahrheit erzählt. Ich habe dir etwas verschwiegen.«

Ich kaute mein Sandwich. »Was?«

»*Aoa* wurde noch einmal gesehen.«

»Wer hat sie gesehen?«

»Ihr Name ist nicht überliefert. Es heißt, daß sie die älteste Frau der Welt gewesen sein soll. Ihr war es vergönnt, *Aoa* zu dienen. Jeden Tag brachte sie ihr ein Mahl an die Pforte. Als zum ersten Mal seit Menschengedenken ein erwählter Mann wiederkehrte, dachte sich die alte Frau noch nichts Böses und tat auch am nächsten Tag ihre Pflicht. Erst als sie am übernächsten unter dem Busch das gestrige Mahl unberührt fand, ahnte sie Schlimmes. Sie faßte sich ein Herz und betrat die Höhle. Sie tastete sich zur Mitte der Welt empor. *Aoa* lag auf ihrem Bett in einer Lache von Blut. Ihr Leib war aufgeschlitzt. Es bestand kein Zweifel. Man hatte sie umgebracht. Willst du wissen, wer der Mörder war?«

»Der Mann, der wiederkehrte, nehme ich an.«

»Und weißt du auch, warum er es getan hat?«

Ich schüttelte den Kopf.

»Er hat es dir zuliebe getan. Für dich und deinesgleichen. Um euch zu erlösen, nahm er die Schuld auf sich. Du solltest ihm dankbar sein.«

»Ich wüßte nicht, wofür. Wovon hat er mich erlöst?«

»Vom Mond. Von dem sich wandelnden Immergleichen. Vom Sein. Er schenkte euch die Tat. In seiner Folge konntet ihr beginnen, euch die Erde untertan zu machen. Ihm habt ihr den Fortschritt zu verdanken. Ohne ihn hätte es die Schrift nicht zu solcher Blüte gebracht. Und die Fernschreiber und Doppelvergaser und Wegwerffeuerzeuge, all die Wunderwerke eurer Technik, sie wären nie entstanden. Und auch die Krönung der Zivilisation, jener Schritt, den ihr für den größten der Menschheit haltet, die Landung auf dem Mond, wäre undenkbar gewesen, hätte nicht einer von euch die Schuld auf sich genommen. Ein Mann schritt als erster zur Tat. Warum rühmt ihr sie nicht? Warum schämt ihr euch seiner? Warum versammelt ihr euch nicht, ihn zu ehren? Wenn ihr einen Gott habt, dann ist es er. Warum lobpreist du nicht seinen Namen?«

»Ich kenne ihn nicht.«

»Du solltest ihn aber kennen!« Doris rümpfte ihre rote Nase. »Sein Name ist Thomas.«

Ich hatte mein Sandwich gegessen und wischte mir die Finger an der Serviette ab. »Was für ein Zufall.«

Doris schüttelte den Kopf und sah mir in die Augen. »Es ist kein Zufall.«

Ich erwiderte standhaft den Blick. »Wenn es kein Zufall ist, wie komme ich dann zu der Ehre, daß ausgerechnet mein Name seit Jahrtausenden von Mund zu Mund geht?«

»Kein Name geht von Mund zu Mund. Der Name des Täters ist nicht überliefert. Früher habe ich mich oft gefragt, warum das so ist. Inzwischen weiß ich es. Der Name ist einerlei. Der Mann mordete nicht für sich, sondern für alle seines Geschlechts. Und darum trägt jeder von euch seinen Namen.« Doris trank ihr Wasser aus. »Das ist der Anfang meiner Geschichte. Den Rest erzähl ich dir ein andermal. Ich hab genug geredet. Jetzt bist du an der Reihe, Thomas.«

Ich ließ mir nicht befehlen, wann ich mit meiner Rede an der Reihe war. Schließlich hatte ich das Sagen. Ich war noch immer der Herr. Mein Wille geschah. Ich schwieg. Dann mußte ich weinen. Im Grunde genommen war es kein Weinen, sondern nur ein Tränen der Augen. Die Bindehaut war entzündet. Kein Wunder bei der vielen Sonne, die ich heute abbekommen hatte. Die Tränentropfen zogen salzige Bahnen über die brennenden Wangen. Ich faltete das Taschentuch auf, das ich vorsorglich in meine Hosentasche gesteckt hatte, und wischte sie mir vom Gesicht. Mein Schädel brummte. Der Sandwich stieß mir auf. Ein heftiges Frösteln überfiel mich in der lauen Abendluft. An den Nebentischen verdrehten sie sich schon die Köpfe nach mir. Ich schnappte nach Luft. Ich wollte mir mit einem Schluck Bier Erleichterung verschaffen. Kaum hatte ich ihn heruntergewürgt, kam er auch schon wieder hoch. Ich mußte so schnell wie möglich auf eine Toilette. Als ich aufstand, wurde mir schwindlig. Ich erinnere mich noch, wie ich ratlos um mich blickte, wie ich verzweifelt auf Doris herabschaute, wie sie ergeben zu ihrem Herrn aufsah. Ich erinnere mich an ihren lichten Blick. Dann wurde mir schwarz vor Augen.

Später sagte man mir, daß die Ohnmacht nur ein paar Sekunden gedauert habe. Einer der Zwillingsbrüder, Medizinstudent im elften Semester, diagnostizierte mit sicherem Blick einen Hitzschlag. Eine der Blondinen sprengte mir mit den Fingerspitzen Mineralwasser ins Gesicht. Die andere, die einen Erste-Hilfe-Kurs absolviert hatte, öffnete meinen Gürtel. Als ich endlich so weit zu Kräften gekommen war, daß ich mich, von beiden Brüdern gestützt, aufrichten und schließlich ganz ohne fremde Hilfe auf eigenen Beinen stehen konnte, mußte ich die Hose mit einer Hand festhalten. Vor aller Augen schnallte ich den Gürtel wieder zu. Doris besann sich ihrer Sklavenpflicht und wischte mir mit einer Papierserviette das Erbrochene vom Hosenbein. Und alle erkundigten sich nach meinem Wohlergehen. Ich war gerührt von so viel Mitgefühl. Der Kellner verzichtete auf die Bezahlung des Bierglases, das ich bei meinem Sturz vom Tisch gestoßen hatte, und sammelte klaglos die Scherben ein. Doris dankte es ihm mit einem Trinkgeld. Der Busfahrer hupte. Wir mußten unsere Rückreise antreten. Ich bedankte mich bei meinen freundlichen Helfern. Alle gaben sie mir gute Ratschläge auf den Weg. Ich sollte in Zukunft vernünftiger sein. Ich sollte mir nicht gleich am ersten Tag zuviel zumuten. Körperliche Anstrengung hätte ich vorerst zu unterlassen. Am besten wäre es, ich würde mich nur in abgedunkelten Räumen aufhalten. Ja, darin waren sich alle einig, daß ich in den nächsten Tagen die Sonne unbedingt meiden sollte.

Der Bus brachte uns in die Berge zurück. Giorgos fuhr uns in seinem Taxi zu dem abgelegenen Tal. Es war spät geworden, als wir das Dorf in der Lichtung erreichten. In der Dunkelheit stiegen wir den Pfad zu unserer Hütte hoch. Obwohl kein Mond am Himmel stand, war das Rot der Kanister, die ich am frühen Morgen neben dem Eingang abgestellt hatte, unübersehbar. Ich wußte, was ich zu tun hatte. Wenn ich es ernst meinte, wenn ich das Geheimnis wirklich ergründen wollte, das Arno Kröninger und die fünf, von denen ich wußte, daß sie ihm vorangegangen waren, miteinander verband, um dann Oberstaatsanwalt Schippke die Beweise auf den Tisch zu legen, so daß dem gar nichts anderes übrigbliebe, als die fristlose Kündigung zurückzunehmen und mich geradezu anzuflehen, dem öffentlichen Dienst nicht zu entsagen, wenn alles so eintreten sollte, wie ich es mir ausgemalt hatte, dann blieb mir keine andere Wahl. Ich mußte nach den Kanistern greifen, den freundlichen Rat, der mich vor körperlicher Anstrengung warnte, in den Wind schlagen und das Wasser den Berg hinauftragen. Wenn ich mir meine Zukunft nicht verbauen, es mit Doris nicht verderben wollte, konnte ich es mir nicht leisten, kein Kavalier zu sein. Obwohl es noch längst nicht Mitternacht war, geschah mein Wille nicht mehr. Obwohl ich noch immer der Herr war, der das Sagen hatte, tat ich, wir mir geheißen wurde. Ich ging den Berg hinauf und goß den Busch, der die Mitte der Welt so tapfer bewachte.

Ich weiß nicht mehr, was mich dazu trieb, vor der Pforte nicht haltzumachen. Ich drängte mich an dem Geäst vorbei. Ich ertrug den Schmerz der Dornen auf der verbrannten Haut. Auf allen vieren kroch ich in die Spalte. Ich zwängte mich durch den Schlitz und schürfte mir dabei an dem spitzen Gestein die Knie auf. Ich trotzte der Finsternis. Ich tastete mich voran. Einmal glitt ich auf dem schlüpfrigen Boden aus und fiel der Länge nach in Sickerwasser. Irgendwann erreichte ich das Höhlenrund. Hier konnte ich mich noch sosehr im Kreis drehen, solange draußen der Tag nicht angebrochen war, würde ich nie im Schwarz der Dunkelheit den grauen Schimmer entdecken, der mir den Weg wies. Ich war auf die Hilfe der Sonne angewiesen. Ich wußte nicht weiter. Ich lauschte den Tropfen, die den Stein höhlten. Da trat eine Frau mir zur Seite und nahm mich bei der Hand. Ich will kein Geheimnis aus ihr machen. Es war Doris, die mich führte. Ich stolperte ihr hinterher. Ich erklomm den Gipfel, ihren Rücken vor Augen, der auch in dieser Neumondnacht seine weiße Blöße zeigte. Auf der Mitte der Welt angelangt, drehte sie mir die dunkle Seite zu. Ich blickte in den Schatten des Gesichts. Ich wußte, was ich zu tun hatte. Ihr Wille geschah. Ich legte mich auf das steinerne Bett und wartete darauf, daß sie mir nahekam.

## 20

Wenn ich es dem Mann, der mir vorangegangen war, gleichtun will, muß ich mich beeilen. Ich schlage den Kalender, den mir meine Mutter zum Geburtstag geschenkt hat, auf. Der Tag, den ich im letzten Kapitel so ausführlich geschildert habe, ich erkenne es an dem dunklen Kreis neben dem Datum, war der 7. September gewesen. Zwischen ihm und dem 20. November, einem Sonntag, den ein weißer Kreis mit einem Mondgesicht ziert – es ist ein Zufall, daß man ihn Totensonntag nennt, doch es ist kein Zufall, daß ich ihn überlebte –, zwischen den beiden Daten liegen runde zehn Wochen. Und ich habe nur noch fünf Tage Zeit, über sie zu berichten. Die Rechnung scheint einfach. Zwei Wochen zu beschreiben, ist das Pensum eines Tages. Und an einem Tag schaffe ich, auch wenn ich vom frühen Morgen bis in die späte Nacht am Schreibtisch sitze, höchstens fünfzehn Seiten. Der eine oder andere Leser mag darüber staunen, ich bemühe mich um Stil. Manchmal brüte ich Minuten über einem Satz. Einmal mußte ich über eine Stunde suchen, bis ich das passende Wort endlich gefunden hatte. Jetzt habe ich ihrer zu viele gemacht. Ich kann mir an meinen Fingern ausrechnen, daß ich auf jeder Seite einen Tag beschreiben muß, wenn ich meine Geschichte planmäßig zu einem Ende bringen will. Denn eines weiß ich: Ganz gleich, ob ich den Schlußpunkt gesetzt habe oder nicht, am 20. Dezember werde ich dem, der mir vorangegangen ist, folgen.

Natürlich geht die Rechnung auch anders auf. Ich muß nicht mit jeder Seite einen Tag bewältigen. Ich kann auch mehrere Tage zu einem einzigen zusammenfassen und diesen, stellvertretend für alle, beschreiben. Ich habe diesen Versuch bei der Schilderung meiner Zeit mit Barbara bereits unternommen. Ich erinnere mich, ihn nicht beendet zu haben. Trotzdem will ich es mit Doris noch einmal wagen. Ich werde mit einem idealtypischen Morgen beginnen. Wenn er graute, machten wir uns auf den Rückweg. Während wir die Pfade der Ziegen abwärtsstiegen, ging die Sonne hinter dem Berg auf. Links und rechts wurde das Land von ihren ersten Strahlen beschienen. Das Quarzgestein begann zu schimmern. Das verdorrte Gestrüpp prahlte mit seinem letzten Grün. Hie und da blühte eine Orchidee. Nur wir blieben gefangen in der Schwärze des Schattens der Mitte der Welt. Bevor die Sonne über den Berg trat, hatten wir unsere Hütte erreicht. Wir scheuten das Licht. Kein Frühaufsteher unten im Tal hätte, falls er den anbrechenden Tag mit weitschweifenden Blicken zu beginnen pflegte, in der letzten Insel der Nacht die dorfbekannte Nymphomanin und ihren vorübergehenden Liebhaber entdecken können, wie sie, statt sich dem allseits bekannten Treiben hinzugeben, mit zwei leeren Plastikkanistern heimkehrten.

In der Hütte war der Tisch gedeckt. Im Herd brannte ein Feuer. Ein Topf stand auf kleiner Flamme. Während unserer Abwesenheit hatte Helena ein Mahl gebracht. Mal waren es gefüllte Auberginen, mal nur Tomaten und Käse und Brot, mal Moussakás, immer stand ein Krug Wein dabei. Selten hoben wir die Tafel auf, bevor wir ihn geleert hatten. In der Regel plauderten wir bis in den tiefen Tag hinein. Es spielte keine Rolle, wer das Wort an wen richtete. Keiner hatte das Sagen. Ich erzählte die Geschichte, die ich erlebt hatte. Doris berichtete von der ihren. Als ein Mann nach dem anderen unverrichteter Dinge wiedergekehrt war, begann man die Mitte der Welt zu meiden. Man ließ sich an den Küsten nieder und trieb mit anderen Männern Handel. Schon hatten die ersten an ihrem Kerbholz zu tragen. Man erfand die Schrift. Und als sie so weit entwickelt war, daß sie nicht nur für Lieferscheine, sondern auch für Belletristik taugte, erfand der Mann auch eine passende Geschichte. Ihr habt euch die dichterische Freiheit genommen! Doris rümpfte die Nase. Aus einem feigen Meuchelmörder habt ihr einen Helden gemacht! Und obwohl es doch um vieles leichter ist, ein von einem Stier gezeugtes Ungeheuer zu erschlagen als die Mutter, der ihr das Leben verdankt, habt ihr eurem Supermann Theseus eine Komplizin zur Seite gegeben. Warum beharrt ihr nur so sehr darauf, daß eine von uns euch bei eurem frevelhaften Tun beistand? Warum mußte Ariadne den roten Faden spinnen? Und warum mußte es in einer anderen Geschichte, die ihr auch aus den Fingern gesogen habt, Eva sein, die vom Baum der Erkenntnis den Apfel pflückte, nach dem es euch so sehr gelüstete? Warum schiebt ihr uns die Schuld in die Schuhe, daß ihr im Schweiße eures Angesichts euer täglich Brot verdienen müßt? Hätte es euch nicht gegeben, lebten wir immer noch im Paradies.

Ich gebe zu, ich habe in der Eile versehentlich die Perspektive gewechselt. Ich habe die Gänsefüßchen vergessen. Ich kehre zu meinen eigenen Worten zurück. Ich fahre fort mit der Schilderung des idealtypischen Tages. Je später der Vormittag, um so müder wurden wir. Spätestens mittags ging jeder von uns zu seinem Bett und legte sich schlafen. Träume sind Schäume. Sie tun hier nichts zur Sache. Es reicht, wenn ich sage, daß ich am späten Nachmittag erwachte. Ich stand auf und trat mit meinem Kulturbeutel in der Hand ins Freie. Ein Rest Wasser stand in der Schüssel auf der Mauer des versiegten Brunnens. Immer waren die Kanister neben dem Eingang leer. Nach meiner Morgentoilette, so will ich sie nennen, auch wenn sie am frühen Abend stattfand, ergriff ich die roten Henkel und machte mich auf den Weg ins Tal. Während sich die Männer im Kafeníon von ihrem Tagwerk erholten, schöpfte ich das Wasser aus dem Brunnen. Anfangs winkte Dimitri mir zu. Ich erwiderte den Gruß nicht. Wenn ich den Kanister füllte, behielt er mich im Auge. Ich wußte, daß mein Teil der Vereinbarung, die wir zwischen uns getroffen hatten, noch ausstand. Die schönen Worte für die Berge, die das Tal umragten, waren noch immer nicht geschrieben worden. Dimitri setzte in mein Werk seine ganze Hoffnung. Sie erwies sich als trügerisch. Ich wollte nicht dazu beitragen, die Mitte der Welt dem Fremdenverkehr zu erschließen. Ich brach mein Wort. Es machte mir nichts aus, denn meine Ehre ist, ich habe es schon einmal erwähnt, nicht der Rede wert. Ich hatte kein Mitleid mit dem Knaben, der sich seiner 167 Frauen rühmte, sein Schicksal rührte mich nicht, ganz im Gegenteil, ich genoß den grimmigen Blick, den er mir zuwarf, bevor ich ihm den Rücken kehrte und, mit meinen Kanistern beladen, gen Osten zog.

In der Hütte hatte Doris inzwischen den Tisch zu einem Mahl gedeckt, das ich unser Frühstück nennen will. Wir tranken Tee und aßen ein wenig Brot mit Honig. Nach Einbruch der Dunkelheit machten wir uns auf den Weg. Doris ging mir voran. Sie trug den leichteren Kanister, dem wir das Wasser, das wir für uns brauchten, entnommen hatten. Ich folgte mit dem anderen den Berg hinauf. An der Pforte angelangt, gossen wir den Busch. Nachdem wir uns an ihm vorbeigedrängt und uns durch den Schlitz hindurchgezwängt hatten, nahm Doris mich bei der Hand und führte mich durch das Labyrinth. Auf der Mitte der Welt entkleideten wir uns. Dann legten wir uns auf das steinerne Bett und vollzogen das Ritual. Doch soviel Mühe ich mir auch gab, ich kam Doris nicht nahe. Ich atmete das Leben ein, ich atmete es aus, doch die Pforte der Erkenntnis zwischen Leben und Leben blieb mir verschlossen. Ja, es gelang mir nicht einmal, den Mond mir vorzustellen. Die Meute der Gedanken zerfetzte ihn im Nu. Ich fühlte den glatten Stein unter meinen ausgestreckten Armen und mußte an die Heerscharen denken, die vor mir auf dieser Stätte gelegen waren. Nur einen von ihnen hatte ich von Angesicht zu Angesicht gesehen. Seine Kopfschwarte war über das Gesicht gestülpt, so daß ihm das lange blonde Haar wie ein Vollbart vom Kinn herabhing. Und obwohl ich doch ganz genau wußte, daß mir vor dem 21. Oktober keine Gefahr drohte, daß Arno Kröninger und die fünf, die ihm vorangegangen waren, alle unbeschadet von dieser Insel zurückgekehrt waren, sah ich mich gleich ihnen auf dem Seziertisch liegen. Und Professor Rönneberg zerschnitt mein Herz sachgerecht in sechs Teile. Und Dr. Wolff reichte meinem Nachfolger eine Namensliste, an deren Ende der meine stand. Ob der, der mir folgte, so schlau wie ich sein und herausfinden würde, daß wir sieben bei Vollmond unser Leben gelassen hatten?

Der Mond! War er nicht der Knochen, den ich den Gedanken zum Fraß vorwerfen sollte, damit sie endlich Ruhe gaben? Hatte nicht schon Jürgen Hönig, der es mehr mit der Sonne hielt, gesagt, daß, wer an nichts denken will, immer nur an das Eine zu denken hat? Ganz gleich, welchen Himmelskörper man sich aussuchte, er war nur ein Mittel zum Zweck. Und der Zweck, der alle Mittel heiligt, war das Nichts zwischen Leben und Leben. Wer durch diese Pforte trat, dem stand es frei, in sich oder in einen anderen zu gehen. Wenn ich Doris nahekommen wollte, mußte ich mit dem Mond beginnen. Ich versuchte, mir sein Antlitz vorzustellen. Es gelang mir nicht. Ich versuchte, mich zu erinnern, wie er über mir war, als ich nach einer langen Reise in der Nacht meinem Vater schläfrig über die Schulter blickte. Ich rief mir das Bild ins Gedächtnis, das Barbara einen Monat lang gemalt und mir für einen Monatslohn verkauft hatte. Wer das kleine Einmaleins beherrscht, hatte sie mir damals gesagt, dem sollte es auch keine Mühe bereiten, sich den Mond zu merken. Sechs mal sechs ist sechsunddreißig, ist die Hexe noch so fleißig. Ich war in der Schule im Kopfrechnen ganz gut gewesen, trotzdem blieben mir die Flecken des Mondes noch immer ein Rätsel. Wie verteilten sich die Schatten, die das Kratergestein im Sonnenlicht wirft, nun wirklich genau? Ich hatte keine Ahnung. Da konnte ich noch sosehr die Augen zusammenkneifen, alles, was ich mir vorzustellen vermochte, war ein weißer Kreis mit einem Punkt-Punkt-Komma-Strich-Gesicht.

Und wieder war es eine bestimmte Nacht, wieder ist mein Vorhaben gescheitert, meine Zeit mit einer Frau am Beispiel eines idealtypischen Tages zu schildern. Ich entsinne mich des Datums nicht mehr, ich erinnere mich nur noch an eine schief grinsende Fratze, die mir vorgaukeln wollte, sie wäre der Mond, als Doris, die auf meinen Lenden thronte, mich plötzlich fragte: »Bist du müde?«

Ich schüttelte langsam den Kopf.

»Wenn du nicht schlafen willst, warum machst du dann deine Augen zu?«

»Weil ich mir den Mond vorstelle«, antwortete ich trotzig mit geschlossenen Lidern.

»Warum willst du dir den Mond vorstellen, wenn er vor deiner Nase steht?« hörte ich Doris von oben herab fragen. »Warum siehst du ihn dir nicht ganz einfach an?«

Ich öffnete die Augen und erblickte den Mond über mir. Er bestand nur aus einer schmalen Sichel. Und er nahm zu. Denn sein Halbrund glich dem eines Z, nicht dem Z, das ich hier auf meiner Schreibmaschine auf einer Taste stehen habe, keinem so zackig modernen, sondern dem schwungvollen altdeutschen Z. Wenn meine Mutter meinem letzten Willen entspricht und diesen Bericht meines Lebens der Öffentlichkeit übergibt, wenn sich wirklich ein Verleger für das Manuskript findet, dann wird, so hoffe ich, die Druckerei, auch wenn sie sich des Lichtsatzes oder einer noch moderneren Technik bedient, über so eine Type verfügen. Ich bitte sie, das altdeutsche Z, an dieser Stelle 𝔷 zu setzen. Wenn sie es getan hat, dann wird der Leser unschwer erkennen, daß die Sichel des zunehmenden Mondes einem Z und die des abnehmenden Mondes einem A, ich muß den Setzer noch einmal bemühen, 𝔞 gleicht. Noch bevor ich lesen und schreiben konnte, brachte meine Mutter mir den ersten und letzten Buchstaben des Alphabets bei. Vor allem in den Winternächten, wenn der Mond am Himmel stand, lange bevor es für mich Zeit war, schlafen zu gehen, fragte sie mich, ob er nun zu- oder abnehme. Wenn ich die richtige Antwort gab, bekam ich einen Kuß für meine Klugheit. Jahre später, als ich längst erwachsen war, glaubte ich noch immer, wenn mein Blick zufällig auf den Mond fiel, mit Hilfe der altdeutschen Buchstaben sogleich die Phase identifizieren zu müssen. Selbst auf der Mitte der Welt gedachte ich dieser Gedächtnisstütze. Ich verzeihe dir, nein, ich habe mir vorgenommen, diese persönliche Anrede zu unterlassen, wenn ich an meinen Leser das Wort richte, dann nur an meinesgleichen, ihm sei gesagt, ich verzeihe meiner Mutter den Frevel nicht. Was in *Aoas* Namen hat der Mond mit einem Zeichen der Schrift zu tun?

Diesen Exkurs hätte ich mir sparen können, ich gebe es zu. Vielleicht habe ich ihn nur gemacht, weil ich fürchte, wieder einmal zu einer Stelle in meinem Werk zu kommen, an der meine Wortkunst versagt. Ich weiß, daß ich jetzt, wenn meinesgleichen mein Erleben nachvollziehen soll, wenigstens einen Absatz lang den Mond beschreiben muß, wie er Nacht für Nacht vor meinen Augen wuchs. Es tröstet mich, daß Barbara, die es mit Farbe und Pinsel um vieles leichter hatte, ein Bild zu schaffen, einen ganzen Monat dazu brauchte. Hat sie nicht oft über eine Stunde lang an einer Farbe gemischt? Hat sie nicht gesagt, jeder Fleck auf dem Mond hat seinen eigenen Grauwert? In meinem Metier gibt es nur hell- und dunkelgrau. Allenfalls noch mausgrau. Wie soll ich mit meinen kümmerlichen Worten die Schattierung beschreiben, so daß sich der Leser ein Bild von ihr machen kann? Ich bin kein Zauberer. Ich bin wieder einmal nicht imstande, eine Atmosphäre zu schildern, daß sich der Leser mühelos mit dem Helden identifizieren kann, wie es sich für einen Roman gehört. Ich mache es mir erneut leicht. Ich schreibe ganz einfach: Stehen Sie auf und gehen Sie zum Fenster. Schauen Sie hinaus. Ist es Tag, dann warten Sie, bis es dunkel wird. Ist der Himmel nicht klar, dann warten Sie auf besseres Wetter. Wenn es der Zufall nicht gut mit Ihnen meint, müssen Sie eben ein bißchen Geduld aufbringen. Doch wenn Sie ausharren, dann werden Sie, das verspreche ich Ihnen, früher oder später den Mond sehen. Je länger Sie ihm ins Antlitz blikken, um so weniger Worte muß ich hier machen. Sie täten mir wirklich einen Gefallen. Ich habe nämlich nur noch viereinhalb Tage Zeit.

Wer sich diese Mühe nicht machen will, der muß mir glauben. Ich will seine Faulheit nicht mit meinem Fleiß belohnen. Ihm sei gesagt: Friß oder stirb! Barbara hatte recht behalten, als sie mir prophezeite, daß der zunehmende Mond mir helfen würde. Je leuchtender er am Himmel stand, um so stiller wurde die Meute der Gedanken. Zwischen Leben und Leben begegnete ich dem Nichts. Ich durchschritt die Pforte. Ich ging in mich. Ich ging in Doris. Je voller der Mond wurde, um so näher kam ich ihr. Warum soll ich mich wiederholen? Schließlich habe ich unsere Vereinigung bereits vor etwa hundert Seiten mehr schlecht als recht beschrieben. Es gibt keinen Unterschied zwischen Barbara und Doris nachzutragen. Auch Doris schrie wie am Spieß. Auch ihr trat das Blut aus der offenen Wunde und benetzte mein Schwert. Auch sie nahm mir den Atem. Sterbend wurde ich wiedergeboren. Und doch war mir so, als wäre in diesem Augenblick Doris nicht Doris gewesen. Es ist möglich, daß ich nur einer Einbildung erlag. Da ich in diesem Bericht nur die Tatsachen für sich sprechen lassen möchte, will ich lieber den Konjunktiv bemühen. Vielleicht lag es auch an dem Schein des Mondes, der mich foppte, Tatsache ist jedenfalls, mir war, als wäre ich in *Aoa*. Und da ich mit diesem Satzgetüm, das Dr. Hartwig sicher nicht ohne Korrekturzeichen hätte durchgehen lassen, diesen Absatz nicht beenden will, suche ich nach einer eindeutigeren Formulierung. Am 22. September, der aufmerksame Leser kann es sich denken, es ist ein Datum mit einem weißen Kreis im Kalender, war ich nicht mehr ich.

Ich bin gut im Rennen. Soeben habe ich nachgezählt. Es ist mir gelungen, auf nur sieben Seiten 15 Tage abzuhandeln. Und auch über den sechzehnten brauche ich nicht viel Worte zu verlieren, obwohl er sich von den vorangegangenen in einem wesentlichen Punkt unterschied. Nach Einbruch der Dunkelheit blieben wir zu Hause. Der Mond hatte abzunehmen begonnen. Ein jeder von uns war damit beschäftigt, wieder zu sich zu kommen. Am 17. Tag dieses Kapitels, um diese ungewöhnliche Datierung beizubehalten, traten wir unsere Rückreise an. Giorgos holte uns in seinem grünen Taxi ab. Helena winkte zum Abschied. Dimitri warf mir einen grimmigen Blick hinterher. In Iráklion übernachteten wir im selben Hotel in einem anderen Zimmer. Kein Schein einer Straßenlaterne fiel durch das Fenster. Am 18. Tag, dem 25. September, traten wir den Rückflug an. Diesmal hatte Doris den Fensterplatz inne. Ich sah ihr zu, wie sie durch die runde Scheibe sah. Der Himmel war fast wolkenlos. Tief unten glitzerte das Meer in der Sonne. Nach der Landung würden sich unsere Wege trennen. Wenn ich dem Geheimnis von Arno Kröninger und den fünf anderen, deren Herz bei Vollmond zu schlagen aufgehört hatte, obwohl die Frau, die so schön gewesen sein soll, daß kein Mann ihren Anblick überlebte, doch längst das Zeitliche gesegnet hatte, wenn ich diesem Geheimnis auf die Spur kommen wollte, dann durfte ich mich jetzt nicht als ein Mann erweisen, der an seiner Zukunft nicht interessiert ist. Darum sagte ich: »Und?«

Doris wandte sich mir zu. »Und was?«

»Und was jetzt? Wirst du mich rühmen?«

»Wem sollte ich dich rühmen?«

»Der Frau, die so schön ist, daß einem Mann bei ihrem Anblick das Herz stehenbleibt.«

»Du hast sie getötet. Hast du das schon vergessen?«

»Sie wäre nicht der erste Gott, der von den Toten wiederauferstanden ist.«

»Was verstehst du schon von Göttern? Ich denke, du glaubst nur das, was man dir beweisen kann.«

»Das war einmal.«

»Wirklich?« Doris sah mir in die Augen. »Willst du damit sagen, du bist kein ungläubiger Thomas mehr?«

Ich erwiderte standhaft den Blick. »Ich will damit sagen, daß ich dir glaube.«

»Warum so plötzlich, Thomas?«

»Weil der Groschen immer plötzlich fällt«, antwortete ich lächelnd.

Doris lächelte zurück. »Manchmal fällt er auch zu spät.«

Der Kapitän verkündete über die Bordlautsprecher den Passagieren, daß man soeben die Reisehöhe verlassen habe und zum Landeanflug ansetze. *No smoking! Fasten your seatbelts!* leuchtete es bald rot über uns auf. Doris legte den Gurt an. Nachdem ich es ihr gleichgetan hatte, sagte sie: »Viel Zeit haben wir nicht mehr. Ich will dir zum Abschied eine Geschichte erzählen. Ich habe sie dir bislang verschwiegen, weil ich sie nicht beweisen kann. Du kannst sie mir nur glauben. So wie ich sie glaubte. Es heißt, daß *Aoa* noch am Leben gewesen ist, als die älteste Frau der Welt sie in einer Lache Blut entdeckte. *Aoa* soll auch noch die Kraft gefunden haben, ihrer Dienerin einen allerletzten Satz zuzuflüstern. In ihm verkündete sie ihre Wiederkehr. In dem Augenblick, in dem ein Mann einen Fuß auf den Mond setzt, so lautete die frohe Botschaft, werde sie wiedergeboren. Über 10 000 Jahre lang fieberten wir diesem Tag entgegen. Doch erst seit Beginn dieses Jahrhunderts, als ihr mit der Zivilisation Ernst machtet und ein Wunderwerk der Technik nach dem anderen erfandet, den Verbrennungsmotor, das Flugzeug, den Düsenantrieb, die Rakete, schöpften wir Hoffnung. Und am 20. Juli 1969 war es endlich soweit. Ihr wart am Ziel eurer Wünsche. Ihr setztet euren Fuß auf den Mond. Im selben Augenblick wurde uns *Aoa* geboren. Glaubst du daran?« Doris sah mir noch immer in die Augen. »Willst du wirklich dieses Ammenmärchen glauben?«

»Ich glaube es.«

Die Stewardessen schritten den Mittelgang ab und kontrollierten die Gurte der Passagiere. Dann setzten auch sie sich und schnallten sich an. Der Pilot hatte die Landeklappen und das Fahrwerk ausgefahren. Die Erde kam uns rasch entgegen. Wer in einem Buch gelesen hatte, sah jetzt auf. Wer in ein Gespräch verwickelt war, verstummte. Die meisten starrten auf die Rückenlehne ihres Vordermanns. Der eine oder andere schloß auch die Augen. Alle erwarteten sie in andächtigem Schweigen die Berührung mit der Erde. Nur ich neigte den Kopf zur Seite und flüsterte Doris ins Ohr: »Wo kann ich sie finden?«

»Wen willst du finden?«

»*Aoa*!« hauchte ich.

»Warum willst du sie finden?« fragte Doris. Und wenn auch keiner der Passagiere vor uns den Kopf verdrehte, so war doch zu spüren, wie jeder von ihnen die Ohren spitzte. »Was willst du von ihr?«

»Ich will ihr mein Herz schenken!« antwortete ich für jedermann.

Dann setzte das Flugzeug auf der Piste auf. Es war eine sanfte Landung. Kaum ein Rütteln ging durch den Rumpf. Ein Teil der Passagiere spendete dem Piloten Beifall. Andere lösten ihre Gurte, die ersten standen auf und mußten von den Stewardessen ermahnt werden, während dem Ausrollen der Maschine sitzen zu bleiben. Als sie endlich zum Stillstand gekommen war, und jeder mit seinen Siebensachen zum Ausgang drängte, um die Gangway herabzusteigen, den heimischen Boden zu berühren, den Freunden und Verwandten, die in der Ankunftshalle warteten, die frische Urlaubsbräune vorzuführen, da fragte ich Doris noch einmal: »Wo kann ich sie finden?«

»Überall und nirgends«, antwortete Doris und schulterte ihre Umhängetasche. Die Stewardeß nickte uns Bleichgesichtern beim Aussteigen einen Gruß zu. Ein Bus brachte uns zum Flughafengebäude. Ich mußte mit den anderen Passagieren am Förderband auf meine Reisetasche warten. Doris, die nur mit Handgepäck reiste, stand der Weg durch den Zoll offen. Wir nahmen Abschied voneinander. Wir umarmten uns nicht. Wir gaben uns auch nicht die Hand. Wir sahen uns nur in die Augen. Ein letztes Mal ertrank ich in dem lichten Blau. Dann drehte mir Doris den Rücken zu und ging von dannen. Ich blickte ihr nach. Nach ein paar Schritten wandte sie sich noch einmal zu mir um und fragte: »Hast du nicht gesagt, daß du an den Zufall glaubst?«

Ich nickte betreten.

»Vertrau weiter dem Zufall!« Doris lächelte fröhlich. »Vielleicht läuft sie dir mal zufällig über den Weg.«

## 21

Ich vertraute dem Zufall. Als ich nach Hause kam, lag im Briefkasten ein Schreiben des Justizministeriums, in dem mir meine Entlassung mitgeteilt wurde. Kaum hatte ich meine Reisetasche ausgepackt, klingelte das Telefon. Meine Mutter war am Apparat und wollte wissen, wie es mir im Urlaub ergangen sei. Ich beteuerte, mich gut erholt zu haben. Ja, das Wetter sei ausgezeichnet gewesen, ich hätte jeden Tag Sonne gehabt, ich sei braungebrannt wie ein Neger. Morgen schon würde ich meine neue Planstelle, Kapitalverbrechen *Sto* bis *Web* antreten müssen. Ja, ich sei auch froh, nichts mehr mit gräßlichen Leichenschauen und langweiligen Entmündigungsverfahren zu tun zu haben. Natürlich freute ich mich auf meinen neuen Aufgabenbereich. Wenn es der Zufall gut mit mir meine, bekomme ich schon bald einen sensationellen Fall. Durchaus möglich, daß mein Name dann in der Zeitung stünde. Nein, ich hätte nicht auf die Uhr gesehen. Ja, ich hätte auch nicht geglaubt, daß schon zehn Minuten vergangen seien. Auch für mich war es keine Frage, daß trotz des am Sonntag geltenden Billigtarifs das Telefongespräch langsam kostspielig zu werden begann. Sicher würde ich sie demnächst besuchen kommen. Das nächste

Wochenende könnte ich noch nicht versprechen. Aber eines der nächsten ganz bestimmt. Dann richtete mir Mutter noch herzliche Grüße von Vater aus, und ich trug ihr auf, ihn ebenso herzlich von mir zu grüßen. Zum Schluß wünschten wir uns eine gute Nacht. Als ich den Hörer auf die Gabel gelegt hatte, kam mir der Gedanke, daß ich, sollte es der Zufall gut mit mir meinen, meine Mutter nie mehr wiedersehen würde.

Ich machte mir nichts vor. Was konnte ich tun, wenn mir wirklich ein am 20. Juli 1969 geborenes Mädchen über den Weg laufen sollte, das mir schöner erschien als alle Frauen dieser Welt? Sollte ich die Vierzehnjährige am Schlafittchen packen und zur nächsten Polizeidienststelle schleppen? Selbst wenn ich den Doktor auftreiben würde, der bei der Geburt Hilfe geleistet hatte, und er es auf seinen Eid nähme, daß Aoa die Zweite in der Sekunde das Licht der Welt erblickt hatte, in der rund 384 000 Kilometer entfernt ein Mann zu einem Schritt ansetzte, der der wichtigste der Menschheit werden sollte, man würde den Zufall einen lieben Gott sein lassen und mich in die nächste Irrenanstalt einweisen. Wenn ich mich rehabilitieren, wenn ich meine Wiedereinstellung in den öffentlichen Dienst erfolgreich betreiben, meiner Mutter unbescholten unter die Augen treten wollte, dann mußte ich handfestere Beweise auf den Tisch legen. Ich würde mich mit der Minderjährigen einlassen müssen. Und sollte es hart auf hart kommen, würde ich auch das Ritual mit ihr vollziehen müssen. Was das bedeutete, wußte ich. Ich machte mir, wie gesagt, nichts vor. Wenn ich meiner Mutter und dem Staat, dessen Anwalt ich einmal war, beweisen wollte, rechtens gehandelt zu haben, mußte ich mein Leben opfern.

Heute ist der 18. Dezember. In drei Tagen werde ich nicht mehr am Leben sein. Es macht mir nichts aus. Es fällt mir schwer, darüber auch nur einen Satz zu verlieren. Doch damals, in der letzten Septemberwoche, als ich noch die Hoffnung hegen durfte, mich in meinem Leben als Mann zu erweisen, wurde mir bei dem Gedanken, meine Mutter nicht mehr wiederzusehen, beklommen ums Herz. Ich bin in Eile. Ich will hier keine larmoyanten Zeilen schinden. Wer die Phantasie hat, sich vorzustellen, wie es ist, wenn man genau weiß, in vier Wochen nicht mehr am Leben zu sein, der kann meine Gefühle teilen. Ich sah das Manuskript der zweiten Version meiner ersten Novelle auf dem Schreibtisch liegen und wußte, daß sie unvollendet bleiben würde. Mein Name würde nicht in die Literaturgeschichte eingehen. Und doch zweifelte ich keinen Augenblick daran, und diese Vorstellung machte mir wieder Mut, daß ich zu einem Ruhm gelangen würde, wie ihn kein noch so begnadeter Dichter, ja nicht einmal ein Nobelpreisträger in seinem Leben zu erreichen vermocht hatte. Ich sah den Stolz in den verweinten Augen meiner Mutter, wie sie, am offenen Grab stehend, ihrem heldenhaften Sohn eine Rose auf den Sarg warf. Heerscharen gaben mir das letzte Geleit. Fernsehstationen übertrugen die Beerdigungsfeierlichkeiten für alle, die nicht selbst dabeisein konnten, live. In den Fabriken standen die Räder still. Die Arbeiter drängte es zu den Bildschirmen, um die Trauerzeremonie verfolgen zu können. Der Name des Mannes, der die Hälfte der Menschheit vor dem Untergang bewahrt hatte, war in aller Munde. Und er würde es auch bleiben. Dessen war ich mir sicher. Selbst in hunderttausend Jahren, wenn Johann Wolfgang von Goethe und die anderen Klassiker seiner Zunft längst in Vergessenheit geraten wären, würde man sich noch immer an Thomas Zorski erinnern, der im Jahre 33 seiner Geburt *Aoa* zur Strecke gebracht hatte.

Ich dachte voraus. Eines war gewiß: Ganz gleich, wo mir die Göttin über den Weg laufen sollte, es würde in diesem Bett enden. Arno Kröninger und Detlev Spinell, Martin Krüger und Karl Roßmann, sie hatten sich alle in dem ihren als Mann erwiesen. Nur Joachim Mahlke und Werner Strapinski hatten mit einem Fleck Moos und einem Hotelzimmer eine Ausnahme gemacht. Die Abweichung von der Norm ließ sich leicht erklären. Der Gymnasiast wohnte bei seinen Eltern, der Schneider bei der Ehefrau. Ich hatte eine sturmfreie Bude. *Aoa* würde in meinen vier Wänden keine Zeugen fürchten müssen. Doch mir war an einem Zeugnis meiner Mannhaftigkeit gelegen. Wenn ich die wiedergeborene Göttin auf frischer Tat ertappen wollte, mußte ich mein Ableben im Bild festhalten. Ich erwog den Einbau einer Videokamera. Das Objektiv mußte nur mein Bett im Auge behalten. Doch sosehr ich mich auch im Schlafzimmer umschaute, ich fand keinen Ort, an dem ich so eine Anlage unbemerkt hätte installieren können. Ich hätte schon die Wand zum Bad durchbrechen und über dem Loch in der Mauer einen blinden Spiegel hängen müssen. Im Bad hätte ich bequem das Aufzeichnungsgerät unterbringen können, das meine Opfertat für die Nachwelt auf Band konservierte. Ich gebe zu, einen Augenblick lang faßte ich diesen Gedanken wirklich ernsthaft ins Auge. Doch dann dachte ich daran, daß *Aoa* sich vielleicht für längere Zeit bei mir einquartieren würde. Was, wenn die Göttin auf die Toilette mußte? Ich konnte ihr den Gang unmöglich verwehren. Sollte ich es trotzdem versuchen, würde sie Verdacht schöpfen. Darauf durfte ich es nicht ankommen lassen. Ich mußte mir etwas Besseres einfallen lassen.

Mikrofone sind leichter zu verbergen. Doch was hätten sie schon belauschen können? In der Regel wird das Ritual schweigend vollzogen. Nur bei Vollmond rang ich röchelnd um Atem. Und die, die mich innehatte, schrie wie am Spieß. Doch mal ganz ehrlich, was hätte unser Liebesgestöhn schon bewiesen? Wog das Indiz so schwer, die Bundesanwaltschaft bewegen zu können, gegen eine kriminelle Vereinigung zu ermitteln, die alle vier Wochen einen Mann ins Jenseits befördert und zu deren mutmaßlichen Mitgliedern die Hälfte der Menschheit gehört? Erwartete ich allen Ernstes, daß man nach den Nachrichten im Hörfunk und Fernsehen unseren vereinten Schrei ertönen ließ, verbunden mit der Aufforderung des Sprechers an alle, denen die weibliche Stimme bekannt vorkomme, sich bei den örtlichen Polizeidienststellen zu melden? Auch wenn ich mir die Mühe machte, alle Griffe in meiner Wohnung mit einem Tuch abzuwischen und sie von nun an nicht mehr mit bloßen Händen zu berühren, ergab das wenig Sinn. Selbst wenn *Aoa* Fingerabdrücke hinterlassen sollte, war nicht damit zu rechnen, daß sie je erkennungsdienstlich behandelt worden war. Selbst wenn Oberstaatsanwalt Schippke, der die Ermittlungen meiner Todesursache würde leiten müssen, sich nicht scheuen sollte, seine Karriere mit Gerede zu gefährden und wirklich die Fahndung nach der unbekannten weiblichen Person einleitete, er würde sie nie zu fassen kriegen. Ich würde sie für ihn fangen müssen. Es gab nur eine Lösung. Ich mußte meine Wohnung zu einer Falle machen, aus der es für sie kein Entrinnen mehr gab.

Mal angenommen, *Aoa* läuft mir zufällig über den Weg. Irgendwann wird es dazu kommen, daß sie meine Einladung annimmt, die Nacht in meiner Wohnung zu verbringen. Irgendwann wird Vollmond sein. In dieser Nacht verlasse ich vor dem Ritual noch einmal das Bett. Ich behaupte ganz einfach, die Toilette aufsuchen zu müsssen. Auf dem Weg zum Bad sperre ich die Wohnungstür ab. Wenn ich das Schloß öle, wird man es im Schlafzimmer nicht hören können. Den Schlüssel werfe ich in die Toilettenschüssel.

Dann ziehe ich so lange die Spülung, bis er verschwunden ist. Anschließend wasche ich mir die Hände und kehre zu meiner Göttin zurück. Jetzt kann ich mich ihr sorglos hingeben. Denn ich weiß, am nächsten Morgen, wenn ich mich als Mann erwiesen habe, wird sie vor einer verschlossenen Tür stehen. Da sich die Wohnung im siebten Stock befindet, kann sie auch nicht durch ein Fenster flüchten. Der einzige Ausweg, der ihr bleibt, ist, die Tür mit Gewalt zu öffnen. So ein Unterfangen ist mit Lärm verbunden. Und das Haus, in dem ich wohne, zeichnet sich durch besondere Hellhörigkeit aus. Meine Nachbarn sind Leute, die ihre Ruhe lieben. Wenn sie sich gestört fühlen, beschweren sie sich. Wenn die Beschwerde nichts fruchtet, rufen sie nach der Polizei. Meine Wohnungstür ist aus massivem Holz. Für ein vierzehnjähriges Mädchen wird es nicht leicht sein, sie aufzubrechen. Wenn es endlich den Weg ins Freie gefunden hat, dann ist es mehr als wahrscheinlich, daß es geradewegs den Polizisten in die Arme laufen wird, die von den lärmgeplagten Mietern herbeigerufen worden sind, der Ruhestörung ein Ende zu machen. Die Beamten werden bei der Klärung des Sachverhalts schnell auf meine Leiche stoßen. Sie klären die Göttin über ihre Rechte auf und nehmen sie fest. So weit, so gut.

Was mit ihr weiter geschehen wird, ist nicht mehr meine Sache. Ich habe meine Pflicht erfüllt. Ich habe euch die Frau, von der es heißt, daß sie jährlich zwölf Männer ins Jenseits befördert, auf einem Silbertablett serviert. Oberstaatsanwalt Schippke wird über ihr Schicksal zu befinden haben. Ich frage mich, ob er gegen das vierzehnjährige Mädchen, das am Tatort angetroffen wurde, einen Haftbefehl erlassen wird. Bestimmt wird Schippke den Fall nicht an die große Glocke hängen. Wenn halbwegs geordnete Familienverhältnisse vorliegen, wird er jede Flucht- und Verdunkelungsgefahr verneinen und *Aoa* wieder auf freien Fuß setzen. Was konnte er ihr auch schon vorwerfen? Meine Leiche wies nicht die Spur einer Gewalteinwirkung auf. Die Gerichtsmedizin mußte die Todesursache erst klären. Im Grunde genommen hing alles von Professor Rönneberg ab. Wenn er diagnostizierte, daß ich eines natürlichen Todes gestorben sei, dann könnte das Mädchen auf die Minute genau am 20. Juli 1969 um 3 Uhr 56 mitteleuropäischer Zeit das Licht der Welt erblickt haben, dann helfe auch ihr Geständnis nichts, eine wiedergeborene Göttin zu sein, die eine Heerschar von Männern auf dem Gewissen habe, Schippke würde erleichtert über meinen Fall die Akten schließen und sie zu den übrigen Akten legen. Und da damit zu rechnen war, daß Professor Rönneberg ungern zugeben würde, sich sechsmal geirrt zu haben, zweifelte ich nicht daran, daß er, allen Einwendungen seines Assistenten zum Trotz, auch beim siebten Mal für eine natürliche Todesursache plädieren würde. Wenn ich verhindern wollte, daß meine Geschichte im Justizarchiv endete, mußte ich mich an die Öffentlichkeit wenden. Ich mußte mich der Schrift bedienen.

Damals schrieb ich die erste Fassung meines Berichts. Sie ist nicht mehr erhalten. Ich glaube nicht, daß der Leser dieser Zeilen einen Grund hat, ihr nachzutrauern. In dieser ersten Version bemühte ich mich nicht um Stil. Es lag mir fern, eine Atmosphäre so ausführlich zu schildern, daß man sich mit dem Helden identifizieren kann. Ich begnügte mich mit den Fakten. Ich mußte nicht mit Sätzen schmeicheln. Wer mir nicht glauben wollte, konnte ja meine Angaben jederzeit überprüfen. Er brauchte nur die Universitätsklinik aufzusuchen. Und selbst wenn Dr. Wolff hartnäckig bestreiten sollte, daß ihm je die Todesursache eines Mannes ein Rätsel aufgegeben habe, es bliebe die Tatsache bestehen, daß alle sechs bei Vollmond gestorben waren. Ich nannte die Opfer beim Namen. Wer sich die Mühe machte, ihren Lebensläufen nachzugehen, der würde auf Gemeinsamkeiten stoßen, die ein vernünftiger Mann nicht mehr mit dem Zufall erklären kann. Ich skizzierte die Ergebnisse meiner Recherchen, die mich von einer Diskothek in der Innenstadt nach Kreta geführt hatten. In dieser Version meiner Geschichte, und allein deshalb könnte der eine oder andere Leser ihr den Vorzug geben, beschrieb ich den Weg zur Mitte der Welt klipp und klar. Und wenn ich auch meine Zweifel hatte, mit meinem Bericht Oberstaatsanwalt Schippke zu Ermittlungen bewegen zu können, solange Professor Rönneberg eine natürliche Todesursache diagnostizierte, einem gewieften Journalisten, dessen war ich mir ganz sicher, würde angesichts dieser Story das Herz höher schlagen. Die besten Reporter würden auf das Thema angesetzt werden. Das erste, was sie herausbekommen würden, wäre, daß Thomas Zorski am 21. Oktober einem Herzschlag erlegen war, genau an dem Tag, für den er Wochen zuvor seinen Tod vorhergesagt hatte. Jetzt fragte sich natürlich, ob auch die andere Prophezeiung, die vor mehr als 10 000 Jahren eine Frau in ihrer Lache Blut gemacht hatte, in Erfüllung gegangen sei. Ganz gleich, wie es kommen sollte, man würde sich die Hände reiben, weder ein

Präsidentenmord noch ein Erdbeben mit 100 000 Toten würde diese Mär aus »sex and crime« so schnell aus den Schlagzeilen verdrängen können.

Die erste Version meiner Geschichte umfaßte sieben Seiten. Ich fotokopierte sie zweimal. Dann steckte ich die Exemplare in drei Kuverts und adressierte sie an ein Nachrichtenmagazin, eine überregionale Tageszeitung und ein Boulevardblatt. Anschließend brachte ich die Kuverts zu einem Notar und gab ihm den Auftrag, die Post den Adressaten zuzustellen, falls ich mich nicht am 24. Oktober melden sollte. Nachdem ich die Gebühr bezahlt hatte, war mir leichter ums Herz. Ich hatte Schippke ein Schnippchen geschlagen. Ich hatte den Oberstaatsanwalt ins Gerede gebracht. Er würde im Blickpunkt der Weltöffentlichkeit stehen, wenn mein Lebensbericht, und daran zweifelte ich keinen Augenblick, seine Empfänger erreichte. Jetzt konnte er meinen Fall nicht mehr zu den Akten legen. Und wenn auch die liberale Presse vorerst mit ihm einer Meinung sein sollte, solange die Vierzehnjährige in geordneten Familienverhältnissen lebe, bestehe weder Flucht- noch Verdunkelungsgefahr, spätestens mit zunehmendem Mond würden sich die Stimmen mehren, die die Laschheit des Staates beklagten und, zumindest für die nächste Vollmondnacht, eine Sicherungsverwahrung der verdächtigen Person forderten. Ganz gleich, welche Entscheidung Schippke treffen sollte, sicher ist, *Aoa* würde in dieser Nacht nicht unbeobachtet bleiben. Die Observationskommandos der Polizei lösen sich rund um die Uhr ab. Die Fernsehteams lassen nicht locker, die vermeintliche Göttin vor die Kameras zu bekommen. Kein Mann hat Gelegenheit, sich als Mann zu erweisen. Keinem bleibt in dieser Nacht beim Anblick einer Schönheit das Herz stehen. Damit ist für den Teil der Menschheit, der nicht an einen Zufall glauben will, die Schuldfrage geklärt. Schon melden sich an den Stammtischen die ersten zu Wort, die raunen, es werde langsam Zeit für einen Scheiterhaufen.

Auf dem Nachhauseweg vom Notariat fragte ich mich, ob es wirklich so weit käme, daß man sie eines Tages auf einem Scheiterhaufen verbrennen würde. Ich hielt dieses Ende für nicht sehr wahrscheinlich. Unser Land bildet sich auf seine Zivilisation etwas ein. Wenn man *Aoa* in Verwahrung nahm, dann nur zu ihrer eigenen Sicherheit. Nur weil der Pöbel mit Mord und Totschlag drohte, wies man sie in ein entlegenes Sanatorium ein. Ein ganzes Polizeiregiment garantierte hier ihren Schutz. Und ein Dutzend

Ärzte vertrieb ihr die Zeit mit den verschiedensten Versuchen. Sie endeten alle mit dem gleichen Ergebnis. Die angebliche Göttin war ein ganz normales vierzehnjähriges Mädchen. Nichts deutete darauf hin, daß sie überirdischen Ursprungs war. Und nachdem die Runde, ein jeder von ihnen eine Kapazität seines Fachs, zu einem so einhelligen Urteil gelangt war, fragte man sich natürlich auch, was denn daran so tödlich sein könne, wenn ein Mann die Göre in einer Vollmondnacht ficke. Anfangs tuschelte man über diese Möglichkeit nur hinter vorgehaltener Hand. Dann stellte man die ersten Forschungsprogramme auf. Wenn man alles unter Kontrolle hatte, sowohl Herzfrequenz als auch Hautfeuchtigkeit, Körpertemperatur und Gehirnströme, wenn die einen Sensoren am Penisschaft die Erektion maßen und die anderen die Daten der Klitoris übermittelten, dann hatte das Forscherteam, das die Intimsphäre respektieren und sich in einen Nebenraum zurückziehen wollte, auf den Monitoren alles im Griff. Sollte wirklich einem Mann einmal das Herz aussetzen, könnten augenblicklich Wiederbelebungsversuche eingeleitet werden. Das Risiko war, so gesehen, minimal. Und schon meldeten sich auch zwei aus dem Forscherteam als freiwillige Versuchspersonen. Das Los mußte zwischen ihnen entscheiden. Dann hing alles nur noch von der Frage ab, ob man *Aoa* dazu bringen könne, sich im Dienste der Wissenschaft einem solchen Experiment zu unterziehen.

Ich weiß nicht, ob man sie dazu bringen kann. Ich gebe zu, daß ich über die Zukunft spekuliere. Aber in einem bin ich mir ganz sicher. Wenn nicht einer der Doktoren ihr den Antrag macht, werden es andere sein. Viele haben ihren Ruf vernommen. Schließlich ging die Sage von der Frau, die bei Vollmond so schön sein soll, daß einem Mann bei ihrem Anblick das Herz stehenbleibt, um die ganze Welt. Ihr Bild zierte die Illustriertentitel. Es gibt immer und überall ein paar Schwarmgeister, die sich in bedrucktes Papier vergucken. Die wollten es wissen. Einigen von ihnen, die mit ihrem Leben bereits abgeschlossen hatten und sich bislang weder für den Strick noch für Schlaftabletten hatten entscheiden können, erschien eine Liebesnacht als unverhoffter Ausweg. Andere, die sich ihrer selbst sicherer waren, glaubten sich dazu berufen, mit ihrer Manneskraft die Legende Lügen zu strafen. Wieder andere fühlten sich schlicht erwählt. Die Polizei hatte alle Hände voll zu tun, um den Zustrom der Pilger abzuwehren. Sie riegelte die Zufahrtswege zum Sanatorium ab. Wer weiter als bis zur ersten Straßensperre kommen wollte, mußte sich durch den Wald anschleichen. Wenn der keinen Schutz mehr bot, mußte man über das freie Land robben. Spätestens hier würde der Eindringling von einer Patrouille gefaßt werden. Ich habe Vertrauen in die Exekutive. Sicher wird kein unbefugter Mann *Aoa* nahekommen. Wer klug ist, setzt auf andere Gewalt. Bestimmt wird eines Tages einer der abgewiesenen Pilger sich der Jurisdiktion erinnern und auf die Idee kommen, nach dem Gesetz zu rufen.

Er wird nicht der erste sein. Ich habe in meinem Gedankenspiel ganz vergessen, daß *Aoa* ja auch eine Mutter hat. Ganz gleich, von wem sie befruchtet worden ist, sie hat die Göttin zur Welt gebracht. Es ist anzunehmen, daß sie ihr Kind liebt. Sei es, daß sie an seine Unschuld glaubt, sei es, daß sie zur Komplizin geworden ist, sie wird alles daransetzen, die Freilassung ihrer Tochter zu erreichen. Hilfe ist ihr gewiß. Da der Prozeß viel Publizität verspricht, bemühen sich die prominentesten Anwälte um das Mandat. Die Strategie der Kläger ist denkbar einfach. Solange Professor Rönneberg bekundet, daß ich eines natürlichen Todes gestorben bin, ist die Verwahrung des Mädchens ein gesetzeswidriger Akt. Und selbst wenn der Ordinarius sich doch noch eines anderen besinnen sollte, sein Gutachten würde von den Gutachtern der Gegenseite nach Strich und Faden zerpflückt werden. Was war schon an meinem Tod so unnatürlich? Keine toxische Substanz war in meinem Mageninhalt gefunden worden, die Haut hatte keinerlei Verletzung aufgewiesen, die auf eine Einwirkung äußerer Gewalt hätte schließen lassen können, keine Würgemale hatten sich am Hals gezeigt. Und da die Vierzehnjährige mich ganz offensichtlich weder erstochen noch erschlagen, weder erstickt noch vergiftet haben konnte, war das Verwehren der freien Entfaltung ihrer Persönlichkeit, insbesondere das Unterbinden heterosexueller Kontakte, und sei es auch nur zu bestimmten Zeiten, wie etwa bei Vollmond, ein eindeutiger Verfassungsbruch.

Wenn er klug ist, der Mann, und es wird ein Mann sein, dessen bin ich mir sicher, der in diesem Fall die Sache des Staates vertritt, dann läßt er sich auf einen Streit der Gutachter gar nicht erst ein, sondern zieht die sieben Seiten, die ich hinterlassen habe, als Beweismittel hinzu. Wenn er will, kann er auch noch Barbara und Doris als Zeugen aufrufen. Die werden den von mir dargelegten Sachverhalt bestätigen, es sei denn, sie verweigern die Aussage, weil sie fürchten müßten, sich mit ihr selbst zu belasten. Auch damit geben sie Thomas Zorski recht. Wenn die Gegenseite trotzdem seine Geschichte noch immer als unglaublich abtun sollte, dann würde ich, wäre ich Oberstaatsanwalt beim Oberlandesgericht oder bei welcher Instanz auch immer, die den Fall gerade behandelte, einen Ordinarius der Mathematik beauftragen, ein Gutachten darüber anzufertigen, wie hoch die Wahrscheinlichkeit ist, daß sieben Männer, die sich nicht kannten und zu verschiedenen Zeiten auf Kreta Ferien gemacht hatten, allesamt einen Vollmond später einem Tod erliegen, der der Medizin, gelinde gesagt, Rätsel aufgibt. Und wenn sich dann herausstellen sollte, daß mit einer Wahrscheinlichkeit von 99,999 Prozent das vierzehnjährige Mädchen, sollte man es sich ungehemmt entfalten lassen, in spätestens vier Wochen wieder einen Mann ins Jenseits beförderte, dann könnte die Gegenseite noch so viele Gegengutachten bemühen, die beweisen mochten, daß man bestenfalls von einer 98prozentigen Wahrscheinlichkeit sprechen dürfe. Den Richter möchte ich sehen, der in diesem Fall nicht auch der Meinung ist, daß gemäß Artikel 2 des Grundgesetzes ein Recht auf die freie Entfaltung der Persönlichkeit nur dann besteht, wenn nicht die Rechte anderer verletzt werden! Und sind diese nicht alle vier Wochen verletzt worden? Gibt es ein höheres Recht als das Recht auf Leben?

Die Gegenseite wird wahrscheinlich auf den fehlenden zwei Prozent beharren. Wo kämen wir hin, so wird sie vermutlich argumentieren, wenn nicht mehr gilt: *In dubio pro reo!* Ganz gleich, wer in welcher Instanz den Erfolg für sich buchen kann, der Streit, dessen bin ich mir sicher, wird bis zum Bundesverfassungsgericht gelangen. Und dieses wird, auch dies wage ich vorauszusagen, den Fall in seiner Einmaligkeit würdigen und dann die Parlamentarier auffordern, binnen gemäßer Frist eine legislative Lösung zu finden. *Aoa* würde zum Wahlkampfthema werden. Und da mehr als die Hälfte der Wahlberechtigten Frauen sind, hat ihre Stimme Gewicht. Doch auch die Männer der Vernunft setzen sich für eine Freilassung der Göttin ein. Was machen schon, so höre ich sie argumentieren, bei 472 Rauschgifttoten, 11 715 Verkehrsopfern und 13 364 Selbstmördern im Jahr zwölf Männer aus, die glauben, sich unbedingt einer Frau hingeben zu müssen? Sollten sie doch, wenn damit der Frieden auf Erden wiederhergestellt würde. Die Partei der Vernunft gewann die Wahl überlegen. Als sich für *Aoa* nach was weiß ich wieviel Jahre die Tür des Kerkers öffnete, wurde sie von einer Heerschar Frauen empfangen. Ich weiß nicht, zu welcher Stätte sie die Freigelassene geleiteten. Ich bin kein Prophet. Ich spiele nur mit Gedanken. Doch eines weiß ich gewiß. Alle vier Wochen wird sich in Zukunft wieder ein Mann als Mann erweisen. Es wird alles beim alten bleiben. Das einzige, was ich mit meiner Tat bewirkt habe, ist eine Publizität, wie sie das Gefolge der Göttin nicht zu erhoffen gewagt hatte. Tausende von Freiern bewerben sich jetzt bei Vollmond um eine Nacht mit der Schönsten. Die Frauen haben die Qual der Wahl. Habe ich dafür, fragte ich mich auf dem Weg vom Notar nach Hause, mein Leben geopfert?

Wofür dann? Ich machte mir nichts vor. Ich wollte nicht die Hälfte der Menschheit vor dem Untergang retten. Mir war die Zukunft egal. Ich war um meinen Ruf besorgt. Ich wollte nur beweisen, daß ich rechtens gehandelt hatte, als ich im September dieses Jahres einen Urlaub antrat, den mir Oberstaatsanwalt Schippke nicht gestattet hatte. Ja, ich gebe es zu, ich wollte ihn beschämen. Doch mehr noch ging es mir darum, meiner Mutter zu gefallen. Sie sollte mich nicht als eine verkrachte Existenz in Erinnerung behalten. Sie sollte auf ihren Sohn stolz sein. Ich war der Held, der einer Göttin auf die Schliche gekommen war. Ich sah schon, wie meine Mutter mit erhobenem Haupt die Straße entlangschritt, die ehrfurchtsvollen Grüße der Nachbarn majestätisch erwiderte, das Tuscheln hinter ihrem Rücken unverhohlen genoß, ja, hier ging die Frau zum Einkaufen, die den Mann geboren hatte, von dem alle Welt spricht. Meiner Mutter zuliebe schrieb ich die erste Version dieses Berichts. Und wenn ich ganz ehrlich bin, mir einmal wirklich nichts vormache, dann muß ich zugeben, daß diese zweite Version, die mir um so vieles länger gerät, auch ihr gewidmet ist. Ich schreibe nicht für meinesgleichen, damit es seine Lehren aus meinem Versagen ziehen kann. Ich bediene mich der Zeichen meiner Ahnen, um mich dir, Mutter, mitzuteilen. Ja, verzeih mir bitte, daß über hundert Seiten nur in der dritten Person von dir die Rede war. Ich kehre wieder zu der vertrauten Anrede zurück. Dir mute ich mein Geständnis zu. Du hast keinen Grund, stolz auf deinen Sohn zu sein. Es ist kein Held, der zu dir spricht. Warum belaste ich ausgerechnet dich mit soviel Unerfreulichem? Ich habe lange darüber nachgedacht. Ich fürchte, deine Person tut nichts zur Sache. So ungern ich es niederschreibe, du bist mir einerlei. Ich will mir nur mein schreckliches Erleben von der Seele sprechen. Von allen Menschen, die ich kenne, bist du der einzige, von dem ich mir ganz sicher bin, daß er mir zuhören wird. Du wirst diese Zeilen lesen, auch wenn dir mein Stil nicht behagt. Du bist für mich da. Ich finde meinen Trost bei dir, wie ich ihn früher immer gefunden hatte, wenn ich beim Laufen wieder mal hingefallen war und den Schmerz der Welt an deinem Rockzipfel ausweinen durfte.

Als ich nach Hause kam, klingelte das Telefon. Und da ich ahnte, daß du am Apparat sein würdest, hob ich nicht ab. Du würdest sicher wissen wollen, wie es mir auf meiner neuen Planstelle ergangen sei. Welche Kapitalverbrecher zwischen *Sto* und *Web* würde ich demnächst auf die Anklagebank bringen? War gar ein so sensationeller Fall darunter, daß die Aussicht bestand, meinen Namen mal in der Zeitung lesen zu können? Ich hatte nicht den Mut, dir zu sagen, daß er in nicht ganz vier Wochen auf allen Titelseiten stehen würde. Ich ließ es klingeln. Alle halbe Stunde wähltest du erneut meine Nummer, und da, ich sage es frei heraus, ich vor dir meine Ruhe haben wollte, ging ich spazieren. Ich schlenderte durch den Stadtpark. Ich setzte mich auf eine Bank und sah jungen Mädchen nach. Ich dachte mir, es könnte nichts schaden, die Augen ein wenig offenzuhalten. Warum sollte ich nicht versuchen, dem Zufall etwas nachzuhelfen? Sicher war es ein Zufall, daß in dem Moment, als ich mich erheben und meinen Spaziergang fortsetzen wollte, zwei Mädchen, deren Alter ich schwer schätzen konnte, sie mochten sowohl dreizehn als auch fünfzehn Jahre alt sein, auf dem Rasen vor mir damit begannen, Federball zu spielen. Ich blieb auf der Bank sitzen und schaute ihnen zu.

Sie waren von dem nahen Bach gekommen, der den Park durchfließt. Beide trugen sie nur Bikinihöschen. Sie spielten schlecht. Wenn der Ball mehr als zweimal hin- und hergegangen war, bejubelten sie den Erfolg. In der Regel schlugen sie mit ihren Schlägern daneben. Und wenn es der Zufall mal gut mit ihnen meinte und sie den Ball wirklich trafen, dann verfehlte die gefederte Kunststoffkugel bei weitem ihr Ziel. Einmal fiel sie mir vor die Füße. Eines der Mädchen kam herbei, um sie zu holen. Es hatte ein Muttermal auf dem linken Busen. Als es den Ball aufhob, war mir, als lächelte es mich flüchtig an. Kurz darauf beendeten die beiden das Spiel und kehrten, ohne mich noch eines Blickes zu würdigen, zu den beiden Jungen zurück, die am Bachufer auf einer Badedecke die tiefe Herbstsonne genossen. Ich hielt die Augen weiterhin offen.

Fast alle Mädchen, die als meine Göttin in Betracht kommen konnten, waren in Begleitung. Ein paar hatten schon einen festen Freund, der sie bei der Hand hielt. Andere waren mit Freundinnen unterwegs, und je größer der Pulk war, in dem sie sich bewegten, um so mehr gab es zu kichern und zu plappern. Keine schenkte dem Herrn mit dem schütteren Haar auf der Parkbank auch nur einen Blick. Selbst die Kleine, die einen Rauhhaardackel an der Leine vorbeiführte und dabei so kokett ihre Hüften zu bewegen verstand, sah an mir vorbei. Wenn mich eine Frau beachtete, dann war sie gesetzteren Alters und für mich uninteressant.

Als die Sonne hinter den Hochhäusern der Stadt verschwand, brachen die beiden Federballspielerinnen gemeinsam mit ihren Freunden auf. Die Jungs fuhren auf Fahrrädern davon. Die Mädchen gingen in eine andere Richtung. Die, die den Ball vor meinen Füßen aufgehoben hatte, kam noch einmal auf mich zu. Sie trug jetzt ein lila Kleid. Ich sah ihr forsch ins Gesicht, als sie ein paar leere Limonadendosen in den Papierkorb neben der Bank warf. Sie schenkte mir einen zweiten Blick. War er ermutigend genug, ihr zu folgen? Wenn sie wirklich ernsthaft die Absicht hegte, mich auf ihre Spur kommen zu lassen, warum ging sie dann zur ihrer Freundin zurück, die, mit den Federballschlägern unter dem Arm, ein paar Meter weiter auf sie wartete? Es gibt Vorwände genug, eine Besorgung, die noch zu erledigen ist, eine Verabredung, die einem in letzter Sekunde wieder einfällt, um sich von seinem Nächsten zu verabschieden und einen eigenen Weg zu gehen, der es dem Fremden leichter macht, einem schönen Fräulein sein Geleit anzutragen. Nein, ich konnte mir nicht vorstellen, daß eine 500 Millionenen Jahre alte Göttin mit einer Freundin durch die Gegend zieht. Aber das Muttermal auf der Brust war vielleicht ein Indiz, dem es nachzugehen lohnte. Noch bevor ich einen Entschluß fassen konnte, war das Mädchen, das mir zwei Blicke geschenkt hatte, mit seiner Freundin in der Ferne verschwunden. Nachdem ich lange genug darüber nachgedacht hatte, wurde mir klar, daß es sich nicht um *Aoa* gehandelt haben konnte. Aus einem ganz einfachen Grund. Das Kinn war spitz. Sie war mir nicht schön genug.

Hat es nicht geheißen, daß sie so schön sein muß, daß einem Mann bei ihrem Anblick das Herz stehenbleibt? Und wenn ich inzwischen auch gelernt hatte, daß man den Mythos nicht wortwörtlich nehmen darf, so war doch damit zu rechnen, daß das am

20. Juli 1969 geborene Mädchen, sollte es mir je über den Weg laufen, mich betören würde. Ich erinnerte mich an meine erste Liebe. Mir fiel ein, wie ich Annegret, sie war damals gerade erst 15 geworden, zum ersten Mal gesehen hatte. Sie stieg aus einer Strassenbahn. Vom ersten Anblick an war ich ihr mit Haut und Haar verfallen. Wie mußte es mir dann erst jetzt ergehen, wenn es der Zufall wirklich gut mit mir meinte? Ich bekam Zweifel an meinem Plan. Glaubte ich allen Ernstes, eine Göttin so mir nichts dir nichts hinters Licht führen zu können? Wer sagte mir, daß, wenn ich das Bett mit ihr teilte, ich noch der Herr meines Willens war? Vielleicht hielt ihr Anblick mich so sehr gefangen, daß ich nicht einmal den Blick von ihr wenden konnte. Und ich vergaß schlicht, daß ich eigentlich noch auf die Toilette hatte gehen wollen. Vielleicht war es mir auch längst einerlei, ob die Wohnungstür nun versperrt war oder nicht. Vielleicht war mir an ihrer Flucht gelegen. So ein Sinneswandel ist nicht auszuschließen bei einer Frau, die so schön sein soll, daß einem Mann, du weißt schon. So raffiniert mein Plan auch ausgedacht sein mochte, er bliebe unausgeführt. Am nächsten Morgen würde ihr der Weg in die Welt offenstehen. Wenn meine Falle trotzdem zuschnappen sollte, wenn ich als der Mann in die Geschichte eingehen wollte, der *Aoa* zur Strecke gebracht hatte, mußte ich mir etwas einfallen lassen.

Und ich ließ mir etwas einfallen. In der Nacht vom 21. zum 22. Oktober würde Punkt 24 Uhr in der Diele meiner Wohnung eine mit bloßem Auge kaum sichtbare Photozelle in Aktion treten, die bei der kleinsten Bewegung im Raum einen Stromstoß auslöst, der wiederum eine in einem unauffälligen Kasten neben der Türglocke eingebaute Sirene in Betrieb setzt, falls nicht binnen zehn Sekunden eine Tastatur, die an der Garderobe hinter einem alten Mantel verborgen ist, eine bestimmte Zahlenkombination eingegeben wird. Ich hatte lange über den Code nachgedacht. Es mußte eine Zahl sein, die ich mir leicht merken konnte. Einen Augenblick lang war ich versucht, *Aoas* Geburtstag zu wählen. Doch dann wollte ich es ihr, falls sie mir doch auf die Schliche kommen sollte, nicht zu leicht machen. Die Geheimschrift, mit der ich einst die Namen meiner Geliebten vor dir verschlüsselt hatte, fiel mir wieder ein. Ich zählte zu jeder Ziffer der siebenstelligen Zahl eine Eins hinzu. Nachdem ich auch die Zeitschaltuhr eingestellt hatte, die die Alarmanlage zur Geisterstunde in der nächsten Vollmondnacht in Betrieb setzen würde, wußte ich, daß nichts mehr schiefgehen konnte. Sollte *Aoa*, nachdem ich mich als Mann erwiesen hatte, sich aus dem Staub machen wollen, würde, sobald sie das Schlafzimmer verläßt, ihre Bewegung erfaßt werden. Dann hatte sie noch zehn Sekunden Zeit, das Geheimnis hinter dem Trenchcoat zu entdecken und die Tasten mit den Ziffern 3 182 070 zu drücken. Für den Fall, daß sie diese Aufgabe löste, wollte ich mich geschlagen geben. Dann sollte sie unbehelligt von dannen gehen. Andernfalls heulte die Alarmsirene auf.

Selbst wenn ich es versäumen sollte, die Tür abzusperren und den Schlüssel in der Kloschüssel zu versenken, selbst wenn *Aoa* nur die Klinke zu drücken brauchte, um sich den Weg zu öffnen, sie würde nicht unentdeckt bleiben. Während sie den Korridor entlangrennt, öffnen die in ihrer Ruhe gestörten Nachbarn die Türen, um nach dem Rechten zu sehen. Ich höre sie schon rufen: Haltet den Dieb! *Aoa* hat inzwischen den Aufzug erreicht und drückt verzweifelt den Knopf. Ein Pfeil leuchtet auf und macht ihr Mut. Doch bevor die Liftkabine die siebte Etage erreicht, nehmen die Nachbarn, die gut bei Fuß sind, die Verfolgung auf. *Aoa* bleibt nichts anderes übrig, als über die Feuertreppe zu fliehen. Wenn der Student, der zwei Türen weiter wohnt und von dem ich weiß, daß er in seiner Freizeit Marathonläufe bestreitet, am 22. Oktober zu Hause ist, kommt sie nicht weit. Doch auch wenn es der Zufall gut mit ihr meint und der Student bei einer Kommilitonin nächtigt, gelingt *Aoa* die Flucht nicht. Denn inzwischen ist der Aufzug in der siebten Etage eingetroffen. Die Nachhut der Verfolger fährt mit ihm zum Erdgeschoß. Sie ist schneller unten und wartet am Treppenausgang. Die gehetzte Göttin läuft ihr direkt in die Arme. Falls sie sich noch einmal losreißen kann, wird sie von den Verfolgern, die mal die Vorhut waren, ergriffen. Wahrscheinlich ruft der Hausmeister, den der Krawall aus der Wohnung getrieben hat, nach der Polizei. Sicher ist, daß sie allesamt versuchen werden, mir den Ruf streitig zu machen, der Mann zu sein, der *Aoa* zur Strecke gebracht hat. Schon nach ein paar Tagen wird man nicht mehr ihre Namen wissen. Nur meiner wird überdauern bis ans Ende der Welt.

Doch angenommen, der letzte Benützer des Aufzugs ist mit ihm zur siebten Etage gefahren. Dann würde sich die Tür des Lifts sofort öffnen und *Aoa* ihren Verfolgern entkommen. Mein Plan durfte nicht von einem Zufall abhängen. Um ganz sicher zu gehen, suchte ich einen Privatdetektiv auf und gab ihm den Auftrag, die

Identität der Person zu ermitteln, die in der Nacht vom 21. zum 22. Oktober meine Wohnung verlassen würde. Der Detektiv wollte in die Hintergründe des Falls eingeweiht werden, aber nachdem ich ihm die Hälfte seines Honorars ausgehändigt hatte, stellte er keine weiteren Fragen. Die andere Hälfte sollte er von dem Notar bekommen, wenn er ihm die Ergebnisse seiner Ermittlungen übergab. Ich war mir sicher, daß er alles tun würde, um sein Geld zu verdienen. Ich würde mich an seiner Stelle hinter der Tür zur Feuertreppe verstecken. Von hier aus konnte man den Korridor überblicken. Und selbst wenn am frühen Morgen dem Detektiv vor Müdigkeit die Augen zufallen sollten, bei Aufheulen der Alarmsirene würde er wieder hellwach werden. Und dann öffnete sich auch schon die Tür der Wohnung, die es zu bewachen galt. Die fragliche Person rannte in Panik den Korridor entlang. Die Nachbarn rissen ihre Türen auf und schrien hinterher: Haltet den Dieb! Jetzt konnte sich auch der Aufzug im siebten Stock befinden. Bevor *Aoa* ihn erreicht, stellt sich der Detektiv ihr in den Weg. Das Handgemenge kann ich mir ersparen. Tatkräftige Nachbarn kommen zu Hilfe. Ein vierzehnjähriges Mädchen hat gegen die Übermacht keine Chance. Die Polizei trifft ein und stellt die Identität der fraglichen Person fest. Der Detektiv hat seine Pflicht getan. Das Schicksal der Göttin ist besiegelt.

Jetzt konnte nichts mehr schiefgehen. Ich mußte nur noch auf den Zufall warten. Immer wenn ich spazierenging und nach vierzehnjährigen Mädchen Ausschau hielt, fragte ich mich, ob es richtig sei, dem Zufall stets nachhelfen zu wollen. Vielleicht klingelte, während ich mir im Stadtpark die Augen verdrehte, zu Hause gerade das Telefon. Und *Aoa* war am Apparat. Oder sie stand vor der Tür. Vielleicht hatte sie mich schon mehrmals besucht und war erzürnt, mich nie anzutreffen. Schließlich sollte man annehmen, daß einer zu Hause ist, wenn so hoher Besuch erwartet wird. Hatte ich die Gunst der Göttin womöglich längst verloren? Spätestens bei diesem Gedanken eilte ich heim. Doch wenn ich zu Hause war und wirklich mal das Telefon klingelte, dann warst immer nur du am Apparat.

Dann mußte ich dir erzählen, wie es mir heute ergangen war. Ich tischte dir ein paar neue Kapitalverbrechen auf, die ich demnächst auf die Anklagebank bringen würde. Ich machte mir nicht einmal Notizen. Früher oder später würde ich mich in Widersprüche verwickeln. Ich stellte mich an wie der letzte Amateur. Hatte ich nicht mal geprahlt, ein Meister der Lüge zu sein? War es nicht mein Trick, mich so nahe wie möglich an die Wahrheit zu halten? Doch die Wahrheit hieß *Aoa*! Manchmal lag es mir auf der Zunge, dir von ihr zu berichten. Vielleicht hattest du schon von ihr gehört. Schließlich bist du in einer Zeit groß geworden, in der es keine Massenmedien gab. Damals hatte man sich noch Geschichten erzählt. Hast du nicht mal gesagt, daß du deshalb so gerne bei den Großeltern zu Besuch warst, weil Großmutter so viele Märchen kannte? Vielleicht war auch die Legende jener schönen Frau darunter, die in einer Lache Blut ihre Wiederkehr prophezeite. Ich erinnerte mich, wie wir am 20. Juli 1969 vor dem Fernseher gesessen waren. Vater war von der technischen Präzision des Unternehmens *Apollo* begeistert gewesen und sprach nach geglückter Landung einen Toast auf die Menschheit aus. Du hattest das Geschehen in stiller Andacht verfolgt. Hast du nicht gesagt, als Herr Armstrong mit seinem linken Fuß den Mond betrat, du seist stolz darauf, diesen Augenblick erleben zu dürfen? Wußtest du damals Bescheid? Zähltest du zu dem Kreis der Eingeweihten? Vielleicht war es dein sehnlichster Wunsch, daß dein Sohn einmal erwählt werden würde. Vielleicht würde ich dir mit meinem Geständnis eine Freude bereiten. Doch ich fand nicht den Mut, dir reinen Wein einzuschenken. Ich wagte es nicht, dir zu erzählen, daß ich die Probezeit nicht bestanden hatte. Lieber erfand ich ein paar neue Kapitalverbrechen. Ich verstrickte mich in einem Lügengespinst. Es mußte nicht lange halten. Nur ein paar Tage noch. Dann war Vollmond. Dann würdest du die Wahrheit in der Zeitung lesen können.

Doch bevor es soweit war, mußte der Zufall sein Werk tun. Sosehr ich ihm auch nachzuhelfen versuchte, er tat es nicht. Nur eine schmale Sichel noch, und der Mond durfte sich voll nennen. Ich hatte wieder mal besorgt sein Antlitz studiert, als mir plötzlich klar wurde, den falschen Weg gegangen zu sein. Ich war der ungläubige Thomas geblieben. Statt an *Aoa* hatte ich an den Zufall geglaubt. Ihm wollte ich auf die Spur kommen, statt mich der Göttin zu ergeben. Und obwohl ich fürchtete, daß es längst zu spät war, begann ich das Versäumte sogleich nachzuholen. Ich legte mich mit dem Rücken auf das Bett, über dessen Kopfende der Mond hing, den Barbara für mich gemalt hatte. Ich atmete das Leben ein, ich atmete es aus, und zwischen Leben und Leben pochte ich an die Pforte der Erkenntnis. Durch sie mußte ich

schlüpfen, wenn ich mich *Aoa* nähern wollte. Ich pochte vergebens. Die Meute der Gedanken hetzte um die Wette. War mein Tun nicht naiv? Glaubte ich allen Ernstes, am 21. Oktober würde mir zur Geisterstunde *Aoa* erscheinen? Womöglich schritt sie durch die Wand. Materie bildet bekanntlich kein Hindernis für ein Gespenst. Vielleicht besaß sie nicht einmal eine Gestalt. Die schönste Frau der Welt war nichts als eine fixe Idee. Doch wer sie beharrlich genug verfolgt, wird sich als Mann erweisen. Ich tat mein Bestes. Und da ich außerstande war, mich einer Idee hinzugeben, machte ich mir ein Bild von ihr. Wie konnte *Aoa* aussehen? War sie blond oder schwarz? Groß oder klein? Dick oder dünn? Die vielen Frauen meiner Träume fielen mir wieder ein. Es gab nur eins, was sie vereinte. War es des Rätsels Lösung? Warum nicht nach Sonne und Mond es mal mit einem Schwarzen Loch probieren?
Ich probierte es. Was riskierte ich schon? Eine Technik sei wie die andere, hatte Jürgen Hönig gesagt. Man muß nur immerzu an das Eine denken, dann überkommt einen das Nichts ganz von selbst. Ich nutzte die Zeit, die mir noch blieb. Tag und Nacht machte ich meine Hausaufgaben. Barbara hatte wieder mal recht behalten. Je voller der Mond wurde, um so mehr kam er mir zu Hilfe. Kaum gab in weiter Ferne ein Gedanke Laut, da hatte ihn das Schwarze Loch auch schon verschlungen. Ich vergaß mich in der Finsternis. Kein Zweifel, ich war auf dem rechten Weg. Ich hatte den richtigen Dreh gefunden. Ich war mir meiner Sache sicher. Ich würde Arno Kröninger und die Heerscharen, die ihm vorangegangen waren, bei weitem überragen. Ich würde mich nicht nur als ein Mann erweisen. Ich würde der Mann sein, der *Aoa* zur Strecke gebracht hat. Und wenn auch nach was weiß ich wieviel Jahren die Stimme des Volkes der Partei der Vernunft zum Sieg verholfen haben wird, die alten Bräuche wieder aufgenommen werden, mein Name wird in aller Munde bleiben. Die Kinder werden ihn in der Schule lernen. Es ist Thomas Zorski gewesen, der seinem Geschlecht die Augen geöffnet hat.

Am 21. Oktober war ich guter Dinge. Ich spazierte durch die Stadt und nahm Abschied von der Welt. Nach Einbruch der Dunkelheit legte ich mich mit dem Rücken auf mein Bett. Die ausgebreiteten Arme bildeten mit dem Rumpf einen Winkel von 45 Grad. Ich schloß die Augen und gab mich dem finsteren Abgrund hin, aus dem ich einmal gekommen war. Ich will es kurz machen.

In dieser Nacht half mir der volle Mond nicht. Statt sich die Meute einzuverleiben, spie das Schwarze Loch die Gedanken aus. Einer machte sich besonders breit. Glaubte ich allen Ernstes, fragte ich mich immer wieder, zum Mann zu reifen, nur weil ich in *Aoas* Votze sah? Wenn sie wirklich so göttlich war, warum erregte dann ihre Vision nicht mein Geschlecht? Warum stand es nicht auf? Wenn man sich schon einer schönen Frau, und sei sie auch nur eine fixe Idee, opfern will, dann wird man doch wenigstens einen vernünftigen Ständer erwarten dürfen. Solche blasphemischen Gedanken warfen mich in meinen Bemühungen natürlich weit zurück. Und je ferner *Aoa* rückte, um so mehr geriet ich in Panik. Ich hatte nicht mit so einem schlimmen Ende gerechnet. Was tun, wenn ich morgen noch am Leben wäre? Wenn ich mich nicht als Mann erwiesen, wenn ich *Aoa* nicht zur Strecke gebracht hätte, würde mir kein Mensch auf der Welt meine Geschichte glauben. Dann müßtest du, Mutter, mit gesenktem Blick zum Einkaufen gehen. Nicht, weil du den Mann zur Welt gebracht hast, der seinem Geschlecht die Augen geöffnet hat, zeigen die Leute mit Fingern auf dich. In der Nachbarschaft hat sich herumgesprochen, daß ich aus dem Staatsdienst entlassen worden bin. Ein Gerücht jagt das andere. Von sittlichen Verfehlungen ist die Rede. So schlimm die Übertreibungen auch sein mögen, es bleibt die Tatsache, daß ich bin, wovor dir zeitlebens am meisten graute, eine verkrachte Existenz.

Wie spät mochte es sein? Ich fragte mich, ob ich nicht besser der peinlichen Angelegenheit ein Ende machen sollte. Sicher war Mitternacht längst vorüber. Die Zeitschaltuhr hatte die Alarmanlage in Betrieb gesetzt. Die Photozelle würde in der Diele die kleinste Bewegung registrieren und nach genau zehn Sekunden die Sirene auslösen. Wenn ich meine Nachbarn nicht in ihrer Ruhe stören wollte, durfte ich morgens nicht vergessen, gleich nach dem Verlassen des Schlafzimmers den Code zu drücken. Wie lautete er gleich wieder? Ich erinnerte mich an das Datum. Man mußte nur zu jeder Ziffer eine Eins hinzuzählen. Schon wieder rechnete ich, statt mich *Aoa* hinzugeben. Solange ich nicht die entsprechenden Tasten gedrückt hatte, würde ich nie die Zahl aus dem Kopf und die Göttin zu Gesicht bekommen. Ich erhob mich und tat meine Pflicht. Ich schob den Trenchcoat beiseite und tippte 3 182 070 in den Apparat. Und da ich schon mal unterwegs war, zog ich mir die Hosen an und sah nach dem Detektiv, der, wie ich es erwartet hatte, hinter der Tür der Feuertreppe Ausschau hielt. Ich sagte ihm, daß sich der Fall erledigt habe und er nach Hause gehen könne. Dann kehrte ich wieder in mein Schlafzimmer zurück. Ich sah ein, daß es keinen Sinn mehr hatte, das mißglückte Ritual fortzusetzen, und trat an das Fenster. Ich begnügte mich damit, für den Rest der Nacht dem Mond in sein Antlitz zu schauen. Er lachte mich aus. Er grinste so höhnisch wie die Punkt-Punkt-Komma-Strich-Gesichter in dem Kalender, den du mir zum Geburtstag geschenkt hast.

## 22

Morgen ist der 20. Dezember, es tut mir leid, daß dann bis zum Heiligen Abend nur noch vier Tage bleiben, der Zufall will es so, ich mag dir das Fest nicht verderben. Mir bleibt keine andere Wahl. Morgen muß ich dem Mann, der mir vorangegangen ist, folgen. Ich habe nur noch diesen einen Tag Zeit, meine Geschichte zu einem Ende zu bringen. Und da ich aus Erfahrung weiß, daß ich an einem Tag nicht mehr als 15 Seiten schaffe, tue ich wohl gut daran, mich kurz zu fassen. Andererseits, wenn ich schneller schreibe, wenn ich nicht mehr minutenlang nach einem passenden Wort suche, sondern gleich das nächstbeste nehme, dann ist es gut möglich, daß ich statt der 15 doppelt so viele Seiten schaffe. Und da ich mir noch viel von der Seele zu reden habe, wähle ich den zweiten Weg. Es tut mir leid, wenn ausgerechnet in diesem Kapitel, in dem von meiner Tat die Rede sein muß, ich mich um Fragen des Stils nicht ausführlich kümmern kann. Das ist keine faule Ausrede. Erspar dir den Hohn in deinem Gesicht. Du magst es mein ganzes Leben lang bestritten haben, ich glaube trotzdem an mein dichterisches Talent. Hätte ich nur ein paar Tage mehr Zeit, ich würde mein schreckliches Ende in Worte fassen, daß dir die Haare zu Berge stünden. Sei froh, daß die Zeit drängt. Wenn du Glück hast, bleibt es dir erspart, dich mit mir identifizieren zu müssen.

Am nächsten Morgen, einem Samstag, die Zeitung, die ich aus dem Briefkasten fischte, war dicker als sonst und enthielt die Wochenendbeilage, war ich gerade mit zwei gefüllten Plastiktüten vom Einkaufen gekommen. Ich hatte keine Vorräte im Haus gehabt. Schließlich war ich fest davon überzeugt gewesen, an diesem Samstag nicht mehr am Leben zu sein. Ich füllte den Kühlschrank wieder auf. Anschließend machte ich mir ein Frühstück und warf einen Blick auf das bedruckte Papier. Jetzt fehlte nur noch, daß ich meine Lektüre referiere. Ich weiß, warum ich plötzlich das Verlangen verspüre, so ausführlich von meinem Alltag zu berichten. Ich habe mich durchschaut. Je länger und breiter ich jetzt erzähle, um so kürzer werde ich mich am Ende fassen müssen. Nein, ich will es dir und mir nicht so einfach machen. Ich fasse mich lieber jetzt kurz und erzähle dafür das Ende lang und breit. Und wenn ich auch von vorangegangenen Versuchen entmutigt bin, ich will es nicht noch einmal wagen, einen Monat anhand eines idealtypischen Tages zu schildern, so glaube ich trotzdem, daß mir, vor allem jetzt, nachdem ich den Entschluß gefaßt habe, Fragen des Stils nicht weiter zu beachten, und daß ich mit meinem Vorsatz Ernst gemacht habe, siehst du an dem undisziplinierten Bau dieses Satzes, ich muß selbst nachlesen, wie er begann, und wenn ich auch von vorangengangenen Versuchen entmutigt bin, ich will es trotzdem wagen, das Geschehen der folgenden 29 Tage auf einer Seite zusammenzufassen.

Am Montag suchte ich den Notar auf und ließ mir von ihm die drei Kuverts, die ich mal der Öffentlichkeit zugedacht hatte, wiedergeben. Zu Hause angelangt, zerriß ich die dreimal sieben Seiten der ersten Version meines Berichts und warf die Schnipsel in die Toilettenschüssel. Anschließend zog ich so lange die Spülung, bis keiner mehr zu sehen war. Noch in derselben Woche kamen die zwei Männer, die die Alarmanlage installiert hatten, und bauten sie wieder aus. Eines Tages, erinnere ich mich, lag ein Schreiben meiner Bank in meinem Briefkasten, in dem auf meinen negativen Kontostand verwiesen und ich aufgefordert wurde, ihn binnen eines Monats auszugleichen. Man habe erfahren, daß ich nicht mehr in einem festen Anstellungsverhältnis stehe, und deshalb sei mir der bislang zugesagte Überziehungskredit gekündigt worden. Das Bild, das ich Barbara abgekauft hatte, die Reise nach Kreta, die Gebühr des Notars, sie war das geringste, schwerer wogen das Honorar des Privatdetektivs und die Alarmanlage samt den Kosten für Ein- und Ausbau, all das hatte ein Loch in meine Kasse gerissen. Und da ich nicht zu hoffen wagte, mich binnen vier Wochen als Mann erweisen zu dürfen, ich mich langsam damit abfinden mußte, weiterzuleben, verkaufte ich mein Auto und glich das Konto aus.

Die Seite, die ich mir zugestanden hatte, die 29 Tage zu schildern, die der Nacht, in der sich mein Schicksal erfüllte, vorangegangen waren, ist nicht einmal ganz voll geworden. Ich habe mich wirklich kurz gefaßt. Trotzdem ist es mir gelungen, sie am Ende mit Belanglosigkeiten zu füllen. Wen interessieren schon meine finanziellen Verhältnisse im Herbst 1983? Ich kann also guten Gewissens gleich zum 20. November kommen, einem Sonntag, von dem es der Zufall will, daß er Totensonntag genannt wird. War das ein gutes Omen? Ich war versucht, es zu glauben. Ich sehe, ich komme nicht umhin, eine zweite Seite der Vorgeschichte zu widmen. Ich muß weiter ausholen und erzählen, daß ich mich an einen Strohhalm klammerte. Meine obigen Beteuerungen stimmen nicht ganz. Ich hegte einen Rest Hoffnung. Ich wollte es noch einmal wagen. Vielleicht war ich den Monat zuvor nur zu spät auf den richtigen Dreh gekommen. In diesem machte ich gewissenhaft meine Hausaufgaben. Jeden Tag gab ich mich vor dem Frühstück und nach dem Abendessen *Aoa* hin. Als die Zeit zu Ende war, die sich angeblich so gut dafür eignet, zu sich zu kommen, als der Mond endlich damit begann, wieder zuzunehmen, kam er mir zu Hilfe. Das machte mir Mut. Darum, und auch weil kein Privatdetektiv mehr auf der Lauer lag, keine Alarmanlage die Diele überwachte, kein Schreiben, das über die Umstände meines Todes hätte Aufschluß geben können, bei einem Notar hinterlegt war und, falls die Göttin allwissend war, sie jetzt wissen mußte, daß sie mir nun ungefährdet in die Nähe kommen konnte, weil ich nichts mehr im Schilde führte, darum, und nicht zuletzt, weil ich den Zufall, der aus einem stinknormalen Sonntag einen Totensonntag machte, keinen Zufall sein lassen wollte, gab ich mich noch einmal der fixen Idee hin.

Jetzt ist alles gesagt. Ich kann endlich mit dem 20. November beginnen. Nein, ich kann es nicht. Ich sehe es dir an, du willst, daß vorher noch von dir die Rede ist. Dein Wille geschehe. Ich erinnere mich nicht mehr an das genaue Datum, es muß Anfang November gewesen sein, als eines Abends, ich hatte gerade meine Hausaufgabe hinter mir, das Telefon klingelte. Du warst am Apparat. Lange brachtest du keinen Ton hervor. Ich höre noch immer dein Schluchzen. Oberstaatsanwalt Schippke hatte dich angerufen und gefragt, wo er mich erreichen könne. Dabei kam natürlich die Wahrheit ans Tageslicht. Schippke ging es um die sechs grauen Schnellhefter, die ich mir vom Justizarchiv hatte kommen lassen und die in meinem Büro nicht aufzufinden waren. Ich erinnerte mich an ein Schreiben, in dem ich aufgefordert worden war, die Akten von Arno Kröninger und den fünf anderen unverzüglich zurückzuerstatten. Ich hatte es in den Papierkorb geworfen. Damals hatte ich noch geglaubt, mich in ein paar Tagen als Mann erwiesen zu haben. Die mir bei Nichtbefolgung des Erlasses angekündigten strafrechtlichen Konsequenzen hatten mich kalt gelassen. Ich genoß den Gedanken, Schippke Scherereien zu machen. Jetzt hat er sich gerächt. Er wußte, wo ich zu erreichen bin. Er kannte meine Nummer. Er hat sie nicht gewählt. Er hat nicht die Sache unter uns Männern geregelt, er hat auch nicht die Maschinerie der Justiz in Bewegung gesetzt, nein, er hat dich in die leidige Angelegenheit mit hineingezogen. Er hat mich an meiner empfindlichsten Stelle getroffen. Zum zweiten Mal in meinem Leben hörte ich dich weinen. Und wenn ich dich auch nicht vor mir sah, wie beim ersten Mal, als ich verkündet hatte, Berufsschriftsteller werden zu wollen, und du, dein Gesicht in den Händen vergraben, im Wohnzimmer auf der Eckcouch einen Weinkrampf bekamst, wenn ich auch von Glück sagen konnte, deinen Tränenausbruch nur am Telefon erleben zu müssen, so änderte dies nichts daran, daß dein Wehklagen mich erneut schaudern ließ. So wenig konnte ich dein Leid ertragen, so sehr schmerzte mich dein Schluchzen, daß ich nicht umhin kam, dich erneut, ein letztes Mal, zu belügen.

Du hast mir doch geglaubt? Du warst dir zwar nicht sicher gewesen, das konnte ich nach allem, was vorangegangen war, auch nicht erwarten, aber einen Schimmer Hoffnung, gib es zu, habe ich dir geschenkt. Schließlich habe ich dir mein Wort gegeben. Wenn ich mich auf meine Ehre berief, hast du mir immer geglaubt. Du konntest nicht wissen, daß ich ein Meister der Lüge bin. Wenn es keine Wahrheit gab, an die ich mich hätte halten können, verstand ich mich auch aufs Improvisieren. Ich sprach von einem Geheimbefehl. Er war so geheim, daß nicht einmal Oberstaatsanwalt Schippke von ihm wußte. Es war mir strengstens untersagt, irgend jemandem, und in diesem Zusammenhang wurden nahe Verwandte ausdrücklich erwähnt, von meinem Auftrag zu erzählen. Nur dem Justizminister durfte ich Bericht erstatten. Ich war ihm persönlich unterstellt. Doch um dir zu beweisen, daß ich nicht das Blaue vom Himmel herunterlog, um deiner Liebe würdig zu sein, mußte ich das Gebot des Staates mißachten. Ich stellte dich mit dem Justizminister auf eine Ebene. Und da diese Vorstellung dir schmeichelte, hatte ich auch schon halb gewonnen.

Ich deutete an, daß meine Entlassung aus dem öffentlichen Dienst nur vorgetäuscht sei, sozusagen ein Bestandteil meiner Legende, in Wirklichkeit sei ich noch in Amt und Würden und gerade dabei, eine gefährliche kriminelle Vereinigung, die die halbe Menschheit umfasse, zu infiltrieren. Und als verkrachte Existenz hätte ich nun mal die beste Aussicht auf Erfolg. Du wolltest natürlich wissen, was das für eine Vereinigung sei, der man nur mit solch subversiven Methoden beikommen könne. Ich meinte, meine Verschwiegenheitspflicht schon genug verletzt zu haben, und wollte nicht noch weiter in die Einzelheiten gehen. Doch um dein beharrliches Nachfragen zu lohnen, nannte ich dir wenigstens die Initialen der mörderischen Organisation. *A. O. A.*

Die Laute sagten dir nichts. Und wenn sie dir etwas sagten, dich vielleicht an ein Märchen erinnerten, das deine Großmutter dir in früheren Zeiten erzählt hatte, dann erwähntest du es mir gegenüber nicht. Du hattest nur eine Wahl. Du konntest mir glauben oder nicht. Gib zu, du hast mir geglaubt. Es traf sich gut, daß du kürzlich einen Spionagethriller gelesen hattest, in dem eine ähnliche Geschichte erzählt worden war. Nachdem du dich ausgeweint hattest, wolltest du nur noch wissen, ob ich Weihnachten nach Hause käme. Ich antwortete wahrheitsgemäß, das könne ich noch nicht mit Bestimmtheit sagen. Ich umging ein letztes Mal die Geheimhaltungspflicht und verriet dir, daß ich am 20. November Genaueres wisse. Ja, du hattest recht, der Tag war ein Sonntag, noch dazu der Totensonntag, es blieb mir nichts anderes übrig, während meiner geheimen Mission tat ich auch an Sonn- und Feiertagen meine Pflicht. Dir war nicht wohl bei dem Gedanken, daß ich den Heiligen Abend nicht mit dir verbringen könnte. Zum Schluß hast du mir noch Grüße von Vater ausgerichtet. Ich trug dir auf, sie zu erwidern. Dann sagtest du mir noch, daß du mir vertrautest, und legtest auf.

Es tut mir leid, daß ich dein Vertrauen mißbraucht habe. Ich bitte dich an dieser Stelle um Entschuldigung. Doch ich will nicht scheinheilig sein. Ich habe unser Gespräch nicht deshalb protokolliert, um dir am Ende zu bekunden, daß ich meinen Wortbruch bereue. Es muß etwas faul daran sein, wenn ich einer Begebenheit, deren Zeuge du warst, deren Schilderung ich mir eigentlich hätte sparen können, wenn ich diesem höchstens zehnminütigen Telefonat mehr Seiten als den 29 Tagen widme. Ich fürchte, ich bin dir untreu geworden. Ich habe außer dir noch andere Leser vor Augen. Denen muß ich berichten, was du aus eigenem Erleben kennst. Nein, ich will dir und mir nicht schon wieder was vormachen. Ich habe auch nicht an zukünftige Leser gedacht. Selbst wenn dir Millionen folgen sollten, keinen wird es interessieren, wie ich meine Mutter belog. Alle wollen sie nur wissen, wie die Geschichte ausgeht. Es ist das Ende, vor dem ich mich drücke. Deshalb wärme ich die ersten Kapitel noch einmal auf. Darum mache ich aus deinen Tränen ein Drama. Nichts ist mir heilig, kein Anlaß zu banal, ein paar Zeilen zu schinden. Nachdem ich mir selbst auf die Schliche gekommen bin, packe ich mich an meinem eigenen Schopf und ziehe mich aus der Misere, indem ich ganz einfach tippe: Es ist der 20. November 1983.

Und da es ein Sonntag ist, kann ich auch keine Zeitung aus dem Briefkasten fischen, wie ich sonst immer einen Tag auf dem Papier gerne begonnen habe. Ich will auch nicht mein Frühstück schildern, womöglich noch den Brotaufstrich nennen, ich will auf den letzten Seiten nicht meine Liebe zum Alltag entdecken, ihn literarisch zu bewältigen, hat es in einer Lektion des Fortbildungsseminars für Nachwuchsschriftsteller einmal geheißen, sei nur den wahren Könnern vorbehalten, ich will mir an meinem letzten Tag die Latte nicht so hoch legen, und darum vernachlässsige ich die Alltäglichkeiten, wie Vorhängeaufziehen und Bettenmachen, Wasseraufsetzen und Abfallausleeren, um die ich mich so lange erfolgreich gedrückt habe, auch an diesem Totensonntag. Keiner soll mir vorwerfen können, meine Geschichte unnötig in die Länge zu ziehen. Ich überspringe mit einem Satz diesen ganzen Tag. Schon liege ich mit dem Rücken auf dem Bett und gebe mich dem Schwarzen Loch hin. Ich will die Gedanken, die mir trotzdem durch den Kopf gingen, hier nicht aufzählen. Ich fasse mich kurz. Obwohl die Alarmanlage und all die anderen Hindernisse, die eine allwissende Göttin vielleicht davon hätte abhalten können, in eine Falle zu gehen, beseitigt waren, obwohl ich in diesem Monat täglich zweimal meine Hausaufgaben gemacht hatte, obwohl in dieser Nacht mir der volle Mond zu Hilfe kam, trat kein Gespenst durch die Mauer. *Aoa* erschien mir weder zur Geisterstunde noch zu einer anderen Zeit. Wieder einmal hatte ich mich nicht als Mann erwiesen.

Doch am 20. November wollte ich nicht klein beigeben. Wenn es mir schon nicht gelang, der schönsten Frau der Welt nahezukommen, dann konnte ich sie ja immer noch ficken. Wenn die

Energie nicht von alleine in mir wuchs, mußte ich sie durch Reibung erzeugen. Wenn der Mond mir nicht half, nahm ich die Sache eben selbst in die Hand. Und da ich Rechtshänder bin, bildete nur mehr mein linker Arm mit dem Rumpf einen vorschriftsmäßigen Winkel. Ich machte mich an mir zu schaffen. Zwischen Daumen und Zeigefinger drückte ich den Penisschaft zusammen, bis sich das Blut in den Schwellkörpern staute. Dann nahm ich auch noch den Mittelfinger zu Hilfe und rieb die fahle Haut auf und ab. Doch sosehr ich mich auch der Vision des Schwarzen Lochs ergab, ich rieb vergebens. Es half auch nichts, mir eine stinknormale Votze vorzustellen. Daß sie im Grunde genommen ebenfalls ein schwarzes Loch war, irritierte mich. Wenn ich mich trotzdem als Mann erweisen wollte, blieb mir nichts anderes übrig, als den Druck auf mein Geschlecht zu verstärken. Statt mit drei zarten Fingerkuppen umfaßte ich es jetzt mit der Faust. Nachdem ich mir schon so viel Mühe gegeben hatte, wollte ich es auch wissen. Ich ließ nicht mehr locker. Ich mißhandelte mein Zipfelchen.

Ich nahm die Hand von mir. Mir war plötzlich klar geworden, daß ich eine Göttin nicht mit den Frauen meiner Träume betrügen konnte. Ihr mußte ich schon mit etwas Handfesterem kommen. Mit einer Votze aus Fleisch und Blut. Wenn ich mich heute noch als Mann erweisen wollte, dann mußte ich mich schon von meiner Stätte erheben und zur Tat schreiten. Wenn die schönste Frau der Welt eine fixe Idee war, dann mußte ich mir eben die nächstbeste greifen, deren Profil vielleicht nicht so klassisch, deren Figur nicht so wohlproportioniert war, was machte es aus, Hauptsache, sie hatte ein Loch zwischen den Beinen. Um ganz sicher zu sein, in dieser Nacht nicht leer auszugehen, steckte ich mein letztes Geld ein. Ich besaß noch einen Hundertmarkschein und ein paar Münzen. Das mußte reichen. Mich gelüstete nicht nach einem Zungenkuß. Doch bevor ich mir die Liebe zu kaufen gedachte, wollte ich an den einschlägigen Plätzen Ausschau halten, ob es sie nicht auch umsonst gab. Wo war die Wahrscheinlichkeit am größten, daß mir ganz zufällig eine Dame über den Weg lief, die sich willig zeigte? Die meisten Lokale hatten schon geschlossen. Es war längst ein Uhr vorbei. Nur in den Diskotheken herrschte noch Betrieb. Ich entschied mich für das *Nonplusultra.*

Im nachhinein kann ich nicht mehr sagen, warum ich mich ausgerechnet für diese Stätte entschied. Ganz bestimmt hoffte ich nicht, dort auf eine Göttin zu stoßen. Und da nicht Neumond war, bestand auch nicht die Aussicht, daß mir Barbara über den Weg lief. Ich denke, ich habe das *Nonplusultra* gewählt, weil es die einzige Diskothek war, die ich in den letzten Jahren besucht hatte. Hier waren mir die Räumlichkeiten vertraut. Ich durfte mich fast als Stammgast fühlen. Vielleicht kannte mich noch das Mädchen hinter der Bar, vielleicht erinnerte es sich, mich schon einmal gesehen zu haben, und brachte mir ungefragt das Glas Bier. Vielleicht kamen wir diesmal sogar ins Gespräch. Vielleicht hatte ich Glück und war zufällig ihr Typ. Doch selbst wenn mir der Zufall nicht zu Hilfe eilte, wie ich fürchtete, denn ich hatte das Mädchen hinter der Bar als eine ausgesprochene Schönheit in Erinnerung, und sicher hatte sie einen großen Verehrerkreis, wenn ich also nicht ihr Typ sein sollte, blieben noch all die anderen Frauen, bei denen ich vielleicht mehr Chancen hatte. Nicht jede ist so schön, daß sie es sich leisten kann, wählerisch zu sein. Immer lehnt irgendwo in irgendeiner Nische ein Mauerblümchen, das für jeden Blick dankbar ist.

Ich weiß nicht, ob ich recht behalten hätte. Ich will es wieder mal ganz kurz machen. Am 20. November, nein, Mitternacht war längst vorüber, am 21. November verwehrte mir der Türsteher des *Nonplusultra* den Zutritt zu der mir vertrauten Räumlichkeit. Ich war nicht der einzige, den dieses Schicksal traf. Anderen, die zum Teil beteuerten, mit Freunden, die in dem Lokal auf sie warteten, verabredet zu sein, ging es genauso. Einer wollte nur seinem Bruder eine Nachricht zukommen lassen und versprach, danach augenblicklich wieder zurückzukehren, er gelobte es bei seiner Ehre, doch der Türsteher ließ sich von ihm nicht erweichen. Ein gutes Dutzend abgewiesener Gäste umlagerte fröstelnd den Eingang. Man fragte sich, woran es denn liegen könne, daß ausgerechnet heute, an einem stinknormalen Sonntag, das Lokal so überfüllt sei. Ich erinnere mich, daß eine Frau in der Traube meinte, es könne mit dem Vollmond zusammenhängen. Ihr Einwurf blieb unbeachtet. Allmählich schmolz die Schar der Ausgeschlossenen zu einem verlorenen Häuflein zusammen. Die meisten hatten den Türsteher letztendlich doch noch betören können. Andere zogen zu Lokalitäten weiter, die angeblich leichter Zugang gewährten. Ich weiß nicht, warum ich mich ihnen nicht angeschlossen habe. Ich belagerte weiter die mir vertraute Räumlichkeit. Doch auch als die Gäste in Scharen herausströmten versperrte der junge Mann hinter der Tür, wenn ich wollte, könnte ich ihn beschreiben, doch ich will mich nicht dem Verdacht aussetzen, meine Geschichte mutwillig in die Länge zu ziehen, um mich dann am Ende kurz fassen zu können, darum belasse ich es bei dem einen Adjektiv, es war ein junger Mann, der mir den Weg versperrte und sprach: »Mann! Wie oft soll ich's dir noch sagen? Du kommst hier nie rein!«

Nachdem das Machtwort gesprochen war, überlegte ich, was zu tun sei. Es hatte keinen Sinn, hier noch länger auszuharren. Wenn ich mich heute noch als Mann erweisen wollte, mußte ich den Schauplatz wechseln. Bald war es drei. Dann würden auch die Diskotheken schließen. Und ich würde leer ausgehen. Was hinderte mich daran, mir eine Frau zu kaufen? War es die späte Stunde, die mich müde machte? Oder war es der Gedanke an dich? Nicht daß ich ein schlechtes Gewissen vor dir hatte, wenn ich auf Freiersfüßen ging. Nur beim ersten Mal hatte mir das Herz bis zum Hals geklopft. Später dachte ich nie mehr an dich. Nein, es war der Gedanke, daß du morgen anrufen würdest, der mir die Stimmung raubte. Am 20. November, habe ich gesagt, würde sich entscheiden, ob ich den Heiligen Abend mit dir verbringen würde oder nicht. Die Entscheidung war gefallen. Morgen würde ich dir eine Erklärung geben müssen. Mein Lügengespinst würde nicht ewig halten. Besser, ich brachte die Sache so schnell wie möglich hinter mich. Je eher ich die Wahrheit gestand, um so leichter würde es mir fallen. Warum nicht schon morgen? Ich sann nach Worten, mit denen ich dir möglichst schonend beibringen konnte, daß du eine verkrachte Existenz zur Welt gebracht hast. Ich fürchtete mich vor dem Augenblick, ein drittes Mal dein Weinen miterleben zu müssen. Es war das Bild deiner Tränen, das mir den Spaß verdarb. Darum schlug ich den Weg nach Hause ein. Ich war noch keine zehn Schritte weit gekommen, als hinter mir eine Stimme erklang: »Warum gehst du?«

Ich will nicht so tun, als sei sie aus dem Nichts gekommen. Das Mädchen, dem die Stimme gehörte, war nicht vom Himmel gefallen. Es war gleich mir in der Traube der Gäste gestanden, denen der Zutritt verwehrt worden war. Spätestens als die Schar zum Häuflein schrumpfte, war sie mir aufgefallen. Sie war allerhöchstens fünfzehn und trug ein weißes Kleid mit einem Rüschensaum. Die Füße steckten in roten Pantoffeln. Das Mädchen trat von einem Bein auf das andere, die Schultern ein wenig angezogen und die nackten Arme über der Brust verschränkt, kein Zweifel, es fror in der kühlen Novembernacht. Es hatte eine Gänsehaut. Ich habe der jungen Frau nur deshalb soviel Beachtung geschenkt, weil sie zuletzt neben mir die einzige war, die Einlaß begehrte. Als ich mich noch einmal zu ihr umdrehte, stand sie ganz allein vor der verschlossenen Pforte. Sie sah mir nach mit einem Blick, der mich zwang zurückzugehen. Und als ich sie erreicht hatte, fragte sie erneut: »Warum gehst du? Gibst du immer so leicht auf?«

Ich lächelte mit der Erhabenheit eines erfahrenen Kriegers. Wer gibt hier leicht auf? Wer kann sich rühmen, einer Spur so ausdauernd gefolgt zu sein, daß am Ende seine Existenz ruiniert war? Wenn ich mich auch noch nicht als Mann erwiesen hatte, so brauchte ich mich doch von einer halbwüchsigen Göre noch lange nicht dumm anreden zu lassen. Na schön, sie war in dem richtigen Alter. Es mußte ein Zufall sein. Und auch daß sie ein ähnliches Kleid wie Doris trug, hatte wohl nichts zu bedeuten. Ich ließ mich nicht länger von einer Göre an der Nase herumführen. Ich glaubte nur mehr dem Zufall. Er machte es mir leicht. Selbst wenn das Mächen am 20. Juli 1969 geboren war, es konnte unmöglich *Aoa* sein, aus einem ganz einfachen Grund, es betörte mich nicht. Das Mädchen, das mir fragend in die Augen sah, hatte ein Allerweltsgesicht.

»Ich gebe so leicht nicht auf«, antwortete ich. »Ich bin nur vernünftig. Wir kommen hier beide nicht rein. Geh lieber nach Hause.«

»Ich hab kein Zuhause«, sagte das Mädchen.

»Hast du Eltern?«

»Eine Mutter. Ich bin ihr weggelaufen.«

»Hast du keine Freunde, zu denen du gehen kannst?«

»Ich hab einen Freund. Ich weiß, daß er im *Nonplusultra* verkehrt. Darum bin ich auch hier. Ich muß warten, bis er kommt.«

»Und wenn er ausgerechnet heute nicht kommt?«

»Wenn er überhaupt kommt, dann wird er heute kommen, da bin ich mir ganz sicher.«

»Dann wünsch ich dir viel Glück!« Ich hob die Hand zum Gruß und wollte gehen. Das Mädchen stellte sich mir in den Weg. Es hüpfte fröstelnd von einem Bein auf das andere und sagte: »Und ich wünsch dir, daß du nicht mehr traurig bist.«

»Ich bin nicht traurig!« Ich verfolgte, mit dem Kopf wippend, die Hampelei vor meiner Nase und wiederholte mich. »Ich bin nicht traurig. Wie kommst du darauf, daß ich traurig bin?«

»Ich seh's dir an. Du bist traurig, weil du dein Ziel nicht erreicht hast. Du bist traurig, weil du nicht eingelassen worden bist.« Das Mädchen deutete zu der verschlossenen Pforte, über der in einer lila Neonschrift *NONPLUSULTRA* leuchtete. »Was wolltest du da drinnen?«

»Tanzen«, antwortete ich.

Das Mädchen sah mir in die Augen und schüttelte lächelnd den Kopf. »Du bist kein guter Lügner.«

»Na schön, wenn du's unbedingt wissen willst, ich hab eine Frau gesucht.«

»Ich bin eine Frau.« Das Mädchen hüpfte nicht mehr, um sich zu erwärmen. Es stand jetzt mit beiden Beinen vor mir auf der Erde und sah trotzig zu mir auf. »Ich bin eine Frau!«

»Ich glaub's dir«, sagte ich und lächelte galant. »Ich glaub dir, daß du eine Frau bist. Aber ich such eine Frau, die einen Mann sucht.«

»Ich such einen Mann«, sagte das Mädchen und lächelte zurück. »Ein Mann ist immer gut. Männer haben was zu bieten. In der Regel haben sie ein Dach über dem Kopf.«

»Du hast mich mißverstanden. Ich such keine Untermieterin. Ich such auch keine, die mir den Haushalt führt. Ich such was zum Ficken!«

»Warum fickst du nicht mich?« Das Lächeln erstarb auf den Lippen. »Für ein Dach über dem Kopf laß ich mich auch ficken.«

Das war ein Angebot, das sich zu erwägen lohnte. Ich sah auf das Gesicht herab. Es war kein Allerweltsgesicht. Es war das Gesicht einer Frau. Je länger ich es betrachtete, um so mehr entdeckte ich einen gewissen Reiz in ihm. Um falschen Erwartungen zuvorzukommen, ich entdeckte nicht die aufreizende Schönheit, wie man sie in Modejournalen oder Herrenmagazinen abgebildet sieht. Dafür trat die Nase zu wenig in Erscheinung. Auch strotzte der Mund nicht vor Sinnlichkeit. Keine Falte tanzte aus der Reihe und zog den Blick auf sich. Kein Grübchen stach ins Auge. Es war ein Gesicht von makelloser Durchschnittlichkeit. Jedem würde es so ergehen, wie es mir ergangen ist, als ich das frierende Mädchen in der Traube der abgewiesenen Gäste zum ersten Mal sah. Jeder würde es übersehen. Doch wenn er sich die Zeit nehmen und die Mühe machen würde, ein wenig länger in das fremde Antlitz zu blicken, dann würde er einen Liebreiz entdecken, dem kein Meister meines Fachs Worte geben kann. Wenn ich auch einmal rundum das Gegenteil behauptet hatte, je länger ich die Frau mir gegenüber betrachtete, um so mehr mußte ich mir eingestehen, daß sie mich zu betören begann. Sollte mir der Zufall wirklich in der allerletzten Sekunde noch eine Göttin über den Weg hatte laufen lassen? Ich wollte es nicht glauben. Darum fragte ich: »Wann bist du geboren?«

»Warum willst du das wissen?«

»Ich will wissen, ob du schon vierzehn bist.«

»Warum interessiert dich das?«

»Weil du dann kein Kind mehr bist. Wenn du erst dreizehn bist und ich nehme an dir eine sexuelle Handlung vor oder lasse an mir von dir eine vornehmen, dann werde ich gemäß § 176 des Strafgesetzbuches mit einer Freiheitsstrafe von sechs Monaten bis zu zehn Jahren bestraft. Das bist du mir nicht wert. Ich will mir nicht wegen eines Ficks die Existenz ruinieren. Also, wann bist du geboren?«

»Am 20. Juli 1969«, antwortete die Frau mit dem unbeschreiblichen Gesicht. Ich nahm sie mit zu mir nach Hause. Wir fuhren in einem Taxi. Wir saßen schweigend im Fond. Was hätte ich auch sagen können? Daß es heute kalt ist? Hätte ich sie fragen sollen, wie lange sie schon vor dem *Nonplusultra* auf ihren Freund gewartet hat? Wo sie zur Schule geht? Warum sie ihrer Mutter davongelaufen ist? Mal abgesehen davon, daß der Fahrer nicht unbedingt Zeuge unseres Gesprächs zu werden brauchte, auch wenn er uns nicht hätte belauschen können, ist mir kein passender Stoff eingefallen, mit dem ich die Konversation mit der mutmaßlichen Göttin hätte beginnen können. Mir war klar, daß ich ihr nicht mit dem Wetter und anderen Banalitäten kommen durfte. Wenn ich es mit ihr nicht verderben wollte, mußte ich meine Gefühle zeigen. Worauf ich nicht mehr zu hoffen gewagt hatte, war endlich eingetreten. Ich war erwählt! Ziemte es sich da nicht, der Freude Ausdruck zu verleihen? War es nicht an mir, zu jauchzen? Und selbst wenn ich nicht so leicht aus der Fassung zu bringen war, weil ich nie daran gezweifelt hatte, daß die Wahl nur auf mich fallen konnte, selbst wenn ich mir meiner so sicher war, mußte ich dann nicht als ein Mann, der es gewohnt ist, den Dingen auf den Grund zu gehen, den Augenblick der Begegnung, die nur wenigen widerfährt, für ein paar kluge Fragen nutzen? Wie fühlt frau sich nach so vielen Jahren wieder auf der Welt? Nein, ich wollte nicht gleich mit der Tür ins Haus fallen, aber irgendwas mußte es doch geben, das ich von einer Göttin wissen wollte. Mir fiel nichts ein. Auch später, als wir mein Haus betreten hatten und ganz ohne Zeugen im Lift zum siebten Stock hochfuhren, machte ich den Mund nicht auf. Natürlich hätte ich die Fremde nach ihrem Namen fragen können. Doch ich wollte vor ihr nicht als Zweifler erscheinen, als ein Bürokratenhengst, der zum Geburtstag auch noch den Namen wissen will, um ganz sicher zu gehen, mit wem er es zu tun hat, als einer, der womöglich noch immer an einen Zufall glaubt. Ich wollte nicht länger der ungläubige Thomas sein.

Ich sperrte die Wohnungstür auf und ließ *Aoa* den Vortritt. Während ich meinen Trenchcoat auszog und über den Garderobenhaken hängte, fragte ich mich, ob ich sie zuerst ins Wohnzimmer oder besser gleich ins Schlafzimmer bitten sollte. Einerseits war sie ein Gast, den zu bewirten sich ziemte. Andererseits war die Göttin nicht gekommen, um mit mir bei einem Glas Wein gemütlich zu plauschen. Ich durfte mich ihr gegenüber nicht als ein Mann erweisen, der an seiner Zukunft nicht interessiert ist. Ich hatte mich noch nicht zwischen Tisch und Bett entschieden, als das Mädchen, das noch immer von einem Fuß auf den anderen hüpfte, mich fragte: »Wo ist das Bad?«

Froh, ein wenig Bedenkzeit gewonnen zu haben, ging ich voran und machte Licht. Ein schmutziges Handtuch lag auf den Fliesen. Ich hob es auf und stopfte es in den Wäschekorb. In der Badewanne hatte sich ein grauer Rand gebildet. Verkrusteter Seifenschaum klebte am Waschbecken. Und auf der Klobrille, wie ich zu meinem Entsetzen feststellen mußte, zeigte sich eine Spur meines Urins. Und wenn es auch nur ein Tropfen war, ich schämte mich seiner. Hatte ich nicht gewußt, was für ein Tag heute ist? Hatte ich nicht mit einem so hohen Besuch gerechnet? Wie konnte ich meinem Gast klarmachen, daß ich mich im Gegensatz zum äußeren Schein gewissenhaft auf unsere Begegnung vorbereitet hatte? Täglich zweimal hatte ich meine Hausaufgaben gemacht. Den Rest der Zeit hatte ich mir den Kopf zerbrochen, ob sich die Mühe lohnte. Nur weil ich immerzu *Aoas* gedachte, habe ich, ich gebe es zu, das Bad ein wenig vernachlässigt. Ich legte mir gerade die erklärenden Worte zurecht, als sich die Frau, nach deren Namen ich nicht gefragt habe und die ich *Aoa* nennen will, den Rock hochschlug und sich auf die Klobrille setzte. Dann zog sie ihr Höschen über die Knie und sah, den Oberkörper ein wenig vorgebeugt, zu mir auf. »Was ist mit dir? Was willst du für dein lumpiges

Dach noch alles haben? Willst du mir auch noch beim Scheißen zusehen?«

Ich muß gestehen, ich war von ihrem rüden Ton verwirrt. Vielleicht war es doch besser, zunächst dem Tisch vor dem Bett den Vorzug zu geben. Ich wollte im Wohnzimmer die Rückkehr der Göttin erwarten. Ich setzte mich an den Eßtisch und überlegte, was ich ihr anbieten könnte. Zufällig fiel mein Blick auf den Schreibtisch, auf dem noch immer das Manuskript der zweiten Version meiner ersten Novelle lag. Ich hatte seit meiner Rückkehr aus Kreta nicht mehr daran geschrieben, es aber auch nicht übers Herz gebracht, die getippten Seiten in die Schublade zu legen. *Aoa* durfte den Stapel Papier nicht zu Gesicht bekommen. Sie hätte ja meinen können, ich frönte noch immer dem Laster, ich bediente mich der Schrift, der Zeichen meiner Ahnen, jener Buchstaben, die meinesgleichen erfunden hat, um seine Lügengeschichten in die Welt zu setzen. Ich tat, was getan werden mußte, ich packte das Manuskript der zweiten Version meiner ersten Novelle und legte sie zur ersten Version und den beiden Romanen in die Schublade. Dann sperrte ich die Lade ab und warf den Schlüssel in den Papierkorb. Ich machte mir Vorwürfe, mich auf den Besuch nicht besser vorbereitet zu haben. Warum hatte ich mein Werk nicht schon beizeiten verbrannt? Ich mußte an Detlev Spinell denken, na schön, er hatte sich nur an Lyrik versucht, vielleicht war es ihm auch gar nicht schwergefallen, von seinen Zeilen Abschied zu nehmen, aber von ihm wußte ich immerhin, daß er seine Gedichte eigenhändig eine Vollmondnacht vor seinem Tod den Flammen übergeben hatte. Warum wollte ich mein Werk für die Nachwelt retten? Ich war mir sicher, wenn *Aoa* herausbekommen sollte, daß es mein sehnlichster Wunsch war, in die Literaturgeschichte einzugehen, dann würde ich ihrer nicht mehr würdig sein. Ich fürchtete, wenn sie dieses Zimmer betritt und sich zu mir an den Tisch setzt, der gerade noch für einen Gast Platz bietet, und dann den wuchtigen Schreibtisch erblickt, auf dessen leergeräumter Platte man ein Gelage hätte veranstalten können, würde ich unweigerlich in ihrer Gunst sinken. Nein, dieser Raum war nicht der richtige, die wiedergeborene Göttin zu empfangen. Ihr gebührte das Bett. Ich ging ins Schlafzimmer.

Im Schlafzimmer schaltete ich die Nachttischlampe ein. Die Stätte des anstehenden Rituals vor Augen, kam ich ins Grübeln. Wie sollte ich die Göttin erwarten, wenn sie ihre Toilette beendet hatte und nach mir Ausschau hielt? Was war am schicklichsten? War es vorteilhafter, sich auf die Bettkante zu setzen und, das eine Bein locker über das andere geschlagen, entspannt der Rückkehr der Frau entgegenzublicken, die immer schöner wird, je länger man sie ansieht? Oder sollte ich die Zeit nützen und mich ausziehen? Ich könnte schon mal mit dem Ritual auf eigene Faust beginnen, *Aoa*, die von uns beiden die erfahrenere war und sicher kein so langes Vorspiel benötigte, konnte ja dann hinzustoßen, wann immer es ihr beliebte. Obwohl nicht damit zu rechnen war, daß sie schockiert sein würde, wenn ich plötzlich splitternackt vor ihren Augen lag, wagte ich es nicht, mich meiner Kleidung zu entledigen. Doch wie anders konnte ich beweisen, daß ich mit Ernst bei der Sache war? Schon rauschte die Wasserspülung im Bad. Ich mußte mich entscheiden, ob ich hier in Demut einer Göttin dienen oder mit einem Liebchen meine Zeit verplempern wollte. Mein Blick fiel auf das Bild des vollen Mondes, das Barbara mir gemalt hatte und das jetzt am Kopfende meines Bettes hing. Der Mond machte mir Mut. Und da er, wenn auch nicht zufällig, so doch ausnahmsweise, in dieser Nacht so rund wie sein Abbild war, trat ich ans Fenster und hielt nach ihm Ausschau. Ich schämte mich, ihn heute, an diesem denkwürdigen Datum, noch gar nicht beachtet zu haben. Und als ob er es mir hätte heimzahlen wollen, zeigte er sich nicht. Der Himmel war schwarz wie die Nacht.

»Was machst du da?« hörte ich die Stimme hinter mir erklingen.

»Ich suche den Mond«, antwortete ich.

»Was willst du mit dem Mond?«

»Ich will ihn nur sehen.«

»Du kannst ihn nicht sehen. Es sind zu viele Wolken am Himmel.«

Ich wandte mich um. *Aoa* hatte ihr Kleid bereits ausgezogen. Ich sah gerade noch, wie sie aus dem weißen Höschen stieg. Muß ich hier ihre Nacktheit schildern? Meinesgleichen mag es vielleicht anders sehen, ich richte mich lieber nach dir, Mutter, ich weiß, soviel dir auch oft die Kleinigkeiten bedeuten, auf Details dieser Art kommt es dir nicht an. Endlich sind wir einmal einer Meinung. Ich mag die Form der Brüste und die Farbe des Schamhaars nicht beschreiben. Und wenn der eine oder andere neunmalkluge Leser einwenden wird, ich mag sie nicht beschreiben, weil ich sie nicht beschreiben kann, so gebe ich ihm recht, ich kann es nicht, doch sei ihm versichert, auch wenn ich es könnte, ich würde es nicht tun.

Ich würde der Spalte, die sich mir auftat, keine Worte geben. Daß sie sich auftat, dieses Detail zu erwähnen komme ich nicht umhin. *Aoa* hatte die Schenkel gespreizt. Noch während ich ihren Körper bestaunte, hatte sie sich mit dem Rücken auf mein Bett gelegt. Die Arme waren ausgestreckt und bildeten mit dem Rumpf einen Winkel von rund 45 Grad. Die Augen waren geschlossen. *Aoa* hatte es nicht für nötig befunden, mich anzusehen, während sie sprach: »Auf was wartest du noch? Du wolltest mich ficken! Bringen wir's hinter uns!«

Ganz wie sie wollte! An mir sollte es nicht liegen. Zwar habe ich vor ein paar Absätzen erst geschrieben, je länger ich sie ansah, um so mehr betörte sie mich, das entspricht auch der Wahrheit, doch ist es nur die halbe, und wenn ich ganz ehrlich bin, muß ich zugeben, sie betörte mich nie so sehr, daß es mich drängte, für die makellose Durchschnittlichkeit mein Leben zu geben. Und da ich schon mal beim großen Reinemachen bin, will ich auch gleich noch gestehen, daß ich nur deshalb nicht jauchzte, als das zappelige Mädchen vor der Diskothek mir das Datum seiner Geburt nannte, weil ich mich schon mit dem Gedanken angefreundet hatte, weiterzuleben. Darum schwieg ich während der Taxifahrt so bedrückt. Ich hatte mir schon die passenden Worte für dich zurechtgelegt, ich hatte mich schon damit abgefunden, den Rest meines Lebens als verkrachte Existenz zu verbringen, da kam mir in letzter Sekunde die Göttin in die Quere und wollte einen Mann aus mir machen. Ich ahnte, daß die Rolle, die *Aoa* spielte, eine ihrer Erziehungsberechtigten fortgelaufene Minderjährige, die sich für ein Dach über dem Kopf ficken läßt, mich nur in Versuchung führen sollte. Doch warum sollte ich der Versuchung nicht nachgeben? Außer einer Sekunde schaudernden Glücks würde ich am Ende auch noch mein Leben gewinnen! Ich öffnete den Gürtel. Wenn die Göttin es so haben wollte, dann nahm ich meine Chance gerne wahr. Ich zog mich aus und machte mich an mein Werk.

Ich legte mich auf *Aoa*. Ich fühlte ihre Haut. Ich rieb meine Wange an der ihren. Ich knetete die Brust. Ich zwirbelte beide Warzen. Ich streckte meine Zunge in ihren Mund. Ich biß ihr in die Schulter. Ich rammte ihr einen Finger in den Arsch. Und während ich eines nach dem anderen, mitunter auch mehreres gleichzeitig ausführte, vergaß ich nie, mein Glied, so will ich es vorerst dir zuliebe nennen, an ihrem Schambein zu reiben. Als es endlich hart geworden war, nahm ich es in die rechte Hand, hielt es vorübergehend mit meinen Fingerkuppen bei Laune, während ich mit dem linken Zeigefinger überprüfte, ob das Ziel meines Begehrens ein reibungsloses Eindringen gestattete. Die Schlüpfrigkeit hielt sich in Grenzen. Ich massierte den Kitzler. Bevor das Glied meiner eigenen Schmeichelei überdrüssig wurde, zwängte ich es in den Spalt. Das muß genügen. Nachdem ich mich eben erst so standhaft geweigert habe, einen nackten Körper in Sätze zu kleiden, will ich mich auch jetzt als ein Kavalier erweisen und über mein Tun den Mantel des Schweigens breiten. Doch sei allen Lesern versichert, diesmal mangelt es nur an meinem Willen, nicht an meiner Fähigkeit. Die Tat ist leichter zu beschreiben als das Sein. Wenn ich wollte, könnte ich alle Stellungen aufzählen, die wir innehatten. Es tröstet mich, daß ich auch in deinem Sinne handle, wenn ich uns Obszönitäten erspare. Dieses Buch soll nicht um seiner Stellen willen gelesen werden. Es muß genügen, wenn ich sage, daß ich am Ende unten lag.

*Aoa* hockte auf meinen Lenden und drückte mich nieder mit ihrem ganzen Gewicht. Ich bäumte mich vergebens auf. Nur ein bißchen Reibung noch, höchstens dreimal raus und rein, und ich würde den Punkt erreichen, von dem aus es kein Zurück mehr gibt. Nie hätte ich mir träumen lassen, daß ein vierzehnjähriges Mädchen so schwer sein kann. Ich streckte meine Hände aus, ich packte den fremden Körper bei den Hüften, ich rüttelte ihn hin und her, doch *Aoa* gönnte mir nicht das kleine bißchen Reibung, das mir noch fehlte, sie umfaßte meine Hände, nahm sie von ihren Hüften und legte sie neben mir auf das Laken. Daß meine ausgestreckten Arme jetzt mit dem Rumpf einen Winkel von 45 Grad bildeten, konnte auch ein Zufall sein. Ich wußte, daß dem nicht so war. Ich hatte den Glauben verloren. Ich wußte, was die Göre, die auf mir thronte, im Schilde führte. Ich würde ihr nicht auf den Leim gehen. Ich sah zu ihr empor mit wissendem Blick. An mir würde sie sich die Zähne ausbeißen. Ich war nicht angetreten, ihr zu dienen, nein, ich lag aus anderen Motiven unter ihr, ich war nur einer kriminalistischen Spur gefolgt, ich war gekommen, um die Täterin zu überführen. Und wenn auch kein Detektiv auf dem Korridor lauerte, es mehr als wahrscheinlich war, daß *Aoa* mir durch die Lappen gehen würde, so war mir doch ebenso klar, daß sie mich sowenig wie ich sie zur Strecke bringen würde. Da konnte sie noch so betörend auf mich herabsehen, ich hielt ihrem Blick trotzig stand. Ich weiß nicht, wie lange wir uns verbissen in die Augen schauten, Sekunden, Minuten, eine Ewigkeit. Ich weiß nur, daß ich plötzlich ein Funkeln des Triumphes in den ihren entdeckte. Glaubte die Göre allen Ernstes, sie hätte mich umgarnt? Ich würde ihr nur deshalb so unverblümt ins Gesicht starren, weil ich den Blick nicht von so viel Schönheit wenden konnte? Ein leises Lächeln umspielte angesichts dieser Hybris meine Lippen. Ich machte der Göttin einen Strich durch die Rechnung, indem ich die Lider schloß.

Kaum hatte ich mich an die Finsternis gewöhnt, erschien sie mir als ein Schwarzes Loch. Und wie immer verrichtete es gute Dienste. Ein Gedanke nach dem anderen verschwand in ihm. Es hätte nicht viel gefehlt und die Meute wäre verstummt. Doch mir kam man so leicht nicht bei. Ich war nicht die Unschuld vom Lande. Ich war ein Mann der Vernunft. Auch mit geschlossenen Augen behielt ich einen klaren Kopf. Die Gedanken gewannen die Oberhand. Ich war nicht von Sinnen. Ich rechnete das eine gegen das andere auf. Was hatte *Aoa* schon zu bieten? Na schön, die Sekunde Glück mußte etwas schaudernder sein als gewöhnlich, sonst würde sie kein Herz zum Stillstand bringen. War dieser Schauder den Tod wert? Ich hätte nichts dagegen gehabt, wenn ein Bericht über die Umstände meines Ablebens bei einem Notar hinterlegt gewesen wäre. Auch wenn es letztendlich nur darauf hinausliefe, daß ich meinem Geschlecht die Augen öffnete. Ich hätte zumindest mit mir reden lassen. Doch so, wie die Dinge lagen, würde wirklich alles beim alten bleiben. Auch wenn ich mich als Mann erwiese, die Kinder würden in der Schule nie meinen Namen lernen müssen. In deinen Augen würde ich die verkrachte Existenz sein. Da gab es nichts abzuwägen. Es lohnte sich nicht, für einen Superorgasmus zu sterben. Wenn man mich zur Strecke bringen wollte, mußte man mir schon einen glanzvolleren Köder auslegen. Ich wußte, was ich zu tun hatte. Ich würde den Heerscharen, die mir vorangegangen sind, nicht folgen.

Ich streckte vorschriftsmäßig die Arme vom Rumpf und atmete ein und aus, wie es sich gehörte. Ich hielt die Augen in Andacht geschlossen. Was sich hinter ihnen abspielte, ging keinen etwas an. Ich ergab mich weder der Vision eines Schwarzen Loches noch des Mondes oder eines anderen Himmelskörpers, ich dachte nicht an das Eine, an das man denken muß, wenn man will, daß einen das Nichts ganz von selbst überkommt, diesmal schlug ich dem vollen

Mond, der mich mit seinem . . .,-Gesicht so oft ausgelacht hatte, ein Schnippchen, ich ließ den Gedanken freien Lauf. Ich gebe zu, sie wiederholten sich. Mir wurde mit der Zeit langweilig. Es tröstete mich, daß ich spätestens bei Morgengrauen die Sache hinter mich gebracht hätte. So lange wollte ich noch ausharren. Keiner sollte mir sagen, daß ich mir keine Mühe gegeben hätte. Wenn es diesmal mit dem Ritual nicht geklappt hat, dann tut es mir wirklich leid. Vielleicht ein andermal. Wenn *Aoa* in vier Wochen vor dem *Nonplusultra* wieder auf mich warten wollte, könnten wir es ja noch einmal versuchen. Nichts für ungut. Sollte die Göttin Gedanken lesen können, würde sie mich natürlich durchschauen. Um so besser. Mir stand nicht der Sinn nach einem zweiten Rendezvous. Doch auch wenn *Aoa* nicht mit übersinnlichen Talenten gesegnet, sondern nur eine Frau mit einem gesunden Menschenverstand war, auch dann mußte sie erkennen, daß in dieser Nacht etwas schieflief. Je mehr ich mich mit dem erfreulichen Ausgang meiner Geschichte anfreundete, um so kleiner wurde das Ding, das ich mal dir zuliebe mein Glied genannt habe. Ich will es noch einmal bei dem Namen nennen, den du ihm vor langer Zeit gegeben hast. Was *Aoa* am Ende zwischen ihren Beinen hatte, war nichts als ein Zipfelchen.

»Gefall ich dir nicht?«

Das war eine Frage, die erwogen werden wollte. Die Antwort eilte nicht. Schließlich hätte es ja sein können, daß ich, immer nur an das Eine denkend, dem Nichts auf den Fersen war, und wer sich so weit entrückt ist, der braucht seine Zeit, bis er einen ersten klaren Gedanken fassen kann. Gefiel sie mir? Für ein differenziertes Urteil war dies nicht die Stätte. Auch langatmige Erklärungen waren jetzt nicht gefragt. Es gab nur zwei Möglichkeiten. Ja oder nein! Ich brauchte nur zu bekunden, daß *Aoa* nicht mein Typ war, daß ich mir eine schönere Frau auf der Welt vorstellen konnte als sie, und schon, dessen war ich mir sicher, hätte dieses Ritual ein Ende gehabt. Ich würde mich nicht mehr bis zum Morgengrauen langweilen müssen. Was sprach dagegen, mich mit einem offenen Wort aus der Affäre zu ziehen? Tut mir leid, mein Kleines, aber die Geschmäcker sind nun mal verschieden, du gefällst mir nicht, versuch bei einem anderen dein Glück. Lag es daran, daß ich das Mädchen nicht verletzen wollte? Ich sagte mir, daß es ihr erklärter Wille war, mich zur Strecke zu bringen. Warum leistete ich mir trotzdem so viel Mitgefühl? Warum nahm ich auf ihre Eitelkeit

Rücksicht? Warum sprach ich die Wahrheit nicht aus? Und selbst wenn es nicht die Wahrheit wäre, je länger ich mir *Aoa* in Erinnerung rief, um so mehr mußte ich zugeben, sie hatte ein gewisses Etwas, was hinderte mich daran, die Unwahrheit zu sagen? War ich nicht ein Meister der Lüge? Warum belog ich sie nicht, wie ich dich so oft belogen hatte? Ich will der Fragerei ein Ende machen. Ich weiß es nicht. Ich weiß nur, daß ich nickte. Dann fiel mir ein, daß *Aoa* die Antwort mißverstehen, meine Bejahung in dem Sinne deuten könnte, daß sie mir nicht gefalle. Darum schüttelte ich den Kopf. Und da ich mir jetzt sicher war, daß die Göttin überhaupt nicht mehr durchblicken würde, machte ich den Mund auf und sprach: »Du gefällst mir.«

»Wenn ich dir gefall«, hörte ich die Stimme noch einmal über mir erklingen, »warum schaust du mich dann nicht an?«

Ich öffnete die Augen. Im Licht der Nachttischlampe erschien *Aoa* über mir. Sie war schöner, als ich sie in Erinnerung gehabt hatte. Und sie wurde immer schöner, je länger ich sie betrachtete. Ich verlor mich in dem fremden Antlitz. Wenn ich der Mann der Vernunft gewesen wäre, der zu sein ich so oft behauptet hatte, dann hätte ich unverzüglich meinen Blick abgewendet. Doch ich war auch ein Mann, der nicht gern klein beigibt. Nachdem ich so direkt herausgefordert worden war, wollte ich mich dem Duell auch stellen. So schön war *Aoa* nun auch wieder nicht, daß ich mich nicht gegen sie hätte behaupten können. Ich weiß nicht, wie lange wir uns in die Augen sahen, Sekunden, Minuten, eine Ewigkeit, da glaubte ich wieder das Funkeln des Triumphes in den ihren zu entdecken. Ich wußte, was die Göttin so erhaben schauen ließ. Es konnte ihr nicht entgangen sein. Meine Manneskraft hat sich geregt. Da half es auch nichts, daß ich mir mutwillig Gedanken machte. Sosehr ich sie früher bei ähnlichen Ritualen verdammt hatte, jetzt betete ich die Meute herbei. Kein Gedanke war mir zu dumm, ihn nicht zu wälzen. Wie lautete das Grundgesetz, wenn ich es in die Geheimsprache übersetzte, mit der ich einst die Namen meiner Geliebten vor dir verschlüsselte? Kfef Nvuufs ibu Botqsvdi bug efo Tdivua voe ejf Gvfstpshf efs Hfnfjotdibgu. Ich war schon beim sechsten Artikel, da fiel mir eine Aufgabe ein, die mir noch mehr Kopfzerbrechen machte. Mit welchen Worten würde ein Meister meines Fachs die Frau mir gegenüber beschreiben? Ich wollte mit den Augen beginnen. Sie glänzten grün mit einem leichten Stich ins Gelbliche wie glühendes Gold. Lange fragte ich mich, ob dieser Vergleich nicht doch eine Spur zu gewagt ausgefallen sei. Schließlich entschied ich mich, ihn zumindest im Gedächtnis zu behalten, und wandte mich den Pupillen zu. Sie waren schwarz. Mit dieser Farbe tat ich mich leichter. Die Pupillen waren so schwarz wie das Schwarz im Auge eines Tigers, bevor er zum Sprung auf sein Opfer ansetzt.

Auch dies war kein Vergleich, auf den ich stolz sein durfte. Ein Meister meines Fachs hätte sich sicher seines geschämt. Wahrscheinlich würde er sich statt eines Vergleiches einer Metapher bedienen. Doch sosehr ich mir auch den Kopf zerbrach, eine schöne zu finden, es war vergebens. Allen Gedanken zum Trotz wuchs die Erregung in mir, die keiner Reibung bedarf. Noch war es nicht zu spät. Wenn ich unverzüglich den Blick abgewendet, gar die Augen geschlossen und zur Abwechslung mal wieder die Schäfchen auf der Weide gezählt hätte, dann würde meine Kraft sicher bald erlahmt und die Geschichte besser ausgegangen sein. Im nachhinein ist man immer klüger. Doch auch damals, in der späten Vollmondnacht, behielt ich lange einen kühlen Kopf. Ich erinnere mich, wie ich die Suche nach der Metapher unterbrochen und mir immer wieder gesagt habe: Jetzt oder nie! Wenn ich ihr nicht erliegen wollte, mußte ich jetzt die Augen vor der Schönheit schließen. Ich wog erneut das Für und Wider ab. Mein Urteil fiel unverändert aus. Es lohnt sich nicht, für eine Frau zu sterben! Trotzdem hielt mich ihr Anblick gefangen. Es war die Energie, die ganz von alleine in uns wächst, die mich daran hinderte, vernünftig zu sein. Ich will dir ein letztes Mal nach dem Mund reden, das Wort benützen, von dem ich weiß, daß du ihm den Vorzug gibst, es war die Erektion, die mir die Gedanken raubte. Ich mußte immerzu an das Eine denken. Ich vergaß mich im Nichts. Zwischen zwei Atemzügen durchschritt ich die Pforte der Erkenntnis. Zwischen Leben und Leben erkannte ich *AOA*!

Ich weiß, ich drücke mich unklar aus. Ein letztes Mal gelange ich in meiner Chronik zu einem Punkt, an dem auch ein Meister meines Fachs die Feder strecken müßte. Was hilft es mir, wenn ich mich noch einmal auf den Fürstensohn Siddharta berufe, der vor vielen tausend Jahren schon bekundet hat, daß es etwas gibt, das sich der Beschreibung durch Worte entzieht. Wenn ein Leser seine Lehren aus meinem Versagen ziehen soll, muß er mein Erleben nachvollziehen können. Es bleibt mir nichts anderes übrig, ich muß mich noch einmal eines fragwürdigen Tricks bedienen. Ein zweites Mal bringe ich die Tatsachen dieses Berichts in die Nähe des Ruchs der Fiktion, indem ich ganz einfach behaupte, die Pupillen, die mich nicht aus den Augen ließen, waren so schwarz wie ein Schwarzes Loch. Ich erinnere mich, einmal gelesen zu haben, daß ein Raumfahrer, der sich dem verhängnisvollen Gravitationsfeld nähert, von derselben Macht unabdingbar angezogen wird, die uns hier auf Erden von Tag zu Tag älter werden läßt. Den Neunmalklugen unter euch sage ich damit nichts Neues, seit der Allgemeinen Relativitätstheorie ist allgemein bekannt, daß ein Zusammenhang zwischen der Schwerkraft und der Zeit besteht. Wer von einem Schwarzen Loch einverleibt wird, tritt eine Reise in die Vergangenheit an. Keine Angst, ich will jetzt nicht schon wieder eine Rakete in den Himmel schießen. Für so weitschweifende Umschreibungen des Unbeschreiblichen fehlt mir hier die Zeit. Ich habe den physikalischen Exkurs nur deshalb gemacht, weil ich hoffe, mit Hilfe von Herrn Einstein einem neunmalklugen Leser folgenden Konjunktiv näherzubringen. Je länger ich in die fremden Augen sah, um so mehr war mir, als würde ich vor vielen tausend Jahren auf dem steinernen Bett der Mitte der Welt mit einer Frau vereint sein, die so schön war, daß es für sie nur einen Namen gibt: *AOA*!

Und *AOA*, dies ist nun keine Metapher, die fragwürdigen Tricks haben ausgedient, ich will den Ruch der Fiktion in Zukunft vermeiden, es entspricht den Tatsachen, wenn ich schreibe: Die Frau, die mich innehatte, nahm mir den Atem. Mein Mund stand weit offen. Ich rang nach Luft. Schon fühlte ich, wie sich die Starre in meinem Körper ausbreitete. Ich machte mir nichts vor. Mein letztes Stündlein hatte geschlagen. Ich würde weder als Meister meines Fachs in die Literaturgeschichte noch als ein Held in die Historie der Menschheit eingehen. Ich würde mich nur als Mann erweisen. Und obwohl du doch allen Grund haben könntest, stolz auf mich zu sein, schließlich war ich der eine unter den rund zweieinhalb Milliarden Männern, die zur Zeit auf der Erde leben, der sich an diesem Vollmond erwählt nennen durfte, würdest du mit gesenktem Blick zum Einkaufen gehen müssen. Wenn die Leute mit dem Finger auf dich zeigen, dann ist nicht von meiner Mannhaftigkeit, sondern nur von meinen sittlichen Verfehlungen die Rede. Es tut mir leid für dich. Ich muß den Heerscharen, die mir vorangegangen sind, folgen. Wenn ich Glück habe, wird Dr. Wolff meinem Nachfolger in der ersten Abteilung eine Namensliste übergeben, an deren Ende der meine steht. Doch ich glaube nicht daran. Der Assistent von Professor Rönneberg, der noch immer an seiner Habilitation arbeitet, wird sich nicht noch einmal so mutig engagieren. Und selbst wenn, ganz bestimmt wird der Staatsanwalt, der meine Planstelle übernimmt, nicht so klug sein wie ich und herausbekommen, daß wir sieben bei Vollmond unser Leben gelassen haben. Oberstaatsanwalt Schippke braucht nicht zu befürchten, daß seine Karriere durch Gerede gefährdet wird. Die Welt wird ihren gewohnten Gang nehmen. Ich kann es nicht ändern.

Ein Neunmalkluger wird nach der Lektüre der letzten Zeilen einwenden: Wie ist das zu verstehen, Thomas Zorski hat *AOA* erkannt, er ist zwischen zwei Atemzügen durch die Pforte geschritten, er hat das Vergessen im Nichts gefunden, und wenn er gedacht hat, dann immer nur an das Eine. Und auf einmal, wenn der unbefangene Leser schon den Höhepunkt des Rituals und das letzte Stündlein des Verfassers nahen glaubt, zerbricht sich Zorski plötzlich über die Klugheit des Mannes den Kopf, der den grauen Schnellhefter mit den schwarzweißen Fotos der Leiche auf den Schreibtisch bekommen wird. Angesichts der Frau, deren Schönheit angeblich einem den Atem verschlägt, macht der Mann sich Gedanken über Gott und die Welt. Wie reimt sich das zusammen? Der Neunmalkluge hat wie immer recht. Es reimt sich nicht. Es war trotzdem so. Während *AOA* mir den Atem nahm, schoß es mir plötzlich durch den Kopf, daß ich berufen war. Glaub mir, Mutter, ich kann verstehen, wenn du meinem Wort mißtraust, ich gebe es zu, meine Ehre ist nicht viel wert, ja, ich habe dich zeitlebens nach Strich und Faden belogen, glaub mir trotzdem, ich tat alles, den Gedanken zu verwerfen. Ich sah *AOA* in die Augen und dachte nur an das Eine. Aber der Gedanke war stärker als die schönste Frau der Welt. Er schoß durch mein Hirn und verkündete allen Zellen, die es wissen wollten, daß ich berufen sei. Wenn einer dem Lauf der Welt Einhalt gebieten könne, dann ich. Wenn ich es auch zur Meisterschaft noch nicht gebracht hatte, ich hatte Talent. Auch wenn die Göttin mir durch die Lappen gehen sollte, ich sie nicht zur Strecke bringen würde, so konnte ich doch mit Hilfe der Kraft meiner Worte mein Geschlecht davon überzeugen, daß es sie gab. Wenn ich dieses Ziel erreichte, das wurde mir mit einemmal klar, dann würde ich nicht nur in die Geschichte, sondern auch in die Literaturgeschichte eingehen. War das keine Aufgabe, die in Angriff zu nehmen sich lohnte? Es wäre eine gewesen, stellte ich mit Bedauern fest. Längst hatte ich den Punkt, von dem aus es kein Zurück mehr gibt, überschritten. Mein Herz pochte. Ich rang nach Luft. Schon setzte ich zu dem Schrei an, den ich schon einmal geschrien hatte, damals, als du mich aus dem Paradies vertrieben hattest. Es war nur mehr eine Frage der Zeit, nur noch einen Augenblick, und ich würde mich als Mann erweisen.

Der neunmalkluge Leser wird mir nicht glauben wollen, soll er doch, dir, Mutter, sei versichert, wenn ich dich belügen wollte, dann würde die Geschichte ein mir schmeichelnderes Ende nehmen, diesmal kannst du meinen Worten trauen. Auch in jenem Augenblick, als ich mit leichenstarrem Körper röchelnd darniederlag, einverleibt von einer Frau, als ich doch nur mehr das Eine im Sinn haben sollte, die Sache hinter mich zu bringen, kam mir noch der eine oder andere Gedanke. Es waren Geistesblitze, denen man mit korrekter Grammatik und Interpunktion nicht Ausdruck zu verleihen vermag. Da kann man sich noch so vieler Ausrufezeichen bedienen!!! Ich hoffe, ich bringe die Tatsachen dieses Berichtes nicht schon wieder in den Ruch der Fiktion, wenn ich das Tohuwabohu, das sich in der Sekunde, von der ich glaubte, sie sei meine letzte, in meinem Kopf abspielte, in ordentliche Sätze fasse. Ja, noch dachte ich! Noch war ich ein Mann der Vernunft! Außer Atem wog ich ein letztes Mal das Für und Wider ab. Was zählte mehr? Erwählt oder berufen zu sein. Ich wußte, daß es mir bislang weniger an der Form als am Inhalt gemangelt hatte. Bis ich *AOA* begegnete. Durch Zufall ist mir ein Stoff in den Schoß gefallen, nach dem sich manch altgedienter Literat die Finger lecken würde. Ich brauchte nur aufzuschreiben, was mir widerfahren war, nachdem Dr. Wolff in der Kantine der Universitätsklinik mir die sechs Namen genannt hatte. Nichts leichter als das. Wenn ich mich um einen flüssigen Stil bemühte und jede Holprigkeit vermied, würde das Buch mir aus den Händen gerissen werden. Die Druckereien kämen mit dem Drucken neuer Auflagen nicht mehr nach. Jahrelang würde ich mich mit meinem Titel an der Spitze der Bestsellerlisten halten. Und wenn ich es dann noch geschickt anstellte, mit dem Alter das eine oder andere gereifte Werk folgen ließ, dann würde mir vielleicht noch eines Herbsts der Nobelpreis zugesprochen werden. Was sprach gegen diese Berufung? Was hieß schon erwählt? Einer aus einer Heerschar zu sein, dem am Ende Professor Rönneberg mit sechs sachgerechten Schnitten das Herz zerlegt.

Inzwischen ist das Buch geschrieben. Ich fürchte, mein Talent ist dem mir zugefallenen Stoff nicht gewachsen gewesen. Auch wenn der Nobelpreis wider alle Gepflogenheit posthum verliehen werden sollte, ich kann ihn mir aus dem Kopf schlagen. Ich mache mir nichts vor. Ich kann froh sein, wenn ich für mein Manuskript überhaupt einen Verleger finde. Ich muß um jeden Leser dankbar sein, der meinen holprigen Sätzen bis hierher gefolgt ist. Man könnte meinen, ich hätte noch nie etwas von den 17 goldenen Regeln gehört. Hat es in einer von ihnen nicht geheißen, daß ein Absatz nicht länger als 15 Zeilen lang sein soll. Und wie lang ist mir der letzte geraten? Ich will die Zeilen nicht zählen. Ich bin zu müde. Vielleicht erinnert der eine oder andere Leser, der das Buch noch immer nicht aus der Hand gelegt hat, sich daran, daß ich zu Beginn dieses Kapitels geschrieben habe, daß ich an einem Tag nicht mehr als 15 Seiten schaffe. Nur wenn ich Fragen des Stils vernachlässigte, könnten es unter Umständen doppelt so viel werden. Ich habe mich bemüht, sie nicht gänzlich zu vernachlässigen, und, diesmal zähle ich nach, 28 Seiten geschafft. Wer kann es mir verdenken, daß ich hundemüde bin. Seit über 20 Stunden sitze ich schon an meinem Schreibtisch. Mir fallen die Augen zu. Jetzt ist es soweit. Wenn ich noch zu einem Ende kommen will, dann muß ich mich kurz fassen. Und ich glaube, ich kann es guten Gewissens tun. Was nützt es, wenn ich auf den letzten Zeilen noch einmal mit hintergründigen Sätzen eine Spannung erzeuge. Auch der Leser, der nicht neunmalklug ist, weiß längst, wie die Geschichte ausgegangen ist. Ich habe überlebt. Sonst hätte ich nicht diesen Bericht meines Lebens verfassen können. Denn, dieses Mißverständnis will ich hier ein für allemal ausräumen, ich spreche nicht von einer anderen Welt, ich spreche von dieser, von der ich erst morgen scheiden werde.

Da der schlechte Ausgang der Geschichte bekannt ist, glaube ich im Sinne der mir noch verbliebenen Leser zu handeln, die sicher ebenfalls müde geworden sind und das Buch endlich zuklappen wollen, wenn ich mich ab jetzt bemühe, mit knappen Sätzen zielstrebig zu einem Ende zu kommen. Das einzige, was euch noch interessiert, gebt es zu – verzeih mir, Mutter, wenn ich die, die dir folgen werden, auch einmal persönlich anrede –, das einzige, was euch doch alle noch bei der Stange hält, ist die Frage, wie es mir gelungen ist, der tödlichen Schönheit zu entkommen. Nachdem mir diese Frage alles andere als knapp geraten ist, will ich die Antwort um so kürzer fassen. Ich habe das Ungeheuer aufgespießt.

Ich sehe dich ratlos den Kopf schütteln. Das heißt, daß ich doch zu zielstrebig vorangegangen bin. Die Haare sollten dir zu Berge stehen. Ich fürchte, ich habe das Wohl der Leser nur vorgetäuscht, um mich mit einem Satz, den keiner versteht, unbemerkt davonstehlen zu können. Ich will ein letztes Mal mir und dir und euch allen nichts vormachen und die Tat beim Namen nennen. Habe ich nicht einmal behauptet, daß sie leichter als das Sein zu beschreiben ist? Ich muß mich korrigieren. Sie ist es nicht. Ich will es trotzdem wagen. Ich erinnere mich daran, wie ich leichenstarr und röchelnd unter *AOA* lag. Mein letztes Stündlein hatte geschlagen. Jeden Augenblick konnte ich mich als Mann erweisen. Da schoß mir der allerletzte Gedanke durch den Kopf. Ich will ihn in gesetzte Worte fassen. Was ist, dachte ich mir, wenn ich der Energie, die ganz von alleine in mir wuchs, mit ein wenig Reibung zuvorkomme? Damit wäre das Ritual entweiht. Und ich bleibe vermutlich am Leben. Und könnte über den Stoff, der mir in den Schoß gefallen ist, eine Geschichte schreiben, die in die Geschichte eingehen würde wie keine andere seit Homer. Wenn ich ihm folgen würde, dann mußte ich mich entscheiden: Jetzt oder nie! Die Entscheidung fiel mir leicht. Es lohnt sich nicht, für eine Göttin zu sterben. Ich fickte *AOA*!

Schon wieder habe ich eine goldene Regel verletzt. Wieder ist ein Absatz länger als 15 Zeilen geworden. Es soll nur noch einmal vorkommen. Der, den ich soeben begonnen habe, wird mein letzter sein, ganz gleich, wie lang er mir gerät. 15 Zeilen, fürchte ich, reichen nicht aus, zu einem Ende zu kommen. Sogar du, die du sonst auf Details dieser Art keinen Wert legst, willst es jetzt doch genauer wissen. Noch stehen dir die Haare zu Berge. Ich erinnere mich, daß es in der letzten Lektion des Forbildungsseminars für Nachwuchsschriftsteller geheißen hat, daß in ganz besonderen Fällen, wenn zum Beispiel die Gedankenkette eines Helden in einer extremen Situation wiedergegeben werden soll, es gestattet ist, die Regeln der Interpunktion mitunter zu mißachten. Damit bekomme man das fließende Unterbewußte sprachlich besser in den Griff. Doch sei dies eine Technik, die nur den wahren Meistern ihres Fachs vorbehalten sei. Ich weiß, daß die vorangegangenen Seiten alles andere als ein Meisterstück geworden sind, trotzdem will ich es mit der mir ungewohnten Technik versuchen, nicht um des Effektes willen, nicht um die Gedankenkette des Helden in einer extremen Situation dem Leser möglichst plastisch vorzuführen, diesmal habe ich nur mein Wohl im Sinn, die Worte fallen mir leichter, seit ich beschlossen habe, die Sätze nicht mehr auf den Punkt zu bringen, nein, ich denke nicht nur an mich, ich denke auch an dich, ich sehe, wie sich zwischen deinen Augenbrauen die steile Falte bildet, du willst die Zäsuren, die der Schrift Ordnung geben, nicht missen ich tu dir den Gefallen nicht je mehr Ärger sich in dir über die von mir begangenen Verstöße gegen die zur Zeit gültigen Richtlinien der Rechtschreibung zusammenbraut um so mehr kann ich hoffen daß dir entgeht worüber ich zu berichten habe denn wenn ich ganz ehrlich bin ich will gar nicht daß sich dir die Haare sträuben ich will daß du mich in guter Erinnerung behältst ich weiß auch als verkrachte Existenz liebst du mich noch immer wie einen Sohn ich weiß nicht ob du es noch tun wirst wenn ich zu einem Ende gekommen bin ich will mit seinem Anfang beginnen als das Gesicht der schönsten Frau der Welt mir plötzlich einerlei wurde Hauptsache sie hatte ein Loch zwischen den Beinen als ich in ihr nur noch die Votze sah die es zu ficken galt als ich mich daran machte das kleine bißchen Reibung zu erzeugen ich tat nicht viel ich stieß nur einmal zu da schrie AOA die ich noch immer großschreiben muß auf wie am Spieß Blut rann aus der offenen Wunde über mein gezücktes schwert auch wenn ich es kleinschreibe es stieß immer wieder zu ich gab der angestochenen sau den rest ich spießte sie auf bis ihr das blut aus den ohren kam und über die steinerne stätte der mitte der welt den berg hinab rann und die täler füllte ich schlitzte sie auf bei lebendigem leib mochten bei ihrem schrei ganze heerscharen erschaudern ich gab ihr den rest im gegensatz zu dem der mir vorangegangen ist und dem ich morgen oder ist es schon heute folgen werde leistete ich ganze arbeit mein schwert wurde nicht müde immer wieder bohrte es sich in deinen leib rein und raus und rein und raus immer wieder hackte ich auf dich ein bis ich sicher sein konnte daß das rohe fleisch in seiner lache blut keine prophezeiung mehr von sich geben konnte und da dem zufall sei dank die erde keinen zweiten mond mehr hat auf den ein mann seinen fuß hätte setzen können hatte ich aoa einfürallemal den garaus gemacht meine tat würde so einmalig bleiben wie das buch in dem ich über sie zu berichten gedachte ich würde dem mann der mir vorangegangen ist folgen damals glaubte ich noch sein name sei Homer noch während ich die göttin zur strecke brachte ihr meinen milchigen samen in das schwarzrote blut spuckte den schrei zum himmel stieß der welt meinen sieg verkündend dachte ich über einen satz nach mit dem ich beginnen konnte ja ich wollte mein buch schreiben wild schlug mein herz und wenn auch der erste satz noch so lange auf sich warten läßt ich sagte ja ich will ja

## 23

Nun ist das Buch geschrieben. Es bleibt mir nur noch nachzutragen: Als ich in der Nacht, in der die der Erde zugewandte Seite des Mondes von der Sonne beschienen wurde, wieder zu mir kam, war ich allein. Und wenn auch der eine oder andere Neunmalkluge einwenden mag, wo kein Opfer ist, kann es auch keinen Täter geben, so muß ich ihm widersprechen. Auch wenn das vierzehnjährige Mädchen, nach dessen Namen ich nicht gefragt habe, sich bester Gesundheit erfreuen sollte, so habe ich trotzdem die Göttin getötet. Es gab einen untrüglichen Beweis dafür. Ich war am Leben. Ich gebe zu, einen Augenblick lang spielte ich mit dem Gedanken, daß alles nur ein Zufall gewesen sein könnte. Eine Göre ist ihrer Mutter davongelaufen und läßt sich für ein Dach über dem Kopf ficken. Was ist besonders daran? Na schön, sie wurde am 20. Juli 1969 geboren. Im Grunde genommen war der Tag, der als jener in die Geschichte einging, an dem die Menschheit ihren größten Schritt unternahm, ein Tag wie jeder andere. Rund 150 000 Frauen dürften während seiner 24 Stunden das Licht der Welt erblickt haben. Was war schon so Besonderes daran, wenn eine von ihnen mir über den Weg lief? Warum nicht in einer Vollmondnacht? Haben wir die Entstehung des Lebens nicht einem viel größeren Zufall zu verdanken? War das Ritual, das ich überlebt hatte, am Ende ein stinknormaler Fick gewesen? Ich sah auf mein Geschlecht herab. Der Hodensack hatte sich ausgedehnt und machte sich zwischen den Schenkeln breit. Das Glied war zusammengeschrumpft, als wolle es sich im Gestrüpp der Schamhaare verbergen. Ich nahm es in die Hand und schob die Vorhaut zurück. Die Eichel glänzte matt im Licht der Nachttischlampe. An ihrer Spitze klebte geronnenes Blut.

Daß die Frau ausgerechnet in der Nacht, in der ich sie zur Strecke bringen wollte, ihre Tage bekam, war mir ein Zufall zuviel. Ich wollte nicht länger der ungläubige Thomas sein. Wenn auch die Neunmalklugen die Leiche vermissen, ich erkannte meine Tat.

Ich war bereit, sie zu sühnen. Womit konnte ich mir das größte Leid zufügen? Was war für mich das Wichtigste auf der Welt? Ich brauchte nicht lange zu überlegen. Das Wichtigste war mein Buch. Ich verzichtete darauf, es zu schreiben. Der Mann, der mir vorangegangen war, hieß nicht Homer, sondern Thomas. Ihm wollte ich folgen. Es ist überliefert, daß er sich in einen Abgrund stürzte. Sieben Stockwerke mußten genügen. Ich öffnete das Fenster im Wohnzimmer und beugte mich hinaus. Unter mir winkte einladend grauer Beton. Warum sollte ich mich nicht gleich fallen lassen? Dann hätte ich die Sache hinter mich gebracht. Ich war schon mit einem Bein auf den Sims gestiegen, als ich es mir anders überlegte. Ich wollte es dem Mann, der mir vorangegangen war, gleichtun und bis zum nächsten Vollmond warten.

Über die Widrigkeiten des Alltags der nächsten vier Wochen lohnt sich nicht zu berichten. Welche Gegenstände ich verkaufen mußte, um mir die nötigsten Lebensmittel leisten zu können. Deine Anrufe. Deine Briefe. Ich konnte dich gerade noch davon abhalten, mich zu besuchen, in dem ich felsenfest beteuerte, daß mein Geheimauftrag um einen Monat verlängert worden sei. Du ließest trotzdem nicht locker. Wenn das Telefon klingelte, hob ich nicht mehr ab. Die meiste Zeit saß ich im Wohnzimmer am Eßtisch und starrte auf den geräumigen Schreibtisch mit seiner Schreibmaschine. Dabei überkam mich der Gedanke, daß ich vielleicht doch berufen sein könnte. Ich durfte nur nicht den Spuren von Homer folgen. Ich mußte einen neuen Anfang machen. Nach 3000 Jahren, seit der erste Mann auf die Idee gekommen war, die Erfindung der Buchstaben nicht nur für Handelsgeschäfte, sondern auch dazu zu nützen, eine Geschichte zu erzählen, würde ich der erste sein, der mit der Tradition seines Geschlechts bricht. An mir war es zu beweisen, daß man sich auch der Schrift bedienen kann, um die Wahrheit zu verkünden. Darum begann ich mit meinem Buch.

Jetzt ist es zu Ende. Es wurde auch Zeit. Heute schreiben wir den 20. Dezember. Ich schaue auf meine Uhr. Es ist gleich halb sechs. Ich muß mich beeilen. Um sechs schließt die Post. Ich will nichts dem Zufall überlassen und auf Nummer Sicher gehen. Ich werde dir das Manuskript per Einschreiben schicken. Die letzten Zeilen sind allein dir gewidmet, Mutter. Meinesgleichen braucht nicht mehr weiterzulesen. Für euch hat die Geschichte bereits ihr Ende genommen. Wenn sie euch gefallen hat, dann erfüllt mir eine letzte Bitte. Lest nicht mehr weiter! Laßt mich alleine von meiner Mutter

Abschied nehmen! Ja, liebe Mutter, jetzt ist es soweit. Ich bin froh, daß die Zeit drängt und ich mich kurz fassen muß. Ich kann dich nur noch einmal um Verzeihung bitten. Es tut mir leid, daß ich dich so oft belogen habe. Ich hoffe, es tröstet dich, jetzt die Wahrheit in den Händen zu halten. Meinem Bericht kannst du entnehmen, daß ich keine verkrachte Existenz bin. Ich habe Schlimmeres auf dem Gewissen. Ich bin der zweite Mann, der erwählt worden und am Leben geblieben ist. Ich werde in dieser Nacht dem, der mir vorangegangen ist, folgen. Zuvor bringe ich noch das Manuskript zur Post. Gleich ist Schalterschluß. Ich habe nur noch für ein paar Sätze Zeit. Um es kurz zu machen, Mutter, grüße meinen Vater und gewähre auch du mir eine Bitte. Schicke mein Buch an alle in Frage kommenden Verlage. Du kannst beruhigt sein, Mutter, es muß nicht unter meinem Namen erscheinen. Du brauchst keinen Skandal zu fürchten. Ich hege nicht mehr den Wunsch, als Schriftsteller zu Ruhm und Ehren zu gelangen. Ich habe versprochen, Buße zu tun. Von mir aus kann sich ein Kollege, dem gerade nichts einfällt, mit meiner Feder schmücken. Ich bin auf den Nobelpreis nicht mehr scharf. Es genügt mir, wenn zum ersten Mal nach fast 3000 Jahren, seit meinesgleichen Geschichten erzählt, Buchstaben aneinandergesetzt werden, die, wenn man sie liest, nicht lügen wie gedruckt. Wer will, kann seine Lehren aus meinem Buch ziehen. Darum bitte ich dich, Mutter, ein allerletztes Mal, das Buch, von dem ich glaube, daß es mir am besten gelungen ist, den Männern, die mir folgen werden, nicht vorzuenthalten. Wenn du deine Lektüre beendet hast, dann packe das Manuskript bitte in ein Kuvert und schicke es an alle in Frage kommenden Verlage.

Sehr geehrte Damen und Herren,
mein Sohn, Thomas Zorski, hat mich gebeten, dieses Manuskript zu versenden. Sein letzter Wille geschehe.

Hochachtungsvoll
Eva-Maria Zorski

## Deutschsprachige Literatur in den suhrkamp taschenbüchern: Prosa

Achternbusch, Herbert: 1969. Schriften 1968-69. st 1231
– Die Alexanderschlacht. Schriften 1963-71. st 1232
– Die Atlantikschwimmer. Schriften 1973-79. st 1233
– Der Föhnforscher. Schriften 1984-85. st 1769
– Das Haus am Nil. Schriften 1980-81. st 1394
– Wind. Schriften 1982-83. st 1395
Alsheimer, Georg W.: Eine Reise nach Vietnam. st 628
Anders, Günther: Erzählungen. Fröhliche Philosophie. st 432
Andreas-Friedrich, Ruth: Der Schattenmann. Tagebuchaufzeichnungen 1938-1945. st 1267
– Schauplatz Berlin. Tagebuchaufzeichnungen 1945-1948. st 1294
Ansprüche. Verständigungstexte von Frauen. st 887
Aschenbeck, Udo: Südlich von Tokio. st 1409
Augustin, Ernst: Eastend. Roman. st 1176
– Der Kopf. Roman. st 1721
– Raumlicht: Der Fall Evelyne B. Roman. st 660
Bachmann, Ingeborg: Malina. Roman. st 641
Ball- Hennings, Emmy: Das flüchtige Spiel. Wege und Umwege einer Frau. st 1502
– Ruf und Echo. Mein Leben mit Hugo Ball. st 1726
Baur, Margrit: Ausfallzeit. Eine Erzählung. st 1617
– Überleben. Eine unsystematische Ermittlung gegen die Not aller Tage. st 1098
Becker, Jurek: Aller Welt Freund. Roman. st 1151
– Der Boxer. Roman. st 526
– Bronsteins Kinder. Roman. st 1517
– Irreführung der Behörden. Roman. st 271
– Jakob der Lügner. Roman. st 774
– Nach der ersten Zukunft. Erzählungen. st 941
– Schlaflose Tage. Roman. st 626
Beheim-Schwarzbach, Martin: Die Goldmacher. Erzählungen. PhB 217. st 1719
Behrens, Katja: Die weiße Frau. Erzählungen. st 655
Beig, Maria: Hermine. Ein Tierleben. st 1303
– Hochzeitslose. Roman. st 1163
– Minder oder Zwei Schwestern. Roman. st 1609
– Rabenkrächzen. Eine Chronik aus Oberschwaben. Roman. st 911
– Urgroßelternzeit. Erzählungen. st 1383
Bender, Hans: Der Hund von Torcello. 32 Geschichten. st 1075
Bergengruen, Werner: Der Basilisk und andere Spuknovellen. PhB 205. st 1499

253/1/8.90

## Deutschsprachige Literatur in den suhrkamp taschenbüchern: Prosa



253/2/8.90

## Deutschsprachige Literatur in den suhrkamp taschenbüchern: Prosa

Brentano, Bernard von: Berliner Novellen. st 568
– Theodor Chindler. Roman einer deutschen Familie. st 892
– Wo in Europa ist Berlin? Bilder aus den zwanziger Jahren. st 1388
Broch, Hermann: Die Unbekannte Größe. Roman. st 393
– Die Verzauberung. Roman. st 350
– Die Schuldlosen. Roman in elf Erzählungen. st 209
– Die Schlafwandler. Eine Romantrilogie. st 472
Brod, Max: Der Prager Kreis. st 547
Buch, Hans Christoph: Die Hochzeit von Port-au-Prince. Roman. st 1260
– Jammerschoner. Sieben Nacherzählungen. st 815
– Karibische Kaltluft. Berichte und Reportagen. st 1140
Cailloux, Bernd: Intime Paraden. Erzählungen. st 1707
Carossa, Hans: Der Arzt Gion. Eine Erzählung. st 821
Dinkelmann, Fritz H.: Das Opfer. Roman. st 1591
Edschmid, Kasimir: Georg Büchner. Eine deutsche Revolution. Roman. st 616
Enzensberger, Hans Magnus: Der kurze Sommer der Anarchie. Buenaventura Durrutis Leben und Tod. Roman. st 395
Federspiel, Jürg: Die beste Stadt für Blinde und andere Berichte. st 979
– Böses. Wahn und Müll. st 1729
– Die Liebe ist eine Himmelsmacht. Zwölf Fabeln. st 1529
– Die Märchentante. st 1234
– Der Mann, der das Glück brachte. Erzählungen. st 891
– Massaker im Mond. Roman. st 1286
– Orangen und Tode. Erzählungen. st 1155
– Paratuga kehrt zurück. Erzählungen. st 843
Felder, Franz Michael: Aus meinem Leben. st 1353
Fleißer, Marieluise: Abenteuer aus dem Englischen Garten. Geschichten. st 925
– Ein Pfund Orangen. Und neun andere Geschichten der Marieluise Fleißer aus Ingolstadt. st 991
– Eine Zierde für den Verein. Roman vom Rauchen, Sporteln, Lieben und Verkaufen. st 294
Franke, Herbert W.: Der Atem der Sonne. Science-fiction-Erzählungen. PhB 174. st 1265
– Einsteins Erben. Science-fiction-Geschichten. PhB 41. st 603
– Endzeit. Science-fiction- Roman. PhB 150. st 1153
– Der grüne Komet. Science-fiction-Erzählungen. PhB 231. st 1628
– Hiobs Stern. Science-fiction-Roman. PhB 223. st 1588

253/3/8.90

## Deutschsprachige Literatur in den suhrkamp taschenbüchern: Prosa

Franke, Herbert W.: Die Kälte des Weltraums. Science-fiction-Roman. PhB 121. st 990
– Der Orchideenkäfig. Science-fiction-Roman. PhB 234. st 1643
– Paradies 3000. Science-fiction-Erzählungen. PhB 48. st 664
– Schule für Übermenschen. PhB 58. st 730
– Sirius Transit. PhB 30. st 535
– Spiegel der Gedanken. Science- fiction-Erzählungen. PhB 253. st 1743
– Die Stahlwüste. Science-fiction-Roman. PhB 215. st 1545
– Tod eines Unsterblichen. Science-fiction-Roman. PhB 69. st 772
– Transpluto. Science-fiction-Roman. PhB 82. st 841
– Ypsilon minus. PhB 3. st 358
– Zarathustra kehrt zurück. Science-fiction- Erzählungen. PhB 9. st 410
– Zentrum der Milchstraße. Science-Fiction- Roman. PhB 244. st 1695
– Zone Null. Roman. PhB 35. st 585
Franke, Herbert W. / Michael Weisser: DEA ALBA. Buch und Kassette. PhB 207. st 1509
Freisprüche. Revolutionäre vor Gericht. Herausgegeben von Hans Magnus Enzensberger. st 111
Frey, A. M.: Solneman der Unsichtbare. Phantastischer Roman. PhB 241. st 1667
Frisch, Max: Dienstbüchlein. st 205
– Homo faber. Ein Bericht. st 354
– Mein Name sei Gantenbein. Roman. st 286
– Der Mensch erscheint im Holozän. Eine Erzählung. st 734
– Montauk. Eine Erzählung. st 700
– Stiller. Roman. st 105
– Tagebuch 1946-1949. st 1148
– Tagebuch 1966-1971. st 256
– Wilhelm Tell für die Schule. st 2
Fritsch, Werner: Cherubim. st 1672
Fühmann, Franz: 22 Tage oder Die Hälfte des Lebens. st 463
– Bagatelle, rundum positiv. Erzählungen. st 426
Gall, Herbert: Deleatur. Notizen aus einem Betrieb. st 639
Genzmer, Herbert: Cockroach Hotel. Ängste. st 1243
– Freitagabend. st 1540
– Manhattan Bridge. Geschichte einer Nacht. st 1396
Goetz, Rainald: Irre. Roman. st 1224
Gruber, Marianne: Die gläserne Kugel. Utop. Roman. PhB 123. st 997
– Zwischenstation. Utopischer Roman. PhB 216. st 1555

253/4/8.90

## Deutschsprachige Literatur in den suhrkamp taschenbüchern: Prosa

Hänny, Reto: Flug. st 1649
Handke, Peter: Die Abwesenheit. Ein Märchen. st 1713
– Die Angst des Tormanns beim Elfmeter. Erzählung. st 27
– Begrüßung des Aufsichtsrats. st 654
– Der Chinese des Schmerzes. st 1339
– Das Ende des Flanierens. st 679
– Falsche Bewegung. st 258
– Die Geschichte des Bleistifts. st 1149
– Das Gewicht der Welt. Ein Journal (November 1975 – März 1977). st 500
– Die Hornissen. Roman. st 416
– Kindergeschichte. st 1071
– Der kurze Brief zum langen Abschied. st 172
– Langsame Heimkehr. Erzählung. st 1069
– Die Lehre der Sainte-Victoire. st 1070
– Die linkshändige Frau. Erzählung. st 560
– Nachmittag eines Schriftstellers. Erzählung. st 1668
– Die Stunde der wahren Empfindung. st 452
– Wunschloses Unglück. Erzählung. st 146
Hasselblatt, Dieter: Marija und das Tier. Science-fiction-Texte. PhB 209. st 1511
Heimpel, Hermann: Die halbe Violine. Eine Jugend in der Haupt- und Residenzstadt München. st 1090
Hengstler, Wilhelm: Die letzte Premiere. Geschichten. st 1389
Hesse, Hermann: Aus Indien. Aufzeichnungen, Tagebücher, Gedichte, Betrachtungen und Erzählungen. st 562
– Aus Kinderzeiten. Ges. Erzählungen Band 1. 1900-1905. st 347
– Bericht aus Normalien. Humoristische Erzählungen, Gedichte und Anekdoten. st 1308
– Berthold. Erzählung. st 1198
– Der Bettler. Zwei Erzählungen. Mit einem Nachwort von Max Rychner. st 1376
– Casanovas Bekehrung und Pater Matthias. Zwei Erzählungen. st 1196
– Demian. Die Geschichte von E. Sinclairs Jugend. st 206
– Emil Kolb. Erzählung. st 1202
– Der Europäer. Gesammelte Erzählungen Band 3. 1909- 1918. st 384
– Freunde. Erzählung. st 1284
– Gedenkblätter. Erinnerungen an Zeitgenossen. st 963
– Gertrud. Roman. st 890

253/5/8.90

## Deutschsprachige Literatur in den suhrkamp taschenbüchern: Prosa

Hesse, Hermann: Das Glasperlenspiel. Versuch einer Lebensbeschreibung des Magister Ludi Josef Knecht samt Knechts hinterlassenen Schriften. st 79
– Die Heimkehr. Erzählung. st 1201
– Heumond. Erzählung. st 1194
– In der alten Sonne. Erzählung. st 1378
– Innen und Außen. Gesammelte Erzählungen Band 4. 1919-1955. st 413
– Karl Eugen Eiselein. Erzählung. st 1192
– Kinderseele. Erzählung. st 1203
– Kindheit und Jugend vor Neunzehnhundert. Hermann Hesse in Briefen und Lebenszeugnissen. 2 Bänd. st 1002/st 1150
– Klein und Wagner. Novelle. st 116
– Kleine Freuden. Verstreute und kurze Prosa aus dem Nachlaß. st 360
– Klingsors letzter Sommer. Erzählung. st 1195
– Knulp. st 1571
– Die Kunst des Müßiggangs. Kurze Prosa aus dem Nachlaß. st 100
– Kurgast. Aufzeichnungen von einer Badener Kur. st 383
– Ladidel. Erzählung. st 1200
– Der Lateinschüler. Erzählung. st 1193
– Legenden. Zusammengestellt von Volker Michels. st 909
– Lektüre für Minuten. Gedanken aus seinen Büchern und Schriften. st 7
– Lektüre für Minuten 2. Gedanken aus seinen Büchern und Briefen. st 240
– Die Märchen. st 291
– Die Marmorsäge. Zwei Erzählungen. st 1381
– Die Morgenlandfahrt. Eine Erzählung. st 750
– Narziß und Goldmund. Erzählung. st 274
– Die Nürnberger Reise. st 227
– Peter Camenzind. Erzählung. st 161
– Robert Aghion. Erzählung. st 1379
– Roßhalde. Roman. st 312
– Schön ist die Jugend. Erzählung. st 1380
– Siddhartha. Eine indische Dichtung. st 182
– Der Steppenwolf. Erzählung. st 175
– Unterm Rad. Erzählung. st 52
– Die Verlobung. Gesammelte Erzählungen Band 2. 1906-1908. st 368
– Der vierte Lebenslauf Josef Knechts. Zwei Fassungen. st 1261
– Von Wesen und Herkunft des Glasperlenspiels. Die vier Fassungen der Einleitung zum Glasperlenspiel. st 382

253/6/8.90

## Deutschsprachige Literatur in den suhrkamp taschenbüchern: Prosa

Hesse, Hermann: Walter Kömpff. Erzählung. st 1199
– Der Weltverbesserer und Doktor Knölges Ende. Zwei Erzählungen. st 1197
– Der Zyklon. Zwei Erzählungen. st 1377
Hildesheimer, Wolfgang: Marbot. Eine Biographie. st 1009
– Masante. Roman. st 1467
– Mitteilungen an Max über den Stand der Dinge und anderes. st 1276
– Paradies der falschen Vögel. Roman. st 295
Höllerer, Walter: Die Elephantenuhr. Roman. st 266
Hohl, Ludwig: Die Notizen oder Von der unvoreiligen Versöhnung. st 1000
Horstmann, Ulrich: Das Glück von Omb'assa. Phantastischer Roman. PhB 141. st 1088
– Das Untier. Konturen einer Philosophie der Menschenflucht. st 1172
Horváth, Ödön von: Sportmärchen und anderes. st 1061
– Jugend ohne Gott. st 1063
– Ein Kind unserer Zeit. st 1064
Huch, Ricarda: Michael Unger. Roman. st 1361
Hürlimann, Thomas: Die Tessinerin. Geschichten. st 985
Innerhofer, Franz: Die großen Wörter. Roman. st 563
– Schattseite. Roman. st 542
– Schöne Tage. Roman. st 349
Janker, Josef W.: Zwischen zwei Feuern. st 1251
Jenseits der Träume. Seltsame Geschichten vom Anfang des Jahrhunderts. Ausgewählt von Robert N. Bloch. PhB 224. st 1595
Johnson, Uwe: Das dritte Buch über Achim. Roman. st 169
– Ingrid Babendererde. Reifeprüfung 1953. Mit einem Nachwort von Siegfried Unseld. st 1387
– Karsch und andere Prosa. Nachwort von W. M. Guggenheimer. st 1753
– Mutmassung en über Jakob. Roman. st 147
– Eine Reise nach Klagenfurt. st 235
– Zwei Ansichten. st 326
Junker, Helmut: Traumkurs. Erzählung. st 1602
Kaminski, André: Die Gärten des Mulay Abdallah. Neun wahre Geschichten aus Afrika. st 930
– Herzflattern. Neun wilde Geschichten. st 1080
– Nächstes Jahr in Jerusalem. Roman. st 1519
– Schalom allerseits. Tagebuch einer Deutschlandreise. st 1637
Kasack, Hermann: Fälschungen. Erzählung. st 264

253/7/8.90

## Deutschsprachige Literatur in den suhrkamp taschenbüchern: Prosa

Kaschnitz, Marie Luise: Jennifers Träume. Unheimliche Geschichten. st 1022
– Liebesgeschichten. Ausgewählt und mit einem Nachwort versehen von Elisabeth Borchers. st 1292
– Steht noch dahin. st 57
– Tage, Tage, Jahre. Aufzeichnungen. st 1141
Kaus, Gina: Von Wien nach Hollywood. Erinnerungen von Gina Kaus. st 1757
Kellermann, Bernhard: Der Tunnel. Roman. PhB 179. st 1283
Kirchhoff, Bodo: Dame und Schwein. Geschichten. st 1549
– Die Einsamkeit der Haut. Prosa. st 919
– Ferne Frauen. Erzählungen. st 1691
– Mexikanische Novelle. st 1367
– Ohne Eifer, ohne Zorn. Novelle. st 1301
– Zwiefalten. Roman. st 1225
Kiss, Ady Henry: Da wo es schön ist. st 914
Klix, Bettina: Tiefenrausch. Aufzeichnungen aus der Großstadt. st 1281
Koch, Werner: Diesseits von Golgatha. Roman. st 1730
– Jenseits des Sees. st 718
– Pilatus. Erinnerungen. st 650
– See-Leben. 3 Bände in Kassette. st 783
– See-Leben I. st 132
– Wechseljahre oder See-Leben II. st 412
Koeppen, Wolfgang: Amerikafahrt. st 802
– Angst. Erzählende Prosa. st 1459
– Die Mauer schwankt. Roman. st 1249
– Nach Rußland und anderswohin. Empfindsame Reisen. st 115
– Reisen nach Frankreich. st 530
– Romanisches Café. Erzählende Prosa. st 71
– Tauben im Gras. Roman. st 601
– Der Tod in Rom. Roman. st 241
– Das Treibhaus. st 78
– Eine unglückliche Liebe. Roman. st 392
Kolbenhoff, Walter: Heimkehr in die Fremde. Roman. st 1484
Kolleritsch, Alfred: Die grüne Seite. Roman. st 323
Konrad, Marcel: Stoppelfelder. Roman. st 1348
Kracauer, Siegfried: Ginster. Roman. st 1767
Krauß, Angela: Das Vergnügen. st 1776
Kreuder, Ernst: Die Gesellschaft vom Dachboden. Erzählung. st 1280
Krispien, Edith: Die verborgene Stunde. Roman. PhB 254. st 1744

253/8/8.90

## Deutschsprachige Literatur in den suhrkamp taschenbüchern: Prosa

Kroetz, Franz Xaver: Der Mondscheinknecht. Roman. st 1039
– Der Mondscheinknecht. Fortsetzung. Roman. st 1241
Krolow, Karl: Das andere Leben. Eine Erzählung. st 874
Kühn, Dieter: Der Himalaya im Wintergarten. Erzählungen. st 1026
– Josephine. Aus der öffentlichen Biografie der Josephine Baker. st 587
– Die Kammer des schwarzen Lichts. Roman. st 1475
– N. Erzählung. st 93
– Die Präsidentin. Roman eines Verbrechens. st 858
– Stanislaw der Schweiger. Roman. st 496
– Und der Sultan von Oman. Erzählung. Neufassung. st 758
Laederach, Jürg: Flugelmeyers Wahn. Die letzten sieben Tage. st 1755
– Laederachs 69 Arten den Blues zu spielen. st 1446
– Nach Einfall der Dämmerung. Erzählungen und Erzählungen. st 814
– Sigmund oder Der Herr der Seelen tötet seine. st 1235
le Fort, Gertrud von: Die Tochter Jephthas und andere Erzählungen. st 351
Lenz, Hermann: Andere Tage. Roman. st 461
– Die Augen eines Dieners. Roman. st 348
– Die Begegnung. Roman. st 828
– Ein Fremdling. Roman. st 1491
– Der Kutscher und der Wappenmaler. Roman. st 934
– Neue Zeit. Roman. st 505
– Der russische Regenbogen. Roman. st 531
– Seltsamer Abschied. Roman. st 1760
– Tagebuch vom Überleben und Leben. Roman. st 659
– Der Tintenfisch in der Garage. Erzählung. st 620
– Verlassene Zimmer. Roman. st 436
– Der Wanderer. Roman. st 1492
Leutenegger, Gertrud: Gouverneur. st 1341
– Komm ins Schiff. st 1699
– Ninive. Roman. st 685
– Vorabend. Roman. st 642
Levett, Oswald: Verirrt in den Zeiten. Roman. PhB 178. st 1282
Liebesgeschichten. Verständigungstexte. Herausgegeben von Christel Göbelsmann und Jochen Schimmang. st 847
Loerke, Oskar: Tagebücher 1903-1939. Herausgegeben von Hermann Kasack. st 1242
Marginter, Peter: Königrufen. Phantastischer Roman. PhB 215. st 1546
Mayer, Hans: Ein Deutscher auf Widerruf. Erinnerungen. Band I. st 1500

253/9/8.90

Deutschsprachige Literatur
in den suhrkamp taschenbüchern:
Prosa

Mayer, Hans: Ein Deutscher auf Widerruf. Erinnerungen. Band II. st 1501
Mayröcker, Friederike: Die Abschiede. st 1408
Meier, Gerhard: Die Ballade vom Schneien. Roman. st 1483
– Borodino. Roman. st 1410
– Toteninsel. Roman. st 867
Meinecke, Thomas: Mit der Kirche ums Dorf. Kurzgeschichten. st 1354
Meyer, E. Y.: Eine entfernte Ähnlichkeit. Erzählungen. st 242
– In Trubschachen. Roman. st 501
– Ein Reisender in Sachen Umsturz. Erzählungen. Neufassung. st 927
– Die Rückfahrt. Roman. st 578
Meyer-Hörstgen, Hans: Hirntod. Roman. st 1437
Morshäuser, Bodo: Die Berliner Simulation. Erzählung. st 1293
– Blende. st 1585
– Nervöse Leser. Erzählung. st 1715
Muschg, Adolf: Albissers Grund. Roman. st 334
– Baiyun oder die Freundschaftsgesellschaft. Roman. st 902
– Entfernte Bekannte. Erzählungen. st 510
– Fremdkörper. Erzählungen. st 964
– Gegenzauber. Roman. st 665
– Im Sommer des Hasen. Roman. st 263
– Das Licht und der Schlüssel. Erziehungsroman eines Vampirs. st 1560
– Liebesgeschichten. st 164
– Mitgespielt. Roman. st 1083
– Noch ein Wunsch. Erzählung. st 735
– Der Turmhahn und andere Liebesgeschichten. st 1630
Nachwehen. Frauen und Männer mit Kindern. Verständigungstexte. st 855
Neumeister, Andreas: Äpfel vom Baum im Kies. st 1748
Neuwirth, Barbara: In den Gärten der Nacht. Phantastische Erzählungen. PhB 255. st 1745
Nizon, Paul: Canto. Mit einem Nachwort von Heinz F. Schafroth. st 319
Nossack, Hans Erich: Aus den Akten der Kanzlei Seiner Exzellenz des Herrn Premierministers Tod. st 1468
– Begegnung im Vorraum. Erzählungen. st 1177
– Bereitschaftsdienst. Bericht über die Epidemie. st 1460
– Nach dem letzten Aufstand. Ein Bericht. st 653
– Spirale. Roman einer schlaflosen Nacht. st 50
Offenbach, Judith: Sonja. Eine Melancholie für Fortgeschrittene. st 688

253/10/8.90

## Deutschsprachige Literatur in den suhrkamp taschenbüchern: Prosa

Pedretti, Erica: Harmloses, bitte. st 558
– Heiliger Sebastian. Roman. st 769
– Sonnenaufgänge, Sonnenuntergänge. Erzählungen. st 1653
– Die Zertrümmerung von dem Kind Karl und anderen Personen. Veränderung. st 1156
Penzoldt, Ernst: Die Leute aus der Mohrenapotheke. Roman. st 1663
– Die Powenzbande. Zoologie einer Familie. st 372
Ernst Penzoldts schönste Erzählungen. st 216
Pichler, Anita: Die Zaunreiterin. st 1762
Pietsch, Nikolaus: Der Gefangene von Heidelberg. st 1129
Plenzdorf, Ulrich: Gutenachtgeschichte. Illustriert von Rolf Köhler. st 958
– Karla. Der alte Mann, das Pferd, die Straße. Texte zu Filmen. st 610
– kein runter kein fern. st 1078
– Legende vom Glück ohne Ende. st 722
– Die Legende von Paul und Paula. Filmerzählung. st 173
– Die neuen Leiden des jungen W. st 300
Regler, Gustav: Das große Beispiel. Roman aus dem Spanischen Bürgerkrieg. st 439
Reinshagen, Gerlind: Die flüchtige Braut. Roman. st 1625
– Sonntagskinder. st 759
Rilke, Rainer Maria: Die Weise von Liebe und Tod. Texte und Dokumente. st 190
Rolfs, Rudolf: Rost im Chrom. Stichworte, Stories, Stellungnahmen. st 1648
Rosei, Peter: Der Fluß der Gedanken durch den Kopf. Logbücher. st 1656
– Reise ohne Ende. Aufzeichnungsbücher. st 875
Rothmann, Ralf: Messers Schneide. Erzählung. st 1633
Sanzara, Rahel: Die glückliche Hand. Roman. Mit einem Nachwort von Peter Engel. st 1184
– Das verlorene Kind. Roman. Mit einem Nachwort von Peter Engel. st 910
Schattschneider, Peter: Singularitäten. Ein Episodenroman im Umfeld Schwarzer Löcher. PhB 129. st 1021
Scheerbart, Paul: Das große Licht. Gesammelte Münchhausiaden. PhB 194. st 1400
– Die große Revolution. ›Ein Mondroman‹ und ›Jenseitsgalerie‹. Mit zehn Federzeichnungen des Autors. PhB 159. st 1182
– Immer mutig! Ein Phantastischer Nilpferdroman mit 83 merkwürdigen Geschichten. PhB 257. st 1759

253/11/8.90

## Deutschsprachige Literatur in den suhrkamp taschenbüchern: Prosa

Scheerbart, Paul: Der Kaiser von Utopia und Das graue Tuch und zehn Prozent weiß. Zwei utopische Romane. PhB 218. st 1565
– Kometentanz. PhB 236. st 1652
– Lesabéndio. Ein Asteroiden-Roman. PhB 183. st 1300
Schertenleib, Hansjörg: Die Ferienlandschaft. Roman. st 1277
Schimmang, Jochen: Das Ende der Berührbarkeit. Eine Erzählung. st 739
– Der schöne Vogel Phönix. Erinnerungen eines Dreißigjährigen. st 527
Schleef, Einar: Gertrud. st 942
Schneider, Reinhold: Philipp der Zweite oder Religion und Macht. st 1412
– Erzählungen I. st 1416
– Der Balkon. Aufzeichnungen eines Müßiggängers in Baden-Baden. st 455
– Las Casas vor Karl V. Szenen aus der Konquistadorenzeit. st 1722
Schröder, Rudolf Alexander: Fülle des Daseins. Bürger. Weltmann. Christ. Mittler. Dichter. st 1029
Schutting, Julian: Am Morgen vor der Reise. Die Geschichte zweier Kinder. st 1723
Sloterdijk, Peter: Der Zauberbaum. Die Entstehung der Psychoanalyse im Jahr 1785. st 1445
Stark, Angelika: Liebe über Leichen. st 1099
Steiner, Jörg: Auf dem Berge Sinai sitzt der Schneider Kikrikri. Geschichten. st 1572
– Ein Messer für den ehrlichen Finder. Roman. st 583
– Das Netz zerreißen. Roman. st 1162
– Strafarbeit. Roman. st 471
Steinmüller, Angela: Der Traum vom Großen Roten Fleck. Und andere Science-fiction-Geschichten. PhB 147. st 1131
Steinmüller, Angela / Karlheinz Steinmüller: Pulaster. Roman eines Planeten. PhB 204. st 1490
Strätz, Harald: Frosch im Hals. Erzählungen. st 938
Struck, Karin: Lieben. Roman. st 567
– Die Mutter. Roman. st 489
– Trennung. Erzählung. st 613
Tekinay, Alev: Der weinende Granatapfel. Roman. PhB 249. st 1720
Unseld, Siegfried: Begegnungen mit Hermann Hesse. st 218
Wachenfeld, Volker: Camparirot. Eine sizilianische Geschichte. st 1608
– Keine Lust auf Pizza. Roeders Story. st 1347
Waggerl, Karl Heinrich: Brot. Roman. st 299

253/12/8.90

Deutschsprachige Literatur
in den suhrkamp taschenbüchern:
Prosa

Waggerl, Karl Heinrich: Das Jahr des Herrn. Roman. st 836
Walser, Martin: Die Anselm Kristlein Trilogie. Halbzeit. Das Einhorn. Der Sturz. 3 Bände in Kassette. st 684
– Brandung. Roman. st 1374
– Brief an Lord Liszt. Roman. st 1183
– Dorle und Wolf. Eine Novelle. st 1700
– Ehen in Philippsburg. Roman. st 1209
– Das Einhorn. Roman. st 159
– Ein fliehendes Pferd. Novelle. st 600
– Ein Flugzeug über dem Haus. Und andere Geschichten. st 612
– Halbzeit. Roman. 2 Bde. st 94
– Heilige Brocken. Aufsätze, Prosa, Gedichte. st 1528
– Jenseits der Liebe. Roman. st 525
– Liebeserklärungen. st 1259
– Lügengeschichten. st 1736
– Das Schwanenhaus. Roman. st 800
– Seelenarbeit. Roman. st 901
– Der Sturz. Roman. st 322
Walser, Robert: Band 1: Fritz Kochers Aufsätze. st 1101
– Band 2: Geschichten. st 1102
– Band 3: Aufsätze. st 1103
– Band 4: Kleine Dichtungen. st 1104
– Band 5: Der Spaziergang. Prosastücke und kleine Prosa. st 1105
– Band 6: Poetenleben. st 1106
– Band 7: Seeland. st 1107
– Band 8: Die Rose. st 1108
– Band 9: Geschwister Tanner. Roman. st 1109
– Band 10: Der Gehülfe. Roman. st 1110
– Band 11: Jakob von Gunten. Ein Tagebuch. st 1111
– Band 12: Der Räuber. Roman. Das Nachwort schrieb Martin Jürgens. st 1112
– Band 15: Bedenkliche Geschichten. Prosa aus der Berliner Zeit 1906-1912. st 1115
– Band 16: Träumen. Prosa aus der Bieler Zeit. 1913-1920. st 1116
– Band 17: Wenn Schwache sich für stark halten. Prosa aus der Berner Zeit 1921-1925. st 1117
– Band 18: Zarte Zeilen. Prosa aus der Berner Zeit 1926. st 1118
– Band 19: Es war einmal. Prosa aus der Berner Zeit 1927-1928. st 1119
– Band 20: Für die Katz. Prosa aus der Berner Zeit 1928-1933. st 1120

253/13/8.90

Deutschsprachige Literatur
in den suhrkamp taschenbüchern:
Prosa

Walser, Robert: Aus dem Bleistiftgebiet. Mikrogramme 1924/1925. 2 Bde. st 1548
Weiß, Ernst: Band 1: Die Galeere. Roman. st 784
– Band 2: Franziska. Roman. st 785
– Band 5: Nahar. Roman. st 788
– Band 6: Die Feuerprobe. Roman. st 789
– Band 7: Der Fall Vukobrankovics. Bericht. st 790
– Band 8: Männer in der Nacht. Roman. st 791
– Band 9: Der Aristokrat. Roman. st 792
– Band 10: Georg Letham. Arzt und Mörder. Roman. st 793
– Band 11: Der Gefängnisarzt oder Die Vaterlosen. Roman. st 794
– Band 13: Der Verführer. Roman. st 796
– Band 14: Der Augenzeuge. Roman. st 797
Weiss, Peter: Das Duell. st 41
Weisser, Michael: DIGIT. Science- fiction-Roman. PhB 90. st 873
– SYN-CODE-7. Science-fiction-Roman. PhB 67. st 764
Wigger, Daniel: Auch Spinnen vollführen Balzgesänge. st 1550
Winkler, Josef: Der Ackermann aus Kärnten. Roman. st 1043
– Der Leibeigene. Roman. st 1731
– Menschenkind. Roman. st 1042
– Muttersprache. Roman. st 1044
– Das wilde Kärnten. Menschenkind. Der Ackermann aus Kärnten. Muttersprache. 3 Bände in Kassette. st 1042-1044
Wolfkind, Peter Daniel: Die Boten des Frühlings. Phantastische Erzählungen. PhB 167. st 1230
Zeemann, Dorothea: Einübung in Katastrophen. Leben zwischen 1913 und 1945. st 565
– Das heimliche Fest. Roman. st 1285
– Jungfrau und Reptil. Leben zwischen 1945 und 1972. st 776
Zschorsch, Gerald: Glaubt bloß nicht, daß ich traurig bin. Prosa, Lieder, Gedichte. st 1784
Zweig, Stefan: Brasilien. Ein Land der Zukunft. st 984

253/14/8.90